长篇小说

庄台庄台

苗秀侠 著

云南人民出版社

图书在版编目（CIP）数据

庄台　庄台 / 苗秀侠著. -- 昆明：云南人民出版社, 2025.7. -- ISBN 978-7-222-23666-0

Ⅰ. I247.5

中国国家版本馆CIP数据核字第2025N04G78号

项目统筹：马　非
责任编辑：何　娜　郑怡然　施俊龙
助理编辑：田　薇
责任校对：田　榕
责任印制：窦雪松
装帧设计：张益珲　李欣欣

庄台　庄台

苗秀侠　著

出版	云南人民出版社
发行	云南人民出版社
社址	昆明市环城西路609号
邮编	650034
网址	www.ynpph.com.cn
E-mail	ynrms@sina.com
开本	889mm×1194mm　1/32
印张	14.5
字数	312千
版次	2025年7月第1版
印次	2025年7月第1次印刷
印刷	云南新华印刷二厂有限责任公司
书号	ISBN 978-7-222-23666-0
定价	72.00元

如需购买图书、反馈意见，请与我社联系
图书发行电话：0871-64107659

云南人民出版社微信公众号

淮河是一条神奇的大河，沿淮两岸分布着数个蓄洪区，其中位于淮河上中游交汇处淮河北岸的蒙洼蓄洪区王家坝大闸，是国内唯一令世人瞩目、在汛期来临时被国家防汛总指挥部格外关照和直接指挥开闸泄洪的"千里淮河第一闸"。1950年，新中国开国庆典的礼炮甫一鸣响，淮河就暴发了特大洪水，受灾严重，毛泽东主席挥泪写下"一定要把淮河修好"8个大字。经过论证，地理位置特殊的淮河北岸蒙洼被列为蓄洪区，并修建了大大小小100多座庄台。居住在淮河滩涂地的人们，被集中安置在庄台上居住，形成了有别于其他平原地区乡村人民的"庄台"生活模式。

庄台，是中国治淮工程拉开序幕、蓄洪区被确立后而兴建的高土台子，每一座土台子就是一个村庄。淮河北岸蓄洪区近20万居民，生活在100多座庄台上。每到汛期，当淮河超过警戒水位，蓄洪区泄洪口的大闸被毫无悬念地拔开，180多平方公里的蓄洪区瞬间被滔滔洪水淹没,成为汪洋一片,来不及转移的粮食、牲畜,还有即将成熟的庄稼,被无情卷走……汪洋里站立的庄台,成了一座座孤岛,食品、饮水都成了问题;有的庄台,因年久失修,被洪水浸泡后坍塌成泥,严重威胁庄台人民生命安全。这就是庄台的命运!庄台人以坚韧的意志力,与命运抗争,与洪水作战。在经历了几次史上最大洪水袭击后,"经一事,长一智"的庄台人,开启"水涨台高"模式,不断加固加高庄台,在迎水坡砌上钢筋水泥,让庄台固若金汤,确保了庄台人的生命财产安全。在乡村振兴的热潮中,庄台面貌发生巨大变化,兴建自来水厂,家家饮水有保障,硬化了路面,美化亮化了环境,书写着新时代庄台的新篇章。

从有限的庄台,脆弱的庄台,认命的庄台,到固若金汤、楼房林立、花团锦簇的庄台,几十年来,被洪水淬火成钢的庄台,命运发生了天翻地覆的变化,蓄洪区的庄台,渐成百姓安居乐业的新家园。

目 录

淮河老人	1
淮河楞子	63
反弹琵琶念水经	130
飞翔的麻鸭	167
鱼跑哪儿去了	232
人恋故土虎恋山	292
只要是命，都珍贵	341
找水的人	397
致敬庄台——《庄台庄台》创作手记	454

淮河老人

乔建设，1932年生。居住庄台：乔大庄台

1931年的初夏，风平浪静，日暖天高。小凉风掠过淮河上空，直扑两岸的麦子地。

风里夹着几丝清甜，是小麦花的气味。细碎的小麦花，缀在瘦小的麦穗上，在风里摇头晃脑。地里的春红芋开始长秧，柔软的茎叶，伸胳膊扭腿，把地垄沟都铺满了。

一群麻雀睡足了觉，在淮河大堤上空飞来飞去，忽高忽低，忽上忽下，碰得大堤上的杨树梢直晃悠。这群聒噪的麻雀，一忽儿排成巨大的天网阵式，搂头盖顶罩住淮河大堤和杨树林，一忽儿散成黢黑的密密麻麻小弹丸，从树梢猛地俯冲而下，扎进淮河堤坡上的杞柳丛里，藏匿得无影无踪。

这天，风息了，天上的白云彩变成了黑云彩。不久，太阳被一片乌云遮住，天光渐渐暗淡下来。很快，天上的乌云越堆

越厚，一道接一道的闪电刺破乌云，像带电的魔棒，东扎西攮，直戳得天空云堆乱晃。紧跟着，咔嚓嚓一阵滚雷，把大地震得发抖，麻雀们瞬间哑口无言。雷电过后，啪啪响的雨点子，一阵紧似一阵，鞭子样抽打在麦棵上、杨树上、杞柳上、屋脊上、淮河大堤上。麻雀们惊慌失措，没命地朝着淮河北岸庄台的方向奔逃。

挨雨鞭抽打的麦棵，腰渐渐弯了下来，慢慢在地垄里倒下身子。杨树也被狂风暴雨拽着，开始发疯似的摇晃。泥巴路面被水冲出一道道小水沟，朝小河里淌，朝湖洼地淌，朝庄稼地里淌。

大雨断断续续下了十来天，地里的小麦倒伏厉害。不见日光的大地，这一片那一片，到处汪着水。住在淮堤上和庄台上的人家，抬头朝天空吼叫起来："天哪，给人留条活路吧。这雨连着下，麦穗正扬花，还没灌浆就倒了。要饿死人哪！"

嘴里骂着，心里却盼着天赶快晴起来，日子继续朝前过。

而天不遂人愿。

进入7月末，隔三岔五的大暴雨，顺着长江、淮河和黄河沿岸，连着下了三个月，还没有停的迹象。闪电、惊雷、暴雨从天而降，肆意妄为，没完没了。几个月来，它们灭掉了绝收的麦季，让淮河两岸的土地成了一片汪洋。

此刻，淮河的肚子越变越粗，鼓胀得哪怕是对它哈一口气，水就能溢出来。浪头一个挨着一个，你追我赶，挤得两岸的堤坝岌岌可危。

淮河南岸的小汪庄，村东头一户人家，正月里新娶了媳妇。新媳妇望着屋门前亮汪汪的地，有点不知所措。过门几个月了，她还不习惯喊男人的名字门闩，就喊"哎"。她"哎"了一声："水要进屋了。"新媳妇说话时，低头看着脚上的鞋。鞋子是她出嫁时自己绣的，已糊满了泥巴，早被雨水浸湿。她走在泥糊地上，一走一扑沓。

她的"哎"正挑着一担泥巴过来，在门口垒拦水坝。新媳妇的婆婆立刻接话说："门闩家的，别乱走，摔倒了可咋办？"

新媳妇的脸腾地一下红了，低下头，不由扶了一把腰。夏天的衣服不遮身，她的肚子明显有了变化，微微凸起，看样子，该有三个月了。

这时，小汪庄村东头，几个男劳力慌里慌张跑进村，其中一个大喊："不好了，听说上游的淮河决堤了，冲垮了好些村子！大家要想办法逃命呀！"

新媳妇惊愕地看着"哎"。门闩回头和媳妇对视了一眼，挑子一撂，扑哧扑哧踩着泥糊，就朝淮河大堤那儿跑。

小汪庄就窝在淮河南岸一里旺路的河湾里，村子处在高坡地。从高度看，比淮堤低矮不少。站得高，看得远，门闩要到淮堤上观望观望，不能道听途说。

等跑到淮河边，站淮堤上放眼一望，傻眼了。淮河水太满了，被风推着雨砸着，一浪一浪直朝堤坝上扑，浪头时不时打在堤顶上，随时有冲出来的可能。

门闩跑回家时，进门就吼："大，娘，赶紧收拾东西，朝高地跑！"

一家人着急忙慌收拾起来。小门小户的庄稼人，没啥可收拾的，随时能带的，就几件衣物。新媳妇挎着陪嫁的那只红洋布包袱，里面是几件旧衣服，只有一双鞋是新的，是她给门闩刚做的，还没挨脚呢。

村里其他人家也在收拾东西。朝哪儿跑，成了难题。淮河大堤是唯一避难的高地。不仅小汪庄，淮河湾里其他村庄的人，都一起朝淮河大堤上涌。

多年都这样，只要一来水，淮河大堤是唯一逃生高地。

淮河湾里各个村庄的人，像麻雀一样钉在淮堤上，有顶着破竹筛子挡雨的，有顶着破瓦盆挡雨的。都不管用，雨下得更密了，大家穿着湿衣服，饿着肚子。只挨过一天一夜，就有人陆陆续续朝家回了。有老人哭着喊："死家里总比死在大堤上强，至少有个落魂的地儿。"

门闩一家是最后一批离开淮堤返家的。新媳妇是双身子人，显怀了，穿着湿透的单衣单裤，格外扎眼。一家人无着无落，干啃着黑面饼子，仰头就着雨水吞下。最后连黑面饼子也快没了。门闩娘从怀里掏出最后一个湿淋淋的黑面饼子，递给了"门闩家的"；新媳妇接过来，扯掉一点边儿，再递给她的"哎"；门闩扯掉一个边，再递给他大；他大扯掉一个边，又递给他娘。周旋了一圈，最后还剩小半个饼子，再次回到新媳妇手里。门闩娘扯住"门闩家的"手，替新媳妇把饼子塞进嘴里。也只有一口饼了，新媳妇仰了三次头，喝了三次雨水，吞咽下去这最后一口饼。

天傍黑时,一家人互相搀扶着,回到小汪庄。

溃坝发生在半夜时分。

淮河大堤先是裂开桌子大的口子,不多会儿,口子越撕越大,很快曼延到几里路长。淮河里的水,举着猛虎下山样的水头,跃过淮堤,直冲大坝下面的土地和村庄。顷刻间,淮河两岸大浪滚滚,所过之处,桥断树折,房倒屋塌。

能救命的地方,除了粗壮的大树,就是还没崩溃的淮河大堤。在洪水里挣扎的人们,有的朝屋顶上爬,有的朝大树上爬,有的朝淮堤上爬。大部分人都来不及找到安身之所,就直接被洪水卷走,无影无踪。

小汪庄和淮堤之间有个比坟堆大的土堆,上面并排长着两棵大柳树,被人称作子母树。那棵大的母树主干有两米粗,要两个大劳力伸开胳膊才能合抱过来。树身上长着十来个大树枝,擎云托月般威武,每个树枝都有普通柳树那么粗。母树正前的一棵柳树,主干有一米粗,是从大柳树树脚边发出来的树苗。正因如此,才被叫作子母树。传说守寡的母亲等待驾船外出做生意的儿子归来,天天在淮河边的码头等,左等右盼不见儿子归来。有人说儿子在淮河里遇到水盗被打死了,母亲仍然天天等着,最后化作了一棵柳树。后来,柳树的脚边又长出一棵小树苗。两棵树越长越大,子母树就这样被叫开了。

小汪庄的土垃房,已在大水冲来时变成了泥巴糊。没有被洪水裹走的人,逃命的首选之地,就是这大土堆上的子母树。

顷刻间,两棵树上爬满了没被洪水冲走的人。门闩一家人命大,在屋子倒塌前跑了出来,又蹚着到腰窝深的水逆水而行来到子母树前。

门闩先把媳妇扛到肩头,再把媳妇朝柳树上举,嘴里喊着:"老少爷们,行行好给俺让点地方,俺家里的身子不便……"有人让出一段树枝,新媳妇坐了上去。接着门闩也爬了上去。门闩的爹和娘,爬到了那棵子树上。

子母树上爬满了人,幸好树大。年轻些的朝树梢上爬,把位置低的树杈留给老年人和女人小孩。一时间,子母树上就像结满了人参果。冲破淮河大堤的大洪水,没日没夜没完没了地朝外漫。蹲在树杈上的人,不知道饿不知道渴,满眼里都是哇哇叫的淮河水,无边无际的大洪水。

哭声断断续续在子母树上响起,都是压低声音克制着哭。大部分人家被大水冲散了,不知亲人死活,爬在树杈上苟且活命的,也觉得活着没啥意思了。像门闩一家四口,如果连肚子里的娃娃算上的话是一家五口,都能在树上活命,已经是万幸。

两棵树上的人战战兢兢待着,夜里也大睁着眼,生怕一个不注意就滑到树下的洪水里。第一天,还算太平,后面的日子,就生死由命,甚至生不如死了。

先是有人在夜里喊"树在摇晃",紧接着有人"啊啊"大叫,嘴里喊着"有长虫有长虫"。夜里天光太暗,谁也看不清楚到底有没有长虫,但更多的人都叫喊起来,有几个人哇哇叫着直接滑掉到树下,立刻被洪水卷走了。

直到天光大亮，大家才发现，子母树上爬上来数不清的长虫。不单有长虫，还有老鼠。长虫扭动着身子，吐着芯子，顺着树杈，爬过人的身子，缠在树枝上。老鼠直接爬到最上面的树梢上，压得树梢晃荡得厉害；也有老鼠慌不择路钻进人裤腿里，吓得人连喊带叫带踢腾。一时间，叫喊声哭骂声连成一片。有年纪大些的人，招呼大家不要乱动，把自己当成树枝，让长虫爬。只要不动，长虫就不会咬人。可是，长虫也疯了，它们没有了立足之地，要和钉在树杈上的人抢地盘，要把人轰走。长虫见人就吐芯子，缠人的脖子，在人腰上身上绕圈圈，张口就朝人胳膊上脸上乱咬。

有受不住疼的人，哇哇叫着，手松开了，掉进洪水里。也有拼死抓住树杈不松手的，结果被长虫咬后毒性发作，脸色发青，喘不过气来，昏死过去后，还是掉进水里被冲走了。

门闩娘是第一个掉下水的。她天生怕长虫，当一条长虫和她脸对脸，伸着芯子刚刚吐到她脸旁边时，她就直接吓昏了，扑通一声掉进了洪水里。门闩的大是被长虫和老鼠一起围攻时掉进水里的。都是发生在白天，门闩看得一清二楚，他忍着不叫。他头顶的树枝上，还坐着新媳妇。他不时仰头朝媳妇那里看，一条长虫正搭在媳妇的肩膀上，顺着胳膊朝手腕爬，媳妇浑身哆嗦，已吓得说不出话来。门闩正不知咋安慰媳妇，有一条长虫缠住了门闩的脖子，猛地朝他脖子啄一口，他护疼地一甩头，再抬眼看时，媳妇像只麻袋样，后仰着身子，掉进了洪水里。而他遭长虫咬后，浑身不能动弹。他隐隐听到媳妇喊自己一声

"门闩",那是自成亲以来,她第一次把"哎"换成了他的名字。他身子在树枝上,嘴里不能回答,看着茫茫洪水和被洪水吞没的媳妇,直到失去知觉。

淮河溃堤。挣脱了堤坝围拢的淮河水,漫堤后灌进河两岸,一时间,淮河两岸都成了没边没沿的洪水窝。

淮河南小汪庄门闩家的新媳妇,从树上掉进洪水里,连着呛了几口水,顺着洪水漂流而去。身子不时被什么东西撞上。有的是人头撞的,有的是猪撞的。也不知谁是死的,谁是活的。她就那样昏昏沉沉漂着。突然,一个更大的物件,把她的整个身子抵住了,在水里推着她漂。新媳妇猛地一激灵,用手一抱,眼睛也随即睁开:是一根大檩条!凭着最后的力气和求生本能,新媳妇死死抱住檩条,再也不肯撒手。就那样被大洪水卷着,冲着,冲到了淮河北岸的大水窝里,冲到了一座大庄台子旁边。

水窝里的大庄台,叫乔大台子,属于地主老财家的私有财产,有一半长工住在庄台上,一半长工住在庄台下。淮河溃坝,庄台下的房子被掀翻,无影无踪,庄台上的土坯房也变成了泥巴糊,人站在庄台顶上,大水齐腰深。给地主扛活的乔家一家三口,都站在庄台上齐腰深的水里,看到远处漂来一根大檩条,檩条上好像挂着一个大包袱。乔家的男人,就拿手里拄的长木权朝檩条够,够了几次没够到。眼看着要漂走了,乔家的女人眼尖,喊道:"檩条上好像挂个人哪!"乔家的儿子年轻力壮,就扑进洪水里,舍命去捞人。连着呛了几口黄汤水,连檩条带人一起给拉住了。

天哪，真挂着个人！一家人齐心协力，终于把新媳妇的胳膊从大檩条上摘下来——她把檩条抱得实在太紧了。把新媳妇从檩条上摘下来时，乔家的女人才发现，这是个双身子人。汪汪大水，这可如何是好，乔家的女人急得不行，要救女人。可是，到处是大水，人都没地儿待。她就冲着自家男人喊："赶紧的，把檩条竖起来，把木杈蓬上去，搭个庵子架！"

乔家的男人就把这根被新媳妇抱过来的大檩条竖了起来，朝庄台水窝下面的泥巴糊里狠狠地插，插得深深的，檩条就直直地竖在水里，水也冲不走了。又把手里拄的长木杈，和自家女人手里的推磨棍，加上儿子手里翻红芋秧用的长木棍，一起绑起来，搭成了一个简易的庵棚架子。

绑庵棚的绳子，是拴在乔家女人腰上的好几条粗麻绳。她腰上裹着的几件旧衣裳，都用绳子绑着，怕被水冲走。现在也顾不得这些了，救人要紧。乔家男人身上也有绳子，绑的是冬天的一件破棉袄，乔家儿子的大裤腰里绑着半升麦子。乔家的全部家当都绑在了身上。抽出这些绑东西的绳子，一个简易的架子搭了起来，乔家男人把旧棉袄挤掉水，绑在架子顶上，乔家儿子憋着长气，蹲进水窝里，让爹和娘把新媳妇架到他肩膀上，他再把新媳妇举起来，放到绑着旧棉袄的架子顶上。

新媳妇就这样得救了。

乔家的儿子把裤腰里绑的麦子掏出来半把，交给娘。娘就踮起脚，送给架顶上的女人，叫她嚼嚼，沾沾面味，好活命。"不为自己，也得为肚子里的娃娃活。"乔家女人大声大气地说。

架顶上的女人连同肚子里的娃娃，就那样嚼着生麦粒，熬过了大洪水。

来年正月，新媳妇生下了一个小子。

1

这个小子就是我。

我是1932年生人，属猴。满打满算，今年92周岁，按咱庄台人计算年龄的习惯，虚岁整整93啦。是在俺娘肚子里，顺着淮河漂到庄台子这里来的。哈，有点传奇，是吧！这都是1931年的那场大水闹的。你对1931年的大水，肯定有过研究。从古至今，人类一直遭受着各种各样的自然灾害，发洪水的灾害，是世界上最严重的自然灾害。常言说水火无情，我一生没遇到过火灾，而大洪水，说来就来。1931年，从5月到8月，大雨下个不停，长江、淮河都涨大水，苏皖鲁豫几个省，洪灾最为严重，可用特大灾害来形容。

俺娘之前的家是淮河南岸的，属于河南省。那一年她刚过门不久，就遇到了这场大洪水，两间土垃房被洪水冲垮，一家人也被大洪水冲得不见了踪影。俺娘怀着我，被洪水卷着，朝下游漂。淮河水漫堤了，两岸没边没沿的都是大水。俺娘被大水呛得喘不过气来，眼看着就不行了。哪就那么巧，淮河里漂过来一根大檩条，俺娘凭着求生本能，死死抱住大檩条，就那样被大洪水卷着，冲着，冲到了淮河北岸庄台蓄洪区这一片，冲到了俺家住的乔大台子这里。洪水太大了，庄台也泡在水里，俺爷、俺奶和俺大，都没地儿躲水，就站在庄台顶上齐腰深的水里，正好看见俺娘抱着一根大木檩漂过来，俺大扑进洪水里，就把俺娘给救上来了。俺爷用俺娘抱过来的那根大檩条，连同家里的几个农具，捆绑在一起搭建了一个架子，让俺娘坐在架子上躲水。

一家四口人，连同肚子里的我，靠嚼着仅有的一点干麦粒，保住了命，熬过了大洪水。

俺奶后来跟我说大洪水时，总要说是一家五口人，虽然我还没出世。

大水退后，淮河两岸又能摆渡船了。俺爷跟着乔大庄台做小买卖的人，特意去河南的小汪庄，找俺娘的婆家人，找门闩——很多年后，俺娘说起旧事时，我才知，俺亲大的小名叫门闩。又去小李集找俺娘的娘家人，都没了，都被那场特大洪水冲走了。第二年春节刚过，农历的正月十一，我落生了。

你听出来了？对，俺娘成了乔家的人，俺也成了乔家的人。乔大庄台的人都说俺爷命好，一场大水冲来了一个儿媳妇，还有了一个孙子。

后来盖土坯房，俺娘抱过来的那根大檩条，当了脊檩。以后不管来多大的水，屋子可以泡塌，但那根脊檩，每次俺大都从倒塌的泥屋子里抽出来，深深插进庄台的泥糊子里，不舍得丢。他说，这根檩是恩木。没有它，就没有眼下的一大家子人。俺娘被大水冲到乔大庄台时，俺大快满三十了，寡汉条子一个。我小时候问过俺娘啥是恩木，俺娘说，恩木救过她的命啊。

我一直不知道我不是俺大的亲生儿子。因为，在家里我是最娇的。我下面还有两个弟弟两个妹妹，但我是最受宠的。俺爷、俺奶对我百依百顺，菜园里的黄瓜才长半拃长，还顶着小黄花呢，我要吃，俺奶就马上摘了给我吃。俺爷从河里摸了鱼回来，俺奶马上蒸了给我吃。俺娘私下里跟我说："娃，你一定要记住，你是家里的老大，得有个老大的样子，得处处让着弟弟妹妹，不能一个人吃独食。"

十来岁我就懂事了，俺爷俺奶再偏心我，给我好吃的，我就拿出来跟弟弟妹妹分着吃。我甚至还学会了逮鱼，把鱼交给俺娘，让俺娘蒸了全家吃。砍柴、收庄稼，我都把自己当劳力待。

解放后的1950年，又一场大洪水来了。

这是我自记事起，遇到的一场最大的洪水。

淮河决堤了！

这年的阳历7月份，淮河两岸连降大雨，上游支流的河水，一起汇入淮河干流，淮河水位陡涨，波峰迭起，一浪高过一浪，不停冲撞、压迫着淮河大堤。因年久失修，加上水太大浪太急，淮河大堤无力抵抗，就出现了大缺口，缺口越撕越大，淮堤就直接被大水冲垮了，俺庄台这里称这种现象叫溃坝。有些地方，大水就直接从淮河大堤上漫了出来。想想看，这淮河两岸要遭受多大的水灾啊。淮河大堤以北的庄台这一片，当时还不叫蓄洪区，是淮河湾里的水窝子。不用说，淮河溃坝，这水窝子里水该有多深，平地的大水就有一丈多高，住人的庄台子都被水泡了，一时间房倒屋塌。

大水来了，人都慌了，不知该朝哪里跑，有的跑到树上蹲着，有的跑到柴火垛上趴着，柴火垛被水冲走冲散，人也掉进水里冲没影了。大水里漂着人、猪、牛、羊，惨不忍睹。最安全的就是大树，人这样以为，大长虫小长虫、大老鼠小老鼠也这样以为，都一窝蜂铆足劲朝树上跑。俺这乔大台子村东头，先前有一棵大槐树，两搂粗，就是1950年大水过后死掉的。大水来时，庄台上逃不脱的人，就瞄上了这棵大槐树。村东头的笆斗，家里只有一间庵棚，离树最近，见四处是亮汪汪的大水，就率先爬到了树上。笆斗是寡汉条子，平常天不怕地不怕，来大水也不怕。庄台人对大水也习惯了，上树躲避大水，也不稀罕。树杈上挂杞柳筐，筐里装小孩，也是发大水时常有的事。没想到这次争地盘的长虫会这么多，浩浩荡荡朝树上爬。笆斗最先爬上去，之后是乔秤砣一家三口朝树上爬，还有乔磨棍一家五口。树上一下钉了十来个人，树枝直摇晃。这不是最危险的，无数条长虫顺着树身朝上爬时，才吓人。先是秤砣媳妇喊一声"俺里娘啊，长虫咬俺啦"，扑通一声掉进洪水里了。秤砣伸手想够媳妇，结果一只手里抱着娃，一只手还得攀着树枝，腾不出手来，眼睁睁看着媳妇被洪水冲走。他自己也被爬上来的长虫咬伤，最后也死了。只有手里的娃娃命大，活了下来。乔磨棍一家五口活下来两个，是挂在树杈筐里的两个娃娃，大孩子和他媳妇都遭长虫咬伤，中毒死了。他自己是被长虫缠住了脖颈，掉水里冲走的。筐里的两个娃，吓得哇哇大哭，筐系上还盘着两条长虫，硬是没伤娃。扒在树梢上的笆斗，眼睁睁看着所发生的这一切，人就神经了。有大船来救他时，他说八样的也不下树，嘴里喊着："长虫咬死人，长虫咬死人……"

淮河洪灾，牵动着中央首长的心，毛主席作出了"一定要把淮河修好"的重要指示，这才有了十万大军齐上阵，修建沿淮千里大堤、建桥建涵闸建蓄洪区的盛大场面。

2

庄台这一块的淮河，也是从1950年冬天开始治理的。这一年，我17岁，也懂事了，是个大小伙子了。俺娘跟我说："快，报名去，赶紧出工。修好淮河，一河两岸的人都幸福，都不会遭水淹。"我就报了名。

我们县里有个张作家，专门写过1950年的大洪水，我都能背会呢。让我想想，他是咋写的。想起来了，张作家这样写道："新中国开国礼炮甫响，1950年6月29日淮河就开始涨水，上游的大小支流一起汇入淮河干流，洪峰叠合，浩瀚奔腾，异常汹涌。沿淮堤防，虽经奋力抢险，终因标准过低，水头过高，相继漫溢崩溃，平地水深丈余。沿淮群众纷纷攀树登屋，拼命喊救命，哭声震野，涌到没有漫水的堤埂上。153公里长、40公里宽的洪河口到正阳关地带的淮河两岸，洪水滔滔，成了一望无际的泽国……"

张作家写得太逼真了，这场洪水是我亲眼见证到的。乔大庄台离洪河口只有几里路远。大水已经没过庄台二尺深了，一座座土坯房接二连三倒进水窝里，很快就成了泥巴糊，我家的土坯房也不例外。我和弟弟各人手里抓着屋檩，其中最大的那根脊檩，被俺大紧紧抱着。俺大和俺娘开始把屋檩竖起来，插进泥巴糊里，一头绑成一个三脚架，搭成简易的无顶庵子。俺奶和我两个妹妹，分坐在庵子两头的三脚架上，俺爷俺大俺娘和我，还有两个弟弟，六个人负责站在齐腿肚深的水窝里，保护着家人。站了两天两夜粒米未进肚，滴水不沾牙，而大水还在涨，已涨到腰窝这里了。乔大庄台上的人，就像是站在大海里。"再大，也大不过1931年。"俺爷给我们分析水情，"大家心里不要慌，咱这庵子牢靠得很；这水也就到腰窝这里了，不会再涨了，大小不要怕，二小三小也不要怕，你们都是大男人了。"

大小，是我的小名；乔建设是我修淮河时现取的学名。二小，是我二弟；三小，是我三弟。我俩妹一个叫四妮一个叫五妮。当时我17岁，二小14岁，三小11岁，两个妹妹一个9岁一个7岁。没想到，最先倒下的是俺爷。俺爷泡水时间一长，发烧了。他当时已经70岁了，上了岁数，不经泡了。俺奶坐在庵棚架子上面哭，两个妹妹也吓哭了。俺爷浑身打战，牙齿磕得啪啪响。幸好解放军的大船开过来了，这是一艘专门救人的船。在水里搂着木头漂的，抱着草垛漂的，钉在树上跟长虫、老鼠争地盘的，都被解放军开来的大船救了命。大船头伸出一只长木板，搭在乔大庄台边的水窝里，解放军站在船头大喊："乡亲们，大家按顺序上船啊，不要带东西，这船是救命的。留得青山在，不怕没柴烧！"

俺大先把俺爷背到船上，俺娘背起俺奶跟着上船，然后俺大又抱起我大妹小妹上船。我和俺两个弟弟都能自己上船。俺大是最后一个上船的，他上船前，把那个"庵子"又固定了一下，用粗麻绳拴着那根脊檩，让绳子穿在泥糊里早先埋了一半的石磙的眼上。这样，只要石磙冲不走，那根"恩木"也冲不走。

退水后，乔大庄台耸立着的各种各样的无顶"庵棚"，像参差不齐的老牙齿，这里一撮，那里一撮。而我家的那个"庵棚"，更加醒目，那只从八公山凿切过来的赭色石磙，伸出长长的麻绳，紧紧拉着那根粗脊檩，就像植物根系一样，稳稳抓着不放。

1950年淮河暴发特大洪水，惊动了毛主席、周总理，毛主席挥笔写下"一定要把淮河修好"。1950年10月14日，中央人民政府政务院颁布了《关于治理淮河的决定》，新中国水利建设事业的第一个大工程就此拉开帷幕。党中央制定了上游蓄水、中游蓄泄并重、下游以泄水为主的治淮总方向；沿淮两岸的豫、皖、苏三省人民同时动手，吹响了两百万工农大军共同治淮的集结号！

1950年11月6日，中央批准成立了治淮委员会，办公地点就设在安徽的蚌埠。11月底，沿淮三省治理淮河的工程全面打响。

修建淮河大堤工程开工后，我随着大家朝工地赶。乔大台子离淮河的直线距离只有5里路，我甩开脚步，没一会儿工夫就到了淮河大堤工地。阳历的11月底动工时，正是农历的十月底，小河小汊里都结冰了，风刮得冷飕飕，冻得手都不想伸出袄袖。可是在工地上干活，不觉冷，棉袄都甩掉了。我已经满了17岁,虽然家里伙食不咋样,但我身量不矮,就是太瘦了。民工队队长看我太瘦,分配工作时,让我担小三锹的挑子。你可知道啥是大三锹,啥是小三锹?你要去咱大闸的纪念馆参观,就能看到,大锹小锹都摆在那里呢。

这大锹和小锹的区别是,大锹又长又宽,一锹铲下去,再用脚使劲踩锹蹬,可劲儿地朝下挖,一锹就能铲出20多斤土。小锹身量窄些短些,铲出的土只有大锹铲的一大半。当时的挑子,一头拴一只杞柳编的大土簸箕,如果用大锹铲三锹土,一只簸箕能装80斤土,一担就有160斤;如果是小锹铲三锹土,一担最多有120斤。小三锹的挑子,一般都是分配给妇女和17岁以下的小半拉橛担的。庄台这里的半拉橛专指没成家的男孩,年纪小的叫小半拉橛,年龄大些的叫大半拉橛。我的年龄正属于小半拉橛。队长怕压坏了我这个小半拉橛,让我担小三锹的挑子。我不干,我坚决要担大三锹的挑子。咱一个男子汉,怎么能跟娘们一样干活呢,那可太丢人了。

就这样,我在工地挑土修淮河大堤,从年前一直干到年后。整整4个月时间,起早贪黑,平均每天能挑200担。挑土都是一路小跑,从取土的河底顺着河坡朝上跑,有百十米长,一个来回就二百多米长。4个多月,少说我也跑了几千里路了。

到了来年春天,属于咱庄台这里的55公里长、29米高、8米宽的淮河大堤工程,顺利完成了。然后,又接着修圈堤。国家不是把庄台这一片划成蓄洪区了嘛,那就要修大堤把蓄洪区围起来盛水。怎么围?淮河大堤围着南端的淮河,已经完工了,北边要重修一条大坝，大坝两头要和淮河大堤连起来，这就是厉河大坝。厉河淤积厉害，是分洪道，要把厉河拓宽挖深，再在厉河南岸筑一个大坝。厉河大坝有多长？54公里，大坝的高和宽，都比照着淮河大堤来修，高度宽度和淮堤一样结实，能抵御洪水风险。

除了农忙季节，冬季和春季，整个庄台人都忙碌在修堤筑坝的工地上。我挑土的本领在增长，早已冲破了大三锹，变成了大四锹。那会子能用大四锹的，没几个人。我挑的土方，每天都排第一。有人给我取个外号叫"黑旋风"，就是夸我挑土跑得快如旋风。我后来才知道"黑旋风"是书上写的一个武功很了得的人物，我就是个挑土的，哪能和他比。

1952年冬季，庄台蓄洪区的工程全部完工。然后，兵分两路，一路大军加高加固蓄洪区内100多座的庄台子，一路大军修建大闸。对，就是这座千里淮河第一闸的泄洪口的大闸。

大闸是1953年1月10日开工修建的。开工那天，虽然滴水成冰，可场面热闹得像春回大地。淮委的专家，地区和县里的领导，都来参加了开工典礼。仪式很简单，就在施工现场摆一张桌子，一排凳子。因为我在工地表现突出，就被选为群众代表参加了开工典礼。我心里那个兴奋哪，鞭炮响起来时，我跟着大家一起喊着口号："一定要把大闸建好！"这口号是和毛主席的指示"一定要把淮河修好"相对应的。

开工典礼结束，工程立即启动。为了在汛期来临前建好大闸，整个工地连天加夜，日夜奋战。那火爆的场面，我现在回想起来，就好像发生在眼跟前一样。但建大闸和修淮河大堤、厉河大坝不同，工程很复杂，光靠出蛮力的民工不行，还需要工程师和大量的技术骨干人员。但这类人才太缺乏了，怎么办？淮委的领导就前往上海、江苏、浙江等省市招纳人才，经过多方努力和上级部门的支持，终于招来了一批技术人员。建闸工程如期进行。

我仍然挑着大四锹在工地上来回奔跑。这次干劲更足，因为工地上出现了许多可歌可泣的人物。"可歌可泣"这句有学问的话我可不会说，是工地上的广播播送的。大闸工地彻夜不眠，热火朝天，电线杆竖到工地上，电灯泡明晃晃地照着。庄台人是第一次看见电灯泡，夜晚都有老人跑去看稀奇。就是在这明亮的电灯泡下，人人拼命干，个个不使闲，轻伤不下火线。当时比较困难，伙食不咋好，就算吃个半饱，大家也不耽误干活。有的技术人员生病发烧，也坚持在工作第一线。其中，最感人的是一位工程师。他叫陈光南，来自南方的杭州市。陈光南是学水利专业的大学生，在上海上大学时就是地下党员了，这次，他带着一身的本领，来到大闸工地。我至今记得他在大闸开工典礼上的讲话，他说："这座大闸，非同一般，它肩负着淮河几千米流量的重任，稍有偏差，后果不堪设想！我们的工程，一丝一毫不能马虎，否则，会掉脑袋的！"

陈光南工程师冒着严寒，在工地上指挥着技术人员挖大闸的基座、绑扎钢筋、浇灌混凝土，他盯着每一道工序，生怕哪里出现差池。因为过度劳累、操心，加上水土不服，他病倒了。

得了肠胃炎，拉肚子，肚子疼得直不起腰。虽然在吃药打针治疗，可十来天都不见好。陈工程师瘦得两颊都塌下去了，眼睛深深陷在眼窝里，但他手里拄着一根木棍，还是坚持到工地上查看工程进度。淮委的领导可急坏了，见西药止不住，就找我们庄台上的郎中，用偏方止住了他的病。

身体刚刚好转，陈工程师就接到一封电报。他看后，半天都没说话。这时候，几辆大货车正好从上海运回了建闸的设备。陈工程师就把电报塞进口袋里，指挥着大家卸货、安装。直到第二天，淮委的领导才知道，那电报是他爱人从杭州发来的，内容就五个字："母病危速归。"

原来，是陈工程师的亲娘生病到了很严重的地步了。他娘就他这一个儿子，他爹死得早，他娘是寡妇熬儿把他养大，供他读书、成才。但他硬是没有回去。淮委的领导劝他先回去见见亲娘，他指着一堆设备说："在这关键时刻，我怎么能离得开？我又怎能放心离开？再等等吧。"

然后，他跪下来，朝着南方连磕三个响头，喊道："妈妈，自古忠孝不能两全，现在是建大闸的关键时刻，我不能离开工地，请原谅儿子的不孝吧……"

一直到大闸竣工，陈工程师才回到家里。而他的老娘，已经去世一月有余了。

正是工地上一桩桩感人的故事，激励着每一个建大闸的人。无论刮风下雨，白天黑夜，建大闸丝毫不耽误。终于，经过186天的拼搏，1953年7月14日，大闸顺利竣工。两千多名建设大军,有130人被评为劳动模范,这其中就包括我……

这座进水口的泄洪大闸,被喻为千里淮河第一闸,它是淮河防汛的晴雨表,淮河灾情的风向标,也是守护淮河的钢铁巨龙!

3

这是俺老伴,叫刘红霞。比我小一岁,身子骨比我还硬朗。我俩商量好的,我活多久,她就陪我多久,谁都不准半道撇下谁。

俺老伴说我的身体本来比她好,就是上河工时逞强拼命,把身子骨累垮了。我说怎么可能呢,我现在还能比画几个太极拳动作呢。你瞧,这几招,对不对?

说起来都是缘分哪,俺俩就是修淮河大堤时认识的。那时候刚解放,虽说都还比较封建,但妇孺老少齐上阵修淮河大堤,也就不讲究男女有别了。但半拉橛和小闺女还是不能主动说话的,特别是小闺女,如果和半拉橛说话,会被人说成没规矩。俺俩碰面时,都是低头看脚下,挑着担子,各跑各的,谁也不理谁,谁也不看谁。她挑着小三锹,我挑着大三锹,都穿着破棉袄,她还在头上勒条花手巾,谁也看不清谁的长相。我老伴后来跟我说,如果不是我挑土方天天数第一,从大三锹换成大四锹,在治淮工地上出了名,她也不会知道我是谁。

直到大闸竣工,我俩都成了劳模,胸前戴着大红花,我还没敢正面看她呢。是乡上的妇女主任给俺俩做的红人,对,红人就是媒人,俺庄台这里不兴说"媒","媒"和"霉"同音,就把媒人说成红人啦。妇女主任当红人，先问俺老伴的意见，她说没意见了，妇女主任才跟我家大人说。

这一眨眼，多少年了呀。从1953年夏天大闸竣工、冬天我们成亲，到现在整整71年了呀。

这71年，我一直住在乔大庄台上。我们这乔大庄台，是名不虚传的大庄台，在蓄洪区排名第一的大庄台。多大面积？现在是100亩地大，两千多口人哪，是湖心庄台中最大的庄台。开始的时候，乔大庄台海拔才有25.5米高，经过了一次次大洪水的考验，所有的湖心庄台都跟着"水涨台高"，眼下乔大庄台高度达到海拔31.5米了，是标准的安全庄台了。

我掰着指头跟你算一算，从建好大闸的这71年里，发过多少次大水，拔过多少次大闸蓄洪。内涝不计算在内，咱就说舍小家顾大家拔大闸蓄洪的大洪水。这71年里，撇开2013年8月12日拔闸放水抗旱那一次不算，拢共拔闸16次蓄洪。我也在这里说明一下，1954年其实是连着拔了三次闸，因为时间相隔太近，在十几天内连着拔闸，后来统计时，就算作这个年份是拔一次闸。这是大闸纪念馆里明明写着的。我不抬杠，事实上，大闸确实在这一年被拔开三次。

在几十年间的十几次拔闸蓄洪中，我记得最清楚的是1954年7月的大洪水。咋就那么巧，1953年7月14日大闸建好，1954年7月6日就拔闸了。这大闸，没白天没黑夜地修建好，就像专门等着这一年的大洪水。是的呀，这一年的6月份开始，就普降大雨，到了7月份，淮河的肚子撑得不行，沿淮大堤受洪水挤压，有危险了。怎么办？拔闸蓄洪啊。只有拔开大闸，把淮河的水放进庄台蓄洪区，淮河的肚子才能卸饿；淮河肚子不撑了，淮河大堤就没危险了。就这么简单。

看着差几天就满一周年的泄洪大闸，我揪着心哪！庄台人哪个不揪着心呀，生怕这新大闸有个啥闪失，万一斗不过洪水咋办？我前面说了，这1954年其实是连着拔了三次大闸的。7月6日、7月12日和7月17日，因为拔闸的次数太密集，资料上就写成1954年拔闸一次，其实是三次。我为什么会记得这么清楚？因为，从到头尾，我和附近庄台的巡堤民工，一直就眼睁睁看着呢。

是的，到了6月汛期，大闸管理处就进入紧急状态，住在大闸附近庄台的村民，就报名义务当起了大闸巡堤员，我也是其中之一。我们几个有个共同点，就是，我们曾经一起修过淮河大堤，又一起建设这座大闸，大闸竣工时还一起戴过大红花，大红花没摘掉时，又一起递交了入党申请书。

现在，我们亲手挑土修筑的庄台蓄洪区泄洪口大闸和大堤，就要面临洪水的考验了，它们能经受得住吗？

在大闸大桥的桥面上，大闸管理处的赵主任比谁都急。他像个陀螺一样在桥面上来回转动，不时朝远处看着与淮河相连的支流进洪口翻卷的水浪，再低头看一眼大闸桥墩上的水位刻度尺。对，就是显示水位的标尺，我们习惯上称刻度尺。他嘴里不由自主喊出了声："水位咋又涨了，快淹到28米了啊。怎么办哪！"

你知道那时候是多么十万火急吗？我们庄台的老百姓只知道看着大闸的水位刻度尺是否朝上涨，而淮河南岸的河南省，从6月份开始普降大雨，好几个县已经暴发了大洪水，低洼处水深有一丈多高了，出现了房倒屋塌的现象。而多日连降大暴雨，各处支流源源不断地朝淮河里灌水，淮河的肚子越撑越大，淮河北岸安徽段的淮河大堤也即将崩溃，大闸管理处的赵主任有文化，他嘴里反复念叨一个词"岌岌可危"。我当时不懂这是啥意思，但从赵主任的脸上看得到，那是非常急、非常危险的事就要发生了。许多年后我问孙子，啥叫"岌岌可危"。俺孙子跟我说："俺爷啊，说深了您不懂，那就朝浅里说吧，就是很危险很危险的意思啊。"

关于1954年7月淮河发大水的情形，大闸管理处的赵主任后来跟我说过。我现在学给你听听。那时候，河南、安徽两个省的省委书记，都给毛主席打电话求救，河南省的省委书记哭着说："主席啊，您赶紧发话让淮河北岸的庄台蓄洪区开闸蓄洪吧，我们省的几个县，都泡在大水里了，房子也倒了，牲畜也淹死了……"

安徽省的省委书记也哭着说："主席啊，淮河北岸的大堤快保不住了，眼看着要漫顶了；如果淮河北岸大堤漫了顶，决了口，京浦铁路这条大动脉也保不住了啊，我哪有脸见人哪……"

两个省的省委书记，报告的是同一件事：淮河两岸都有大洪水！淮河南岸的大洪水要朝北岸的蓄洪区排放，淮河北岸的大堤也即将决堤淹没淮河以北的地区……淮河两岸人民的事都不是小事，可是，怎么办？毛主席也发愁了，立即让秘书赶紧请周总理商议此事。周总理这时候正在听水利部的几位同志汇报淮河两岸发大水的事。见到毛主席后，周总理把所了解的情况向主席请示汇报之后，毛主席最终作出指示：如果淮河北岸新修的庄台蓄洪区达到蓄洪条件了，一旦大闸达到开闸水位，就下达启用命令。

为什么赵主任知道得这么清楚？他本人就是执行者啊。他日夜都守着那部电话，那是接收上级指示的唯一通道。在大闸守护着的不止赵主任一个人，当时的县长、县武装部部长都守在大闸这里，日夜不停，一群人眼睛一眨不眨地紧盯着大闸的水位标尺刻度，28.5米、29米、29.2米……7月4日，中央防汛总指挥部下达了开闸命令：7月6日拔闸。

7月4日到6日，仅仅两天时间。庄台蓄洪区的十几万百姓，在这么短的时间内搬迁，困难可想而知。那时候不像现在，路好，还是硬化的柏油路水泥路，那时候，整个庄台蓄洪区180多平方公里，没有一寸道路是硬化的，全是土路。经过连天大雨的浸泡，土路都变成了泥巴路，走一步滑三滑，泥巴溅得到处都是。我们几个巡堤的，都是预备党员，就自告奋勇分头通知住在庄台上和庄台下的人赶紧转移。

到今天我都不能忘记，我们几个分头朝庄台喊人转移的场景。"拔闸了，拔闸了！赶快跑，赶快跑！朝淮河大堤上跑，朝厉河大坝上跑，朝岗上跑！"开始，我先被自己的声音吓了一跳。我的声音高得变了调，都不像我的声音了，又尖又吵，可是，尽管声音又尖又吵，刚一喊出来，就被风雨夺走了，到最后，我都把嗓子喊哑了。泥糊子路太难走，我们都没穿鞋子，赤着脚，一个庄台一个庄台地跑着喊人。唉，不能说成跑，跑是跑不动的，只能是连滚带爬。不仅我们几个巡堤的在喊人，所有庄台的民兵、村长、队长都分头去喊人。我正好也经过乔大庄台，我的声音变得更尖更大，因为我看到了我老伴，正挺着大肚子，站在庄台边。我没有进家里说一声，我老伴朝我摆着手说："你别上来耽误时间啦，咱这个庄台，我来替你喊人！"

我老伴身子不方便，可是，她带着双身子拖着泥巴鞋子，一家一家去拍门，喊大家赶紧跑。"拔闸了，拔闸了！赶紧跑，赶紧跑！朝高地方跑，朝大堤大坝上跑！"听到老伴喊人的声音，我就放心了。她的声音比我洪亮。

顺着庄台喊了两天人，回来时，就遇到一群群拖儿带女的搬迁大军，朝大堤大坝上搬，朝蓄洪区外面的岗上投亲靠友。虽说庄台筑高了，但土垃堆成的庄台，一旦泡水时间过长，谁心里不害怕呢？与其守着，不如搬离。

终于，当庄台上的人全部像蚂蚁一样涌到淮河大堤、厉河大坝上时，7月6日上午12时整，四颗信号弹穿过雨蒙蒙的庄台上空，在天空炸响。刚刚兴建一年的泄洪大闸，嘎吱吱拔开了钢铁巨门，那几股黄澄澄的大水柱，冲破了闸门，变成了气势威猛张牙舞爪的蛟龙，大喊大叫着，直朝庄台这里扑来了……

见证大闸第一次拔闸蓄洪时的情景，真是惊心动魄。这个词，也是很多年后在广播和电视新闻里常听到的。"惊心动魄"

这个词，只要大闸一拔闸，就会出现，庄台的老百姓都能记得它，有文化没文化的，都能脱口而出，还知道它包含的意思。这新建的大闸，在洪水的冲撞下纹丝不动，稳如泰山，经受住了洪水的考验，不仅是这一次，也经受了后来反复多次的考验。

庄台蓄洪区也经受住了考验，蓄洪接近所设计的最大容量6亿立方米。一片汪洋中的庄台啊，只有高树梢头冒出水面，只有大庄台高庄台还站立着，小庄台矮庄台已经被洪水吞到肚子里了……

第一次拔闸后，大闸的水位标注刻度回落到27.6米，这预示着，淮河的肚子不那么撑了，淮河南岸的几个县，房子、树木能露出来了，人也能活命了！淮河北岸的铁路和城市，不用担心淮堤漫顶受淹了。

然而，仅仅过了5天，淮河水位再次上涨到29.19米，上级再次命令拔闸，信号弹再次在大闸上空升起……没想到的是，从7月6日大闸首次拔开到7月17日第三次拔闸，在11天之内，大闸闸门连着被拔开三次，庄台蓄洪区的蓄洪量达到了11.6亿立方米，超过设计蓄洪量3.44亿立方米……

可是，沿淮两岸的雨水，还时断时续下着。更没想到的是，7月20日我们几个村民沿着淮河大堤巡逻时，发现了一处险情。那是下午3点，淮河大堤王家庄台这一段，出现了一个大决口，洪水撕扯着淮河大堤，扑向大堤下面的庄台。我飞快地跑向设在不远处的抢险指挥部，一路都在大喊大叫着："赶快抢险哪，淮河这里决堤啦！"

县长带着县里的抢险队，火速赶来。征用了附近渔民的两只大木船，把船用柱子和铁丝固定住，紧紧堵在决口那里，在船的下面和周围，抓紧填塞装着泥土的麻袋。经过一个多小时的奋战，终于堵住了淮河大堤决口。我负责扛袋子，这回没有挑子，直接扛。当看到决口被堵上时，才发现自己成了泥人……

4

啊，1954年的大水说得太多了。因为这场大水，是几十年不遇的大洪水，还因为，这是大闸建成后第一次拔闸泄洪，等于是这场大水给大闸打了满分，因为大闸经受住了洪水考验，因此，就在脑中记得清清楚楚永生不忘啦。

大水退去后，搬迁的人陆陆续续回到了庄台上。虽然房倒屋塌了，东西被大水冲走了，家家都一贫如洗了，但大家不惊不慌，该干啥干啥，把泡水的土地翻整好，种下黄豆，点上花生。没有牛犁地耙地怎么办？就朝岗上的生产队去借，管牛吃管牛喝，保证不让牛生病。耩地就靠人拉耧，男女劳力齐上阵，人人拽着一根绳，朝肩膀上一搭，五六个人一张耧，拉得比牛跑得还快，照样把种子耩到地里。

泡了水的庄稼地，别提有多肥。中秋节前，遍地的大豆结满了荚，这场大洪水带来的愁苦，算是熬过去了。

这样熬了两年，经过了大洪水的庄台人，算是填饱了肚子，日子有了奔头。到了1956年的夏季，淮河上游又涨水了，不用说，淮河的肚子又撑满了。拔大闸泄洪水，是救淮河的唯一出路。

这一年拔闸的时间太早了,是阳历的6月9日,农历的五月初一。庄台下面的麦子地,黄喷喷的小麦,还差两三天日头照晒,就熟透了,就能下镰收割了。如果不出意外的话,端午节那天,家家保准能吃上新麦子磨的好面馍。

在6月2日这天,庄台周边的天气还爽晴爽晴的,没下一滴雨。天上的太阳,暖烘烘地可着劲儿给小麦穗收青,等把最后那点不显眼的青气收掉了,就能下镰割小麦了。但淮河上游的河南省地界,大雨瓢泼样不停地下,是搭船过渡去淮河南岸赶集的人回来说的。

我那时候已经是乔大庄台东二生产队的队长了。这年,我23岁,我的党龄已经满了两年。

我们乔大庄台,是湖心庄台最大的庄台,共有四个生产队,西一队,西二队,东一队,东二队。我任东二队队长。啥是湖心庄台?这是按照庄台建的地方来称的。建在淮河和厉河堤坝上的庄台,叫沿堤庄台;其他和堤坝不挨边的庄台,都叫湖心庄台。蓄洪区的100多座庄台,沿堤庄台只占四分之一,大部分庄台都是湖心庄台。拔大闸蓄洪时,那些不在堤坝上的庄台,四周都被大水围住了,庄台就在水中央,就叫湖心庄台了。听说南乡里在下大雨,我心里就咯噔了一下。对,我们淮河北称淮河南的地方,一律叫南乡里。

南乡里下大雨,淮河北就有危险,谁让我们这里是有座泄洪的大闸蓄水的大水窝呢。这大闸的作用就是放水,淮河里的水既不能在上游积着,也不能到下游屯着,唯一的出路,就是从大闸这里泄洪,把淮河水存到庄台蓄洪区。可是,这遍地的金小麦,多喜人哪,不会等不到麦子收割就泄洪吧。

6月2日,我忍不住跑到大闸的桥面上东张西望。大闸管理处的赵主任,一进入6月,他就在屋子里待不住,这会子正站在大闸的桥面上。见我跑过来,就一脸严肃地问道:"乔建设,瞧你这心慌意乱的样儿,心里想啥呢?"

我边转着眼珠朝淮河那里看,边说:"我怕跟大洪水抢麦子。"

赵主任把脸绷得更紧了,说:"我心里也直嘀咕呢。这南乡里下大雨,我们这个大水窝,保不准又要帮淮河盛水了。"

我看了看大闸附近的麦子地:"再给我们10天时间,就能下镰收麦,15天内就能颗粒归仓。老天会给吗?"

赵主任指着大闸下面桥墩上画的水位标尺给我看,水位正切在26.5米那里,离警戒水位27.5米不远了。我立马转身朝淮河边跑。

我要去看看淮河。

淮河的水位确实不低,河肚子饱饱的,翻着水花直朝淮北大堤上扑。顺着淮河朝西南方向张望,淮河南的滩涂地安静得很,那里看不到麦子地,都是洼地滩地。我的眼睛不是望远镜,太远的地方看不清,但站在淮堤上,我能清楚见到淮河的样子。淮河吃得太饱,肚子撑得圆滚滚了。我心里又是一咯噔。

跑回大闸那里时,赵主任还纹丝不动站在大闸桥面上。我问道:"上面可有通知?"

"进入汛期后,巡堤是常态了。但没有拔闸的通知。"

谁能想到,不过一天时间,淮河两岸的天气阴得滴溜溜的了,大闸的水位标尺猛地越过警戒水位,到达27.6米了。赵主任马上去摇电话摇柄,向县里、市里和淮河防汛指挥部报告水情:淮河水位越过警戒水位0.1米。

整个庄台人的心绷紧了。

要不要抢收小麦?这时候抢收回来,还能吃到新麦子,虽说麦子没长熟,麦粒是瘪的,但总比颗粒无收强。

万一不拔大闸呢?这遍地的麦子还没熟透,收早了,麦粒不饱满,就可惜了,达不到国家收购的标准了。

我像热锅上的蚂蚁,在乔大庄台上来回走动,又跑到麦子地里用手去抓麦穗。麦子没熟,麦穗还是瘦的,麦芒还是软的。这时候把麦子抢收回来,只能在场里晒干后再用石磙轧,还得小心翼翼轧,不然,麦粒太瘪,就容易被碾碎。

怎么办?怎么办??

乔大庄台其他三个生产队的队长,和我一起跑到大闸那里看水位。水位还在涨,县里的领导也过来了。这时候,从河南那里开来一艘船,直接开到大闸边,船上的人也不下来,就只盯着看大闸的水位。

"28.1米!"船上的呼喊着,马上把船调头,朝淮河南岸开去。

"这是河南省的人来看水位了。他们一定会向上级报告,要求我们这里拔闸蓄洪!"赵主任有经验,一脸愁容地说。

果然，到6月5日那天，上面的通知下达了：6月9日拔闸泄洪！

一时间，庄台蓄洪区的人都把头发梢竖了起来，赶紧去抢地里的小麦吧。管它熟不熟，先收回家再说。可是，收回家堆放在哪里？庄台上没有打麦场，打麦场都在庄台下面，下面要蓄洪，哪能堆麦棵？而且时间也来不及，现在需要抢救的是生命，而不是麦子！

可是，麦子快熟了呀，能吃了呀！到嘴边的粮食，还能让它跑了？

庄台上乱得不行。有人捆被子，有人拿镰刀，有人把猪朝架子车上抱。我把家门口榆树上的半块铁犁铧敲得咣咣响，一边敲一边喊："拔闸了，拔闸了！大家抓紧时间转移到淮河大堤上、厉河大坝上，不要贪财，该舍就舍，动作要快！"

想了想，我又加了一句："只保命！记住，只保命！"

那些准备割麦子的人，就把镰刀扔下了。有人边绑被子边哭。还是有人跑到了庄台下面的麦子地里，撸了一抱麦穗回来，朝板车上放。

大闸那里已经聚了好多人，县里的领导、武装部的领导都来了，还有骑着马的民兵，随时准备应急时快马加鞭送情报。

6月9日上午，大闸水位涨到28.65米，大闸的闸门被拔开了。呼呼叫的大洪水，直扑庄台而来。金黄的小麦地，瞬间被洪水盖住了。庄台上的老人先哭，哭的是小麦没了。过了几天后，哭的人更多，因为，房屋也没了。

1956年大水过后，庄台蓄洪区开始再给庄台加固加高，朝上堆土。大家齐心协力把庄台朝高里堆，乔大庄台又堆高了几尺，整个庄台子胖了一大圈。可是，这个大土堆，到底能不能经得起今后的大水泡啊？

　　确实经不起泡。1960年6月30日拔大闸时，乔大庄台还是漫水了。这一次的淮河水太凶猛了，大闸水位标尺显示达到29.08米了。这么多的淮河水朝庄台这里泄，庄台能吃得消吗？

　　唉，一说到一场场的大洪水，我这心里就不好受，啥时候都不好受。可是，最让我难受的是1968年的大洪水。没想到雨水那么大，淮河两岸都告急，大闸水位线的刻度标尺，一个劲儿朝上涨，快得拦都拦不住。7月13日上午9点，大闸水位涨到30.35米，淮河水直接从大闸的桥面上漫过来了。这时候，拔闸泄洪刻不容缓。7月15日，大闸被拔开了，淮河水像饿狼一样，扑进了庄台蓄洪区。虽然居住在庄台下面的村民提前撤离到庄台上，但有不少达不到安全标准的庄台，还是出现了险情。有的庄台边缘被洪水泡塌，有人站在庄台边还没明白咋回事，就被水头卷走了……更没想到的是，在这紧要关头，大闸东边半里路的地方，淮河大堤被洪水冲开了一道200米长的大决口！

　　淮河真是疯了，不按规矩出牌了！

　　这边刚拔闸泄洪，那边就冲开决口。双管齐下的大洪水，让庄台人一下蒙了。这个大决口，给撑得肚儿圆的大淮河找到了发泄的机会，一时间，滔滔大水，不分青红皂白，从决开的堤口那儿，直接灌进庄台蓄洪区。低矮的庄台，一下就被大水淹没了。庄台上的人都傻了，只能站在庄台齐腰深的水里，等待救援。有的人朝树上爬、朝屋顶上爬，可是，都是土坯房屋，很快房子就塌成一堆泥糊子了。一时间，整个庄台蓄洪区，陷入极度危险之中。

幸好这时候，毛主席派部队来救庄台人了。武汉军区来了三个师的舟桥部队，大船也开了几十艘，还有冲锋舟也开来了。大船又高又大，还长着两搂粗的大烟囱，一艘大船就能装下乔大庄台全庄台的人。因为淮河决堤，大水远远超过了庄台蓄洪区的蓄水量，100多座庄台子，差不多全军覆没，都被水淹没了。有的庄台，所有房屋都变成了泥糊，只有极个别的高庄台，还有几间房屋没倒塌。大船和冲锋舟四处搭救在洪水中挣扎的人。同时，调来的部队也争分夺秒进行抢险救援，抓紧修复决口的淮河大堤。

不仅有舟桥部队，还有空军部队也来救援，飞机把药品、帐篷，还有吃的喝的，都朝淮河大堤、厉河大坝上扔……

那时候，我已经是大队党支部书记了。对，那时候行政村都叫大队。我扑进洪水里，连着救了十几个人，男女老少都有。我三十多岁，正当年，水性好，不怕大洪水，我把他们一个个背到安全的淮河大堤上。救援部队搭建了帐篷，老人和妇女孩子可先安顿在帐篷里，男劳力都上抢险工地了。我抹着脸上的泥水，又跟着大船救人。是的，命更重要。我是大队书记，我得把庄台上的人找齐了。

乔大庄台总共少了5个人。是的,他们是被决堤的淮河大水冲没的。

啊,我没哭。你看花眼了吧。

然后是1969年拔闸,1971年、1975年拔闸,1982年拔了两次闸,1983年拔闸,1991年又两次拔闸。1971年拔大闸,哭声最响。大闸是阳历的6月13日拔开的,正好是农历的五月廿一,这年的年成好,有太阳的日子多,麦子熟得早,庄台人早早盼着端午节吃新麦面做的糖包,把镰刀磨得亮晃晃的挂在屋檐下,就等麦子一炸芒,男男女女全部下地割麦子。麦收是一年当中最热闹也最有干劲的,因为麦子收成的好坏,很重要。过年包饺子、蒸大白面馒头,全靠这一季麦子。没想到,大太阳下,拔大闸的通知下来了。紧急通知,不用说,又是上游发大水了,淮河的肚子撑满了。

洪水到来时,庄台下面的庄稼地里,都是刚刚割倒的麦棵。有人攥着镰刀,站在麦地里哭,不愿意离开。我就大声喊:"先保命!先保命!明年还会有麦子!赶快撤!"乔大庄台的人就一边拉着板车朝淮堤上撤退,一边哭声一片。不光是舍不得自家的屋子和屋里那点不值钱的泥囤子泥台子,最舍不得的是刚刚割下来还没碾下麦粒的一地麦子。瞧着大家一边哭一边勾着头朝地里望,我心里一横,指着脚跟前的麦子地说:"5分钟时间给大家,就这块地的麦子,谁抱上车归谁家!"话音刚落,大家扑棱一下飞到地里,眨眼工夫就把一地的麦棵堆到板车上了。这都是集体的麦子,我也没多想可会犯错误。大家手忙脚乱抱麦子堆在板车上，有的老人生怕麦棵从板车上掉下来，直接扑到麦棵上压着。真就5分钟抢麦棵时间，遍地的黄麦棵再多，大家也不贪，这些年跑水反也有经验了，知道时间不能耽搁。幸好抱了一些麦棵，不然，在淮河大堤上挨饿时，连咀嚼干麦粒的机会都没有。对呀，挨饿的那些日子，用手搓搓麦穗，吹掉麦芒麦糠，把麦粒直接放嘴里嚼，香喷喷的麦子面味。管它是生是熟，真能管饿啊。

1991年是我当行政村村书记时最后一次拔闸，1992年我就退下来了。1992年，我正好60周岁。

5

说说1991年的大水。

你从网上查查看，一准能查着这年发生在庄台蓄洪区的大水，是几十年不遇的大洪水。6月15日和7月8日，大闸连拔两次，大洪水一直就屯在庄台蓄洪区内。第一次拔闸后，望着汪洋一片，大家想着洪水赶紧退，退了还能抢种秋庄稼。结果是，不但没接到退水的通知，退水闸那里的闸门还一直关得铁紧，泄洪口这里的大闸又拔开了。连拔两次大闸，庄台泡水四十多天，是几十年来庄台泡水时间最长的一次。大家几十天都住在庵棚里，长虫、老鼠都朝淮河大堤上爬，朝庵棚里钻，大人哭小孩叫，老人拿着棍把长虫挑走一条，又来一条。老鼠更是不要命，都敢朝人裤腿里钻。

这一年我整整59周岁。

1991年的年份和往年不同，这一年，进入梅雨季节的时间提早了一个月。5月18日入梅，7月15日出梅，梅雨期接近两个月。这两个月，老天爷尽情发着威，沿淮地区大暴雨接连不断。我还记得我仰脸朝天上看时，大暴雨把我的脸都砸疼了。我想，这是什么样的大暴雨啊，简直就像皮鞭嘛，都把我的脸抽疼了。我心里就不由一咯噔。年年进入阳历的6月份，只要一下大雨，我心里就会咯噔。我不说你也知道，我就怕发大水。一发大水，就要拔闸；一拔闸，庄台人就得跑水反；一跑水反，就得房倒屋塌。好容易积攒几年的家底子，就打水漂了。

6月11日这天上午，天上的雨停了，太阳从云彩眼里露出半张脸，像是在偷偷看一看，庄台这里的水情咋样了。还能咋样呢？庄台下面的路面上，积水已经淹到人的小腿肚那儿了；麦子地油菜地，麦穗和油菜秆，还都好生生在水面上支棱着。我心里咯噔咯噔直响，想，如果暴雨不再下了，打开所有排灌站的机泵，庄台的内涝，一天内就能排掉，庄稼地还有救，人还有得吃。如果大雨再接着下，淮河首先受不了，万一拔了闸……我就蹚着水，在庄台下面转悠，又到大闸那里转悠。

大闸管理处热闹得很，县长把这里当成了办公室，坐镇指挥着，眼睛熬得通红。我心里刚刚缓和的松快劲儿，立刻跑得没影了。看这阵势，汛情正吃紧哪！我看着管理处墙上的那个天气预报示意图板，上面有一个个红点点在闪动。赵主任已经退休了，现任主任罗红光告诉我，这一个个闪动的红点点，都是正在下大暴雨的地方，位置都在淮河上游。

我心里连着三咯噔。

果不其然，6月12日，大闸的水位超过了警戒线，冲到了28.1米。顺着淮河朝西南方向看，那里全是黑压压的乌云，不用说，正是天气示意图上红点点闪动的地方。紧接着，传出淮河上游出现了新中国成立以来最高的洪峰的消息。

庄台人的心再一次揪紧。我的心揪得更紧。哗啦啦蹚着水朝家走，刚走到庄台边，庄台中央水泥柱上拴的大喇叭，轰轰轰响得直炸人耳朵："紧急通知！紧急通知！乡政府召开抗洪防汛大会，各行政村书记务必参加，不得缺席！紧急通知……"

来不及回家喝口汤，我直接朝乡政府跑。

乔大庄台属于大闸乡，大闸乡政府离乔大庄台只有5里路。6月12日上午10点钟，大闸乡各行政村的村书记陆陆续续进到乡政府会议室。乡党委书记开门见山地告诉大家，要做好开闸前群众转移工作。如果水位再涨，拔闸蓄洪近在眼前！

尽管做好了思想准备，但听到要拔闸蓄洪的确切消息，心里还是乱扑腾。回庄台的路上，看到壮壮实实的小麦地油菜地，心里啥滋味都有。只要一拔闸，蓄洪区即将成熟的庄稼，就全泡水里了，颗粒无收那是肯定的了。

6月14日傍晚5点半钟，国家防汛抗旱总指挥部发布了1号令：6月15日中午12点，拔闸泄洪！这就意味着，庄台上下居住的所有群众要连夜转移！

来不及吃晚饭，我从家馍笊里抓过一只凉馍，边跑边啃，挨家挨户动员大家赶紧搬家。没用的东西不要带，最多带上粮食。庄台上的人，连稀饭都来不及喝一口，马上整理东西。板车车胎没气的，抓紧打气。找绳子找口袋，捆被子装粮食，牵牛拉羊绑猪腿，一时间，庄台到处响着人喊猪叫牛哞哞。你不知，跑水反就是这样，尽管我再三说拣重要的东西拿，甚至不要带东西，只保命，但对农民而言，哪样东西不重要呢？连一块抹布都舍不得扔掉啊。

没想到，到晚上11点时，又宣布拔闸时间提前到15日上午的8点整，整整提前了4个小时！那就意味着，整个庄台蓄洪区的全体群众就算连夜搬迁，总共也只有8个小时的时间！

当时蓄洪区的10个乡镇100多座庄台上下，居住着15万多群众，家家户户加一起有近1万头牲畜。在这么短的时间内，把这些全部搬迁到安全地方，难度太大了！缺少车辆，缺少人力物力，道路全是泥糊路，通行不畅。但事情就摆在眼前，没有选择，必须按点完成！

一时间，整个蓄洪区，到处响着大喇叭的喊叫声。每个乡镇的广播室，成了拔闸前大搬迁的指挥台。大喇叭里的喊声是动员大家抓紧撤离，搬迁到淮河大堤上、厉河大坝上。仅凭大喇叭通知还不行，得组织人员到居民家跟前说。县里从非蓄洪区乡镇抽调了1000多名干部，加上庄台蓄洪区的包点干部，连夜蹚着水、打着手电筒、举着电喇叭，一边喊着，一边朝各个庄台进发。

"拔闸蓄洪泪汪汪，庄台上下泥巴房。洪水来了俺就跑，洪水退后再回乡。先把屋基夯平整，脱坯和泥再盖房。"这是庄台流行的顺口溜，唱了几代人。跑水反惯了，连顺口溜都有了。尽管庄台人跑水反都有经验了，但危险还是存在的，搬迁时还是很费劲，意想不到的事太多。生病的，年纪大的，恋家不愿走的，都有。有的人性子急，鸡鸭羊朝板车上一装，被子粮食朝上一摞，小孩老人朝车上一放，拉着就走。也有的人觉得大水来到还有段时间，就这个也想带，那个也舍不得丢，拾掇个没完没了，净耽误时间。不催他，说不定就被大水冲走了。

乔大庄台也叫乔大行政村，行政村总共由四个庄台组成，除了乔大庄台，还有三个小庄台，分别是后刘台子、前刘台子、小井台子。我最不放心的是后刘台子的刘大婶，她是孤寡老人，七十好几的人了。刘大婶是寡妇熬儿，没想到儿子成家不久就病死了，儿媳妇抬脚改了嫁，她就一个人熬着。她耳朵背，听不到广播里的通知，我得跑到庄台她家门前喊她。她每次都是搬迁时的困难户。不光是年纪大了行动不方便的困难，最困难的是她要拿上家里所有的东西。你知道的，搬迁时最宝贵的是时间，生命安全是和时间赛跑的，该扔的就得扔，该板的就得板，只要人命在，被大水冲跑的还会再挣回来；要是人命没了，那还有啥可说的？心里都知道这个理，但人人做起来却身不由己。刘大婶每回都要带东西，连盆底上打了扒子的瓷盆都舍不得扔。搬迁时板车也紧张，一家最多一辆，她家又没板车，得搭别人家的板车，再带上那些破破烂烂的东西，多占地方！

我蹚着水，举着电喇叭，一边喊"拔闸了，拔闸了，只有4个小时了，抓紧时间全家撤离，搬到淮堤上，搬到厉河大坝上"！就喊到刘大婶家门口了。她果真在收拾东西，抓东扔掉西，逮鹅又抱鸡，我帮她把东西拾掇好放在一个大蛇皮袋里，就把她交给隔壁的刘三虎。看着她上了刘三虎家的板车，才放下心来。

没想到，早上6点天亮了，我和村里的文书井俊良，分头再对几个庄台进行清查，看可有群众没搬走时，我见到了返回的刘大婶。俊良去前刘台子，我到后刘台子。当我第一眼发现了刘大婶，我还以为自己是在做梦呢。她居然还在自家屋子里坐着抹眼泪。我的娘啊！这都啥时候了，马上大闸就要拔开了，她还稳稳坐着。我是亲眼看到她坐上刘三虎家的板车撤走了呀！

"他家嫌我占地方，哼！"刘大婶气哼哼向我诉说着，抹着眼泪。我后来才知道，哪是人家嫌弃她，是她自个硬要下来的。因为她家的两只老母鸡，她没捉住，飞跑了，她要回家来捉鸡，捉了再拿走！

"乔书记，你来都来了，就帮我找一下鸡呗。"

她一头白发，被风吹得凌乱不堪，眼睛里挂着泪，有"捉不到鸡，坚决不离开庄台"的决绝。我看看手表，还有一点时间，二话没说，就开始帮她找鸡。

尽管后刘台子是个小庄台，庄台上的树也没几棵，但找鸡还是费劲。我担心别是谁把鸡捉走了。心里想着，嘴上不能说，还得帮她找。我火急火燎地四下找鸡，先到庄台东头找。刘大婶跟在我身后，生怕我不认真帮她找鸡。她怀里又抱出来一只盐坛子，说用了几十年了，回回跑水反都没落下过。

我有啥话说？赶紧找鸡。

庄台房子窄小，屋挨屋，中间只有三尺宽，找起来也费劲，因为鸡不像人，你叫它它不答应。刘大婶年纪大，腿脚还行，但万一她有个闪失，又是负担。我让她别跟着，就坐屋门口等我。

我开始转悠。来到庄台正东头那棵大柳树下，抬头一看，好嘛，那两只鸡正一声不吭地蹲在树杈上，瞪着圆溜溜的鸡眼看着我呢。

我赶紧找来一根木棍，拿棍朝树上就捣。棍太短，够不到鸡，我只得把棍插在后腰上，两手抱住树，朝上爬。爬到树杈那里，站起身，抬起头，举棍就戳。这时，一泡热乎乎的鸡屎正砸在我脑门上，砸得我一个趔趄，差点栽到树下。我双手抱住树杈，鸡屎顺着脑门又挂到鼻尖上，如果不是鼻尖挡着，鸡屎非撞进我嘴里不可。

来不及多想，抬起胳膊，用袖子先擦掉鸡屎，再抽出腰里别的树棍，朝上就捣。两只鸡见势不好，扑棱棱飞了下来。一个朝东飞，一个朝西跳。我嘴里喊着"朝哪里跑"，哧溜一声滑下树，顾不得肚皮被树皮蹭得生疼，就追撵朝东跑的那只鸡。我担心它跑到庄台下面，那就麻烦了，下面有水塘，还有庄稼地，要是跑起来，我不一定能跑过它，那更没希望把鸡逮住了。

跟着鸡围着庄台边转，扑了好几次，回回都扑空，差点把我自己撂到庄台下面去。它麻利得很，每回一扑，它就哧溜从我腿下钻跑了。最后它跑到庄台中间的石碓窑那里，跟我转圈圈。在我跳到碓窑那边扑它时，它越过我头顶，飞到了碓窑这边。就这样折腾了近一个小时，我累得不行，呼呼直喘，鸡也累得直喘,估计也饿得没劲了。刘大婶站家门口,嘴里咕咕咕唤着鸡,伸出手,装作撒粮食喂鸡,鸡真的就顺着声音跑过去了。我看隔壁人家屋山墙上挂着半张破网,就赶紧摘下来,朝鸡那里一扔,盖住了它。

另一只鸡也随着刘大婶的呼唤声跑了过来。我直接扑过去盖上它,刘大婶喊叫起来:"哎呀,乖乖,可别压坏了它。"

我一欠身,鸡朝我脸上狠狠挠了一爪子,火辣辣地疼。

也顾不了那么多,先把两只鸡绑起来,我松了一口气。这时候,我听到远远传来信号枪响的声音,凭经验我知道,大闸拔开了!

我们乔大庄台行政村,是离大闸较近的庄台,离大闸近,预示着洪水第一时间就能到来。不像退水闸那里的庄台,拔闸好几个小时后水才漫到那里。

我心里急得很,赶紧背起刘大婶,就朝庄台下面跑。身后背着刘大婶,胸前挂着那只破网,网里兜着那两只鸡,还有一个盐坛子。井俊良也从前刘台子跑过来跟我会合。

我们一起蹚着水朝淮河大堤那里走。水很快没到我腰窝那里,如果不赶紧跑,水没到头顶,就麻烦了。虽说我凫水的技术没问题,可是,背着一个老人哪行啊。而且,我自己也是个半老的人了,不是小伙子年龄了,我有这个能耐吗?

幸好井俊良跟着,他比我年轻,就把刘大婶换到身上背。开始刘大婶还信不过他。我说:"大婶,你放心,我出事他都没事。他年轻,比我安全。"我又提了提兜着鸡的破网,"我要保护好它俩呢。"

洪水快漫到脖子下面时，我们终于一身泥水赶到淮河大堤。见我脸上有不少血印子，堤上正在搭帐篷的人吓了一大跳。我什么话也没说，赶紧安顿好刘大婶，又马不停蹄巡视淮河大堤，检查整个行政村的人是否都搬好了。

乡政府开会的任务很明确，"四个要"：要严，要齐，要抢，要快。要严，就是严格执行上级的命令；要齐，就是一个人都不能少，庄台人全部齐刷刷地搬迁好；要抢，是抢吃的喝的用的；要快，就是和时间赛跑，拔闸前全部搬到安全的地方。

乔大庄台行政村圆满完成了"四个要"。

我长出了一口气，这才去俺家的庵棚看看。俺娘一见我就喊："你脸怎么啦，咋淌血啦？"我用手一摸，装作没事样说："没事，刚才鸡膀子扑棱时扎的。"才想起来，绳子不够，只绑住了鸡的俩腿，刚才水快到脖子时，鸡淹到水里了，它们就拼命扑腾，把我的脸又扑腾烂了几块。

我跟你讲啊，我当行政村干部几十年，回回拔大闸，我都要背着老人跑水反。那些腿脚不方便的老人，越急越走不动，我就背着他们跑。这些年数不清背过多少老人跑水反了，可我从来没背过俺娘跑水反，唉，想想心里怪难过。俺娘老的时候，我跪在她坟前磕头，说："娘啊，儿不孝啊，回回拔大闸，儿都跑得没影，挨家挨户喊人，背人，就没想过背着自己的老娘跑水反哪！"

6

前面说了，1992年的时候，我满60周岁，从行政村书记位置上退休了。可是，我哪能闲得住。回回拔大闸，我还举着小喇叭喊人撤退。是不由自主这样做的。你想想，几十年都是这样子的，习惯了呀。而且，我也有经验，又是一名老党员，在关键时刻，党员冲在前，是应该的，群众看到党员在行动，就有信心。

让我欣慰的是，在我卸任行政村书记后的1992年到2003年的11年间，大闸的闸门安安稳稳，没有被拔开过。这真是无比珍贵的11年哪。我掐着指头算了一下，自从1953年建好大闸，到2003年整整50年里，除去这11年，大闸拔开蓄洪，间隔时间最长的是8年，最短的是间隔1年拔闸。像间隔11个年头还没拔闸的，那就是奇迹。11年里，蓄洪区的庄台人，放宽心抻开腰抡起胳膊，把全部的精气神都抖擞出来了，敢养殖了，敢种经济作物了。有的还盖起了砖瓦房，置办了家具。家家都有了积蓄，庄台人的日子和淮河北平原上普通人的日子一样了，甚至可以说在朝富裕的方向走了。每当我去大闸的桥面上走走看看时，不由就望向淮河那里，再望向紧闭的闸门这里，心里自己跟自己说话："这地方，真的进来过大洪水吗？像大蛟龙一样的水柱子，从闸门这里蹿出来，直冲到庄台里面，让180多平方公里的地方变成了汪洋大海？"

既然年份好了，平稳了，我想，我也得做点什么了。所以呀，1995年，我承包了一片地。这片地是归行政村集体所有的，有 50 亩的样子，我就在这片地上种花生。花生属于经济作物，比种庄稼收成多。我这一种啊，乔大庄台的其他人也跟着我一起种花生。后刘台子的刘大婶说："咦，看不出来你还有这一套啊。"我说："大婶子，我就是咱庄台的庄稼人呀，种地肯定是老把式了。"其实种经济作物，也是上面号召的，我也在电视上报纸上看到了。一九五几年参加了脱盲班，我早被扫盲了。这些年，遇见一个生字，我就查字典背会一个，咱也能写能读了，是个文化人啦。哈，你可别笑话我老人家。

种了 50 亩花生，加上乔大行政村的四个庄台都有人种花生，产量就不少。等花生熟了，我们就雇辆大卡车，让车开到地头直接收走。种的是红皮花生，专门卖给食品厂的。是南乡里的那家食品厂。厂里人说，不用我们自己晒，也不用挑选大粒小粒，他们装走后，厂里用现代化的机器，就能把大粒小粒分拣开。真是高科技呀！

我得跟你说说我四次见到温总理的事了。

第一次见到温总理，是 2000 年的 6 月份。对，这一年没有大洪水，不过，雨下得不小。庄台人的习惯，只要雨连着下三天，大家就把东西归拢了，时刻准备着跑水反。哎呀，这跑水反是旧时代说的，大家说惯了，改不了，现在叫搬迁。这次的雨不大，从 6 月初开始，就隔三岔五地下起来。我和庄台人有一样的习惯，就是，年年进入阳历的 6 月份，就喜欢看淮河，喜欢看天。雨水连着下几天，心就发跳，就想着可会拔闸，可通知大家搬迁。那天，雨停了，我站在庄台边，正朝远处看着呢，来了一群人，大踏步就走到庄台上了。走在前面的人,和庄台上的村民一一握手问好,到我跟前了,也朝我伸出手。我握住他的手,问道:"同志,我还不知道咋称呼你呢。"陪同的市里领导马上介绍说:"这是咱们的国务院副总理温家宝,来庄台看望大家了。"

我一听心里紧张极了。你想想,国家的副总理,那是多大的领导啊。我是第一次见到这么大的领导,可是,温总理一点架子都没有,和庄台上的老百姓站在一起,就是普普通通的人。我一时不知说啥好,就连忙抓过身边的椅子说:"总理,您请坐。"

这时候,陪同的人,都在搬椅子拉凳子。总理始终笑呵呵的,他拉着我的手,让我坐在椅子上,他坐在凳子上,开始和我拉家常。听说我曾是治理淮河的标兵,还参与建设了泄洪口的这座大闸,总理表扬了我。得知我当了多年的行政村干部,就问我乔大庄台有多少人,家家收入情况怎么样,地里的收成怎么样,干群关系好不好。我一一回答了总理的问话,又斗着胆子,把心里的话都说了出来。我说:"总理,咱这蓄洪区的庄台,要是都能加高加固到安全水位上,拔闸蓄洪时,庄台人就不用搬迁了,要省了多少力,减少多少损失啊。"见温总理频频点头,我又壮着胆子说:"咱这蓄洪区要是能架一座大桥就好了,蓄洪时,遇到急难险事啥的,汽车能直接开进来,就快得多,也安全得多;现在只能靠行船,不安全,大浪打来时,翻船的隐患大啊。"总理嘱咐随行人员记下来,并说,这都是关系到民生的大事,政府一定会重视的。

直到温总理离开,我好像还在梦里,脑子里回想着我刚才大着胆子说出来的那些话，会不会有啥不妥的地方。其实这都是我反复思考后一直想说的话。年年大水一来就搬迁，盖好没两年的房子在洪水中泡塌了，好不容易省吃俭用添置的东西泡水了，老百姓心里疼得很哪。还有大水来时，就算一些大庄台高庄台不泡水，可是人生了病，朝医院救治时，没有车，全靠船运，行船风险大得很呢。咱这庄台蓄洪区，平常不发大水时，和普通的平原地区一个样，树是树，田是田，路是路，村是村；可是，大水一来，就变成大海了。真正的大海就是大海，咱庄台下面的大海，那可是特殊的大海，海水下面有屋子，有水泥柱子，有树，有种植大棚。驾船走着走着，就碰到下面的屋子了，水泥柱子了，就得船翻人亡。这事也不是没发生过。几十年来，翻船死人的事，不稀罕哪。你问问庄台上的人，哪一个人也不想拔闸蓄洪，可是，人人心里也清楚，这拔闸蓄洪，那是为国家分忧啊。为国家分忧，不管是对党员干部来说，还是对普通百姓来说，都是应尽的义务呀。

让我没想到的是，温总理离开庄台后，国家真的颁布了新的政策。整个蓄洪区的100多座庄台，在几年的时间内，先后加高加固了，在庄台的迎水坡那里，全部浇铸上了钢筋混凝土，座座庄台都像钢铁长城一样坚固。国家还出台了赔偿政策，蓄洪时无论养殖还是种植，都有经济补偿。

真是欣喜若狂！这个政策，在2003年拔闸泄洪时，得到验证！

还有啊，庄台蓄洪区，真的建了一座现代化高架大桥，北边连着厉河大坝,南边通到淮河大堤,全长两公里,大桥高出地面5米,就像巨龙一样把蓄洪区的两个防洪堤坝连接了起来。大桥从2002年12月份开建,到2003年6月底竣工。在给大桥取名字、征求庄台人意见的时候,庄台人都一齐说,叫连心桥最合适。大桥把庄台蓄洪区人民的心与党和政府连在一起了。

这年的6月,淮河两岸开始下雨。庄台人的心再一次揪紧,又怀着侥幸心理,希望不再拔闸。可是,又都在心里打鼓:11年没拔闸了,是否大闸该拔了?

哈,你信不信?我心里也是这样想的。该拔闸了,时间这么长了。拔闸对蓄洪区而言,是正常现象。你说,咱这庄台是大水窝,盛水的大水袋,存在的意义之一,不就是拔闸蓄洪吗?

还真让庄台人猜对了。淮河水位急速上涨,大闸这里的水位标尺上涨的速度,都以小时来计算了,最快时,每小时上涨7厘米!这也太快了!快得让人心里发惊。

然后,刚刚在6月1日成立的淮河防汛总指挥部,发出了成立后的第一个命令——1号令:7月3日凌晨1点大闸拔开蓄洪!

虽说蓄洪区安全庄台多了,但以防万一,湖心区的小庄台、不安全庄台的人还得朝淮河大堤和厉河大坝搬迁。其中居住在庄台下面洼地上的群众,搬迁起来难度最大。前面说了,有11个年头没拔闸,庄台下面又住人了。有种大棚的,就在大棚旁边建个简易房住;也有开超市的,就住在庄台下面的超市里。洼地里到底住了多少群众,排查起来困难大啊。你猜对了,我肯定又举着小喇叭四处喊人了。

这回不用喊乔大庄台的人搬迁了，大家都守在庄台上，住在自家的屋里。按蓄洪区最高水位计算，乔大庄台已有海拔31.5米的高度了，高于安全庄台了。但居住在洼地的人较分散，这里住两家，那里住三户，都得去喊去叫。我加入了地毯式搜查大军的队伍，我还把党徽别在左胸前。我想，这就是我身份的标志，也是我加入搜查大军的理由。

时间紧得很，从7月2日下午2点接到搬迁通知，到7月3日凌晨1点拔闸，100多座庄台、183平方公里的蓄洪区，想想是个什么概念？近两万名居住在洼地的群众需要搬迁！县里从别的乡镇调来4000多名党员干部，加入搜查大军，直到晚上10点40分，庄台蓄洪区才全部排查完一遍。离拔闸还有两个小时，为确保万无一失，搜查大军再次进行了拉网式搜寻，确保蓄洪区183平方公里，无一人伤亡。

做到了！所有住在庄台上面的群众，都安置好了，拔闸时无一人有难。

大闸拔开56个小时后，淮河洪峰得到削减，淮河水也下降到安全水位，所有人都长出了一口气。大闸关闭后，行政村组织了巡逻队，全天24小时不间断巡视淮河大堤和厉河大坝，要随时查看堤坝内外水情。朝外，要看着淮河水，朝内，要看着庄台蓄洪区的水，两边的水都不能对堤坝有影响。还有，在堤坝帐篷里的群众，吃喝用都要管理着。分四个班轮番巡逻。部队官兵也守在大堤上，随时准备救援抢险。

到了7月10日，大闸的水位线标尺又冲到保证水位以上，达到了28.9米，7月11日凌晨2点钟，大闸再次被拔开了……

这就说到我第二次见温总理的事了。

我是在2003年的7月份见到总理的。这年的7月3日和7月12日，连着拔了两次大闸。间隔了11个年头，淮河又被大水撑得肚儿圆了，为了给淮河泄洪，庄台蓄洪区又要履行蓄洪的使命了。

这一年我多大了？整整71周岁。损失多不多？我来给你说说。我种了50亩花生，儿子承包了100亩地种甘蔗。甘蔗比花生的经济价值更大。两样作物加一起，损失不小。

7月下旬，温家宝总理又来到庄台看望群众。当时，蓄洪区庄台周围的大水还没有完全退去，搬迁的群众还都住在淮河大堤和厉河大坝的临时帐篷里。总理先去大闸那里详细了解两次拔闸时水位变化情况，又走进大堤上临时帐篷里，看望慰问群众。之后，总理又来到乔大庄台。这一次，我一眼就认出是总理来了。总理大踏步朝庄台上走时，我就赶忙上前迎接，一把抓住总理的手不放，嘴里说着："总理，我们庄台人又把您给盼来了。"

总理说："我记得你家，几年前我来过这里。"

总理和陪同的人，都在我家门口坐下来。总理问我庄台的受灾情况，我立刻向总理汇报说："九一年大水后，政府可没少花钱，不断对庄台加高加固，现在的安全庄台越来越多，今年拔闸时，有一大半的庄台人，不用朝外搬迁啦。我们乔大庄台的群众,就没搬迁,家家都平平安安。我另外还要向总理汇报……"陪同的领导用眼神示意我不要说得太多,总理一摆手说:"你接着说。"我就大着胆子说:"总理,我向您汇报的是,我们庄台蓄洪区已经兴建了一座高架桥,我们老百姓都叫它连心桥,从厉河大坝直通淮河大堤,总长有两公里。这次蓄洪,汽车顺着大桥开进开出,比船快多了,也安全多了。"

总理马上证实道:"刚刚,我们的车子经过的大桥,就是连心桥。几年前我来时,还没有这座桥。"

我到现在还能记住总理当时说的话。总理说:"我们的人民真好啊!今年两次开闸蓄洪,庄台人舍小家,为大家;舍局部,顾全局,为抗洪作出了巨大牺牲。我这次来,一是慰问,二是感谢。对你们的牺牲,国家将按照最高标准给予补偿。"听了总理的话,我和周围的群众一起鼓掌欢呼。

这年10月份,总理又来了庄台蓄洪区。总理这次是来看望蓄洪区灾后重建和群众生活、生产情况的。我又一次见到了总理。这次见总理不是在庄台我家的门口,是在庄台下面的田地里。当时我正忙着给承包的那50亩地进行深耕,准备种菠菜和蒜苗。因为拔闸蓄洪,花生受淹了,现在要进行补种。我正抓着一把土查看土地的墒情和湿度呢,总理来了。

7月份总理来时,我已经向总理汇报了花生受灾情况,这次一见总理,我马上说:"总理,庄台上每户人家土地受灾的情况都造好表啦,补偿也到位了。我种的花生按经济作物补偿,比种粮食高出很多呢。"总理大声叮嘱大家,一定要抢时补种,把损失减少到最低程度。我有点显摆地对总理说:"我现在抢种的是菠菜和蒜苗,霜降前就能收菜了,到时就再把地深耕一遍,晒垡一个冬天,来年春天我要继续种花生。"

总理离开时,挥着手和大家一一告别。我当时心里热乎乎的,我虽然71岁了,但作为一名老党员,我有力气有能力,就会一直干下去。

2007年的7月10日,淮河又涨大水,大闸再次被拔开。这次洪水很猛,大闸的13个闸门都拔开了。不用说,庄台又被四面洪水包围了;也不用说,我儿子接手耕种的那50亩花生,全部泡在洪水里了。花生才大半熟,都把地垄拱起来了……

7月13日,温总理冒雨来到庄台。这是温总理第四次来庄台蓄洪区了。

当时,蓄洪区除了建在淮堤上和厉河大坝的庄台还能通汽车,其他湖心庄台都像漂浮在茫茫大海上,成了一座座孤岛。

我家住的乔大庄台,就是湖心庄台。7月10日拔闸时,作为一名老党员,被大家称为"淮河老人"的我,申请到大闸的防汛大堤上,加入了临时党支部。

我当时75岁,是一个标准的老人了,重活干不了,但防汛抗洪我还是有经验的,我可以指导年轻人啊。还有,我还可以走进临时帐篷里,和搬迁来的乡里乡亲谈心拉家常,可以和大家说一说1953年建大闸的往事。给我"淮河老人"这个名头,我可不能徒有虚名啊。

7月13日下午,我再一次见到了总理。总理打着雨伞,穿着雨靴，站在大闸的公路桥桥面上。总理望着滚滚淮河，再望望庄台蓄洪区的汪洋大水，满脸凝重。紧接着，总理又来到大闸的总控制室，听工作人员汇报拔闸前后的情况。

总理走出大闸总控制室，再次来到淮河大堤上，看望抗洪一线的武警官兵和群众。我也在人群中，总理和大家握手时，认出了我。总理问道："你家里的花生今年又受灾了呀。"我连忙说："总理您放心，现在有国家给群众兜底，种植养殖都有补偿，我们心里不怕。"当听陪同的当地领导介绍我是"淮河老人"时，总理说："好，你要多跟大家讲讲淮河的故事，讲讲蓄洪区人民舍小家、顾大家的奉献精神。"我说："向总理报告，自从咱这大闸2003年重建后，我就开始给前来参观的人，讲蓄洪区庄台人民舍小家、顾大家，为国家分忧的故事啦。我还向总理报告，这新大闸竣工后，今年是第一次拔闸蓄洪，新大闸跟原先的老闸比，设施更科学，经受住了洪水的考验。大闸很威武！"

你瞧，我说得太多了吧。我老了，不能再上抗洪一线抬土筑堤，也不能再在抢险工地上摇旗呐喊，但我可以发挥余热，跟前来大闸参观的人，讲述庄台故事，讲述蓄洪区人民不屈不挠抗洪的故事。

7

从2007年7月拔闸后，过去了13年时间，到2020年7月，大闸又被拔开了。这是1953年建大闸以来，拔闸蓄洪间隔时间最长的一次了。这13年里，就像电视里说的那样，庄台蓄洪区发生了天翻地覆的变化。第一个变化，庄台人用上了自来水。在2007年之前，只要开闸蓄洪，庄台下面的水井都被淹没在洪水里，庄台人只能直接喝洪水。虽说明矾把水澄清了，但好多毒杀不死啊。洪水里啥都有，有淹死的动物尸体、有粪便，还有漂着的一些脏东西，都不干净。喝了这样的水，拉肚子、生病都是常事。2007年蓄洪时，庄台上有了压水井，比喝洪水好多了，但压水井水垢太多，一桶水能沉淀一层水垢，喝起来味道也不好，不利健康。2007年拔闸后，庄台上建了水塔，通上了自来水，群众饮水才算得到彻底改善。现在，淮河边建了一座更大的自来水厂，整个蓄洪区实行了集中供水，所有的庄台人，都喝上更干净健康的水啦。

第二个变化，是庄台的环境变美了。以前的庄台又脏又乱又窄小，庄台上房子小不说，还房子挨房子，中间只有三尺宽，拥挤不堪，没有空间，板车进出庄台都费劲。那时候谁家娶媳妇，新媳妇只能在庄台下面下车，走上来。几尺宽的路，哪能走车啊，只够走人。还有谁家老人了，棺材都抬不出去。唉，别提多窝心了。全是泥巴路，一下雨脚都不知道朝哪儿下。庄台的顺口溜你肯定也听说啦，叫"出门一线天，横竖三尺宽；垃圾靠风刮，污水靠蒸发"。形象得很哪。真是晴天一身灰，雨天一身泥。现在好了，蓄洪区人祖祖辈辈赖以生存的庄台，经过整治后，居住环境大改变，不仅路变宽了，还全部铺上了柏油路面，种植了美化绿化的花草果树，家家住楼房，楼房都带卫生间，庄台中间还专门建了一座现代化的文化广场。

庄台人的生活环境变美了，人的心情也舒畅了。你该问了，这人老几辈生活的庄台，面积受困多少年了，怎么就变得宽敞了呢？

这庄台变宽敞变美丽的原因呀，主要是新建的六个保庄圩带来的。这六个保庄圩，分布在整个庄台蓄洪区的四个乡镇，是陆陆续续建起来的，其中，我们大闸镇就建了两座保庄圩，都离大闸不远。对，早前蓄洪区总共有十个乡镇，后来乡镇合并后，成了四个大乡镇。保庄圩和庄台有啥区别？我把庄台和保庄圩比较着来说一说。如果把庄台比作倒扣的一只盆，庄台人就是生活在盆底顶上，蓄洪时，这一只只倒扣着的盆，就形成了一个个小岛，因为面积太小，四周又都是洪水，吃住行都不方便，时间长的话，吃喝都需要供给。保庄圩呢，就是在蓄洪区内用堤坝围了一大块地方，好比把扣着的盆正着放，盆外面是水，盆里面是干的，可以在盆里面建造大楼、医院、学校、超市。蓄洪时，如果不走出"盆"，人就像生活在没有洪水的小镇上，吃住行不受任何影响。只有走到"盆沿"的圩堤上，看大堤四周围着的洪水，才能感受到，是洪水来了。围堤都是按照五十年一遇的防洪标准设计的，只要把保庄圩的圩堤建得科学、结实，拔闸时守护好堤坝，住在保庄圩的人，生活丝毫不受影响。

在2003年7月份，连着拔了两次大闸蓄洪后，也验证了服役50年的大闸老了，成了"病闸"了，在洪水的冲撞下，显得力不从心啦，就像老年人的牙齿，四面漏风啦。于是，就把大闸推倒重建了。而庄台呢？洪水一来就冲垮房屋，多少年因为拔大闸蓄洪，庄台人人心里都凄惶得很。所以呀，2003年洪水退走后，政府就开始加固庄台了，把庄台垫高，给庄台迎水坡扣上钢筋水泥，成了安全庄台。庄台虽然安全了，可是，几代人同住一屋的窄巴生活还是不能彻底改变呀。于是，就开始建保庄圩。保庄圩，就是保护村庄免受水淹的圩堤。谁先发明在蓄洪区建保庄圩的？这个我还真没调查，就没发言权啦，但是建保庄圩，那真是一个好主意。从2003年到现在，183平方公里的庄台蓄洪区，共建了6座保庄圩，最大的保庄圩有两平方公里那么大。政府按照"统一规划，适当集中，兑现政策，自主建房"的原则，在保庄圩内建起了一座座楼房，把住在低洼地、一到拔闸蓄洪就得转移的群众，安置在保庄圩了。另外，根据美丽乡村建设的需要，庄台人的生活环境必须改变，按动员与自愿相结合的原则，庄台人搬迁到保庄圩居住的，占了一半。这样一来，留居庄台的人，住房面积就扩大了，庄台上也新盖了一座座楼房，还有花园、菜园，这在以前，都是连想都不敢想的。出门一堵墙没有了，出门就是花园；抬头看到的是蓝天白云，一线天不存在了；垃圾和污水处理，和城市里没有两样，城里摆放什么样的垃圾桶，庄台上就摆放什么样的，每天都有专人负责运送垃圾到垃圾站，再不用"垃圾靠风刮，污水靠蒸发"了。还有一个变化，拔闸泄洪时，再不用像以前那样，数万人拉着板车、开着拖拉机，跑到淮河大堤上住帐篷了，大部分庄台人都住在庄台上自家屋里。像 2020 年 7 月份拔闸蓄洪，整个庄台蓄洪区，需要迁移安置的只有两千来人，都是在低洼地开店、种植、养殖和做加工的。国家防总下达蓄洪命令后，半个小时就全部搬迁完成了。毫不夸张地说，6 个保庄圩和 132 座庄台，是庄台蓄洪区永不沉没的"诺亚方舟"，一拔大闸蓄洪就要离开家园逃命的历史，一去不复返了。几十年来一直困扰庄台蓄洪区人民的安居问题，终于得到了彻底解决。

你瞧瞧我家房子周围，像不像大花园？刚开始也有人劝我搬到保庄圩大闸新村居住，享受享受现代化生活，我不同意。我说，我就要住在庄台上，我在这里住了八九十年了，心里的感情割舍不了。我家几个孩子都搬到保庄圩了，也是为了重孙子上学方便嘛。是呀，我儿子也做爷爷啦。他们搬走我不反对，各有各的活法嘛。我儿子有时也把我接到保庄圩，叫我"参观参观，体验体验"。确实不错，大闸新村在镇政府以北的淮河大堤内侧，接近两平方公里那么大，堤顶达到 31.3 米，非常安全。整体布局也好得很，有生活区、公共服务区和商业贸易区，圩内还建了十纵六横的柏油道路，还有公园、学校、医院、文化站、污水处理厂、农贸市场、客运站、健身广场、停车场，配套设施好得很。我儿子说，保庄圩的建设，是比照着美丽集镇建设来定的，已经成为"生产发展、生活宽裕、乡风文明、村容整洁、管理民主"的生态旅游美丽乡村了。

真是做梦都想不到，这蓄水的大水窝，咋就有一天能建高楼，像城市一样好看了。

2020年拔大闸蓄洪时，13孔闸门全部拔开了，而庄台安稳得很，保庄圩也安稳得很，这就验证了加固后的庄台固若金汤。保庄圩固若金汤，蓄洪区移民迁建工程和庄台加固工程的巨大作用得到验证啦。拔闸时，我们老两口，就在乔大庄台安安稳稳住着。我儿子从保庄圩打电话，问我咋样，一切可好。我说，好得很，我正跟老太太在广场溜达呢。这可一点不夸张，庄台下面洪水滔滔任它滔滔，我和老伴在庄台上该干啥干啥。其他几个老妈老头，也坐在那里拉呱说家常。

　　我还记得，在拔闸蓄洪的当天下午，电视台的记者坐着冲锋舟，来到了乔大庄台。是个长得很俊的小姑娘，说话也伶牙俐齿："虽然庄台下面汪洋一片，庄台这里却秩序井然，群众生活安定，我们的淮河老人，正和老伴一起散步，他们家的鸡，咕咕叫着，刚刚下了一只鸡蛋。"然后，记者把话筒对准我，让我说两句。我说："时代在变，国家越来越好了，国家千方百计地为我们庄台蓄洪区百姓着想，我们舍小家保国家，国家更是舍得花大价钱，来保我们。瞧瞧这住的，吃的喝的用的，都是国家给的。"

　　我说得一点不夸张。我今年92周岁，你想想，有多少场大洪水，有多少次受冻挨饿，有多少次跑水反？哪个时代，能跟现在这个时代比？

　　在这里，我要跟你分享一件我生命中的大事。

　　2020年7月20日拔大闸蓄洪后不到20天，庄台下面的大水，都从退水闸那儿回到淮河里了，庄稼地也露出来了，庄台下面的大路,也能走人能行车了。8月18日一大早,我跟老伴商量,吃罢早饭,我们一起去庄台下面走走看看。我想跟庄稼地说一声,水退走了,咱该种啥种啥,地里该长啥长啥。

上午,我们老两口,拄着拐棍,沿着庄台周边,走了一圈。庄台上的其他人,也来看庄稼地,商量着补种啥合适。东走走西看看,回到庄台上,又在庄台广场看人下了一会儿棋,才回家做饭吃。

人老了,吃得也简单,晌午就煮面条吃。吃罢饭,刚放下饭碗,我一抬头,见一群人正朝我家走来。走在前面的人,大高个,穿着白衬衫,黑裤子,笑得很可亲,看样子,像个大领导。我看着眼熟,一时想不起来在哪儿见过。这位领导直接走到俺家大门口,笑着问道:"老人家,吃过了呀?"我马上回答:"刚刚吃过,下面条,放苋菜,还打了两只荷包蛋。"一群人跟随着大领导,进到俺家堂屋里,又到俺家厨房,打开冰箱看看,掀开锅盖看看,拧开水龙头看看。最后,一群人进到俺家堂屋里坐下来,和俺拉家常。大领导问道:"这次庄台被洪水围困,生活得怎么样,有没有水喝,可缺米面?"我像抢答一样回答道:"俺庄台上有自来水有变压器,不缺电不缺水,吃喝不愁,米面菜蛋油都不缺,生活物资天天有专人坐船送到庄台的各家各户。到现在,家里的鸡蛋挂面还没吃完呢。"一边说,我一边找东西招待大家。我老伴连忙端出来两只盘子,一盘是新鲜的芡实,庄台下面水塘里野生的;一盘是南瓜子,院子大门口架子上种的。大领导还问了我和老伴的身体情况,听说我参与建设过淮河大闸,被人称为"淮河老人",大领导说:"老人家,你对国家有贡献,了不起!对现在的生活,还满意吗?"我指着堂屋里的摆设说:"日子好着呢。吃喝不愁,大电视、空调、洗衣机,门前有菜园、有广场,日子天天唱着过哩。"

一群人走出我家,在庄台上转了一大圈,才坐车离开。

看着车子开走了,我才恍然大悟:"我见到总书记啦!怪不得这么面熟,原来我在电视上看到过啊,这是总书记来看我啦!"

现在说到这个事,我还激动不已。我何能何德,咱国家的最高领导人总书记来看我啊。我这一生活得多值,多骄傲啊!

还有让我激动的事,我也要跟你分享。2021年6月20日,在建党一百周年的特殊历史时刻,市委、市政府在大闸纪念馆广场,举行了"光荣在党50年"纪念章首次颁发仪式,我参加了。当我捧着闪闪放光的纪念章,一时间,我的荣誉感、归属感、使命感一起涌上心头,万语千言不知从哪里说起。回顾这几十年,我为庄台做了哪些贡献?配得上这份荣誉吗?说句心里话,还差得很远哪。

仪式结束后,我这个淮河老人,为参加活动的老党员和年轻党员,讲述了庄台的故事,大闸建设初期和一次次拔大闸蓄洪时的故事。我说,因为拔大闸蓄洪,咱淮河北岸这143座庄台和千里淮河第一闸的大闸,通过报纸和电视,让全国人民都知道了；每到防汛的关键时期，中央电视台的天气预报，都要点名播报咱大闸的水位到哪里了，天气有什么样的变化；要拔闸蓄洪了，下命令拔闸的是国家防汛抗旱总指挥部！谁能想到，咱这落后不发达的水窝子、锅底子、盛水的大水袋子，和国家同命运共呼吸！这些年庄台人民的点点滴滴，都牵动着中央首长的心，牵动着全国人民的心。全国人民没有不知道咱庄台的，没有不知道咱大闸的，广播里、电视里、报纸上，也没少报道咱们庄台，没少说咱大闸拔闸泄洪，都夸咱们舍小家、顾大家的奉献精神。我要再添一句，我们庄台人，我们淮河楞子，不光有奉献精神，我们还有和命运作斗争的勇敢和不屈服的精神。

你说说，我们庄台人，屈服过吗？

淮河楞子

罗勇军，1966年生。居住庄台：罗台子

从小到大，罗勇军对胡秀芳就没有好印象。为啥呢？胡秀芳太厉害了。在庄台这里，厉害有两层意思，一层是了不起，一层是不讲理。从小时候开始，罗勇军对胡秀芳的评价，就没变过。那就是，她的厉害是不讲理，脾气大，处处占上风。

首先她喜欢打架，男生都打不过她，因为她有种，不要命。许多年后罗勇军才明白，她不厉害不行，因为她家没男孩。小孩子骂架时，最喜欢拿别人家痛处来说，她家就被小孩子骂为"绝户"，这是她最忌讳的，因此，只要有人这样骂她，她立刻扑上去又抓又咬、又掐又挠，让你一辈子不敢再惹她。

庄台西头的成五，跟他们同班，仗着人高马大，动不动就欺负人。上三年级时，有一回，他揪一年级小孩的耳朵，小孩被他揪疼了，大声喊："你敢惹胡秀芳，才算你有本事！"成五放过小孩,从地上捡起一块土坷垃,朝胡秀芳背上砸去,还吹着口哨,嘴里一遍遍叫喊着:"吁!驾!拉磨簸麸,打场耕地;吁!驾……"这都是训牲口的话。

成五喊到第三遍时,胡秀芳猛地站住脚,弯腰拾起地上的半截树棍,回身搂头就朝成五头上夯。成五见她来真的,吓得回头就跑。胡秀芳紧追不舍,成五只得爬到庄台边一棵桑树上。胡秀芳卡着腰站树底下,把能骂的话都翻出来骂个遍,又去旁边茅房里,舀来半桶粪,用粪瓢朝树身上浇,让成五下不来树。这还不算完,她又找来捉鸟的长竿子捕网,捕了一只马蜂窝,举着马蜂窝,朝蹲在树杈上的成五身上擩去。成五又哭又叫,脸被马蜂蜇肿了,逃命般哧溜到树下,弄了一身的臭屎。以后再见到胡秀芳,离八里路,成五就一溜烟逃远了。

因为喜欢打架,比男孩子还野蛮,胡秀芳的人缘也差得很,没谁喜欢跟她玩。她也不在乎,独来独往,我行我素。学习成绩也不咋好,上到小学五年级就停学在家种地了。胡秀芳干活是把好手,或许家里人也把她当男孩来养吧,她的性格里处处都像个男人。

罗台子有三个姓氏,其中罗姓人最多,占大头,胡姓的排第二,还有一个姓氏是张。姓张的只有几户人家。同为一个庄台的人,哪有不熟悉的。从小罗勇军就不和胡秀芳玩,她只比他大一岁,但在他的印象中,她好像比他大五六岁,像个老大姐。主要是她显得太懂事了,太像个小大人了。记得那次他们庄台的孩子一起去野湖汊里捞鱼,男孩子下到水里捞,女孩子站在岸边捞，唯独胡秀芳，像男孩子一样跳进水里捞鱼。在水里捞鱼，明显比站在岸上要捞得多。站水里，可以把兜网直接插进水下面的泥巴糊里，然后用脚搅水划水，让鱼儿无处可跑，直接钻进兜网里，把兜网提出水面时，网里面一定兜着不少活蹦乱跳的鱼虾，大个的鱼也不少。而站岸上捞，就差太多了，捞上来的大都是小毛鱼。

罗勇军是在小学五年级时，影影绰绰听人说胡秀芳是他媳妇的。这下，他可吓坏了，以为是小伙伴们在造谣。他很想问问娘可是真的，又怕知道是真的。直到罗勇军去县城读高中，他娘才说："儿呀，不要有太大压力，考上学就上，考不上也不打紧，咱家就你这一个儿子，娘把啥事都给你想好了。"他心里琢磨娘都给他"想"好了啥，就壮着胆子说："俺娘，庄台上人都说那个谁是我媳妇，是造谣吧？"他娘笑眯眯地说："是真的呀。儿，你今后净享福吧。咱罗台子，哪家闺女也没秀芳能干。再说，你俩也是从小一起长大的，也不生分呀。"

他娘的话，等于直接把他丢进冬天的淮河里，从头到脚透心地凉，他心里别提多难过。又一想，他还小着呢，等他长大了，有了本事，离开庄台，一去不回头，谁爱娶谁娶。

从此，罗勇军心里就有了膈应，再没跟胡秀芳说过一句话。如果老远看到她身影，他宁愿躲起来，也不跟她照面。胡秀芳呢，心里也傲得很，更不跟他套近乎，一副大路通天，各走各边的样儿。所以，当罗勇军验上了兵，戴着大红花，跟着带兵的领导踏上列车，去往几千里外的甘肃部队服役时，心里别提多美了。

他当的兵种是工程兵,虽说离家远,但只要离开庄台,不见胡秀芳,多远都没关系。

按当地风俗,家里说好媳妇的,去部队当兵时,未过门的媳妇会到火车站送站。胡秀芳和她娘、罗勇军的大和娘,还有他妹妹,都到市里的火车站送他。穿着绿军装、戴着大红花,罗勇军心里别提多美,就是考上大学,也没这美。他大他娘反复叮嘱他到部队要听首长的话,要学好本领,成为对国家有用的人。他娘说着还抹起了眼泪。全家人挥着手跟他说再见时,胡秀芳也在他家人里面。她穿得透新,粉底开桃花的蒙袄褂子,蓝涤纶裤子,马尾巴编成了一根大辫子,再不是那个穿着男式大宽裤的野小子样,是个典型的大姑娘,而且还脸红了。罗勇军之所以把她看得这样细,是想着,这一走,就一别两宽了,这些年以为是造谣,没想到来送站坐实了她是他未过门的媳妇。可是,这个名义上的未婚妻,罗勇军居然这些年都没正眼瞧过她,这回就好好瞧瞧吧,瞧瞧也沾不到身上去,是吧。没想到,这一瞧他发现,胡秀芳长得真不孬,身量也高,细细条条的,有模有样。心里就可惜地叹口气,唉,往后,不知哪个好命的会娶了她。总之,祝她幸福吧。

列车带着罗勇军,直奔远方。庄台上的爹娘,远远撇在后面了,还有大水窝子里的庄台、庄台上的泥巴屋、桑树褚树柳树,还有胡秀芳。无论是喜欢的还是不喜欢的,都远远撇开了。

1

我 30 岁那年，走马上任罗台子行政村党支部书记，掐指满打满算，有整整 28 年啦。

在庄台这一片，大家都叫我淮河楞子。

淮河楞子是我们庄台这里的土话。庄台人把天不怕地不怕，勇于挑战，敢于战胜困难的人，称为淮河楞子。这淮河楞子，是褒义的，专门夸奖人的。

我就是一个淮河楞子。

我出生在罗台子，罗台子离淮河大堤和厉河大坝，都是 10 里，距离一样远。这庄台蓄洪区，就是被厉河大坝和淮河大堤围起来的一片洼地，一个盛水的大水袋，形状像一头蹄子陷入泥糊里的马，马尾那里最窄。窄到什么程度？窄到厉河大坝和淮河大堤之间只相隔 4 里，尾巴头儿那里就是泄洪大闸所在地。马肚子这里最宽，有 20 里。我家住的罗台子，就在最宽的马肚子中间的地方。小时候我常听俺大念叨："拔闸就得跑，南边是大堤，北边是大坝，都是五里路，路程一般远，堤坝一般高，上到堤坝顶，安全才可靠。"

我两岁那年，正赶上淮河破堤，庄台蓄洪区这里别提有多惨。对，是 1968 年 7 月份的事。我当时太小，没有记忆，都是俺大后来跟我说的。俺大说，整个庄台的人，跑得哪儿都有。有上到树上和长虫争地盘被咬死的，有爬到屋顶还没来得及喘口气屋子就塌的，最后庄台人都是被解放军的大船救起来的。

1969 年拔大闸我脑子里影影绰绰有点记忆了，三岁记事嘛，但记得很模糊。就记得我坐在俺大肩头上，俺大蹚着水，朝淮河大堤上走。俺娘背着包袱，一边走一边哭，说："这跑水反，何年何月是个头了。"1971年拔闸时我记忆深刻了，就是因为这一年的经历，才有了后来我坚决要离开庄台的决心。

1971年拔闸比较早，是阳历的6月13日，农历的五月二十一，小麦还没熟透呢，全部被大水淹没了。当时的罗台子，海拔只有25米，肯定属于不安全庄台。接到搬迁的通知，家里大人就抓紧时间收拾东西，投亲靠友。我有个表舅爷住在厉河大坝的庄台上，大堤、大坝上的庄台，都叫沿堤庄台。表舅爷家住的沿堤庄台，是个大庄台，离我家7里路，全家准备投靠他家。临离家前，怕土坯房泡了水会倒塌，东西被冲走，俺大忙着把家里的木门摘下来，把桌子、床、木箱子，还有锅碗瓢盆啥的，拢一起，都埋进屋子前面的土坑里。挖的坑有一米多深，就算泡水了，东西被土埋着，也不会被冲走。木箱子是俺娘的嫁妆，一直到现在，我还保留着这只木箱，也是个念想吧。

埋好东西，用口袋装上粮食，俺大挑着，就朝亲戚家走。粮食也不多，黄豆、红芋片、麦麸子啥的，总共只装半口袋。扁担一头担的是粮食，一头是一只杞柳编的面箩筐，坐着我两岁的妹妹。我则跟着俺娘走。俺娘背着用床单包裹着的衣服被子啥的。

那时我刚好5岁。前几天小鸡朝树上飞，我跟在俺娘后面逮，不小心被篾签子扎破了左眼皮，左眼还红肿着，只能用一只眼睛看路。天还下着雨，路是泥糊子路，一家人都赤着脚，踏着泥糊子走,一走一扑嚓。我边走边哭,不仅是累的,还因为眼皮疼,被雨水一淋,更疼了。

天快黑时,到了我表舅爷家。庄台上的人家都住得窄巴,哪怕是厉河大坝上的庄台也不例外。河坝上和淮堤上的庄台,都是一户挨一户顺着坝子一溜排着的房子。沿着堤坝排,没有前院,也没有后院,就只是一座房子。两间土坯小房一下子涌过来四口人,表舅爷家更显得窄巴了,连个下脚的空都没有。表舅爷年纪大,不当家,是他的儿子媳妇当家,眼看着家里住不下,就在门口搭了一个简易庵棚,我们一家四口就住在庵棚里。地上铺的也简单,就是高粱秆编的箔。俺娘把带来的旧被单旧被子朝上一铺,就算是床了。箔很窄,俺大俺娘和我妹,三个人睡得满满当当。表舅爷就让我跟他孙子挤一起睡。是里间的一张床,已经睡了四个小孩,加上我,一共五个小孩子,挤得很,我就把自己搭床边上睡。左眼已经肿得看不见人了,浑身开始发烧,睡到半夜,我感到自己烧得像炭炉子,快要死了,才发现,不知啥时候,我掉到床下了。我昏昏沉沉爬到门口的庵棚里,趴在俺娘的脚头,把俺娘惊醒了。俺娘抱着我哭,让俺大找医生,说再不看医生,小孩可能就烧坏了,活不成了。可是,大半夜的哪里有医生?

到了白天,雨下得大起来,门口的庵棚里进了水,我半个身子都浸在水里了,耳朵眼里也灌了水。俺大跑出去,看到不远的堤坝上,扎着部队的帐篷。俺大三步并作两步冲进帐篷,说:"你们这里可有医生啊,我小孩烧得快不行了。"

帐篷里没有医生，有个战士随着俺大来庵棚看躺在水窝里的我，摸摸我的头，二话没说，骑上一匹高头大马，带着我飞驰而去。不一会儿，战士带着我到更远的帐篷里，找到了医生。医生给我量了烧，说我这是眼皮戳伤感染了，要吃消炎药才行。又给我打了消炎针，服了药。连着三天，医生都来我表舅爷家给我打针。第四天，我浑身不烧了，人也舒服了，眼睛上的肿也消掉了。我看着骑大马的解放军战士和坐在马背上的医生，想，等我长大了，我也去当兵，学一身本领，救助他人。

不发烧了，人也不难受了，身上也有劲了，就站庄台边上看大水。黄泱泱的大水，把天和地都改变个模样了。朝天上看，天被大水映得低矮了不少；朝坝子下面的地上看，树呀、庄稼呀、房子呀、小河呀，啥都没了，就是黄泱泱的大水，让人以为自己是站在船上行走呢。盯着打着漩涡的大水看，就觉得脚下的庄台在走动，可不就像船在行走嘛。水上漂过来的啥都有，草末子、树叶子、树棍子、沤得发黑的破杞柳筐、烂得发臭的茄子豆角，这些都不稀罕，都没用。只有粗檩条会有人打捞，还有打成捆的麦秆，不知是谁在大水来临前，匆匆忙忙偷割下来的没熟透的麦子，结果没保住，反被洪水冲走了，冲到哪里，都有人捞。这边庄台上的大人，就盯着水里看，捞有用的东西。把竹箅子伸到水里面，就能把麦秆捆子捞上来了。麦秆上的麦穗，泡了水，反而掉不到水里，却也不好吃了，有股味了。可是，捞上来，晒干了，在碓窑里舂碎了，煮着吃，照样能充饥。就是味道苦得很。

那一次拔闸，我在表舅爷家门前的庵棚里住了两个多月，才返回罗台子。是水退了，家里又垒起了土坯房后，才回去的。埋在土里的家当，当真都还在土里。俺娘抱着陪嫁来的小木箱，哭红了眼睛。

心里有了当兵的念头，所以上小学后，我读书特别用心，就想着多学文化，成为了不起的淮河楞子。

学习好是一方面，练水性更重要。淮河楞子排在第一的本领就是水性要好。你想想，生活在大水窝里的人，水性不好，拔闸蓄洪时，怎么能在水窝里扑腾呢？

我操练水性，先是在自家门前的小暖河里游。这条小暖河，其实不小，弯弯曲曲几十公里长呢，是蓄洪区里的一条内河，也是一条安全河，平常水流不急，庄台的孩子操练水性，差不多都是先从小暖河开始的。然后，觉得技术可以了，再去厉河里游。从南到北游厉河四个来回后，才能下淮河进行最后的检验。

我第一次去淮河游泳就不紧张，因为不是汛期的淮河，风平浪静的，比厉河宽不了多少。我从北岸先游到南岸，歇一会儿再游回北岸。两个来回后，就能一鼓作气从北岸游到南岸再由南岸拐回北岸。如果游两个来回不歇不累，游泳技能算是过关了。

当然，我真正了解淮河的凶猛，是经历了一次次的拔闸蓄洪之后。谁能想到，我这个淮河楞子，无数次被淮河大水整治，无数次死里逃生。看似温和的淮河水，冲出淮河，扑进庄台蓄洪区后，咋就变得那么凶？

2

前面说了我小时候经历拔闸发大水,我们全家去亲戚家避水的事。那时候我5岁,住在厉河大坝亲戚家的庄台上发烧了,多亏部队的医生治好了我,保住了我的命,记忆特别深刻。后来就发了狠,长大了一定要离开庄台,离开大水窝。因为庄台这里太苦了。

从此,人生有了方向。

考上大学是农人跳农门最直接的一条道,对庄台人而言,要跳出蓄洪区的大水窝,当然也是如此。还有一条道,当兵。

我当兵的愿望有过起伏。经历了拔闸发大水发高烧的那场事后,我当兵的念头比较坚定,主要是那名军人骑着高头大马带我去看医生的场景,让我终身难忘。我觉得人生最值得骄傲的事,就是成为一名军人。但上了高中后,愿望发生改变了,我知道考大学才最直接。只有考上了大学,农人的身份才能彻底改变,才能离开庄台大水窝;而当兵的话,如果混得不好,三年义务兵结束,还是会回到庄台这地方,继续当与大水作斗争的农民。

那时候,上高中得去县城念,乡下没有高中,镇里的学校只有初中。去县城念书,成本大得多。家里也真穷,而我正长身体,饭量大,几乎顿顿只能吃个半饱。关于挨饿的事,也是一生难忘的。

罗台子离县城,抄近路走也有50里。当时住学校集体宿舍,每周回家一趟。回回我都是步走,抄近路,50里路得走4个小时。都是周六下了晚自习回家，走到半夜才能到罗台子。那条弯弯曲曲的近路，两边都有坟岗子，我也不怕。那时候就怕活的，哪怕死的？

那一回，还有三天就到周六了，就能回家了，但我口袋里只有两分钱了，三天的伙食怎么办？学校食堂有馍有饭，可是我买不起啊。我想了许久，就上街买了一斤萝卜。正好是两分钱一斤。萝卜不大，大拇指头般粗细。我每天就吃拦腰一顿饭，三根萝卜。吃过萝卜再喝一肚子井水，就饱了。啥叫拦腰一顿饭？就是早晚两顿饭不吃，中午的那顿饭，就叫拦腰一顿饭。一斤指头粗细的萝卜，真就吃了三天。挨到周六，下了晚自习，又摸黑走几十里路到家。饿得头晕眼花，哪顾得上路两边有什么坟岗子，就直扑罗台子，就想着家里的厨房可有剩饭剩馍，要抓紧把肚子填饱。

您瞧，这么穷的家，我能不发狠跳出这大水窝里的农门吗？

可是，对，一出现"可是"这样的词，就说明事情不是顺着自己设计的方向走的，出现波折了。那时候高考时间还是设在阳历的7月份。高考分数公布后，我以3分之差落榜了。别说本科，连大专都没挨上边。

高考落榜的那段时间，我别提多失落了。在罗台子，我几乎不出屋门，也不跟庄台上任何人说话，甚至，一听到谁在说笑，我就以为他们在嘲笑我高考落榜。在家里憋了半个月，我终于走出家门，还是和原先一样，抄小路，步行走到县一中门口。我想在学校门口遇到同学，和同学商量未来的出路在哪里。落榜的肯定不止我一人，落榜准备复读的也大有人在。那时候的高考，被说成千军万马争着过独木桥，一点不夸张。我们全班应届生加上复读生总共 61 人，只有两名同学考上了大学本科，而且都是复读生。应届生全军覆没。

在学校大门口，真遇到同学了。几个男同学，有庄台这边的，也有岗上的，还有县城的。几个男生没精打采地在学校操场溜达，围绕着是复读还是走上社会的事展开讨论。有的同学说家里穷，不打算再念书了，念了也白念，大学太难考了，不如抓紧学门手艺。有的准备学木匠，有的要学瓦匠，还有要学篾匠的，就是杞柳编织，我们庄台这里叫柳编，还有的准备去更大的城市贩菜打天下。县城的一位男同学说，他准备参军，部队也是人生大熔炉，有更多锻炼成长的机会。

我一听到同学说当兵，立刻眼前一亮。因此，当兵的念头，就强烈起来。那时征兵是冬季开始，进入 11 月份，部队就来人征兵了，我就报了名，真的验上了兵。

其实去部队当兵，家里是反对的。主要是，我是家里的长子，而且是唯一的男孩，俺大心里就不同意，他说他准备农闲时去柳编厂打工挣钱，供我复读。我听得明明白白的，俺大不希望我去当兵。

但我心已定，意已决。

我决定去部队当兵还有一个理由，那就是，如果留在家里，大学能否考上是未知数，但我肯定得跟胡秀芳结婚。那怎么可能，那不是一辈子就把自己拴在庄台这大水窝里了。留在水窝里，还要和一个一点都不喜欢的女人结婚,那一辈子要怎么熬才能过完啊!

这就是我当时的真实想法,所以,无论如何,我也得去当兵。

从小到大,我对胡秀芳一点好印象都没有,我不可能跟她结婚。

哈,说起来这桩婚事,都是两家大人做主,早早定下的。哪一年? 1975年的事。我才多大啊,虚岁10岁,其实就只有9周岁。对,是1975年拔大闸时的事。拔闸那天是阳历的8月15日,耩下地的黄豆已经出苗了。我上小学二年级,正好放暑假了,待家里,然后就有大队的干部过来喊"拔闸了!拔闸了!赶紧搬家",这喊声满庄台跑,大人小孩都慌乱一团。作为长子,9岁的小孩也有一把子力气了,我就帮着俺大把家里的东西埋进门口的深坑里,不用说,还是上次埋过的那只木桌子、那扇从门框上现拆下来的木门,还有锅碗瓢盆啥的。搁现在来看,都是一堆破烂,但那时候可金贵了。

这次俺娘没有把陪嫁的小木箱一起埋土坑里,而是要带着走,还在小木箱里放了几件旧衣服。说上次拔闸时木箱埋坑里浸了水,如果这次再浸水,木箱就烂了。但带着小木箱朝外搬家,很费劲。当时俺小妹才两岁,大妹已满6岁。依旧是俺大担挑子,把全家值钱的都挑着了,扁担的两头,一头是一只杞柳编的大粗篓子,放着值钱家当,一头是粮食口袋。俺大妹走路,俺娘背着小妹,还挎着两只装东西的杞柳筐。因此,俺娘陪嫁的小木箱,就由我负责背着了。俺娘事先用旧被单把小木箱包起来,把被单的两个角,在我胸前系个死扣。虽然箱子不沉,但毕竟比一般物件大,我走路时,箱子底半截的地方就不停磕碰我的腿弯,走一步,就好像被谁踢一脚,时时担心会跪在地上。作为家里的男人,我虽然只有9岁,但我知道这时候要忍着。我发现只要我把两只小胳膊像老鹰的翅膀那样张开来,身子朝前作冲锋状,木箱就不再磕碰我的腿弯,或,只能轻轻磕碰一下我的腿弯。一路上,我就一直保持这种走路方式。

这次我们全家没有去厉河大坝亲戚家的庄台避水,而是去了淮河大堤,听说那里有救灾帐篷可住。因为雨水连着下了多天,庄台下面的平地上也有了积水。快到淮河大堤时,水都快没到我腿肚以上了。我生怕背后的木箱子被水浸了,就把腰弯起来,屁股撅起来,无形中抬高了木箱子,同时两只胳膊还做老鹰展翅样。

男女老少挑担拉车、拖儿带女、牵羊抱鸡,都一起朝着淮堤那儿涌。正走着,突然听到有人说,前面的淮河大堤下面,有一处出现了翻沙,正在抢险,要避开走。这些年,在拔闸巡堤时,我可没少遇到翻沙。我们庄台的土话叫翻沙,书面上讲是管涌。翻沙一般发生在背水坡,就像这淮河大堤,迎水坡那里是淮河水道,背水坡这里是庄台蓄洪区。形成翻沙的原因,主要是淮河水位过高,形成了巨大压力,从而让淮河水见缝插针般喷涌出来。从哪里喷涌呢?淮河大堤下面的庄台这里打的深水井,就是淮河水喷涌的最好出口。俺们庄台人家,吃水都在庄台下面的水井里,所以,临近淮河大堤的庄台,同样也要打深水井，这不就为翻沙提供条件了嘛。深井里一旦喷出带着沙粒的水柱，就说明淮河水管涌了，危险来了，要赶紧抢修，不然，就会造成溃堤。一旦淮河大堤破堤了，后果不堪设想。

听说前面有淮河大堤翻沙，大家都一窝蜂似的拐个弯，斜着向西南方向进发。因为田地里也漫了水，小沟小汊小河啥的，也和路上的水齐平了，根本分不清哪里是沟汊河，哪里是田地，哪里是大路。其实大家都不在大路上走了，有经验的大人凭着记忆，拣田间小路走。

我跟在大人身后，蹚着水走，小胳膊已经不能像老鹰展翅那样了，因为水更深了，脚下的路也不平整，往往这一脚还好好的，下一脚，就猛地一滑。要确保不滑倒在水窝里，就要步步小心翼翼。可是，我还是渐渐脚步慢了，和俺大俺娘拉开了距离。紧接着，我脚下一滑，哧溜一下，就栽进了小河里。

那时候，我连淮河楞子的初级阶段都还算不上，就只在小暖河里瞎扑腾过几次，一下滑进小河里，我很快就被水呛得喘不过气了。加上身上还背着一只木箱子，我整个人，就脸冲下，被木箱压着，直接朝水里沉。这时候，走在前面的俺大俺娘，还没发现我的险情呢，还在谈翻沙的淮河大堤呢。是一名妇女跳进去救的我。对，庄台的妇女虽然不被称为淮河楞子，但差不多都会凫水。这是庄台人必不可少的一项技能。妇女当时还抱着一个几个月大的小孩，她把小孩朝担挑子的她家男人怀里一塞，扑进水里，去抓我。结果我抓她比她抓我还紧，死死抓着不松，害得她有劲使不上，连连喝水。最后她潜入水下，用头顶着我,把我拱到河边。她家男人立刻放下挑子,一手抱娃,一手拽起了我。那只小木箱还在我身上绑得好好的。

救我的妇女就是胡秀芳的娘,担挑子的是胡秀芳的大。因为救我,胡秀芳家的粮食都被水浸了,半口袋面粉,泡水后直接变成了湿坨子,没法吃了。是她大把挑子放水窝里才腾出手拽我的。你想想,那粮食和面粉,还不泡水?到了淮河大堤上,俺大俺娘说不尽的好话,把家里的粮食面粉一分为二,两家共同吃用。本来两家一个住在庄台东头,一个住在庄台西头,平常来往不多,这搬迁路上的大营救,让两家的娘成了无话不谈的知己,两家的大成了贴心贴肺的兄弟。胡秀芳看我的眼神却充满怨恨,我心里很羞愧,干脆看都不看她了。

直到后来我才知道,就是住进淮河大堤帐篷的第一天晚上,两家的娘做了一个重大决定:结亲。当时俺娘这样说:"他大娘,你救了俺娃的命,这一生俺全家都不会忘记你。"胡秀芳的娘说:"她婶子见外了,都是住一个庄台上的,谁能见死不救?举手之劳呀。"俺娘又说:"不如,让俺娃拜你当干娘算了,一辈子都孝敬你。"胡秀芳的娘说:"拜啥干娘,不如就叫娘!"俺娘听了一愣,不知道咋接这话茬。胡秀芳的娘说:"咱两家结个亲,不是更好吗?我四个闺女,你挑一个当儿媳妇。"俺娘定睛看着胡秀芳的娘:"你可是开玩笑?"胡秀芳的娘说:"儿女一生的大事,哪能乱开玩笑。我看就把俺家老大秀芳给你家老大勇军当媳妇得了。他们年纪相当、品貌相当,我看合适。咱庄台人,不讲究那些杂七杂八的规矩,今天就算定亲了。算我帮你养个媳妇娃。咋样?"俺娘一听,这世上一等一的好事,送到自家面前,哪有不同意的?当下就拍板,也不跟两家的男人商量,就在淮河大堤的帐篷里,对着天地拜了拜,互称亲家。两家的结亲大事就算定了。

3

我当的是工程兵,很能磨炼人的意志,我就是怀着好学上进的心在部队成长的。不到一年时间,我就受到了部队表扬。那时候当义务兵还是三年,一眨眼,两年时间过去了。满了两年,就可以回家探亲了。

但我心里不想回家探亲,我怕回家见到胡秀芳。我是19岁进的部队,21岁的冬季,部队奉命去山里执行任务,因为当地遇到三十年不遇的雪灾,一处正在建设的隧道出现塌方,部队接到命令前去救援。

事隔多年后我还在想,我学到的"逢山开道、遇水架桥"的本领,还有部队生活给我带来的灵活思维,为我锻打的面对困境时的坚强意志,到最后,都运用到庄台的抗洪救灾上了。哈,这是后话。

再说那次随同部队去隧道救援的事。我冲在前面,天不怕,地不怕,处处冲锋在前。也是那次的救援行动,让我明白了,我是个彻头彻尾的南方人。面对零下20多度的低温,我才体会到什么是风像刀子样地割脸。

谁能想到,我钻在隧道救助别人的时候,俺大却在岗上的砖窑厂干活时，在坐着拖拉机给人运砖的路上，出了事。拖拉机为了躲避对面来的一辆卡车，掉进路下边的河里了。一车的砖都压在俺大身上，俺大没了！

俺娘没有拍电报让我回家，这不是俺娘当家这样做的，是胡秀芳要俺娘这样做的。那时候当兵不满三年，不给回家探亲是一个原因，主要原因是，胡秀芳不想耽误我的前程。

结果是，俺大下葬时，是胡秀芳顶的棺。

"顶棺下墓"是庄台这一片的风俗，孝子不但要披麻戴孝，还要在棺材下葬时，先跳到墓穴里，弓着腰，用后背接住下墓的棺材。棺材上会披块红布，孝子的背就顶在红布上，在棺材快要落到墓穴底部时，孝子猛地抽掉红布，人跳出来，棺材落地。

这孝子该做的事，因为我不在家，胡秀芳就代替我做了，她披麻戴孝，顶棺下墓。她的举动，震惊了整个罗台子。

一直到三年后，我从部队回庄台探亲时，俺娘才一五一十跟我说了这事。当时我跪在俺大坟前哭得起不了身。俺娘劝我不要难过，我的孝道已经有人代为尽到了。

是胡秀芳代我尽了孝。

胡秀芳这样做，也是向全庄台的人亮明了她的身份。这让我又感动又难过。感动的是，作为一个黄花大闺女，她没过门就以罗家儿媳妇的身份顶棺下墓，也不怕遭人说闲话，也不怕有风险。万一我不要她了，她的脸往哪儿搁？难过的是，胡秀芳这样做就坐实她是罗家的儿媳妇了，我赖都赖不掉了。

在又难过又感动的复杂情绪里，20天的假期，我没有去登胡秀芳家的门，她也没来我家看过我。这个样子很奇怪，俺娘知道我心里别扭，她也不逼我。只是，在我假期结束临返回部队时，俺娘带着我到俺大的坟前，哭着喊俺大的名字："罗大牛，你托个梦给咱娃，咱娃都听你的！"

紧接着，俺娘又哭喊了一句："咱娃可有出息了，得了好几张大奖状，是一等一的见山开道、遇水架桥的能人了！咱家的这个淮河楞子，到部队后本领也长大了，你在泉下放心吧！"

俺娘这最后一句话，说得我心里扑腾扑腾直跳。回到部队后，我内心一直很复杂。那个时候的兵役法规定，义务兵是服役三年，服役满三年可以退伍，但也可以申请超期服役，等待时机转为志愿兵。不用说，我选择的是超期服役。关于这个，我也没跟俺娘商量，就自作主张了。我内心尽管很矛盾，一想到胡秀芳代我顶棺下墓尽孝道就心里扎得慌，但还是不想回到大水窝里的庄台子，而且回去后还得跟胡秀芳结婚。

就这样，我一直待到1991年。那一年，进入夏季不久，俺娘就托人写来了信，说大闸这些年都平平稳稳的，没有拔开过，真是少见。这样，庄台人不受大洪水的欺负，日子好过多了，庄稼地又肥又壮，粮食年年都是大丰收。俺娘在信里要我回家看看亲娘，看看庄台。

我确实回庄台少，主要原因就是为了避开见到胡秀芳。我想，只要转成了志愿兵，就有机会长期留在部队了，就可以不用再回庄台，也不用娶胡秀芳了。

但我真的想家，想俺娘。俺大不在了，作为家里唯一的儿子，我心里愧疚着呢。就在麦子快熟时，我请假回庄台探亲了。我想，等我帮家里割完麦子，再把麦子晒干收仓了，就回部队。

没想到，刚回家不到一周时间，大闸拔开了。

滔滔洪水扑进了蓄洪区，扑打着被洪水围困的庄台子，也把我人生方向的舵，扑打得变样了。

4

1991年的大水，是我人生中第一次面对面和它作斗争的大水。这一年，我25岁。我穿着一身军装，亲眼看到大闸的闸门，嘎嘎作响被拔开；看到那几股像蛟龙样的黄浪，扑进了行洪的河道，扑到蓄洪区。一座座庄台，被铺天盖地的洪水包围了起来；一股股黄浪，使劲撞着庄台的台坡。数不清的住在庄台上的人，成群结队朝淮河大堤和厉河大坝上跑。从1985年冬季去部队当兵，到1991年的夏天，差不多有6年时间，大闸这次拔开，洪水和我劈面相逢！

1991年的天气与往年比，格外不同。首先入梅提前了一个月，梅雨季节差不多接近两个月的时间。民间有句谚语："早梅雨不休，大水屋前走。"从5月中旬到7月中旬，大雨接二连三下了多日，导致内河泛滥成灾，淮河沿岸的几座水库，出现了新中国成立以来洪峰水位最高值。尽管庄台人跑水反有经验了，但相隔8年没有拔闸，安居乐业的生活，让庄台人在拔闸前出现了慌乱。大家不得不放下磨得亮光闪闪准备割麦的镰刀，大包小包朝架子车上装东西，准备搬迁。当时的蓄洪区，沿堤庄台和湖心庄台加一起，有100多座庄台。8年前，庄台被不断加固加高，安全庄台不断增多，但仍有32座低洼庄台上的群众需要搬迁，包括我家的这座罗台子。

6月14日下午5点30分接到拔闸命令后，全县出动了3000多名党员干部，直奔分布在蓄洪区8个乡镇需要搬迁的32个庄台而来，确保6月15日12点准时拔闸前，住在不安全庄台上和庄台下面低洼地的四万多名群众，一个都不能少地全部撤离到安全地带。一时间，183平方公里的蓄洪区内，天上电闪雷鸣、大雨倾盆，地上灯火通明，奔跑着的人声、车声、牛叫羊叫狗叫猪叫声，还有老人孩子的哭喊声，此起彼伏，声音炸耳。近千名干部手里举着电喇叭，逐户排查、喊话。

一直到后来我才得知，大家哭喊着舍不得的，不仅是遍地即将收割的小麦、油菜，还有大家省吃俭用集资修建的水利设施。这一切，都将被一场洪水淹没，化为乌有。在我忙着朝架子车上装东西的时候，俺娘不由哭出了声："儿啊，你咋回来得恁巧，你要亲眼看着这麦子这油菜，都要被大水冲走啦。儿啊，你就不心疼啊。儿啊……"本来是俺娘自己心疼，却借着我的名义发出心疼的哭喊。

"俺娘，恁别哭啦，赶紧收拾东西。留得青山在，不怕没柴烧！"一声脆亮的喝叫，止住了俺娘的哭泣。胡秀芳站在大门口，挽着袖子，穿着直筒裤黑胶鞋，脑后拖着一根大辫子，就像冲向战场的女战士。她看都不看我，直接进屋帮着搬东西。胡秀芳一来，俺娘不但不哭了，还精气神足了，仿佛有了靠山。

也是在后来我才得知，我当兵的这些年，特别是俺大没了后，家里家外都靠胡秀芳当家作主。她进进出出都是正儿八经的罗家人，挺着腰杆走在罗台子，没谁敢说一个不字。

没想到原计划在6月15日中午12点整拔闸的时间，又提前了4个小时，定为6月15日上午8点整拔闸。这样，搬迁要全部在夜晚完成，时间更加紧迫。灯火通明的蓄洪区，庄台上下忙得就像打仗。俺娘打着伞坐在架子车上，我拉着车子，车子上蒙着塑料布，两个妹妹背着东西，跟在车子后面，胡秀芳推着车子，一起朝淮河大堤上搬迁。胡秀芳自家的架子车，由一个壮劳力拉着走，她娘坐在车子上，抱着两只小猪娃。那个壮劳力，是胡秀芳的大妹夫。虽然男方还没入赘上门，但已经过来帮忙了。我心里真是百味杂陈。

我和那个叫苏超杰的胡家"未过门"女婿，一起把两个家庭全部安顿好后，我心里开始不安起来。胡秀芳对着空气说："哎，这里有我和超杰在，没事了。你看哪里有需要帮忙的，赶紧去。"

不用说，这话是对我说的。这个胡秀芳，真是我肚子里的蛔虫。我看到淮河大堤上忙乱的人群，听着行政村书记大着嗓门点名，喊着东家西家人的名字问可都到齐了，就立即上前，说："俺叔，可有什么需要我干的？"

"啊，你瞧，我眼前就站着解放军，我还着急个啥嘛。"罗台子行政村的罗书记五十好几了，当了多年行政村书记，回回跑水反搬迁，就数他嗓门大。他一把拽住我说："还真有急事，咱村汪小台子汪俊青他娘，就是不愿意搬，说要看着家里的东西。家里都是刚刚打好的新家具，专门给汪俊青结婚用的。唉，她四十多才有了这个老生子汪俊青，金贵得很。她老伴前年生病去世了，如今汪俊青是她的天，可是汪俊青在黑龙江的林场扛大木，一时半会儿回不来。谁也说不动他娘，真是急死人。"

"俺叔，不要急，我这就去汪小台子。"

我冲到淮河大堤下面，直奔汪小台子。4里远的路程，就像逆水行舟，碰到的都是搬迁的人群和架子车，想快也快不了。我看一下手表，快凌晨3点了。时间不等人，我连跑带跳，4点前终于赶到汪小台子。

汪大娘家有人，汪小台子的队长正在苦口婆心做她的思想工作。这汪大娘真是不得了，她不但把堂屋里的新家具全部用绳子串起来拴一起，还用一根绳子，一头拴自己腰上，一头拴在大桌子的四条腿上。她就坐在大桌子中间，任谁喊谁拉，她都纹丝不动，还有理有据地说："不就是拔闸来大水嘛，又不是没经历过。这次不一样，我把家具都拴住了，就算水冲进来，家具就像船一样，有我看着，漂不走的！"

我听到汪大娘说这些话，真的目瞪口呆。她真会想象。这些家具在大洪水里，怎么可能会成为一条船，肯定会被冲得四分五散，她自己也会被大洪水裹走。

见我穿着军装进去，几个正在劝说的人吃了一惊，以为是解放军过来营救了。定睛一看是我，队长忙喊道："勇军哪，这回你探亲来家，派上大用场啦。"我笑着点头，上前一步，掏出随身带的军用剪刀，把拴着汪大娘腰的绳子剪断了。之后，我右手拽住汪大娘的右手，半弯着腰，手臂一拢，在汪大娘还没反应过来时，就把她拢到了背上。这个功夫，如果没有六年的部队锻炼，想把汪大娘背上身，做不到。汪大娘还要挣扎，我又大声喊："队长，把所有家具捆绑好，系在大门框上！大娘放心，洪水退后，家具一件都不会少！"

汪大娘安静了下来。趁此机会，我背着汪大娘大步朝庄台下面走。背到淮河大堤上时，正好5点钟，天快亮了。路上汪大娘小声问："娃，你真能保证家具不会被冲走？"我肯定地回答："我保证。发大水时，我家的家具就是这样系着的。"这当然是善意的谎言，那时候我们家是把家具埋在土坑里的，不是系在门框上。不过，如果屋子不被冲倒，大门好好的，家具说不定还能留下一些。如果房倒屋塌，啥都别说了，啥都没有了。

那些家具，全部被水冲走了。1991年的大水，太大了。超出寻常的大。电视上报纸上都写得清清楚楚的，是自1953年建大闸以来淮河洪峰最强的一次大洪水，也是百年一遇的大洪水，1991年，大闸被连着拔开两次，庄台也被洪水连着泡了几十天。

我背着汪大娘到达淮河大堤上，罗书记专门找一处结实的庵棚把她安顿好。那时候条件太差，不像现在是统一的军用帐篷。那时都是秫秸搭的小窝棚，不防雨，外面下大雨，里面下小雨，苦得很。好一点的，在秫秸棚外面再蒙一层塑料布，能防点雨。汪大娘就住在蒙了塑料布的棚子里。

罗书记把罗台子行政村的人头数了一遍，除了外出打工的，待在庄台上的，一个不缺，连在湖洼地住茅草棚养鸭子的都全部通知到并搬过来了。见搬迁工作完成了，我心里突发奇想：去看看大闸!

这一段的淮河大堤，斜对着罗台子，离大闸那里有30多里路。我借了一辆自行车，借件雨衣，直奔大闸而去。我要力争在上午8点大闸开闸前赶过去，我要看看那不讲理的大洪水，如何不讲道理地冲过大闸闸门，扑进庄台子，淹没庄稼地，淹没庄台子!

因为淮堤上庵棚多，想骑快不可能，终于在7点50分，我赶到了大闸边。那里围着不少人，县里市里的领导都在现场指挥，还有电台、电视台和报社的记者们。我亮出身份，才得机会进到大闸楼上的启闭机房。那时候拔大闸全靠人工操作，大闸一共有13孔闸门，也配备有13台启闭机，每台启闭机后面都站着4名壮劳力，专门负责摇动启闭机。并不是每一次泄洪都会把13孔闸门一起拔开，但这次淮河水涨得太猛，13孔闸门必须全部拔开。时钟指针刚刚指到8点的刻度，大闸上空连着响起三声信号枪，室内负责拔闸的同志，挥着一红一蓝两面小旗，嘴里吹着铁哨子，指挥着大家摇动启闭机。随着闸门徐徐开启，13条大蛟龙一起怒吼，齐刷刷直扑蓄洪区。

我眼睁睁看着大闸在无情地吐水，总听到有声音在哭。我知道，那不是别人，是我自己在哭。

这是我第一次眼睁睁看着大闸被拔起，洪水扑进来。返回身，我推着自行车，沿着淮河大堤朝回走。滚滚淮河，就在我脚下吼叫，也在大闸的13孔闸门那里吼叫。脚下吼叫的淮河水，直扑直撞着淮河大堤；闸门那里吼叫的淮河水，直扑直撞地滚进了麦子地油菜地，撞击着每一座庄台。

突然，我心里猛一咯噔。站定脚，我直直地看着发怒的淮河水。凭着这些年当兵抗洪抢险的经验，我感到，淮河水位太高，气势太大，堤坝的压力已经达到极限。如果说搬迁群众是第一个重要任务，那第二个重要任务就是守护大堤，并且做好随时抢险的准备。不仅有人力的准备，还有物力的准备。

我立刻骑上自行车，顺着淮河大堤，快马加鞭直奔东方而去。

当大闸关闭闸门，停止泄洪三天后，淮河上游的大水再次涌来。淮河水位再次上升时，庄台的淮河大堤出现了险情，我也进入到一场抗洪抢险的艰苦斗争中。

我决定延期返回部队，第一时间发电报，报告续假原因。我当然不能说留下来抢险，部队有部队的规定，庄台这里的抢险，有政府部门统一安排调度。我请假的理由，是淮河蓄洪，庄台发大水交通受阻，没车辆通行，无法按时返回。其实我内心打算，等着排除全部险情后，再返部队。

7月6日这天，我终生难忘。这一天，改变了我的人生。

因为连着下大暴雨，保护着庄台蓄洪区100多里长的淮河大堤，有近40里的路段，接二连三出现险情。一个个高昂的水头，不停地扑打着淮堤，那样子，像是不把淮堤扑出个大洞便不罢休。

7月6日上午10点到夜里11点，整整13个小时，我一直奔波在淮河大堤上和救援的水路上。和我一同奔波的，有四万多名抗洪大军。巡堤40里的淮河大堤上，每一尺每一寸都不放过；有险情，立即跳进水里排查；需要打木桩、夯土，马上有人冲上去。下午3点，我发现一处险情，紧挨大堤内堤的漩涡和别处不一样。我立刻跳进去，潜到水下面，用手摸。摸到一个大洞，这个大洞正在人眼看不到的地方用力掏着大堤，洞口不断扩大，崩堤会随时发生，太可怕了！我奋力大喊："快打木桩，拿装土的草袋子，填上大洞！"我数不清跳进水里多少次，扛了多少个草袋子堵洞。

　　夜里8点，我累得筋疲力尽，啃了两只干馍，刚想休息一会儿，又接到7月8日第二次拔闸的通知。蓄洪区水位下降后，部分村民搬回到庄台上了，而被洪水冲断的电线，因洪水没完全退走，还没来得及修复。没有电，广播喇叭开不了，庄台周围的洪水还没完全退走，只能坐着小船，一个庄台一个庄台地去通知大家。而小船太稀缺，不够用，我和村干部最后是划着特制的"小船"，挨着庄台排查，把罗台子行政村的几个庄台，一家家全部通知到位的。这特制的小船，也是我想的点子：就是在杞柳编织的特大笸箩上套层塑料布，当作小船，没有桨，就用铁锹当桨划"船"。我们就是摇着这样的特制小船，连夜把搬回庄台的村民，逐户全部通知到了。

　　天快亮时，安顿好一切，我终于可以在淮河大堤的庵棚里睡个好觉了。因为雨水太大，庵棚里也是一汪一汪的水，我就抓了把麦秸垫在水窝里，倒头就睡。太累太累了，迷迷糊糊中，就梦到小时候跑水反到厉河大坝的庄台亲戚家避大水的场景，我变成了那个四五岁的小孩。在梦里，我追着一匹高头大马跑得飞快，一直跑到大闸那里。那匹马猛地一跃，不偏不倚，正好堵住了正在泄洪的大闸闸门，洪水一下全没了，田地也从大洪水里露出来，豆苗儿也长出来了。我高兴得直拍手，猛地醒了过来。

天光大亮了，淮河大堤上跑动着数不清的脚步。我听到俺娘喊我吃饭。自从第一次拔闸搬迁到淮河大堤上，俺家就一直住在秫秸搭的庵棚里，没有搬回庄台。胡秀芳家也没有搬回去。

饭很简单，就是在煤球炉上烀了半锅红芋片子。煤球是退水后，胡秀芳蹚着水返回庄台背来的。临搬迁时，她把煤球放到杞柳大筐里，挂到屋山头的一棵枣树杈上。杞柳筐没浸上水，煤球还好好的。她就返回庄台，扛着杞柳筐，把煤球扛到淮河大堤上了。

抓半把煮熟的红芋片子，一边吃，一边看着脚下的大水。南边是淮河，正骄傲地卷着水浪，扑打着淮河大堤；北边是庄台蓄洪区，通过大闸跑过来的淮河水，同样骄傲地扑打着庄台的台坡，把遍地庄稼再一次吞进肚里。

这就是我的家乡，生养我的庄台！可是，我却要离开它，一直都想离开它！我仰望苍天，无声地落下几行眼泪。怕被人看见，我把头扭过去。才发现，胡秀芳不知啥时候，正一声不吭地站在我身后。

我是6月13日请假回到庄台的，总共有20天假期，本来要在7月3日前返回部队，后打电报续假10天。在庄台，我整整待了一个月，7月12日才返回部队。返程时，庄台四周还是一片汪洋大海。后来我得知，这次拔闸，整个蓄洪区被大水围困整整3个月，庄台人缺水少菜，拉肚子的大有人在，日子苦得没法说。回到部队后，我第一时间打了退伍报告。连长找我谈话，希望我不要着急，转为志愿兵的报告到秋后就能批下来了；成了志愿兵，再干些年，退伍就可以安排工作了。

"不是因为这个。"我突然泪流满面，"因为我的故乡庄台更需要我。"

我大致说了这次回家探亲遇见的拔闸蓄洪和抗洪抢险的事。连长走上前，紧紧拥抱了我，说："你是好样的。我支持你的选择。记住，你永远是部队优秀的战士，是人民的兵！"

6

1991年腊月二十六，我和胡秀芳结了婚。

这是必然的。就如我回到庄台一样。

回到庄台，我从没后悔过，反而心里踏实了。跟胡秀芳结婚，也没有后悔过。我常常笑自己是先结婚，后恋爱。奇怪吧，从小一起长大的两口子，城里人都说这是青梅竹马，可我俩哪有一点青梅竹马的样子？至少在我这里不是的。我一直都排斥着胡秀芳。后来我反思，我排斥她，不是因为她小时候像个假小子那样跟人打架，也不是她处处逞强不讲理，更不是她长得不好看，原因只有一个，就是怕娶了她会一辈子被拴在庄台上。

还是被庄台拴住了。而且是心甘情愿被拴住的。

胡秀芳处处不输给我，她也是典型的淮河楞子。要不是淮河楞子是专指男子的，她淮河楞子的名头，肯定比我大。

回到庄台的第二年，我就被推选为行政村的民兵营长。除了要做冬季征兵工作，平常要配合行政村书记做村里的其他工作外，我也是个标准的庄台蓄洪区的农民。还有一个重要工作是放在首位的，也是重中之重的，就是每年的汛期，要带领村民分班分点24小时不间断巡查大堤。巡堤是进入汛期后整个蓄洪区雷打不动的工作，而一旦要拔闸蓄洪，庄台群众的搬迁，不用说，立即会成为第一要事。

或许是1991年的抗洪救灾记忆深刻，回到庄台后，一进入阳历的6月，我总要朝淮河大堤那里跑，也喜欢去看大闸。其实生活在庄台的人，都有这个毛病：惦记大洪水。惦记不是想大洪水，是担心它到来。地里的小麦麦芒一泛黄，我就骑着摩托车跑到淮河大堤上，避开淮堤上的庄台，找个人少的地方坐一会儿。我盯着淮河里的水看，想到大堤上望不到边的帐篷，想到扛着工具跑得飞快的救援部队官兵，还有参加抢险的庄台民工，还有又粗又大像绳子样朝下抽的大暴雨，一个浪头接着一个浪头扑打庄台台坡的大洪水，心里难过得不行。你说，这将近二十万的人，咋就选择生活在这片水窝子里呢？可是，这片水窝子的土地又是多么肥沃啊，是国家高标准良田哪，所以说，老几辈的庄台人就在这扎下根，来水就跑，水退就回，该种地种地，该收割收割，与淮河为邻，与大水为伴。

还有那座大闸，晴天朗日下，它是多么安分哪，身架子也不是威武无比，就是一座普通的泄洪闸。可是，一旦涨大水了，它就发威了，就张开吼吼叫的闸口，把淮河水引进来，把庄台和土地吞进肚子里。

一坐到淮河大堤上，我就这样胡思乱想。关于命运，别的我看不到，但庄台人的命运，是和一条叫淮河的大河拴在一起的。我也是眼睁睁能看到的，而且还要继续看着、感受着庄台人与命运的相搏，与这条大河的相搏。只要坐到淮河大堤上，我脑中就响起一支歌，就是《上海滩》里的插曲。"浪奔浪流，万里滔滔江水永不休，淘尽了世间事，混作滔滔一片潮流。"把"万里"改为"千里"，把"江水"改为"淮水"，不就是唱我们这里庄台的吗？

哈哈，扯远了。我是哪年当行政村书记的？是1996年春季的事，我刚满30周岁。罗台子行政村的老书记到龄了，我被任命为行政村书记。镇里领导找我谈话时，说了三点：一，我在部队就入了党，有这个资格；二，我有文化，高中毕业，年轻有为，头脑灵活；三，也是最重要的一点，1991年拔闸时的抗洪抢险，我出色的表现、科学合理的安排、有板有眼的布控、不要命地冲在第一线，让人心服口服，一看就是受过专业训练、能担事能成事的人，庄台就需要这样的淮河楞子！

一句"淮河楞子"，说得我眼眶发胀。我能称职吗？我心里还矛盾了一会儿，打了一会儿鼓。在庄台当行政村书记，和岗上那里的行政村书记相比，最大的责任就是，拔闸前要组织群众及时撤离，不能出现伤亡；拔闸后不分白天黑夜巡堤，堤在，人在；人不在，堤坝也得在！最大的不同就是，岗上的行政村要发展养殖业种植业，说干就能干；蓄洪区不行，得考虑大水来了怎么办？说不定，猪没养大、羊没养肥，就被大水冲走了，别说赚钱，本钱也扔进大水里了。太难，让老百姓发家致富太难。老百姓发不了家，还得被大水冲毁了家，在大水窝里，朝哪里发家呢？甚至，庄台这里的群众和岗上的群众，情绪也不同。他想致富都富不起来，一场大水，一切归零。你说，怪谁？

在庄台当行政村书记，当起来没啥亮点，只有难点。这是大实话。我回庄台不是为了当村书记，是想着，庄台蓄洪有难时，我能助一臂之力。

我还是应允了。我想，淮河楞子没啥困难能被难倒。不怕您笑话，我这淮河楞子，困难面前，一方面我要百折不挠，另一方面，我也是硬撑着。这也是大实话。

或许是1991年连着拔闸蓄洪，把庄台和庄台下面的土地都伤着了，老天爷和淮河不但久久不再变脸，还变得温顺了。庄台这里呢，经历了1991年的大水，也在连续不断加高加固庄台，让更多的庄台成为安全庄台。根据多年拔闸时的蓄洪水位，定下来安全庄台的达标高度绝对不能低于海拔31.5米。罗台子行政村的几个庄台，汪大台子、汪小台子、胡家庄台、苏台子，加上罗台子，共五个庄台，全部达到海拔31.5米，都属于安全庄台了。我常常感叹我比老书记有福气。老书记在任时，五个庄台都不安全,一拔闸就泡水,就搬迁。现在不怕了。庄台高了,水上不来了,庄台不怕拔闸了。

尽管庄台增高了,但一到夏天,进入汛期时,庄台人的心还是怦怦跳,还是怕发大水。

前面我也说了庄台人的习惯性心理,有句顺口溜说得到位:"住在淮河边,6月抬头看天,7月抬头看天,只要天不变,淮河就不变,庄台人才心安。"

当了行政村书记后,我买了一辆摩托车。买摩托车并不是为了风光,是为了拔闸时方便通知大家转移。当然,这都是放心里不好说出来的。我甚至想,宁愿这辆摩托车骑到骑不动的那一天,也不要专门为着拔闸骑它去通知庄台人转移。

这当然不可能。淮河总爱在汛期发脾气,人哪能管得了它?

不过,从1991年到2003年,淮河真是来了个大喘气,没发脾气,让庄台人过上了不用拔大闸不发大洪水的好日子。岗上的百姓发家致富,成为万元户、十万元户,值得庆贺值得高兴。而庄台这里,不拔大闸泄洪就值得庆贺欢呼。俺娘笑我说:"你这个臭小子,威风哪,你回到咱庄台子上,怕是把淮河的蛟龙镇住了,它不发怒了,咱庄台人的日子过成岗上人那样的日子了嘛。"

但庄台人住房窄小的现实,还是改变不了。尽管加高加宽了庄台,还是不能解决实际问题。那时候结婚的一个硬性条件就是,庄台上得有房子,女的嫁过来,要住在庄台子上。这就有了另一个现象,老人只能腾出房子,在庄台下面建个简易房住,甚至有的就搭个窝棚,来水时窝棚被冲垮不可惜。可想而知,一部分老年村民的生活质量不好,安全不保,给以后拔闸搬迁时增加了难度和风险。尽管庄台安全了,庄台下面还是不安全呀。而且,12年不拔闸,尽管每年六七月份都会抬头看天的脸色,怕来大水,但住在庄台下面的老人越来越多了。这都是隐患哪。我会在后面跟您讲。

现在说说没拔大闸蓄洪的这12年我都干了些啥。俺娘说我镇住了淮河里的蛟龙,那是鼓励我。其实我心里知道,国家也在加大力度兴建淮河上游、中游和下游沿线的水利设施,尽量让像庄台这样的蓄洪区群众,少些蓄洪时带来的损失,因此,国家投资了大量资金继续治理淮河,这也是为什么庄台这里的大闸12年没拔开的原因。那么我就想,我回到庄台的意义,并不是来大水时背着老人跑水反,也不是扛着沙袋填大堤溃洞,我还得想办法,让罗台子行政村的群众,日子过好点,富裕点。咱这蓄洪区一共有132座庄台,我们罗台子行政村有5座,庄台大小不一,加起来也有3000多口人。如何让这3000多口人过得好,活得开心有奔头,才是我最该做的。

淮河楞子最大的特点就是不服输。我想,岗上人能致富发家,咱庄台人也能致富发家。咱这里土地肥沃,是国家高标准农田,那就打破传统种植,搞经济作物。我先带头干起来。胡秀芳比我还积极,把庄台上那些打工不在家土地抛荒人家的土地承包过来几十亩,种花生。还别说,我这一带头,罗台子行政村不少人家都跟着种。他们还跟我开玩笑整了句顺口溜,说:

"干部给咱做示范，干部咋干咱咋干。"

从1996年到2002年，6年时间里，罗台子行政村种植经济作物花生出了名。淮河南岸河南省的一家食品厂，专门指定收罗台子的花生，承诺说，有多少他们收多少。说这里长出来的花生跟别处不一样，不但籽粒饱满，做出来的食品，香味也和别处的花生不一样。有村民当场就开玩笑说，俺们这片地方帮着你们河南省蓄洪，总得回报点啥吧，这不就回报给俺们肥沃土地了嘛，拔大闸冲过来的大水，带过来的啥都有，土地就肥了嘛。虽然是玩笑，也是真话。

种植经济作物获得成功，这大大鼓励了我，我想，那就再增加一项种植吧。胡秀芳这个蛔虫（嘿，我私下就这样称她，她也不恼）马上说："那就再种植50亩甘蔗。明天我就联系人租地，他们进城打工不种地，我们来种。"我看看她，想着花生加甘蔗，她得种100亩地，行吗？平常我可没空下地干活啊，村子里一大摊子事，都要操心的。她呵呵一笑："你老婆别的本事没有，种地不输给任何人。你要叫我绣花，还真不行呢。"

胡秀芳更"能"的一样是，她挨户去说："你是看着我先种先挣钱呢，还是跟着我一起种一起挣钱呢？"种花生她是这样劝人的，种甘蔗同样是这个方法。汪大台子、汪小台子、苏家台子、胡家庄台，包括罗台子，几个庄台一起，种甘蔗的，增加了几十户。这样一来，罗台子的土地种植，分为了三个层次，一是经济作物花生和甘蔗，二是小麦和大豆，三是稻子。稻子的品种是旱稻，小麦收割后立即播种。您该说了，庄台不是大水窝吗，不是装水的袋子吗？最不缺的就是水，为什么不种水稻呢？这我得跟您解释。虽然咱这庄台下面是大水窝，可拔闸的时候它才是，不拔闸呢，它就是种麦种豆的旱地平原。真的大面积种水稻，还缺水呢。

瞧我，啰里啰唆说了这些风平浪静里庄台人的生活，也没啥出彩的地方。所不同的是，庄台出去打工的人，陆续回来的不少。他们在外面也挣了钱，看到庄台这些年日子不错，就留下来不走了，也可能年纪到了，恋家了。就翻修庄台上的房子。因为是安全庄台了嘛，就把早先的土坯房换成了瓦房，把瓦房换成了楼房。这楼房一起来，那庄台上，又是别有一番拥挤在眼前了，就像一棵棵竹笋，挤挤挨挨的，给人感觉下脚的空场子都没有。当然，这种现象后来改观了，镇上建了保庄圩。我后面再同您说。

风调雨顺的日子里，庄台上下都有了活力，被洪水泡塌的庵子又盖了起来，那是养鸭人的临时住所；还有被淤泥埋平的小塘小汊，清淤后又成了水塘，继续放养鱼苗，都是不值钱的小河小汊，成不了规模。我骑着摩托车，在罗台子行政村范围内走走看看，又跑到罗台子以外的地方走走看看。忍不住又翻过厉河大坝，跑到厉河北边的岗上去，看看那里群众的生活。我就想，这庄台下面的小塘小汊，可能做大做强养鱼养虾吗？我立刻摇头笑笑，这大水窝里，哪适合做养殖？一场大水，就全冲跑了，谁也不敢冒这个险。

在这种老牛掉进枯井里——有力使不上的纠结中，我能坚持的就是让罗台子在种植上有亮点，直到那场大水再次来临。

对，就是2003年淮河发大水再一次拔闸。

7

这一年，我已经37周岁了，担任行政村书记已满7年。

这一次的拔闸，和1991年相比，我的心痛非同一般。毫不夸张地说，这心痛和我是行政村书记有关。那些修整得四四方方有里子有面子的水塘，又要被大洪水冲过来的淤泥抹平了；还有花生和甘蔗，整个罗台子行政村的5个庄台，有一半以上的村民种植了这两类经济作物。这一切，可都是我领头干出来的，哗啦一下子，全没了。我能不心痛！？

大雨是从6月下旬开始下的。淮河的上游和中游，就像商量好了似的，一起下大暴雨，大雨像白鞭子一样抽打着庄台。我先存不住气了，骑上摩托车，冒着大雨，直奔淮河大堤，顺着大堤，跑到大闸那里。到地方才知道，淮河水上涨速度惊人，大闸下面的水位刻度显示，涨得最快的时候，每小时达7公分。照这样的涨速，拔闸难以避免。但我心里还是抱着侥幸心理，想，淮河这些年治理得这么好，说不定，这水位很快就会下去了。

6月29日，雨停了，太阳热辣辣地照着庄台，照着汪着一层浅水的农田。俺娘先叹了一声气："这下好了，老天开眼，出太阳了。太阳照几天，淮河水就下去了，地里的积水也下去喽。"

可是，我并不安心。因为我连着去了三趟看大闸，知道大闸那里反馈的淮河的脾气，可一点都没减。水位不但没降，还在涨,大闸那里的水位刻度显示,已涨到28.6米了。而大闸的拔闸水位是29米,这就意味着,目前淮河水位已经到拔闸边缘了。拔闸或许马上发生!

果真如此。7月2日清早6点,县防汛指挥部接到省、市两级命令,大闸要在7月3日凌晨1点准时拔开。从现在起,蓄洪区各乡镇立刻组织群众搬迁到安全地带。

一时间,蓄洪区的100多座庄台,沸腾起来了!

后来我才得知,跟以往拔闸要搬迁几万人相比,这次整个庄台蓄洪区总共需要搬迁的不到两万人。虽然人员比以前减少了,但住的地方较为分散。就拿我们罗台子来说,5个自然庄台分散住在洼地的249名群众,要逐个通知到,得费很大功夫。尽管这些年骑着摩托车巡查,我对他们的住处了如指掌,闭着眼睛都知道他们在哪里,但找寻起来需要时间。而7月2日上午8点到7月3日凌晨1点的拔闸前的黄金时间,总共加起来只有17个小时。尽管雨停了、太阳出来了,可是,庄台下面的路面,都是齐脚脖子深的泥巴糊,骑摩托车通知是不可能的了,只有步走。我没想到,这辆摩托车,在关键时刻,起不了作用。

这个白天和夜晚,整个蓄洪区183平方公里的4个乡镇75个行政村132座庄台,奔走着4000多人在寻找19142名住在洼地需要搬迁的群众。这4000多名巡查大军,除了庄台各行政村的班子成员、自然村的队长、包点干部,其他的都是从全县抽调过来的党员干部。

挑着鸡鸭、抱着小孩的人,拉着装满家当的架子车的人,挑着杞柳筐，一头筐里放孩子、一头筐里放粮食的人，都在朝淮河大堤、厉河大坝和安全庄台上转移。我首先负责把罗台子行政村5个自然庄台住在洼地的村民找到。不用说，又是一片哭声，是住在洼地上的老人在哭。有的老人，已经把窝棚变成了平房，花了本钱，还添置了电器。当把洼地上的日子当日子过了，把庵棚修整得不再是庵棚，而成了砖头水泥房子，那就是个像样的家了。这家，却要被洪水冲走！

苏家台子是罗台子行政村的自然庄台，在离苏家台子6里路的地方，有一片低洼地，河汊多，苏明礼老夫妻俩常年在这里放麻鸭。鸭子也不多，有二三十只，专门养着下鸭蛋的。他们还顺带种了一片菜地。苏家台子上的房子给儿子儿媳妇住了，老两口就搭间庵棚住在这里。十几年没拔闸，锅碗瓢盆都置办得怪齐整，日子过得还算可以。

我们一行人赶到时，苏明礼还在不远处的水塘里赶鸭子。我手里举着充电式小喇叭，喊苏明礼赶紧搬家。老头扛着赶鸭鞭子连忙回来。屋里倒没什么值钱的，就是鸭子麻烦。苏明礼还算明理，说，鸭子算了，能带几只就带几只。他老伴却不同意，要他把29只鸭子全部装架子车上运到苏家台子。可是，这会子到哪里弄到架子车？随同来的苏家台子自然村村长劝说半天，老太婆就是抱着鸭子不动身，她还要老头子苏明礼去把跑得到处都是的鸭子逮回来，一起运走。

这都是火烧眉毛的时刻，哪容得为了几只鸭子拖延时间。我们还要分头找人，也不可能帮他背着鸭子送到家里。可是，苏明礼老伴就是不走,还一个劲儿地骂老头不爱惜东西。老头只好去赶鸭子,顺手抓回来几只。老太婆还是不依不饶,哭天抹泪。正在这僵持的当口,一名妇女跳出来大喊:"你这老太婆,财迷,是命重要还是鸭子重要!你算算,你这群鸭子一共值多少钱?我给你!我要是赖账,你让俺男人休了我!"腰一弯,捞过老太婆朝背上一拢,背起就走。

胡秀芳!

这快速背人的架势,就是跟我学的。没想到,这会子用上了。天知道她什么时候跟过来的,就像我的救火队队长!只见她把老太婆朝身上一背,扭头对身后的苏明礼吼道:"你能背动就装两只鸭子,背不动,全扔了,跟我走!"又冲背上的老太婆吼道,"你这个顽固老太婆,等把你送到苏家台子的家里,我再跟你算总账,多少钱,你说了算!"

局面瞬间平息。苏明礼伸手抓过一只杞柳筐,把两只鸭子放进去,挎胳膊上,跟着就走。我看着那两间老人生活了十余年的平房,再看看跑到水塘边惊慌失措嘎嘎叫唤的麻鸭,心里啥滋味都有。唉,要不是拔闸来大水,咋会这么惊慌呀。来不及多想,立即带着人马,再奔下一处的汪小台子。

离汪小台子不远的地方,有一家超市。这些年开得红红火火,搬迁的难度可想而知。胡秀芳能把老太婆直接背走,还能把种花生攒下的钱赔老人的鸭子钱,可是,超市不行。

一边走,一边打手机,问汪占英车子可联系好了,交代他超市里东西拣重要的搬,小东小西的,该扔就扔。我这是第二次给汪占英打电话。他年轻,打工回乡一族,为人还算潇洒。当初就是看中庄台下面这个四岔路口人气旺,开了家超市,十来年也没少挣钱。他在电话里急吼吼道:"镇上的车子都被租走了,一时找不到。罗书记,你得帮我想办法。"我告诉他马上到他那里,就掏出手机给镇上的同学打电话。同学开间修车铺,我问他店里可有大货车,借用一下。他愣了一下说:"手里一个正在修,半小时可以吗?""提速,二十分钟过来。罗台子和汪小台子交叉的地方,占英超市这儿。"

我们一行人,扑嚓扑嚓踏着泥,走到占英超市那儿,见占英正朝一辆农用三轮车上摞东西。农用三轮太小,他码上去的是烟酒等值钱的东西。我说:"抓紧规整好,货车马上就到!"

开修理铺的同学亲自开着货车过来,车轮上都是泥糊子,同学跳下车,惊诧道:"这庄台下面的路,哪叫路,都是泥糊泥坑嘛,好几次差点陷进去,不是我技术高……"我立马冲他抱抱拳:"谢谢谢谢!赶紧地,帮个忙,朝上搬东西,一个小时内转移到安全地带!下一回,我家花生尽你吃。"

按上面要求,庄台蓄洪区居住在低洼地的居民,必须在下午6点钟前,全部搬到安全地带。我们罗台子行政村一个不少。我疲惫不堪地来到淮河大堤上,查看搬到这里的有多少人,又去厉河大坝那里的庄台查看,又电话打给安全庄台。总共加起来,罗台子行政村分散住在洼地的249名群众,全部搬离到了安全地带。但我又怕搬出来后有人再拐回去,这都是有可能的,哪一次搬迁都会发生。猛然想起家里还有值钱的,就拐回去再搬出来。这一来一往，时间一耽误，大闸一拔，洪水一来，小命保不保得住，就另说了。我反复打电话，要各自然庄台的负责人看好安置好的人。这时候，我发现自己饿得前胸贴后脊梁，匆忙回到罗台子。胡秀芳立刻从锅里端出来不热不凉正能下口的菜馍和稀饭，大声说："抓紧填一填。"我懂，她说的这个填，就是让我填肚子。我站着，像喂鸟一样，先把一块菜馍填到肚子里，又端起稀饭一口干掉，才顾得上说句话："鸭子的事处理得怎么样了？"

胡秀芳一本正经地说："没带钱，打个欠条给他们了。"见我咬着另一块馍吃惊地看她，她扑哧一笑："我还没迈出大门，明礼大爷立刻把欠条撕烂了，还冲苏大娘发了脾气。苏大娘没敢吱声。把我肚子笑疼了。看来，这回老头硬气了。"

匆匆忙忙吃个半饱，和俺娘打个招呼，立刻朝外跑。胡秀芳跟在后面喊："楞子，咱娘有我，放心。安心忙你的，别把自己搞毁了就行。"这就是胡秀芳关心人的方式。她不叫淮河楞子，直接叫我楞子；不说保护好自己，说别把自己搞毁了。

有两次，我还真差点搞毁了自己。我会在后面跟您说。

冲出家门，四处响着电喇叭，到处摇晃着充电式手电筒和人的乱喊乱叫声，就像即将开战的战场一样，我立刻来了精神。搬迁虽然结束，但后面最重要的巡堤大事更不能马虎。大水灌进庄台蓄洪区，淮河大堤和厉河大坝，那是分分秒秒都不能离人的，巡堤的人要时时刻刻巡查着。这时候，天空响起炸雷，大雨倾盆而下，手机再次响起：新的通知，必须再一次对庄台蓄洪区进行地毯式搜查，确保183平方公里内的19142名群众，全部安全撤离，一个都不能丢，一个都不能死！

我看一下手机时间，已是晚上10点40分了。还有两个小时多点，大闸就要拔开了。我加入几千人组成的搜查大军中，又一起扑进庄台蓄洪区。罗台子没事了，可是，100多座庄台下面低洼地的群众，能保证都没事吗？

那是一个怎样的夜晚哪！仅仅用不眠之夜来形容就太简单了，我仿佛走进了一个特别的时空。天空打着雷，闪着电，朝下倒着大暴雨，地上晃着数不清的手电光，响着数不清的电喇叭，人在喊人，人被人喊，就好像进入一个外星球。路上到处是泥糊子、积水。庄台蓄洪区这个形状像马的地方，从马尾那里的泄洪大闸开始，到马头那里的退水大闸结束，分区分片，分乡镇分行政村，几千人手手相挽，形成了一条大网，用最快的速度，从头到尾又梳理了一遍。有的人走着走着，脚下一滑，扑通摔到地上，几乎刚刚和泥地挨了一下，就被相挽的手给拉了起来。就这样，在淮河大堤和厉河大坝所围拢的183平方公里的庄台蓄洪区，在7月2日的下半夜也就是7月3日凌晨的1点钟拔闸前，我们终于圆满完成了地毯式搜查。132座庄台低洼地的群众，全部搬迁到安全地带。

我所在的这批搜查队伍，止步的地方正好在大闸跟前。这时候，离拔闸还差10分钟。

凌晨时分，大闸两边的大堤，站满了五六千口人，汽车大灯全部打开了，戴矿灯的抢险队员的头灯也全打开了，举着手电筒的人，手电筒的灯也全打开了。几千人聚一起，没有一个人出声，只有雨声风声。大家淋着雨，盯着周围通亮的灯光，盯着在灯光照射下像鞭子一样明晃晃的雨帘。这时候的大闸水位，已经涨到29.39米！

7月3日凌晨1点零6分，拔闸的信号枪响起来，信号弹照亮了大闸周围的天空。一时间，轰隆作响的大闸闸门，徐徐咧开大嘴，一股股粗壮的黄浪，冲破闸门，高高昂起的水头，直扑庄台蓄洪区而去！黑夜里翻滚的浪头，更加让人心惊胆战！

直到泄洪53个小时闸门关闭后，我才知道，这次拔闸蓄洪，是大闸建成50年以来，拔闸时水位最高的一次，达到29.39米。也才得知，这座大闸已成了"病闸"，尽管在进入汛期时就对大闸进行了全面检修，甚至在拔闸之前，已在闸门底部和上方叠梁那里，都分别放上了装满石子的沙袋，进行加固加压，但当信号枪响起，大闸闸门嘎嘎吱吱拔开的时候，大闸管理处的人，一直紧紧攥着双拳，生怕拳头一松开，大闸的哪个地方，就会发生松懈。一旦病闸有松动的地方，后果不堪设想！

幸好大闸被顺利拔开，没出任何闪失。

这边洪水滔滔围住了庄台，那边防洪抢险工作正式拉开序幕。

作为罗台子行政村的村支部书记，我的首要职责，就是把5个自然庄台群众的安全保证好，而巡查淮河大堤和厉河大坝的工作，早在接到拔闸通知时就安排妥当。每个自然庄台，凡是没外出打工的男劳力，大家按点排班，24小时不间断巡堤，一旦出现任何险情，第一时间报告，第一时间抢险。

因为罗台子行政村的5座庄台都是湖心庄台，我们巡堤时，就和庄台上的家隔开了。吃住都在大堤上，十几个白天和夜晚，就那一身衣服。衣服上的泥巴，干了就抠掉，再沾再抠。一身泥，一身水，出太阳衣裳干了，下雨又淋湿了，就算没有雨，汗出得多，也把衣服弄湿了。湿衣服贴在身上，皮肤又红又痒。这还不是最苦的，最苦的是巡堤。首先是蚊子叮咬。夜里巡堤，蚊子多得成把抓，大家都是一边走，一边跺着脚、挥着手、拍着脸，不然，脸上腿上，能叮一层蚊子。就这，大家身上脸上的蚊子包仍然一个挨着一个。有乱跑的老鼠，一不留神，就跑到人脚面上，脚一甩，把老鼠甩出去多远。还有蛇，我们庄台这里叫长虫，到处汪洋一片。长虫也乱了方寸，纷纷朝大堤上跑，正走着呢，脚下一滑，就踩到一条长虫。大家人人手里拿着一根木棍，一边走，一边敲打着，得把长虫吓跑。不然，被长虫咬上一口，就麻烦了。

夜晚轮班时，大家先把衣服上的水拧干，就近在庵棚里打个盹儿。累得不行，倒在稻草堆上就睡，哪管泥呀水呀虫呀蛇呀的。

我们辛苦是为了保卫自家的庄台，而来自原南京军区、省军区、省武警总队、市预备役团的奔走在抢险一线的几万名人民子弟兵，日夜奋战在淮河大堤上、厉河大坝上，那才叫人感动、心疼！一旦出现险情，第一批冲上前的就是人民子弟兵。他们扛麻袋，抬木头，浑身都是泥水汗水。有的战士，一看就刚入伍不久,十八九岁,还是孩子呀,却没日没夜地奔跑在风雨中,大太阳下。哪里出现险情,他们就冲向哪里,脸都晒得蜕了层皮!

看到这些年轻的战士,我就想起我刚入伍时参加抢险的情景,心里升出一股崇高感和自豪感。曾经,我也是人民子弟兵;现在,我就是庄台上的钢铁战士!我想起退伍时首长拍着我肩膀说的那句话:"记住,你永远是部队优秀的战士,是人民的兵!"

8

现在,我得跟您说说我差点把自己给"毁"了的事啦。

"毁"是胡秀芳的口头禅,也是庄台人的口头禅。小时候和谁打架,开口就说:"我毁了你!"比"我打你"劲道。胡秀芳叮嘱我别把自己毁了,其实就是叫我别冒险,要注意自身安全。

我第一次差点把自己给毁了,就发生在2003拔闸后抗洪抢险时。

大闸拔开53个小时,闸门关闭后,整个庄台蓄洪区,成了汪洋大海,所有的湖心庄台都成了一个个孤岛。要确保放进来的淮河水,老老实实待在蓄洪区内,淮河大堤和厉河大坝,就是钢铁长城,一丝一毫都不能出现问题。我不可能只在淮河大堤上巡逻查看,罗台子行政村的哪个庄台哪户人家有事,我都得赶过去。几乎每天都要坐着武警战士的船,到各个庄台送吃的喝的,还有药品,忙个不歇。心里巴望着水赶紧退,庄台进入正常状态。没想到,这一年连着拔了两次闸。第一次是7

月 3 日凌晨 1 点，第二次是 7 月 11 日凌晨 2 点半，而且第二次拔闸的时间比第一次的时间还长，大闸拔开 82 个小时后才关闭。

想想看，82 个小时，淮河水朝庄台这里放，庄台周围的大水要涨成什么样子啊。8 天之内连着拔闸两次，第一次放进来的水还在这里窝着呢，第二次的大水又来了。庄台下面真是一浪高过一浪，汪洋大海一般，简直要把庄台一口吞下去。

就是在第二次拔闸时，我差点把自己给毁了。

这都是"大豁子"害的。

"大豁子"是厉河大坝的一个急拐弯处，因为这次连续两次拔闸，泡水时间太长，淮河大堤、厉河大坝都先后出现险情，冒水、翻沙的地方，加起来有 30 多处，抗洪抢险的战斗一刻没有停歇。同样，厉河大坝泡水时间过长，"大豁子"也闹脾气了。

我是趁着换班休息的时间，坐船赶到厉河大坝属于罗台子行政村负责巡查的地段的。"大豁子"就在那里。

"大豁子"处于拐弯处，因为地势低洼，这 40 多米长的弯道大坝，远远看过去像个豁口，庄台人就叫它"大豁子"。"大豁子"不省心，回回拔闸蓄洪，都是巡堤时严防死守的地方。1991 年拔闸时，"大豁子"出现透水险情，抢救了五六个小时才算稳住。这次连着两次拔闸，庄台蓄洪区水位太高，厉河大坝压力增大，"大豁子"这里更要严加防范。

也真该我碰上，也幸亏是我碰上。如果普通巡堤民工碰上，至少没有我处理得这么及时。

对，这次"大豁子"又闹了情绪，而且闹得很严重：大坝中下部出现20多米长的滑坡。这就预示着，大坝随时会有崩堤的可能。我来不及多想，先让人赶紧去喊就近的抢险队，然后，我用一根长绳子拴在腰上，让几个民工站在坝顶上抓着这根绳，我就纵身跳进大水里，开始朝水下打木桩。只有绳子拽着我，我才能腾出手来打桩。其他民工，负责把装满沙石的袋子丢给我——这些沙袋都是提前放在"大豁子"这里备用的。没想到，等抢险队到来时，有一段滑坡直接轰然而下，不但把拴在我腰上的绳子压断了，还把我直接摁到我刚刚打好的木桩那里。我就像沙袋一样，嵌进了大坝里。

至今回想起来，我还不寒而栗。其实跳进大水里打桩时，我也想到了这一层，但当时一门心思想的是，必须争分夺秒先抢险，先打下第一桩，保住大坝，但没想到滑坡来得这么快。幸好只是几米长的滑坡，否则，我这个淮河楞子，真的毁了。我被泥沙压进水窝里的那一刻，陷入了黑暗当中，头脑也是一片空白，但只有几秒钟，我就清醒了。我想，考验我这个淮河楞子的时刻到了，我得用最大的努力自救。我不能朝上拱，因为上面的泥沙太多，我得朝下拱。下面是水，而泥沙与水还没有完全成为一体。我屏住呼吸，拼尽全身力气，头和手一起上，又拱又扒，当我觉得憋得只剩一口气的时候，我终于从泥水里钻了出来。我第一眼看到的是漂浮在汪洋里的庄台，我知道，我又回到人间啦。

200多名官兵齐奋战，整整抢险8个小时，到深夜，才算稳住了大坝，收拢住了"大豁子"的脾气。这件事过后，我在桌上的日历上，给自己写了一句淮河楞子警句："遇事要冷静，千万莫逞强；不高估自己，不低估困难。"

第二次差点毁了，是2007年7月份拔闸时。"六、七、八，洪水发"，这是庄台天气的真实写照。只要淮河一发洪水，大闸必须得拔开；大闸一拔开，庄台这里就得蓄洪。进入六七月份，庄台人一看老天的脸色，二看淮河的脸色。老天的脸色好，淮河的脸色不一定好。为啥？淮河太长，一千公里那么长，庄台这里的老天脸色晴朗无云，淮河上游那里的老天脸色，庄台人看不到，但通过大闸那里标注的淮河水位就能看到。所以，庄台人，一看老天的脸色，二看淮河的脸色。就算老天、淮河的脸色是平平常常无惊无险的，但进入六七月份，庄台人也会做拔闸蓄洪、全家老少跑水反的噩梦。

我也做这样的噩梦。没办法，拔闸发洪水已和庄台人的命运捆绑在一起了。

再回到2007年的7月份。这一年的拔闸所不同的是，拔开的这座闸虽然还叫大闸，但这大闸已非那大闸。严重老化、被称作"病闸"的大闸，在2003年的9月份被推倒重新修建。2005年4月份新闸全面竣工。新大闸和老大闸相比，泄洪的功能是一样的，但新大闸更现代、气派，拔闸时它是泄洪闸，不拔闸时它就是一个观光旅游景点。

2007年，是新大闸建成后第一次拔闸。大闸是新的，可是拔闸前的搬迁工作依旧如故。有所改变的是，经过了2003年的大水，庄台的加固拓宽工作力度加大了，位于庄台蓄洪区的4

个乡镇,找到合适位置,建了4座保庄圩。按自愿搬迁原则,庄台下面低洼地的居民和庄台上住房条件较差的人家,有不少都搬到保庄圩了。这样一来,庄台宽敞安全了,低洼地的居民减少了。整个蓄洪区居住在低洼地的群众,减少到总共只有1200多户人家,加一起是3684口人,罗台子行政村也只有48人住在低洼地了。但毕竟住得分散,逐个通知仍然大费周折。好在这些年有经验了,他们的住处我也早已了如指掌。接到拔闸通知就开始行动,拔闸前全部搬迁完毕。等一切安顿好后,我到淮河大堤上查看搬迁群众居住情况时,发现汪大台子的汪二宝他爹一个人在,汪二宝他娘又返回去了,说是家里的两头猪没法搬迁,就放到平房房顶上了,她不放心,要住到房顶看着猪,不然,猪掉到大水里,淹死了可咋办。老头说,他拦也拦不住,还差点挨一脚。老头愤怒道:"就她那脾气,谁能拦得住!"

这可真是让我一万个没想到!大闸是中午12点28分拔开的,这会子已经拔闸两个多小时了,按照洪水的流速和汪大台子离泄洪大闸的距离,水很快就会涨起来。现在,庄台下面的积水已没到人脚面了。涨水的速度是非常快的,这时候绝对不允许任何人在庄台下面活动。

来不及多想,我抓过摩托车,骑上就跑。这会子,没别的招儿,只能赶速度去救人。

我冲下淮河大堤,直奔汪大台子西北角而去。

本来汪二宝的爹和娘是可以直接搬到汪大台子上的老宅住

的，但因为儿子结婚后庄台的房子给儿子儿媳妇住了，汪二宝的娘脾气大，和儿媳妇不止一次吵过架，老两口就搬到汪大台子西北角的撂荒地那里住了。现在拔闸了，也不回到儿子家，宁愿绕远道到淮河大堤上住庵棚。

上一次拔闸，老两口的房子还是庵棚，现在盖了平房，房顶是水泥顶，用来晒粮食晒花生，没想到，这会儿成了猪避险的地方。

摩托车轮碾过水汪汪的路面，很快把泥糊子带起来了。我心里急得火烧火燎，越想骑快越快不了。好不容易到了汪大台子西北角的荒洼地，但见汪二宝他娘，并不是我想象的那样坐在平房顶上看着猪，而是把猪又拉下来了，正一手拉根绳子，牵着两头花猪在泥窝里打转转。猪叫的声音刺耳，老远都能听见。

"老嫂子，你这玩的是哪一出啊？"我抱不住火了，拉下脸子，大声说。

论年龄，我小她十几岁，平常就喊老嫂子。老嫂子带着哭腔说："我想起来这猪扔了可惜，就又赶过来。干脆牵到汪大台子吧，儿媳妇再烦我，我也得把猪放她那儿，不能被大水冲走了……"

我打断她说："你真是想一出是一出，我通知你们时，你咋表态的？先把猪放在平房房顶上，到时让救援队的船过来运……你现在赶紧跟我走，我直接把你送到汪大台子。淮河大堤你是来不及去了，水越涨越深了……"

我一边说，一边到她家平房里找东西。找到两只落满灰、早已不用的荆条筐,又找到一团尼龙绳子、两根木棍。用木棍把两只筐的筐系穿起来,横担在摩托车后座上,再用尼龙绳子拴紧。我一边拴筐一边招呼着汪二宝他娘:"老嫂子,你把猪拽紧了,一定拽紧了……"

话音未落,就听到汪二宝他娘哇地哭了:"小花跑了,小花跑了……"回头一看,一头小花猪挣脱了汪二宝他娘的手,直冲平房后面跑去。汪二宝他娘瘫坐在泥窝里,右手死命拽着另一头猪,左手朝前指着,老泪纵横:"你一定帮我抓住小花,它可是俺的命根子……"

我来不及多想,放下手里的活,跟着小花猪朝平房后面跑。

平房后面是一片面积很大的荒塘,没水的时候像低洼地,现在拔闸放水,水涨上来,又成大水塘了。小花猪受到惊吓,慌不择路,还把荒塘当低洼地,直接扎进水里了。好嘛,它一头扎进水里,要抓住它,我也得扎进水里。幸好水刚涨上来,塘泥没泡松,不然,双脚陷进去,别说抓猪,拔腿都难。让我吃惊的是,小花猪游泳本领和我有一拼,它昂着头,身子一拱一拱,直朝水塘中间游。我紧随其后,蛙泳、自由泳全使出来,把自己当成离弦的箭,朝小花猪射过去。终于挨近它,纵身一扑,把它紧紧抱住。没想到,在水里的小猪比平常滑溜,它一挣就跑掉了。小花猪接着发力,比之前速度还快。这回不能让着它了,我再次跃身扑过去,直接把它摁进水里。水塘中间水太深,我也潜到水里面,摸着找到拴在它脖子上的绳子,把它的前腿后腿分别捆住,再提溜着它的脖子,朝水塘边上游。尽管小花猪摇头摆尾想挣脱，但腿使不上劲，游泳技能全失。

  和猪比赛游泳，从水塘里爬上来时，我累得够呛。这时候也顾不上累不累了，把猪头向后，朝肩上一搭，蹚着到小腿肚深的水朝平房走。汪二宝他娘正跟另一头小花猪较劲，被猪拉着在泥窝里转圈圈。我先把肩上的猪放进摩托车后座的荆条筐里，又拽过汪二宝娘手里的牵猪绳，以最快速度，把猪腿绑了，放另一个筐里。做好这一切，我跨上摩托车，朝前拱拱身子，让出半个座位，让汪二宝他娘背朝我，脸冲后，坐在摩托车上。车后座最后面有个竖着的铁把手，我说："你抓紧把手，我带你到汪大台子。快！"

  水涨得很快，比来时深多了。在水窝里骑摩托车，还带着人和猪，又是上坡路，就像逆水行舟。幸好路面泡水时间不长，加上我拼了命，拿出全身力气，终于到了汪大台子。手机浸了水，没法用了，我在庄台下面，朝上喊人。汪二宝家的马上跑到庄台下面，还带着几个人。小媳妇甜着嗓子喊了一声娘，先把老娘拉到庄台上，又和几个人一起，把哇哇乱叫的猪抬上去。

  我抬腿跨到摩托车上，喊道："汪二宝家的，照顾好你娘。大家一定注意安全，从现在开始，谁也不要再走到庄台下面。部队官兵开过来了，冲锋舟和大船都会在庄台四周巡逻，大家缺啥，到时统计好，一起送。"

  终于完成了这个急难险工作，身上轻松下来，我准备骑着摩托车拐回家换身衣服。这衣服沾了太多泥糊子，又有太多汗，早就有怪味了。这样一想，我把摩托车朝东南拐，东南方向是罗台子。这时候,我发现,水都把摩托车的车轮子漫住了。水涨得太快了,我加大油门,决定不回家,直接去淮堤。大路早被大水淹没,一些沟沟洼洼也和大路一样,成了望不到边的"河"。陌生人绝对分不清哪里是路,哪里是沟。因为路熟,我凭着记忆朝前骑。

这一次,我轻敌了。我以为路熟,不怕。可是,大水涨得越来越深,到处明晃晃的,扰乱了我的视线。我拧大油门,想赶紧冲出这大水窝,冲到淮河大堤上。没想到,冲着水跑的摩托车,慢得像老牛,而且越来越慢了。我再次加大油门,车子猛地一炝蹶子,朝前一冲,一头扎进河里。我还没明白是怎么回事,人和车一起没影了。

闷在水里我不怕,但疼痛让我紧张起来。朝河里冲时,我的肚子正好撞在河边的一节断树杈上,疼得差点昏过去。

我知道无论如何不能昏在水里,要挣扎着从水里出来。因为是头朝下扎河里的,摩托车还卡在我身上。忍着疼痛,我伸出腿,用脚朝上钩,居然钩到了树。我把脚别在树上,使足劲,终于从摩托车下面爬出来,头和脸冒出了水面。我长长呼吸几口气,但我要爬上岸不可能,因为肚子上受了伤,刚才的劲儿全部用完了,能冒出水面不被憋死,就是万幸。我用右脚钩住树身,用左脚抵着摩托车车座,我感觉摩托车正在朝河中间跑,再跑半尺,我的脚就够不到了,人还会栽在水里。我用右手捂着肚子,这时,我看到水边长着的杞柳,伸出左手,猛地一把抓住杞柳。就这样,我像一截木头那样,把自己蓬在那里。我耳朵边听到洪水轰隆隆跑过来的声音，我得让自己站起来，冲出去。不知过了多久，肚子那里的疼痛麻木了，我终于拽着杞柳爬到岸边。其实真实的岸没有了，大水已经没到我头顶了。

淮河大堤离得远，我第一眼看到的是罗台子。现在，我只能游到罗台子了。淮河楞子受了伤，也是淮河楞子。无论如何，我这个淮河楞子，一定不能趴到水窝里，一定得游回去，游到庄台上的家里！

没想到平地上的水，比淮河里的水还难对付，太有野性，一个漩涡接着一个漩涡，把我像拧麻花一样团着拧。明明看着罗台子就在不远的地方，却给我越游越远的感觉。用力游泳，蹬腿，肚子的伤被扯得再次疼痛起来。伤疼让我力气大减，甚至，一个接着一个的浪头，冲得我偏离了罗台子，离庄台越来越远了。再这样挣扎下去，我就玩完了。

我心里猛一惊！刚刚41岁的我，就这样被大洪水吞掉了？我不能懈气！不能！不然，死路一条！

我调整了方向，再次朝罗台子游。终于，我快接近庄台了。这里正是庄台的迎水坡，又高又陡，我根本爬不到庄台上，我得再沿着罗台子向东游，游到庄台东头的台坡，那是进庄台的通道，只有游到通道那里，才能上到庄台。这时候，我感到身上的力气已经全部用完了，无法支撑我游到东边台坡了。绝望中，我的头阵阵发晕，随时会有休克在洪水里的可能。

这时候，我看到站在庄台边的胡秀芳。天哪，真是胡秀芳！

胡秀芳手里正拿着一只摸鱼掏虾的推网，她在网把子上绑了一根长竹竿。看样子,她想对着庄台下面的大洪水,捞点什么。

"胡秀芳!"我拼着最后一丝力气,大叫一声。

"楞子,俺的男人哪!真是俺的男人哪!"胡秀芳冲下面一看,立即大喊大叫起来。她把推网伸到水里,一下把我兜住了,然后,她拽着推网,慢慢把我朝护坡那里顺。终于,她用网把我摁在护坡上。靠着庄台的护坡,借助推网的支撑力,我终于可以喘口气了。

"楞子,别动!你身量重,推网经不住你。你先待水里,待水里经得住。"胡秀芳大声说着,让兜着我的推网紧紧靠着庄台台坡,然后指挥我:"快,身子朝上纵,出网!双手抓住竹竿,抓紧了!"

按照胡秀芳的指示,我终于"出网"并抓住了竹竿,等于把整个身体的重量都给竹竿了。胡秀芳咬紧牙关,使出吃奶的劲儿,拉着竹竿,一点一点把我从高高的台坡上拽了上来。

我像一条死鱼,瘫软在庄台上。

呼啦围过来一群人,都是来看胡秀芳兜住了一条多大的鱼。一看是我,傻眼了。

我肚子那里的伤发炎了,医生坐着冲锋舟到罗台子给我打针、换药,直到过了一个星期,我才算好起来。后来胡秀芳说:"你这个傻楞子,你又差点把自己给毁了。"

差点把自己给毁了,这当然不是最后一次。在蓄洪区庄台当行政村支部书记,最不能少的,就是蓄洪时能担责、敢担责、勇担责。这勇担责里面,如果对风险评估不到位,风险在所难免。

但风险来了，你哪有时间去评估，肯定直接冲上去。

再一次冲上去，就是2020年7月份拔闸时。按胡秀芳说的，我这个楞子，又差点把自己给毁了。

9

2020年的庄台蓄洪区，已经大变样了。可是，大淮河的脾气一点都没变。要说一点都没变，也不对。淮河沿线的水利工程，本着"知水、懂水、顺水、兴水"的科学治理原则，让淮河变得温顺了，发脾气的机会少了，也才有了自1953年建大闸以来间隔时间最长的一次拔闸——相隔了13个年头。对庄台这里而言，13年没有拔闸，那真是机遇难得！

这13年里，庄台发生的变化太大了。蓄洪区修建了高架桥，再来大洪水时，庄台人可以坐着汽车朝外走了，再不用像之前那样进出只能坐船；又增加了两座保庄圩，加起来一共有了6座。保庄圩和平原上的集镇一样，里面可以建学校、医院、商场、超市、工厂，只要把围着保庄圩四周的大堤筑牢看好了，保庄圩就是个现代化的城镇。庄台上有一半的群众，搬迁到保庄圩的楼房里居住了。这样一来，庄台上的空场地多了，可以建楼房、垒院子、开菜园了，绿化、美化、亮化的民生工程，也能在庄台实现了；而新农村该有的新面貌，在蓄洪区的保庄圩实现了。

按胡秀芳诌的"谒后语"来说庄台的变迁，还真形象。您听听："拔闸时庄台人在水窝里打扑腾遇到顺风船——好过"了；"糖心红芋上裹糖稀——甜上加甜"了；"三月里桃树开花逢下雪——白里透红，与众不同"了；"肚脐眼里插钥匙——开心"了；"吃着甘蔗上楼——步步高、节节甜"了。

这13年里，行政村工作也有巨大变化，主要是国家制定了好政策。比如，从2007年开始，拔闸蓄洪时，群众财产受到的损失，全部有补偿，还分类补偿。基本种植的一个样，经济作物种植又是一个样，普通养殖一个样，精养、上规模养殖，补偿又是一个样。老百姓挂嘴边常说的是："现在拔大闸不怕了，国家给兜底了。"

国家给兜底，群众就像吃了定心丸，行政村的工作也好做了，比如，引进一个项目，群众在接受的时候，不用太担心拔闸蓄洪受淹了怎么办，财产损失了怎么办。群众能接受，行政村的工作就好开展。特别是有了脱贫的好政策，庄台人和岗上的百姓一样样的，都有干劲了，也有闯劲了。

那就说说2020年7月20日拔闸蓄洪的事。

间隔13年再拔闸，庄台这一片，要说没震动，不可能。毕竟，拔闸时的威力，大家是耳闻目睹过多少回了。但这一次拔闸有许多不同。第一个不同，拔闸前的动员搬迁工作难度减小，庄台下面的路都修成了水泥路，尽管天上下着雨，路上却没泥糊子了，走人走车都快得很。从动员搬迁到全部搬好，仅用7个小时。第二个不同，不管是淮堤庄台、厉河大坝庄台还是湖心庄台，居住在100多座庄台上的群众，吃水不用发愁了，因为在淮河边新建了一座自来水厂，自来水通到各家各户了。就算拔闸时庄台蓄洪区成了汪洋大海，埋在地下的水管照常通水，自来水正常吃用，再不似以前，发大水没水喝，直接从庄台下面的洪水窝里提水，卫生不达标，拉肚子。第三个不同，低洼地群众搬迁到大堤上的住所条件改变了，住的全是军用帐篷，不存在漏雨进水现象，生活质量提高了。第四个不同，交通工具更便捷了。每天都有冲锋舟运送物资，虽然湖心庄台被称为孤岛，但人心却不孤独，行政村干部和驻村扶贫工作队的同志，坐着冲锋舟来回跑，需要啥，头天登记好，第二天就送到。有专门拉东西的货车，停在蓄洪区和岗上相连的码头上，每天车来车去源源不断。100多座庄台，每个庄台都成立了临时党支部，插着党旗，高高飘扬。群众有困难，需要啥，党员立马走上前，不但帮着登记，还负责采购并运送到家。以前拔闸时，庄台人心里发慌，坐也不是、站也不是，看着庄台下面的水，头发疼，腿肚子直打转；现在，大水在庄台下面翻腾，庄台中间的文化广场亭子里，庄台人在下棋、闲聊，跟平常一样。

说句真心话，看到这些场景，我真是百感交集。咱是经历过大水的人，知道拔闸时庄台人的苦，现在国家给兜底到这种程度，庄台人还有啥话说？

对，得说说咋又差点把自己给毁了的事了。

2020年拔闸时，我当村书记整24个年头了。我是1966年生人，当村书记时30周岁，2020年拔闸时已经54岁。说老不老，但确实不年轻了，年过半百，我也是做爷爷的人了。我儿子住在幸福保庄圩，那里有家柳编厂，儿子儿媳都在厂里上班呢，孙子也上幼儿园了。罗台子的家，就我和胡秀芳老两口住。

大闸是7月20日拔开的，到7月23日关闭闸门，拔闸时间一共有76小时。尽管现如今庄台加高加固后，安全性能高了，但拔闸时的巡堤工作，丝毫不能松懈。保护蓄洪区4个乡镇、100多里长的淮河大堤和90多里长的厉河大坝，全天24小时巡逻不能间断；还有6座保庄圩四周圈起来的保庄圩大堤，更是日夜巡查防守。巡堤的任务按行政村分配，每个行政村一段堤坝，而抢险的部队无处不在，哪里有险情，他们就冲到哪里。这样说吧，拔闸蓄洪就是拉开了一个战场，不分白天黑夜，战况一刻不能松懈。

我的主要任务是掌控行政村的全局，先把巡堤的任务安排好，再就是到罗台子所属的几个自然庄台上跑，哪家需要啥，谁有个头疼脑热，我就负责安排人买米买菜买药，再送过来。那些天，我每天有一大半时间生活在冲锋舟上，脸晒得黢黑，按胡秀芳"夸"我的话说，脸黑得能揭掉一层子。

大闸关闭了13年又一次被拔开。这大闸一拔，大水就来了，庄台又成了孤岛，虽说修建了连心桥，可是，湖心庄台的人朝外走，那还得靠船才行。

7月25日这天，天已经黑透了。连天加点地忙活，我周身疲惫，准备在家好好休息一晚。这时的庄台下面，还是无边无际汪洋大洪水。这时候已经拔闸第5天了，淮河水要在庄台这里待到什么时候，才能从退水闸那里放进淮河，得看淮河的脸色。淮河水位正常了，蓄洪区的大洪水才能还给淮河。在目前情况下，退水口的大闸何时拔开，还洪水给淮河，还是未知数。

刚刚躺床上眯一会儿,手机响了。一看时间,晚上10点半了。是胡家庄台的胡治保,他电话打过来说,他老伴的心脏病犯了,脸都青了,如果不马上送去医院,人就不管了。不管了,是庄台的土话,就是不行了、要死了。

谁能想到,就因为胡治保的这个电话,我差点被冲锋舟撂在大洪水里。

接到胡治保的电话,我二话没说,趿拉着鞋跳下床,抓过手机就联系冲锋舟。冲锋舟很快开过来,先到罗台子接上我,再去胡家庄台接上病人。胡治保是不能跟着去的,他有高血压,这会子紧张得说话都不利索了。我说:"你在家安心待着,医院那里我会妥善安排好,有医生、有护士,你放心就是。"

冲锋舟朝大水里一攘,直奔圩区外连着岗上的码头。救护车也已提前联系好,在那等着了。冲锋舟上的三个人,都是抢险队的志愿者,一位负责开冲锋舟,两位负责抬病人。我不跟着去,开冲锋舟的分不清朝哪儿走啊。而且,庄台下面水情比较复杂,水下藏着的田地、公路、矮树头、电线杆、看鸭棚、排灌站水泥房,都是安全隐患,稍不留神,冲锋舟就会熄火或侧翻。我是庄台人,脑子里有张活地图,尽管田地、道路都被淹了,但借着冲锋舟打出的灯光,凭着露出来的树梢子,还有影影绰绰的庄台子,我能分辨出该朝哪里走,水路才最安全、才最快捷。

中间也遇到过几个大漩涡,把冲锋舟抬起来摔下去好几次,真是有惊有险,但都克服了,总体还算顺利。终于把病人运送到码头，交到救护车上。我把自己的手机号码报给医生，请他有事直接给我打电话。长出一口气，心想，今晚的重要任务总算完成了。这时候，已经凌晨1点了。

冲锋舟等在码头，没熄火，见我跳上去，就加足马力朝回开。借着夜色，能看到乌幽幽的大洪水，无边无际，像行走在怪兽的肚子里，特别像电影里看到的场景，很不真实。晚上的风比白天还大，冲锋舟不时被水头抬起来，狠狠地朝下摔，连续摔了几次。我坐在最前头，给冲锋舟指路。凭记忆我知道，我们正行走在一片荒洼地上面，四周没有庄台，水流很急。这时候，冲锋舟猛地朝前一纵，紧接着就地转了个弯，舟身一颤，发动机瞬间没声音了，大灯也熄灭了。坏了！冲锋舟熄火了！

开冲锋舟的年轻人，手忙脚乱起来。我也是心里一惊，各种不好的想法全部涌上来。我知道，这时候千万不能慌张。我们四个人里面，我最年长，要稳住。我用平淡的口吻说："别急，找找原因，看怎么回事。"

天黑水大，波浪翻滚，风呼呼地直拍耳门。我努力朝四周张望，发现冲锋舟坏在老桥这儿了。老桥建在小暖河的一条支流上，有几十年了，这里地势低洼不平，水流有落差，漩涡不断。现在，冲锋舟就在漩涡边上打着转，眼看着要被漩涡吞进肚子里。开冲锋舟的小李，二十旺岁，急得满头是汗，他是新手，根本不懂怎么修理冲锋舟。我一个劲鼓励他不用紧张，其实我心里比他紧张。另外两个年轻人，也不会开冲锋舟。我知道老桥这里水情复杂，如果冲锋舟再修不好，很可能会被水流吸进漩涡。

吸进漩涡里，后果不堪设想。要知道，庄台下面的洪水，可都是接近3米深哪；这低洼地，水少说也有4米多深。

我出发时，已经做好了最坏的准备，赤着脚，没穿鞋子。如果掉进水里，穿鞋不好游。

这时我发现，黑乎乎的夜色中，不远处有棵大树，我说："大家看到没？那里有棵大树，我们要朝大树那里靠。小李，你稳住冲锋舟！"说着，我捡起冲锋舟上的绳子，朝大树那儿扔。连着扔了几次，作用不大。冲锋舟离大树太远了，绳子根本够不到。几个年轻人大气都不敢出，目不转睛看着我。

我猛吸一口气，拉着绳子，跳进水里。这是有风险的，我可能会把熄了火没有动力的冲锋舟带进漩涡里，还可能把冲锋舟拉得离大树更远。还有一种可能，54岁的淮河楞子，也许经受不住大洪水的考验，就地"熄火"了。但不试试，束手待毙，更没希望。我踩着水，用力推着冲锋舟。冲锋舟太重，靠一个人的力量推太难了。但再难，也要朝前推。我把头扎进水里，像头老牛那样，拼着全身力气，一点点把冲锋舟朝大树的方向拱。抬头换气时，我发现，我的努力没有白费，冲锋舟离大树近了。那就再来！

费了大半个小时，终于离大树更近了。我潜到冲锋舟前面，用力拉着绳子，终于，把绳子拴到了大树身上，固定好冲锋舟。几个人一起动手，把我拉上了冲锋舟。

我趴在那里，像头累瘫的老牛，大口大口喘着粗气，不忘抬头叮嘱他们："注意，这绳子承受力有限，我们几个人要轮流上前抱着大树，帮着绳子一起拽住冲锋舟！"

我很想告诉几个年轻人，这绳子不是万能的，只能暂时固定一下冲锋舟，如果再被水流冲一会儿，绳子可能会随时挣断。

我拽着绳子，让冲锋舟朝树的方向再移动近些，就跃起身体扑向大树，一把抱住树身。用人体固定住冲锋舟，减少绳子的压力，同时，也能确保冲锋舟不被水浪打翻。一动不动抱着树，嗡的一声，成把抓的蚊子扑上来，叮得一头一脸都是。我已经顾不得蚊子咬了，就抱着树不动弹。我觉得自己很像一只癞皮狗，生生赖在树上了。

我们4个人，一人10分钟，轮流换班抱树，长达三个多小时。小李负责打电话，联系修理冲锋舟的师傅，询问怎么修理。到我换班休息时，我开始电话联系抢险队的人，要他们想办法找一只冲锋舟，过来接应我们。我用微信把定位发给了他们。但深更半夜，一时真找不到冲锋舟来接应。

又轮到我抱树了。这时候，我觉得，我可能就要从树上掉下来，直接摔到大洪水里了。因为我明显感觉到，我已经筋疲力尽了，甚至出现了虚脱。不要小看这抱树的行动，那是在跟大洪水角力，抱着树，等于让身体变成一只大钩子，把冲锋舟钩挂在树上。无论漩涡怎么扭拽冲锋舟，身体都得像定海神针那样，绝对不能松手，不能脱离了树，脚也不能离开冲锋舟。抱住树，就是拽着树，时时都要用力，不然，冲锋舟就能被漩涡扣翻。

我已经感觉不到脸上被蚊子叮咬的疼痒了，两只胳膊变得麻木，脚下的冲锋舟更是摇摆不定。我脑子里开始胡思乱想，这一次，我可能真要毁在这里了。哪一次都没有这一次强烈。这淮河楞子的人生，就要在这黑夜中的大洪水里，画上句号了。我五十多岁了，没了也不可惜，可这三个年轻人，人生的路才刚刚开始呢。我一定得坚持住！

小李一边在电话里向修理师傅请教，一边捣鼓着。突然，一声轰鸣，冲锋舟的发动机响亮地喊叫起来。随即，是小李大声的呼喊："罗书记，冲锋舟修好啦！我们有救啦！"

我松开抱树的手，直挺挺把自己摔进冲锋舟里。明亮的灯光，刺破大水窝里黑乎乎的水面，就像从魔窟冲向人间。我们几个，绝地重生了。冲锋舟开动的那一刻，我对自己说，你这个淮河楞子，又活过来了。

当我看到罗台子的灯光，在水上水下一起晃动时，我把头埋进怀里，哭了。哭是无声的，只有泪水一股股朝脸上糊。本来想把头抱住哭，但两只胳膊已经麻木得抬不起来了。

在这次差点被毁了的一个星期内，我的胳膊都抬不起来。当胡治保的老伴治好了病，被冲锋舟送回胡家庄台，我去看她时，我的胳膊还耷拉着呢。

瞧，我是不是在表扬自己啊。庄台下面的这一片棚子是干啥的？我应当和您先说这个，我光说自己了。这是2021年下半年建的大棚，三亩地建了两个，专门养羊的，是乡村振兴的新项目。这可是最带劲的一个项目啊，庄台下面也能建养殖场了。

这两个大棚专门养胡羊，是出口东南亚的。每个大棚能养1000只，两个大棚一共养2000只。是驻村干部争取来的新项目，就落地到罗台子行政村了，这也是我们罗台子乡村振兴的一个亮点。说起之前的脱贫攻坚，庄台和岗上的行政村比，难点可真不少。首先庄台小，住人都窄巴，哪能在庄台上做产业？其次，庄台下面平常还好，一拔闸就是大水窝，没法建设规模化的厂房和养殖基地。现在好啦，养殖有创新啦。拔闸也不愁，岗上那里有专门对接搬迁的养殖场，来辆大卡车，搬上就走。路也好，走高架桥，都是宽敞的水泥路，不怕了。

好，我带您转转。现在，罗台子庄台的东西两边都有台坡，以前台坡都是土路，现在全铺上柏油了。庄台北面的迎水坡，全是钢筋混凝土，铜墙铁壁一样，坚固得很。

今年汛期时，我盯着迎水坡反复看，心里嘀咕，从2020年到2024年，按4年就要拔闸蓄洪的频率，今年能平安度过吗？

特别是看到南方在发大水，在抗洪抢险，我的心就被拎起来了。我心里说，淮河啊，别装恁多水；大水啊，庄台不留你，错过吧。

雨水还是不少，淮河的肚子被大水撑得滴溜圆，大闸那里，好几次快达到警戒水位了，幸好没到拔大闸的地步。今年，大水真的放过庄台了。哈哈，放过了。

您瞧，这遍地庄稼，长得多好。早稻快熟了，过了中秋节，就能下镰收割了。都是机械化，趁着晴天大日头，两天就能颗粒归仓。

目前我正着手做庄台农副产品展销馆,就在村委会大门口。另外,康养休闲、农事研学、智慧农业这几个项目,行政村也即将启动。下次您再来,一准能看到。对未来,我有信心!既然是"淮河楞子",那我就以我的方式宣传庄台,守护庄台。

这不是大话,是心里话。

反弹琵琶念水经

宋水生，1975年生。居住庄台：宋家台子

　　能参加省里举办的农博会，宋水生觉得机会难得。这也是展示庄台芡实种植和杞柳编织两大产业的最佳时机，借此平台让更多的人知道，这几年他宋水生在庄台实施的"反弹琵琶念水经"，有了初步成效。

　　为参加11月18日在省城举办的农博会，宋水生提前两个月做准备。王发财的芡实种植基地，先预留好那片水面最大、长势最好的芡实，刚进入9月份，就组织工人进行采摘、剥壳、风干、装袋。程大勇的柳编工艺品厂，也因地制宜专为参加农博会而制作一批杞柳果篮、花篮、手提篮、纸巾篮、收纳篮。一切就绪后，他们一行提前一天来到省城，进入滨湖国际会展中心布展。

　　展台设在农优产品区域的2号展馆，给他们的空间真不小，

三张大案台,整整10米长。在挤挤挨挨的展台间,庄台展台格外亮眼。芡实、柳编分放两边,中间高高竖起的是产品介绍展板,宋水生还把笔记本电脑带来了,专门播放宣传片。内容也较为丰富,有拔闸泄洪抗洪抢险时的震撼场面,还有王发财芡实种植基地从播种、采摘到制作、包装的整套流程,以及程大勇柳编厂的种植、收割及生产加工场面。上午刚开馆,参观的人很快涌进来,把他们的展台围得里三层外三层。宋水生、王发财、程大勇,还有几名工作人员,加一起总共6人,忙得不亦乐乎。

以驻村第一书记的身份参加省农博会,要说宋水生没有感慨,那是假话。用思绪万千来形容,最为恰当。

此时,电视台两位记者把镜头对准了他。一位举着话筒,一位负责摄像。举话筒的记者问道:"经过我们走访得知,您是一名驻村干部。我们都知道,庄台人'舍小家,顾大家''勇于拼搏,不向命运屈服'的无私奉献精神,一直在传颂并鼓舞着更多的人奋力拼搏,传递大爱。您作为驻村干部,对在庄台工作有着怎样的看法?"

"我本人就是庄台人。"宋水生微笑着说,"作为庄台人,首先我为我的故乡感到骄傲和自豪。庄台特殊的地理位置,决定了庄台和庄台人的使命。有人说,这世上总有人在负重前行,我想,这负重前行的人群里,其中就有庄台人。经过了一次次的拔闸蓄洪,庄台人积累了经验,除了水来搬迁避风险、水退返家再生产这样的生存方式,我们也摸索出了新的生存模式,那就是,反弹琵琶念水经。这也符合庄台现实。如何念好水经,在大水窝里做农业大文章,需要因地制宜,需要拓展思路,多动脑子。经过不断探索,我们已取得了初步胜利。"

记者听后,忍不住竖起大拇指。周围的人也投来钦佩的目光,小声议论起来:"哇,这展台上摆放的,都是念水经的成果啊。啧啧,了不起。"

记者继续问道:"参加农博会,对庄台有着怎样的意义?"

"如果说大家知道庄台,是因为一次次的拔闸蓄洪,一次次抗洪抢险时庄台人舍小家为大家的精神,那么,现在,我希望大家通过庄台生产的绿色食品、艺术品了解当下的庄台。农博会是推介优质农产品的重要平台,也是展示农业发展成果的重要窗口,通过这个平台,能让更多的人认知和接受农产品。这种宣传和推广,一定能助力庄台产品的品牌建设和市场拓展,让大家看到乡村振兴新征程上不一样的庄台、新时代的庄台,因此,意义非凡。"

当镜头对准王发财的时候,有备而来的他,说出的是另一番话。他捧着一袋新鲜的真空包装的芡实说:"我首先向大家介绍一下出自俺们庄台的好物件——芡实。大家该说了,这不就是南方人常说的鸡头米嘛,有啥稀罕的。请听我一一道来。先请大家看一段视频。"他用手一指笔记本电脑,工作人员立刻打开了画面:是栽种芡实和人工收割、制作芡实的录像。视频结束后,王发财开始了他的讲述:"首先介绍庄台芡实的生长环境,那是绝对的纯天然无污染水面。"说着,王发财点一下鼠标,电脑上,一张张铺满芡实大叶片的湖面闪现出来,湖面的不远处,是一座座若隐若现的庄台。"这就是芡实生长的湖洼地,大家看到的这些长在大土堆上的村庄,就是我们居住的庄台。"他边说边点开一组采摘芡实的画面,"我们这里的芡实是随熟随采,纯人工。从8月下旬到10月中旬,每间隔五六天采摘一次,总共能采摘十来次。采摘芡实是一件辛苦活,要穿上胶皮衣裤,戴着皮袖套皮手套,得格外小心,因为芡实叶子的背面有刺。为了不破坏芡实的根系,采摘时所用的工具,也是我们自制的竹片刀。而加工芡实,也是纯人工,主要目的是保留芡实原有的味道和品质。工序很慢,费时费力,但品质绝对一流。"

接下来是芡实如何堆沤淘洗去果皮、脚穿草鞋在盆内踩踏出籽、手剥去壳、晾晒后包装等画面。

"芡实被称作水中人参,它的食用价值是不言而喻的。大家看过这些画面,再品尝庄台这道美食的时候,方能体会到其来之不易。但对我们庄台人而言,让大家吃到原汁原味的美食,再辛苦,我们也值得。"

王发财津津乐道,正说得带劲,一位西装男子走上前来,一拱手道:"这位先生,我打断一下,你们有多少芡实?能现场签订购买合同吗?"

王发财一愣神,随即笑逐颜开:"这位老板你真大方!好啊好啊,我带来了公司的合同书和印章,可以现场办公。同时欢迎老板你到庄台参观走访,你相中了哪片水面,哪片水面就专为你栽种芡实。"又一把拽出宋水生说,"这是我们的驻村第一书记，没有他大刀阔斧推动农村产业发展，带领大家朝前冲，就没有庄台芡实。现如今，不仅我们宋家台子周边种植芡实，庄台的不少洼湖地都兴起了种植芡实的热潮。在庄台蓄洪区，大家不仅都知道芡实的好，而且还踊跃种植芡实，否则，那就是跟不上形势，就是落伍。"

带来参展的芡实在极短时间被抢购一空，收款码呼呼被扫描，工作人员的手机不时传来收款信息。王发财张开双臂，好容易才抢回两袋子总共才500克的芡实，朝那位刚刚签了订购合同的陈先生怀里一塞说："一点心意，先尝尝。"

花开两朵，各表一枝。这边王发财的芡实展台忙得不亦乐乎，那边程大勇的柳编展台也令人啧啧称奇。

程大勇不愧是国家级非物质文化遗产代表性传承人后代、省级非物质文化遗产代表性传承人，他的讲述从容自若。由最初杞柳编筐编篓的生活用品，发展到后来的工艺品，杞柳编织随着时代潮流在改变、创新，还出口到海外，他说得头头是道。之后，就有问必答地说起了眼前摆放的展品："这是柳木混编果篮，柳加木，不仅起着承重作用，还更加美观大方实用。这也是我们出口海外的主打产品。这一款是纸巾盒，纯杞柳编织，所用材料是杞柳中最细的枝条，这三道杠是染色柳枝，让产品显得俏皮、好看。这一款花瓶，也是此次展品中技术含量最高的，从上经盘底到收口、拿沿，都是民间艺人纯手工制作，无论是透花编、套色编，都结构严密、形体圆润，是柳编中的精品。让庄台的杞柳产品走遍世界，让世界了解更多的庄台故事，这就是庄台柳编最大的意义所在。在生产柳编工艺品的同时，我们还大面积种植杞柳，目前杞柳种植已经成为庄台的支柱产业。说起来惭愧，如果不是宋水生书记引领，我还不能下这么大决心，让杞柳种植具有今天的规模。"

程大勇是庄台的名人，主要原因是他家的程氏柳编名气太大。程大勇的父亲程文化，是省级非物质文化遗产代表性传承人，程大勇的爷爷程念恩，是国家级非物质文化遗产代表性传承人。程大勇本人，去年刚刚获批省级非物质文化遗产代表性传承人。程家世代做柳编，在庄台这里，哪家没有程家编的杞柳筐、杞柳笆斗、杞柳畚箕、杞柳簸箩啊。晒粮食、装花生、盛馍、放针线，大大小小的柳编簸箩和筐都能派上用场。到了程大勇这一代，他把柳编产品提升了等级。不仅有生活用品，还有工艺品，有些工艺品还出口海外，程大勇成了全县甚至地市的创汇大户。

有句话程大勇说得没错，如果没有他宋水生提议，程大勇可能不会大规模发展杞柳种植业。同样，如果没有他宋水生鼓动，王发财也不会种植芡实。

看着展馆里熙熙攘攘的人群，听着王发财和程大勇在左右两边的展台边各自讲述着芡实和柳编，宋水生的脑海中回放着这几年驻村的点点滴滴，心里扑腾得越发厉害了，"如履薄冰"这个词从他脑海里猛地蹦了出来。在庄台驻村的这几年，那些真实发生的故事，哪是几句话就能说得清的？

1

不怕您笑话，混了这些年，没想到，王发财娘的一句骂，一下就把我打回了原形。

王发财的娘是跳着脚骂出这句话的："地狗子，瞧你能哩跟羊熊样，你为了升官，把俺家发财拉下水，你安的什么心？狼心！"

我嘴里喊着"婶子"，王发财的娘还是跳着脚把我骂个狗血喷头。我一句话也不狡辩，因为她骂得对。

王发财站在齐胸深的水窝里，抱住头，任他娘骂我。

这是2020年7月30日上午，大闸拔开泄洪的第10天。庄台蓄洪区的汪洋大海还没有退去，王发财家的芡实种植基地，还全部闷在大水里。

"我就是要骂你，骂你这个地狗子，专做恶事的地狗子！"王发财的娘不解气，又接连骂了几句，声音里带出了哭腔。

地狗子是我小时候的外号。上小学前，我和王发财一起玩，玩恼了，就会打架，他骂我地狗子，我骂他屎壳郎。我们庄台这里称金龟子的幼虫为地狗子，地狗子专在地底下干坏事，专咬庄稼的根，是害虫。屎壳郎整天抱着一团屎滚来滚去，又恶心又讨厌。两只虫长大后的样子有点像，都是黑硬壳，两只大钳爪子。没想到，王发财的娘气得把我小时候的外号拿出来骂，看来，她真是气疯了。

对此，我无话可说。

王发财娘的骂声，一下把我"反弹琵琶念水经"的扶贫举措，归零了。

　　我是市农业农村局第二批下派的驻村干部，下派到庄台蓄洪区任扶贫驻村工作队队长兼行政村党支部第一书记。这是2017年的事。关于扶贫这件事，真不是王发财的娘骂的那样，为了"升官发财"而为之。我"驻"回到庄台扶贫，是市里统一安排的。第一批扶贫任务下来时，我也报了名，单位选派了别人。第二批，下派任务落到我头上，我还有些小窃喜。有悖我想法的是，我没有被选派到别的县，而被选派到庄台。

　　因为我是庄台人。

　　为此，我纠结了好一阵子，甚至找领导谈过话，希望能选派我到单位的另一个扶贫点驻村。但一切都已尘埃落定，领导把底儿也透露给了我：之所以选派我到庄台驻村，正因为我是土生土长的庄台人，了解庄台。

　　小时候俺大给我灌输的人生理想是，"能跑多远跑多远"。这个"远"，就是远离庄台大水窝的远。我也是按着这个人生理想轨迹来走的。考上大学那年，我就铁定了心，再也不回庄台，再也不回这个大水窝。因此，毕业后，我就千方百计留到念大学的城市工作了。对，就是当年地区所在地的城市，那时候是地区，现在是市。我念的是市里的师范学院，毕业后在城郊中学当了一名语文老师。1998年，地改市，市农业局有招考文秘的名额，我一举考得头名，进了市农业局，当了文字秘书，就是专门写材料的。一干就是十几年。现在没有农业局了，改成农业农村局了。经过多年努力，我成了市农业农村局政策法规科副科长。其实也没啥实权，但在庄台人的眼里，能当上市里的科长，也算是官了。至少在俺大俺娘心里，养儿养值了，儿子有个一官半职了。

我爱人也是农民出身，但比我的出生地好太多了，是市郊区的。按现在的说法，地域优越。如今的郊区，早已是城市了。爱人从地区幼师毕业后，直接进了市里的幼儿园工作，如今也熬成园长了。城市扩大后，郊区变成了市区，征地也有补偿，我爱人全家都成了城市居民。我的工作、家庭都是圆满的，我很知足。副科长干了五六年，去不掉那个副字，心里多少有点失落，但对生活和工作，总体还是满足的。

这就到了第二批选派干部驻村扶贫的时候，单位领导研究并报上级批准后，我被选派到蓄洪区的庄台，做驻村第一书记。也是巧合得很，我驻的村不是别的村，正是生我养我的宋家台子行政村。以前的宋家台子行政村有4个自然庄台，合并后，行政村范围变大了，由7个自然庄台组成，名字没变，还叫宋家台子行政村。

对于驻村扶贫，作为在大学期间就入党的中共党员，我是积极踊跃的，当第一批驻村扶贫任务下达后，我就率先报了名。第二批驻村下派成功，可谓心想事成。但回到庄台扶贫，心里却一百个不情愿。有三个原因，其一是，按农村"远香近臭"之说，我本来离开庄台在城里混得让人刮目相看，现在再折回庄台，乡里乡亲知根知底，不一定服我，驻村工作不好开展；其二是，庄台这地方，还有我不知道的难点吗？大水窝、锅底子，不能办企业，养殖种植都风险极大，一拔闸所有努力都归零，脱贫攻坚的仗，太难打胜了；其三，是憋心里不能说的原因，小时候就立下"能跑多远跑多远"的"宏伟志向"，离开庄台许多年，这又杀回来，怪别扭。

但选派我驻村的理由也很鲜明：庄台人更懂得庄台。庄台出身的我下派庄台当驻村第一书记，是最好的选择。按现今流行的话说，我是天选之人。

带着一肚子别扭和不情愿，我别无选择地来到宋家台子行政村，并且就"驻"在村部所在地的庄台上——我出生的宋家台子自家的老屋里。

因为镇里修建了保庄圩，按自愿原则，庄台一多半的人搬到保庄圩居住了。这样一来，庄台人的居住面积扩大了，房子可以扩建，活动范围也增加了，家家门口还能开片小菜园。这些年，俺大俺娘一直在宋家台子战天斗地。因我是家里唯一的儿子，又在市里工作，两个姐姐出嫁了，俺大俺娘就没去住保庄圩，还住在宋家台子的老屋里。2007年拔闸泄洪后，老屋推倒了重盖，加高加宽了，房顶还做了水泥平台，专门用来晒粮食、花生，靠房子东墙那做了水泥楼梯，能直接上到房顶。庄台的居住环境有改变，再不是我小时候见证的"出门一线天"，一出门鼻子尖就碰着前面人家屋后墙的拥挤年代了。庄台人搬走了一半，地儿也比以前宽敞了一半。我家老屋门口是花园，村正中的东西大路正打我家门口过，大路两头都有进出庄台的台坡，汽车能直接开到家门口。听说我要回到庄台住，俺大俺娘先是欢喜了一阵子，紧接着就愁眉不展了。也不敢多问，他俩先把西间的住房收拾出来，把屋子整理干净了，让我住得安心。

我是上午到庄台的。我们驻村一行三人，我申请住自己家，另两位同事租住村委会旁边村民家里，正好这户村民孩子上县城高中，全家进城陪读了。先和镇里对接好工作，到了庄台，再和行政村书记对接好工作，半下午，我才回到家里。

俺大俺娘看我的眼神有点怪，好几回欲言又止。最后俺娘忍不住问道："娃啊，你可是犯啥错误了，给你下放回来了？"

我把国家实施的扶贫政策一五一十说给二老听，两位老人才放下心来。俺大最后总结一句话："叫你能跑多远跑多远，你却跑了个圆圈圈。"这话我明白，俺大这是总结我的人生轨迹，兜了一个大圆圈，又跑回原点来了。

当然，跑回出发的地方，不是来做农民，而是要带领村民走上富裕路。

晚上，我却彻夜难眠。搁以往，逢年过节回庄台时，枕着庄台下面的虫吟蛙鸣，听着月亮挟着风敲打玻璃窗，就像唱给我助眠的曲儿，我睡得那个香。这一次不行，失眠了。按俺大说的，我人生的圆圈转回到庄台了，接下来的工作，要怎么开展呢？

我脑子里边不停转动着驻村第一书记要完成的职责。要先了解庄台贫困状况，要在推动农业和农村经济发展、带领村民走向富裕、建设美丽乡村上做足文章；要加大力度推动乡村产业，发展壮大新型农村集体经济，促进农民增收致富……这些要落地见效,太不容易了!我坐起身,再无睡意。我是庄台土生土长的人,念了大学,在城里工作多年,也算是有两把刷子的人,可是,我所了解的只是以往的农村、过去的庄台,现在的庄台是什么样子?我能在脱贫攻坚的关键时刻,为庄台的发展和未来做出什么?

我的能量有多大?能改变庄台现有面貌吗?

第二天,我就开始了实地走访。三天跑完7个自然庄台后,我思考了许久,抓起手机,和大学同学通了电话。同学的老家在苏南某县,他是他家乡县分管农业的副县长。在同学安排下,我到苏南进行了一周时间的考察。回到庄台后,我准备登门拜访一个人。

我要找的人,是王发财。

2

王发财和我是发小,我们同住在宋家台子。宋家台子姓宋的占七成,王姓占三成。关于我和王发财的名字,也是有来历的。王发财的娘做了一个梦,梦见生产队犁红芋时,她跟后面拾红芋,拾到了一包亮闪闪的银锭子,梦里喊着"发财啦,发财啦",就醒了,肚子开始疼,生下了王发财。干脆就顺口取了"发财"这个名字,上学时图省事,小名学名撂一起,就直接叫王发财了。

王发财比我小两个月,他是1975年农历的九月初十出生,我是农历七月初九出生。我出生的这天是阳历的8月15日,拔大闸的日子。全家人提前一天朝淮河大堤上转移,俺娘肚子里带着我，身子笨重，走路可困难了。俺大拉着架子车，让俺娘坐上，直朝淮河大堤奔。俺两个姐也不大，都是小孩，也坐在车上。一辆架子车，拉着三个人，再放半口袋粮食，还有被子被单衣服啥的，车就装满了。到淮河大堤上搭庵子时，俺娘想起来给我缝的肚兜忘记拿了，可是，大闸拔开了，搬迁来的人一律不准再下到大堤下面。俺娘急得站淮堤上直跺脚，一急，肚子就提前疼了。幸好抢险的部队有军医，我就被军医接生了。是男军医，俺娘闭着眼睛生下了我，随口取名水生。

在宋家台子，我和王发财从小一起玩闹着长大，喊着各自的外号，念同一所小学。因为心里装着离开庄台大水窝的梦想，我学习特别刻苦，就考上了县里的高中，念完高中又考上地区的师范学院。而王发财只念完初中，就辍学务农了。王发财名字取得好，这成就了他的发财梦。镇上建了保庄圩，他是第一个搬迁过去的，他爹娘还住在庄台上。王发财在搬到保庄圩前，在浙南打工好几年，回到庄台后，就办了加工厂，专门为他在浙南打工的那家饰品厂做其中的一道工序——手工串珠串，产品是出口国外的。结果越做越大。只要眼睛好使，庄台上从十几岁的小姑娘到七八十岁的老大娘，都能手工串珠串。原料每发过来一批，王发财就骑着摩托车，挨个庄台送原料。带着图纸，让大家按图纸上的图案串。规定好完工时间，他再回来收成品。他保庄圩自家的后院，就是工厂。

王发财辍学早，结婚也早。就是为了能结成婚，他才搬到保庄圩的。也不瞒您，当初建保庄圩，属于僧多粥少，家家都有想法，都想搬过去，改变居住现状。有句顺口溜是这样说的："庄台只有一线天，洪水一来都冲完，保庄圩里保平安。"那时候庄台人娶媳妇，因为地方窄小，屋挨屋、房挤房，"一线天"过不了车，接新娘子的车只能停在庄台下面，新娘子要自己走上来。家里老了人，棺材也抬不出去。真是苦不堪言。庄台人家娶媳妇的首要条件，就是看看屋子有多大。屋子能有多大呢？三间屋住六七口人的，多得是。后来就出现老人腾地方，在庄台下面搭庵子住，庄台上的房子，留给儿子娶媳妇。到王发财这里，也是如此。红人就带话说，如果全家一起住，女子就不嫁，因为屋太小。

红人一传话，王发财就来气了，跑到镇上，要求住进保庄圩。

那时候，王发财已经有3年的打工经历，虽然只有20岁，也已经是庄台这里见过世面的人了。还真成了，他在保庄圩争取到一套房子，媳妇也娶成了。娶媳妇后，他就不外出打工了，在自家后院建个加工厂，坐家里挣钱了。

我是上午去王发财家的。他家的屋子在原址上翻盖成了三层楼房，外墙贴着瓷砖，亮闪闪的，很气派。他也是庄台这一片的名人了，是企业家了。不仅办了加工厂，还开了家超市。宋家台子的人说，王发财手里至少有几百万，背后有人喊他王百万。

王发财媳妇在家，王发财正在超市上货。他媳妇立马打他手机。听说我来了，王发财慌忙赶回家，跑得一头一脸的汗。超市在保庄圩主街道的十字路口，是商业中心，离他家半里路。

"老同学,听说你来当驻村书记了。好啊好啊!看来,咱宋家台子不发都不行啦。"他又是握手,又是拍肩。

"要想把宋家台子变富裕了,发财了,还得借助你王发财的名望啊。"

同学间的寒暄过后,进入正题。我把这几天的走访和庄台的难点,和盘托出。对庄台的了解,王发财比我清楚得多。他说:"庄台这地方,特殊,别人能干的,咱干不了;别人不能干的,咱更干不了。一句话,水窝地,没保障。大水不讲情面,说来就来,一来就冲个片甲不留。"

几句话就概括了庄台脱贫攻坚的难点。因为事先有过调研,我心里也有一套说辞:"按老一套来干,在水窝里确实干啥赔啥。但有句话你可听说过?"见我欲擒故纵地看着他,王发财忙问:"啥话?"

"反弹琵琶念水经。"我说,"就是突破咱庄台蓄洪区固有的思维和行为,从反面看问题。我现在要把别人念成功的水经,挪移到咱庄台这里来念。"

关于"反弹琵琶念水经"这个课题,是我在苏南调研时获得的灵感。大学同学的老家就在苏南某县,也是蓄洪区,他是他们县的父母官。当地利用低洼地做足水文章,种植的芡实销路看好,发展出效益可观的芡实基地,让居住在低洼地的村民个个成了种植能手和销冠。我要把种植芡实挪移过来。我都和苏南"和和"集团芡实种植基地谈好合作方案了,一旦这边落实好种植区块,他们就派技术人员过来无偿指导,除了提供种子、技术外，第一年的产量他们全包。在脱贫攻坚大环境下，"和和"芡实种植基地，已经在周边复制了许多"念水经"的种植模式，经验相当丰富。我听了信心满满。

"咱们庄台蓄洪区，相较长江以南，算是北方，但有水面，就能做成水文章，再不要'谈水色变'，要'顺水而生'。咱要充分利用低洼地和荒湖地，发展不怕大水泡、大水也冲不走的特色产业，从而让庄台人共同走上富裕路。老同学，你是咱庄台这里的能人、企业家。咱这一片，哪个庄台没有你厂里的工人啊。你一定能一呼百应，我想请你牵个头。"我就把在苏南考察时的情况，简略说了一下。

王发财尽管不差钱，也天南地北跑过，但对芡实这种南方植物还是一头雾水。其实我之前何尝不是？记得念大学时，有皖南的同学说到家乡的"鸡头米"，我脑中一片模糊。后来才知鸡头米的学名就是芡实。那个年代，芡实都是野生的，没谁去种它，属于自生自灭。人们发现了芡实的药用和食用价值，这才大量种植起来。

王发财目光炯炯，一副跃跃欲试的架势："我管吗？"

"你不管谁管？"

"管"这个字，在我们庄台这里，就是"行、能、可以"的意思。王发财当然管了。我心里踏实了。我就怕他小富即安，不想再揽事。没想到，他当场答应试一试。按王发财的个人想法，我们是光屁股一块儿长大的，尽管人生的路不一样，但都是庄台人。如今我回到庄台唱"反弹琵琶念水经"的大戏，他岂能袖手旁观？

首先要做的，是寻找野湖地。

属于宋家台子行政村的野湖地，有一片一直荒在那儿，但水域不大。相邻的低洼地，是隔壁行政村的水稻田，得把水稻田和野湖地连在一起开发，才能形成种植规模。我首先和镇里协调，由镇里出面再与村里协调，基本定下来总共500亩的芡实种植基地。然后，我和王发财一起，再次踏上去苏南"和和"芡实种植基地的考察之旅。

3

站在苏南"和和"芡实种植基地跟前，看着万余亩的种植面积，我和王发财惊得连呼太壮观了。正是盛夏季节，水面铺展着比磨盘还大的芡实叶，已经有工人在收割第一茬芡实。"和和"集团的老总张全也是一位农民企业家，他告诉我们，芡实从夏末到深秋，能连续收割十多次。"种芡实太划算了，是确保农民增收的最好渠道。"听他的口气，就知道他是一位成功人士。王发财不愧是做企业的，一路走，一路问种植芡实的方法、技术、管理、销售。张全竹筒倒豆子，一粒儿不留地全说了出来。

我和王发财回程时，张全派两位技术人员来到庄台，先是考察了我们租下来的那500亩水面，就如何在种植区布置灌溉渠，如何深挖、平整、施肥做了全面指导，还就浸种、育苗、假植、定植、管理，举办了培训班。两位技术员吃住都在庄台，经过短期培训后，又带着庄台即将上岗的技术工人去了"和和"

基地，进行现场观摩并学习采摘芡实。

2018年春末，淮河以北的天气暖和了起来，芡实的育种、栽培项目在宋家台子芡实种植基地正式启动。

我这么跟您说，宋家台子芡实种植基地能顺利推进，两个条件非常重要，一个是"和和"集团的鼎力支持，一个是王发财拿出的全部热情和资金。他曾私下里跟我说，他一直不满足于开超市、做饰品小件代加工，零零星星攒小钱当个小老板的现状，他也想成就一番事业。可是，庄台这地方，真不能轻易冒险，他不得不墨守成规。现如今，老同学老发小提供机遇，正合他意。如果不甩开膀子干一场，就机不可失时不再来喽。

这是在他家饭桌上，几杯酒下肚后他的"酒后吐真言"。我听后心里一激灵，不由在心里朝西南方向眺望定格在我脑海中的那座蓄洪大闸。如果哪天拔大闸，发大水，我这篇"反弹琵琶念水经"的扶贫篇，是否真能唱成功，唱得让人心服口服？我不由出了一身虚汗。

淮河水涨不涨、大闸拔不拔、庄台蓄洪区放不放水进来，是天决定的，非人能控制。尽管芡实是不怕水泡的，但泡水时长是有限制的。

幸好，2018年年底，"反弹琵琶念水经"取得阶段性成功。500亩水面，除掉种子、有机肥、工人工资和每亩800元的土地租金，王发财的总投资和收入不仅扯平了，还略有盈余。

做农业就是高投入高风险，靠的是天。风调雨顺无灾无祸，就是丰收年。对宋家台子芡实基地而言，2018年的"试水"种植之举，取得圆满成功的重要原因，就是风调雨顺。

2019年，对宋家台子芡实基地而言，是个新的突破：要实现土地利用率最大化，收益最大化。有500亩地，一大半用于种植小麦，一小半属于之前荒湖地的水域，水太深，就被空闲下来。一是在春暖花开时节，把空闲的水域整理出来给芡实育种；等收完小麦，给麦地放水、平整泥面后，就可栽种芡实了。二是，要自我造血，打开销售渠道。"和和"集团把我们扶上马，未来的路还得靠自己走。

一切都顺顺利利进行着，王发财走路的样子，有点昂首阔步了。他饰品厂的工人，年老者仍旧串珠串做手工，中年人年轻人都成了芡实基地的工人。

宋家台子的宋铁嘴，是大鼓书艺人，年轻时走南闯北，上了年纪后，不出门了，就待庄台上享清福。热闹场合，他喜欢来几句大鼓书。顺嘴就能编。他给王发财编了一段这样的唱词：

　　王发财可不简单，
　　种植芡实挣大钱，
　　荒湖地变成聚宝盆，
　　庄台人脸上笑开颜。
　　籽粒饱满像珍珠，
　　叶大片厚似玉盘。
　　芡实全身都是宝，
　　全国客商争上前。

扶贫闯出新路子，

蓄洪区水经唱得欢……

我这样跟您说，扶贫"念水经"我做了两个篇章，一个是种植芡实，一个是种植杞柳发展柳编。这两样，都是大水淹不死、冲不走的。反弹琵琶的"反"，在庄台这里，不是逆水行舟反着来，是改变"荒湖地只能盛水"的旧观念，做"顺水而生"的大文章。

4

撇开"试水"初步成功的王发财咱不说，我来跟您讲讲另一个"反弹琵琶念水经"的杞柳种植。从最初的编筐编篓，到后来的工艺品出口，杞柳编织也随着时代潮流在改变、创新。这些变化，和庄台柳编的第三代传承人、程家台子的程大勇不无关系。

程氏柳编在庄台这里名声不小，徒子徒孙也有一大帮。程大勇的父亲程文化，是省级非物质文化遗产代表性传承人，程大勇的爷爷程念恩是国家级非物质文化遗产代表性传承人。到程大勇这里，他在传统工艺的基础上对柳编工艺进行创新，使产品样式与时俱进，顺理成章成为省级非物质文化遗产代表性传承人。

我下来扶贫时，程大勇的柳编工艺品正做得稳稳当当，我还是"插了一杠子"。

对，我用"插了一杠子"来说我和庄台大勇柳编集团的合作。

这也是王发财的娘骂我的话:"俺儿干得好好的,都是你吃饱了没事干插了一杠子!"这句话虽然让我无地自容,说得倒真形象。

我忍不住"插了一杠子"程大勇的柳编,是在我走访完全部的贫困户后涌现出来的想法。我发现,一些贫困户是有打算的,身体也可以,就是因为年纪大了,想法才无法实现。如果按照他们的身体状况和爱好,安排他们做力所能及的活,他们不但有积极性,同时也能早日脱贫。所谓高手在民间,庄台也不例外。一些老人年轻时就是能工巧匠,还有走南闯北的经历,我就专找会杞柳编织的老人,把他们组织起来,和庄台大勇柳编集团牵上线,带他们去柳编集团参观,让他们考量自己能胜任哪项编织技术。我跟程大勇友好沟通后,在庄台建了扶贫车间,每位贫困户根据各自掌握的柳编技艺,承担编织中的相应环节,再请专业人员进行培训。

这杞柳编织的门道也不简单,分好多道工序。首先是原材料的选用。庄台的杞柳,柳皮轻薄,柳枝柔韧、心实,去皮后色泽纯白,着色力强,是柳条中的上品。庄台杞柳能编制出几十种工艺品和上万个品种。庄台流行的顺口溜,现在还人人能说:"淮河的蚬子荒湖地的藕,庄台的柳编天下走。"这行走天下的柳编,说的就是程氏杞柳柳编。

程大勇有情怀,和我年纪相仿,他愿意助力我扶贫,也希望居住在庄台的乡亲早日脱贫;同时,有手艺的老人,也能老有所乐,老有所为。我和程大勇一起再次调研,把柳编老艺人分为在家编织和在扶贫车间编织两种类型。在家的年龄偏大，不宜在庄台之间来回走动，程大勇就派人送来原材料，完工后再来回收，回收后直接送到扶贫车间。在家编织的老人主要完成柳编里最简单的一道工序，就是扣底。扣底是庄台方言，就是编织出工艺品的底子。拿来样品和原材料，让居家的老人根据样品的式样、尺寸，把底子编好，就有专人回收到扶贫车间，再由其他编织艺人逐一进行后期的插经条、编纬条等程序。柳编的主要技巧就在编织纬条上。杞柳工艺品编织技巧复杂，除了传统的平编、纹编、勒编、砌编、缠编外，还有铁、柳混编，木、柳混编，瓷、柳混编，绳、草混编等，种类也多，六角果盘、鱼形果盘、小花篮、小圆篮……杞柳的粗细、色彩搭配，都很讲究。

杞柳编织扶贫车间是一处最有趣的地方。来这里编织的，大都是六十岁开外的老人了，其中的一位大叔，喜欢一边编织一边唱曲儿。唱的什么曲儿？嗨子戏。和淮河琴书一样，嗨子戏也是庄台这里的地方戏，清代就有了，被列入了省非遗。庄台人干活时，嘴里哼几句嗨子戏，人就不累，日子就不苦。嗨子戏的特点是，起腔、换气时都有一个"嗨"字连接，那个"嗨"字一吐出来，人心里再难过的事，被喊了出来，那难过就消失了。这也是为什么被称作"嗨子戏"的缘由。

想听几句？我跟您学唱两句："嗨不做官的想当官，你看俺做官的有多难；嗨大官欺来豪绅怨，国舅处处刁难俺……"这是传统嗨子戏《考官》里的唱词，那开头的嗨字，把当官的难处全部喊了出来，别有一番韵味呢。

柳编技术过硬、又能唱嗨子戏的刘庆奎大叔，总是一边编柳，一边唱戏。他的故事，柳编艺人们都知道。早年间，刘庆奎是民间艺人，专唱嗨子戏，周游在乡村剧团。他唱生角，唱旦角的和他是师兄妹，也是相好，两人台上一唱一和，台下情投意合。两人好了不少年，打算再唱几年就一起回庄台这里种地，过男耕女织的日子。没想到，剧团来了一个男演员。唱腔好，模样俊，关键是还比刘庆奎年轻。唱旦角的女演员就不愿跟刘庆奎回庄台了，庆奎叔一跺脚离开剧团，回到庄台，安心做了农民。他一生未娶，就是心里放不下那个师妹。没事就回味回味，种地时哼唱嗨子戏，收麦时哼唱嗨子戏，打场扬麦时也哼唱嗨子戏。专唱那种和爱情有关的戏。土地租给别人耕种后，他就跟柳编艺人学习杞柳编织，也是心巧，学啥会啥。学会了杞柳编织技艺后，就一边唱一边编。他不愿一个人待家里编，就到扶贫车间编。别看快八十岁的老人了，腿脚还利索，耳不聋眼不花，声如洪钟，嘴里唱着嗨子戏，手里编织着杞柳，唱戏编柳两不误，是扶贫车间的"宝贝"人物。

另外一对老夫妻，也是七十大几的老人了，男的中风后腿脚不方便，走路慢慢腾腾，可是手却变得越发利索，家传的柳编手艺，不能荒废了，就专编难度大的那道工序；他老伴就负责朝柳条里穿金线。老两口承包了鱼形果盘的编织。在车间听着刘庆奎唱嗨子戏，又不荒废手艺，还能挣到钱，何乐而不为呢？

我每次去扶贫车间转一圈，就浑身是劲，像是吸收到了最高级的营养品,我也找到了下来扶贫的最大意义。这一点也不夸张,我甚至找到了生命的意义。这些年在城里工作,两点一线,按部就班,生活平稳,人就没有斗志了。下来扶贫,又激发了我胸中藏着的闯劲。原来,我仍然可以面对困难,敢于挑战。

5

前面跟您说了,我念水经有两个篇章,一个是种芡实,一个是柳编。建了扶贫车间后,我又想到了种植杞柳。这也是我外出参观取经后获得的灵感。庄台杞柳和别处的杞柳不一样,我在前面也给您介绍了。庄台杞柳生长环境不同,不仅柳皮轻薄,柳枝也格外柔韧,无论粗柳条或细柳条,都能在编织中柔韧有余,能编织出柳工艺品中的上品。但庄台人并不能人人都进扶贫车间当柳编艺人,还有身强力壮而编织技术不行的贫困户,他们靠什么脱贫?既然走的是"念水经"的路,那就做好水文章。淮河湾里的庄台周边这么多滩涂地,最不怕水的植物就是杞柳,而庄台杞柳品质的稀罕和珍贵,是我拿着杞柳柳条到山东一家柳编厂考察时获得验证的。那位年轻的厂长说:"这种柳条品质太好了,你们种多少,我们要多少!"我忍不住夸耀道:"这是老天赐给庄台的福利。我们庄台那里,是蓄洪的大水窝,进水口的大闸一拔开,滔滔淮河水就灌进来,可谓泥沙俱下;水退后,土地受了伤,而那些肥沃的泥沙也留了下来,养护着土地的墒情,也同样滋养着滩涂地的杞柳,这正是庄台杞柳与众不同之处。"我心里也明白,庄台滩涂地种植的杞柳,只够大勇柳编集团自己用。如果能打开杞柳柳条销售这个路子,岂不是不仅扩大了杞柳产业,还能加快脱贫致富的速度?看来,扩大杞柳种植面积,刻不容缓。

我把这一想法和程大勇一说,他拍着胸口说:"你经多见广,你来协调承包土地的事,我负责投资种植!"

就这样,庄台大勇柳编集团扩大了杞柳种植面积,承包了厉河沿岸一万五千亩滩涂地,加上之前的种植面积,杞柳种植接近两万亩地。这也是庄台这里第一次涌现如此大面积的杞柳种植。如果把拔大闸泄洪发大水比喻成浑黄的海洋,那么,两万亩杞柳就是绿色的海洋。

我脑中至今留存着两大壮观场面,一是数千人齐种杞柳的场面,一是大型收割机收割杞柳的场面。想不到吧,杞柳也有专门的收割机。这是"急则思变"的结果。

数千人种植杞柳,大家在滩涂地上弯腰栽种,场面壮观得很。老辈人忍不住说:"这和五几年修淮河大堤、筑防洪大坝、建泄洪大闸的场景多么像啊。那时也是人山人海,大家为了同一个目标,不分白天黑夜地劳动。现在栽种杞柳,也是为了同一个目标,就是共同富裕过上好日子!"

我一边感慨着栽种杞柳的壮观场面,一边也忐忑不安。为什么?因为我明白,这一切的投入成本都压在庄台大勇柳编集团的身上。每天栽种多少亩杞柳,每天就要结算多少工钱。好在土地不欺人,当年投资当年就有收获。但面积这么大的杞柳,靠人工收割，成本实在太高了，而且速度也慢。大棵的杞柳，甚至比高粱长得还高，庄台这里只有收割麦子大豆的收割机，根本没办法收割杞柳。怎么办？我为此急得头脑壳生疼，程大勇更是急得抓耳挠腮。

没想到，收割杞柳成了一道难题。

望着嗷嗷待收的近两万亩杞柳，我陷入沉思。中秋节刚过，我就不停地给在各个工作岗位的同学打电话，要在全省或全国范围内，寻找到能收割杞柳的大型机械。省农业农村厅的同学接听电话后，拍着脑门帮我想办法。他办公室有位同事是广西人，出生在种甘蔗的地方，提供了一条重要线索：收割甘蔗的专业机械，说不定可以收割杞柳。

我一听，立刻脑洞大开，第二天，就和程大勇一起，踏上了广西之旅。这一次出行收获满满，不但见到了正在收割甘蔗的大型机械，还仔细问询了这种机械能否收割杞柳。得到肯定答复后，又马不停蹄赶到广西柳州的生产厂家，订购了12台整秆可调式大型收割机。这种机械是农业农村部指定的优质品牌农用机械，按政府统一补贴价，一台机器仅需公司承担30万元。虽然又多了一笔投资，但相较人工收割的成本和速度，真是物有所值！

深秋季节，淮河蓄洪区的庄台，云高天阔，风清日暖。近两万亩杞柳种植基地一派繁忙，12台大型收割机排成阵式，在杞柳丛林中发出一声吼叫，驰骋奔腾。只用5天时间，近两万亩杞柳齐刷刷躺在淮河滩涂地上。那些坚韧又柔软的柳条，仰望苍天，期待未来。让大家麻爪的收割杞柳的难事，就这样在5天之内全部解决。庄台大勇柳编集团留下5000亩地的杞柳供自家编织使用，其余的杞柳，全部按合同统一销给了山东柳编厂。

这杞柳的最大长处是，只需一次种植，就能多年割条收益获利。2018年，庄台大勇柳编集团因扩大杞柳种植面积，仅销售柳条就获利几千万元；同样，杞柳柳编工艺也在广交会上备受客户青睐，连着签了几大笔海外订单，这等于给程大勇的柳编企业注入了一股强劲动力。2019年，大勇柳编集团同样收益大增，可谓盆满钵满。

过完八十大寿的刘庆奎，又在扶贫车间唱起了嗨子戏。他每嗨出一个腔调，就像淮河奔流向东，哗哗有声，欢畅无比。"嗨庄台的柳条神奇得很，编织的都是朗朗乾坤；嗨老有所乐老有所养，全仗国家扶贫政策来帮忙；嗨这根根柳条有力量，在世界各地闪银光……"这都是他现编现唱的词，那声"嗨"，喊出来的不再是悲伤，而是欢喜。

这就到了2020年。这一年是脱贫攻坚的决胜年。夏天的风，吹得杞柳种植基地绿涛阵阵，淮河滩涂地一片生机。我骑着摩托车，在行政村的五六个庄台间来回跑。庄台扶贫车间、王发财的芡实种植基地、程大勇的大勇柳编集团，都是我魂牵梦萦之所。忙碌了一天，傍晚时分，坐在自家屋子大门口，我望着庄台下面的庄稼地，心潮难平，仿佛回到了少年时光。

少年时代是没摩托车骑的，上下学都靠步走，雨里泥里摸爬滚打，从小学到中学再到大学，庄台的孩子，终于实现了"有多远走多远"的梦,离开了大水窝,成为城市居民。谁能想到,人到中年,我又带着特殊的使命,回到了生养自己的庄台,住在庄台自家的屋子里。此刻的心情,就像是在梦境里。

我能上交一份满分的脱贫攻坚的答卷吗?

7

啊,这就回到开头的那一幕。王发财的娘喊着我小时候的外号"地狗子",骂我把王发财拉下水、没安好心时,我和王发财正站在齐胸深的洪水里。这是2020年7月30日,艳阳高照,离7月20日拔闸泄洪已过去10天了。这次大闸是7月20日拔开,7月23日关停的,整整泄洪76个小时。时隔13年又一次拔闸泄洪,让我想起自记事起经历的拔闸时的大洪水,来水时的奔跑、惊慌。但这一次不同,这一次的拔闸泄洪,和我的关系无比密切,用两个字表达,就是:责任。就算王发财的娘不骂我,我心里也不好受。王发财抱着头站在齐胸深的水窝里,眼泪扑簌簌无声滚落到洪水中,就够我受的,恨不能扇自己几耳光。

我能想象得出,王发财努力了这些年,全部积蓄打了水漂后的那种绝望心情。如果不是我鼓动他种植芡实,让他带领贫困户脱贫,他全家还安安稳稳待在保庄圩过小康日子呢。庄台人的小康日子就是有钱花,不落饥荒。现在,他家安稳的小康日子,眼看着要归零了。

拔闸后的第10天,洪水翻着漩涡撕咬庄台台坡的力度减小了,水面似乎平静了一些,尽管退水闸还没拔开退水,但水位好像下降了，应当是被太阳暴晒蒸发的缘故。直到这时候，王发财才让我帮着联系冲锋舟。他想去看看那片地。是的，他不说芡实基地，只说那片地。我立刻答应下来，并和他一起，再次来到那片"地"跟前。之所以能在大水窝里分辨出芡实种植基地，是因为基地前面竖起的电线杆，那是专为王发财的冷库架设的安装变压器的电线杆，又高又结实。如今，冷库的屋顶已经不见踪影，早被洪水卷走了，电线杆还坚定地立着，幸好变压器装得高，但能否安然无恙，只有等退水的大闸拔开，放掉洪水后，才见分晓。

是王发财先从冲锋舟上跳进水里的。根据电线杆露出水面的情况，或说看到没有了屋顶的冷库和堆放、加工芡实的同样没有了屋顶的板房，我和他就能估摸出水位有多高，不至于没过我们头顶。水只没到我们的胳肢窝。但这个水位仍然是危险的。现在顾不了危险，王发财夜夜难眠，不让他看看芡实基地，他日子没法过。

其实大闸拔开76小时关停后，我就随同救援人员的冲锋舟到过芡实基地。一片汪洋里，除了露出水面像孤岛一样的庄台，塑料大棚、扶贫车间、超市等建在庄台下面的建筑，全部被洪水吞没了。

我让冲锋舟围着芡实基地转了一个大圈，想象着被洪水闷住的芡实长时间没法呼吸，是否在退水后还能缓过气来。转了一圈，再奔赴庄台。被大水围困的100多座庄台，成了一座座孤岛。而孤岛上的村民，生病就医、家里吃用的米面油菜，都依靠冲锋舟运送。我驻点的宋家台子行政村，共有7个自然庄台，我每天都要把7座庄台上的7个自然村跑一遍。看看村民需要什么，吃的用的缺不缺，情绪可稳定，身体可有大碍。不仅我要坐着冲锋舟到各个庄台跑，行政村的书记、主任也要跑。厉河大坝、保庄圩大坝，凡是和庄台蓄洪区洪水相连的地方，都成了自然码头。码头有消防官兵和志愿者把守。这是为何？防止或劝阻搬迁到安全地带的村民，心血来潮时再进到洪水里捉鱼挖菜。生命安全必须放在第一，而村民总觉得这是生活了几十年的大水窝，不免轻视洪水，甚至有侥幸心理。哪一次拔大闸没有牺牲？那些心血来潮驾着小船去捕鱼，或者蹚着大水去大棚里挖菜的，就遇害了。

但我还是眼睁睁看着王发财从冲锋舟上一跃而起，跳进了洪水里。紧跟着，我也跳了下去。明明知道退水闸没拔开放水前，人必须待在安全的地方，不能随便朝洪水里跳。但王发财敢跳，我也敢。

开冲锋舟的是一名志愿者，他紧紧拉着王发财的娘，不让她朝水里跳。这是我们事先商量好的。王发财的娘一天念叨十几遍，一定要到芡实基地来瞅瞅。不让她瞅，她就疯了。与行政村班子成员商量后，我、王发财、王发财的娘一同坐冲锋舟过来。王发财的娘要有专人保护，要保证她坐在冲锋舟上，想看就看，想骂就骂，就是不能下到水里。

冲锋舟在洪水里摇摆着，王发财的娘坐在冲锋舟上骂着。我抬头瞅瞅火辣辣的太阳，再看看散落在洪水中的庄台，心里想，如果有条件，我要架设数条高高的栈道，让每个庄台之间有路可通，让庄台不再是洪水中的孤岛！

我心里猛一怔，瞧我，这都什么时候了，王发财家的芡实都泡在水里了，我还想着修栈道的事。我摇了摇头，朝王发财看过去。他放下了抱着头的手，望向那片汪洋，喃喃道："叶子都有1米大了，再长长，就结籽了。它们不怕水，可以连着泡水20天。20天后就不行了，根子要生地蛆了，要全烂掉了。还有那些跟着大洪水跑走的芡实棵子，跑得没边没沿了，追不上了……"王发财像是在说吃语，我一句话不说，任他说。

王发财的娘不骂了，她怔怔看着汪洋大洪水，突然叹了一口长气："地狗子，也不全怪你。"

我眼窝一下湿了。

我拉着王发财，爬到冲锋舟上，让冲锋舟朝宋家台子开。俺大俺娘做好了中饭，让王发财和发财娘去家里吃顿便饭。下了冲锋舟，顺着台坡朝宋家台子上走时，我终于开口说话："发财，你放心，拔闸泄洪国家有赔偿，我会尽最大努力，让你把本钱拿到手。留得青山在，不怕没柴烧。"

没错，青山依旧在，芡实基地扩大规模了。

8

本来，我制定的"反弹琵琶念水经"扶贫模式，是要把两个篇章唱好的。这两个篇章，一个是种植杞柳，一个是种植芡实。两大种植基地，让我信心满满，我有信心能打好脱贫攻坚战取得最后胜利。没想到的是，2020年淮河的肚子又涨水了。它忍了13年，不打算再忍了，它要把一肚子的水倒进庄台这儿，让庄台大水窝名不虚传。我有时想，我不念水经会是什么状况？其实万变不离其宗，庄台这里的扶贫，本身就有难度，种、养、加哪一本经都不好念。就算不种植芡实，那也得种花生、甘蔗这类经济作物，大闸一拔开，这些怕水的作物都会顷刻间被水淹没，连挣扎的机会都没有。当然，不怕水的杞柳和芡实，也会顷刻间没在洪水里。但至少，在不拔大闸的平安年份，芡实和杞柳创造的经济价值，远高于花生和甘蔗。

扯远了。我要说说杞柳了。这种植物不怕水淹，但长时间闷在水里，也受损失。阳历六七月份，正是杞柳长个发条固枝的关键时节，猛然间被闷在大水里，不能呼吸、不能吹风晒太阳，可想而知杞柳也受损失。陪王发财看过芡实基地后，我又马不停蹄和程大勇一起，坐着冲锋舟，朝杞柳种植基地进发。

冲锋舟犁出一道道水花，扑向淮河滩涂地。程大勇熟悉路线，指挥着冲锋舟避开洪水下面的大棚、排灌机房和矮树头，远远就看到若隐若现的杞柳种植基地。

对，我用若隐若现来形容。因为淮河滩涂地这块儿比庄台下面的土地要高出一些，因此，大洪水并没有完全淹没了杞柳。它们的梢子在洪水中若隐若现，照这个阵势来看，过些天，等退水闸拔时，杞柳或许能熬过来，活过来。

我心里这样想着时，程大勇说话了："宋书记你不用担心，咱庄台这里的杞柳,没别的地方的杞柳娇气,这些年经过了多少场大水啊,它们早懂得适者生存了,都练就了不一样的筋骨。"

程大勇的话,有一半是安慰我,有一半,也是真的。尽管杞柳浸水时间超过一周以上就影响生长,但庄台的杞柳,哪一次拔闸不泡20天以上,不还是活得好好的?

终于,淮河上游的雨水停住了,淮河的水位下降了,淮河的肚子不撑了,它让庄台蓄洪区保管了20多天的大洪水,要庄台人再还回去了。当退水闸拔开后,庄台大水窝里的水扑通作响直奔淮河,淮河滩涂地的杞柳,一棵棵一片片冒出头来。它们披了一身尘垢,用满目疮痍形容一点不为过。风一吹,太阳一晒,杞柳抖掉身上的尘土泥垢,慢慢伸展开了枝条,活了。

程大勇说:"现在最需要做的,是给杞柳梳棵。"

果树结果时,为了让果实长得大,得梳果;而杞柳梳棵却为何?

我得跟您说说啥叫梳棵了。

经历了这场大洪水,杞柳泡水时间过长,弱些的杞柳黄了、蔫了,要枯死了。对,哪能说百分之百不损失呢。损失总是不可避免。要把损失降到最低,首先要做的就是把发蔫的杞柳割掉,让位给其他杞柳。这是一项大工程,宋家台子行政村7个庄台的村民,一部分要恢复生产下到地里干活,大部分人则去了杞柳种植基地,专门为杞柳梳棵。

这是一项难苦的事情。天太热,人钻进杞柳棵里,又闷又热,很快就汗流浃背。但如果杞柳枯死歪倒,就会影响其他杞柳生长。

必须用这个笨办法，把枯黄的还没倒下的杞柳像梳头一样把它"梳"出来。

近两万亩杞柳种植基地，到处是出没的梳棵人。他们时不时冒出来，甩一把汗，再弯下腰去继续干活。不时有人钻出杞柳地，背着一捆发黄的杞柳，放在基地边的大路上，让专车来运走。浓重的汗味和遭水沤的杞柳发出的苦涩味，多远都能闻到。

2020年秋季大收割时，庄台大勇柳编集团确保了山东柳编厂的杞柳供应，而自己的柳编厂则缺了一个大口子。我驾着摩托车，顺着淮河大坝，赶到厉河以北的滩涂地。厉河以北的地方，已经出了庄台蓄洪区的地界，不属于庄台大水窝。庄台以外的地方，我们都叫岗上。离厉河湾近的岗上，同样是种植杞柳的好地方，这里也有一家规模不错的柳编厂。在和镇政府及柳编厂沟通后，他们解决了我这个扶贫干部遇到的"急难事"，援助了一批品质上乘的杞柳柳条。当八辆卡车披红挂绿把柳条运送到庄台大勇柳编集团大门口时，欢迎和感恩的鞭炮直响了一个小时。

这都2024年了，我怎么还在庄台？我跟您说啊，我"留级"了。经向上级汇报并个人再三申请，我又成了选派干部，担任宋家台子行政村党总支第一书记，开启了乡村振兴的驻村工作。

实不相瞒，我是有私心的。前面的三年驻村扶贫，我交上的答卷，满意度还行，但我心里的想法还没有全部实现，所以，我留了下来。庄台人最懂庄台，这话说得太对了。我因为懂庄台，心里也放不下庄台，所以，我申请留了下来。

我带您沿着栈道走走。

对,这是我实现的第一个理想。在庄台之间修建栈道,不仅在拔闸蓄洪时,庄台上的村民能互相走动,不会成为孤岛;而且栈道也美化了庄台环境,成为庄台鲜明的文化符号。目前试点了三个自然庄台,就是行政村所在地的宋家台子及东南边的刘大台子和西北边的董台子。这三个庄台用木栈道连接起来,人走在上面,就像腾云驾雾一样美妙。这不是我的原话,是能编柳能唱戏的刘庆奎的原话。他就住在刘大台子。

修木栈道,是我到南方考察时,看到人家修的栈道获得的灵感。要让庄台美观、实用,何不也修建人行木栈道?报告打上去,批下来了,资金也很快到位。没想到,经我之手,打造出了庄台独有的文化符号:庄台栈道。这也是蓄洪区100多座庄台首屈一指的木栈道。栈道的建成,带动了庄台这一片的乡村旅游、垂钓和民宿。

下一步,我要依托庄台,发展乡村旅游。拔闸蓄洪发大水一直是"庄台之痛",我要把"庄台之痛"变成"庄台之福"。在被洪水一次次侵袭后,湖洼地多了,而在湖洼地发展种植业和养殖业,就是庄台之福,打造垂钓中心、采摘中心也是庄台之福。我要把宋家台子打造成集吃住行于一体、具有现代旅游功能的精品庄台:庄台有街心花园、庄台土特产展览室、村史馆、庄台戏台。戏台就由庆奎大叔具体负责,他收了徒弟,编了许多嗨子戏的新段子,有说唱芡实的、说唱麻鸭的、说唱莲藕的、说唱柳编的,还有说唱老头老太安享晚年的,多了去了。

"一台一品，一台一景，一台一味"，这是我刚刚做成的"三个一"。我驻点的宋家台子，是生我养我的地方。自己的家，能放开手脚大胆地去干，如果错了，我再改正。我想把这7座庄台，打造成最具现代乡村特色，也最有庄台特点的旅游乡村。我先跟您说"一台一品"是什么意思。就是挖掘出庄台的精神内涵。不要以为庄台人生长在大水窝，动不动就想到苦难，是和苦难连在一起的。不是！庄台人乐观、达观、开明、拿得起、放得下，一百次被大水冲，一百零一次站起来。不屈不挠的庄台和庄台人的精神气质，一定要通过庄台本身向世人展现。

宋家台子是行政村所在地，是周边较大的庄台，出过抗洪英雄，抗战时期还出过抗日英雄。那就建个村史馆，在里面展示英雄的事迹，把"一台一品"做到极致，以此涵养庄台的美德和底蕴。刘大台子是老旧庄台，在治理改造时，就突显庄台的环境特点，让庄台东西两头的两棵大柳树东西呼应。庄台实现了饮水安全工程全覆盖后，水塔就废弃了。庄台中间的水塔，就保留下来，并给塔身刷上颜色，写上庄台的名字"刘大台子"，老远就能看到，成了庄台的标识。同时在水塔周围建一条长廊，放上石桌石凳，供村里人乘凉、玩耍、唠嗑，把"一台一景"做得既实惠又美观。"一台一味"就在董台子突显，主要突出乡村美味。董台子下面有一片湖洼地，野鱼多、风景也好，那就建个垂钓中心。董台子的董品成在城里饭店当过大厨，回庄台养老做美味两不误，在自家开了农家乐，又把庄台空出来的房子做成民宿。吃住行一解决，双休日来庄台玩耍的人，就吃喝玩不愁了。

以原生态旅游为支柱，以庄台人居文化为传承，突显出庄台人乐于奉献、不畏艰险的精神。现在，宋家台子行政村创建的"三个一"，已成为庄台乡村振兴的示范点了。

"留级"庄台几年，是否圆了人生的缺憾，实现了人生的理想？我觉得，也就实现了人生中的那一点点想法吧。庄台需要做的事还有很多很多，因地制宜，充分依托水田、洼地等优质水资源，积极探索多种产业模式；并且尊重自然，让道于水；给水出路，人有生路；兼顾发展，人水和谐。庄台的百姓，如今都懂这个道理。有田的种田，有技术的进柳编工艺品厂当工人，愿意做农业旅游的，就做农家乐。庄台人已从心理上真正走出了"洼地""大水窝"，给心灵找到了真正归处。

我也找到了心灵的归处。

如果有机会，我还可以再"留级"，待在庄台，继续"反弹琵琶念水经"，做好庄台人该做的事情。

飞翔的麻鸭

郭金宝，1972年生。居住庄台：郭老台子

淮河以北最好的季节，是夏季。小麦收割后，大豆绿油油，高粱、玉米织成了平原上的青纱帐，花生、红薯、杞柳，哪哪儿都是绿。更壮观的要数庄台下面的湖洼地，亮汪汪的水面，麻鸭扇动着翅膀，画出一道道明晃晃的水线，一起一落，一纵一跃，自由飞翔，从这口水塘飞到那口水塘。伴随着麻鸭飞翔的，是放鸭人吹响的口哨声和哼唱的淮河小调。或举着鞭子站立水塘边，或坐着梭子船紧随鸭群行进水面，放鸭人独有的伴奏曲，让觅食的麻鸭振翅有声，起落有序。伴着麻鸭飞翔的，还有野生的白鹭、豆雁、鸬鹚、大雁、天鹅、反嘴鹬、红脚鹬、红隼。淮河湾里的这片天然牧场，是它们共同的家园。

这是2020年7月初。郭金宝骑着摩托车，奔出幸福保庄圩，来到圩堤上，手搭凉棚朝四下张望。这是他的习惯性动作。一

旦进入汛期,他就会时不时站圩堤上看不远处的淮河,再看圩堤外面庄台蓄洪区的湖洼地。他在看水的样子,淮河水的样子,厉河水的样子,湖洼地水的样子。水面平静,他就心跳平稳;水面涨了,他就心跳加速。他私下称这是"水反应"。他做的是顺水而生的产业,关注的自然是水。张望了一圈水的样子,然后,他跨上摩托车,马不停蹄朝各处的水面查看,不仅是查看养殖户的麻鸭饲养情况,更主要的是查看训练麻鸭飞翔的进度。"麻鸭飞得怎么样?喜欢听淮河琴书还是淮河小调?"他总这样问。养殖户是以实际行动来回答的:吹一阵口哨版的淮河琴书,就表明训练的麻鸭喜欢的是这个;哼一曲淮河小调,证明麻鸭喜欢听这个调调练飞翔。

郭金宝到各处野湖地巡视麻鸭时喜欢骑摩托车,好处是,沟埂塘坝都能走,开车就不行。四个轮子人坐着舒服,但占地方,有些窄路四个轮子走不了;而骑摩托车就不同了,多窄巴的路,哪怕路面只有鞋底宽,都能飞驰而过。

今天他要去的地方是两河口湖洼地,那里水面最大,是小暖河和厉河两条河交汇的地方。厉河大坝建成后,把两河交汇处的水面分成了两部分。他要看的是厉河内侧庄台蓄洪区里的湖洼地,他娘饲养、训练麻鸭飞翔的地方。

进入6月下旬,淮河上游的雨下个不停,庄台蓄洪区这里也大雨不断,个别地方还出现了内涝,湖洼地的水面也涨大了不少。今天难得天晴雨住,庄台下面的道路铺的都是水泥,不耽误行车。郭金宝沿着幸福保庄圩大堤拐了一个弯,就来到厉河大坝上。顺着大坝朝东行进一里路，两河口到了。他支起摩托车，从兜里掏出哨子，吹起来，吹的是他娘训鸭时喜欢唱的淮河小调《踩高跷》："两根木棍比齐梢，高跷两边磴绑牢；一晃三摇疾步走，登阶蹚水乐陶陶……"

郭金宝的娘正坐在梭子船上训鸭，她老早就发现儿子来了。那辆红闪闪的大摩托，跑得风驰电掣，也只有她儿子金宝能骑出这种风度。

听见儿子吹她常哼的调子，不由得自己也跟着哼唱起来："朝前昂首挺胸脯，朝后稳步身不摇，左顾右盼步轻盈，灵活机智有新招……"

"俺娘！麻鸭训得咋样了？"郭金宝搭把手，拽住娘丢过来的绳子，把梭子船朝水边系。七十岁开外的娘新收了庄台的后生当徒弟，专门负责摇船，娘只管哼唱小调训麻鸭。走下小船，娘擦了擦一头一脸的汗："宝，你就放心吧。我这里的麻鸭，个顶个都是飞行冠军。我唱得快，它们就飞得快；我唱得慢，它们就停停落落边觅食边飞，听话得很，配合得非常好。"

这都四十多要奔五的人了，还被娘称作"宝"，郭金宝心里暖乎乎的。从小到大，娘就喊他一个字"宝"，回回儿子听到了，都会冲他作鬼脸。现在儿子也长大了，习惯了被奶奶喊"小宝"；一旦奶奶喊"宝"，儿子就不答应，因为"宝"是专属于爸爸郭金宝的。

两河口湖洼地水面有300亩大，是训鸭的好地方，离幸福保庄圩也不远。三家养殖户在这里训养麻鸭，其中郭金宝的娘养得最多，有 1200 只。他娘站到岸边，举着赶鸭鞭子朝空中一甩。随着一声脆响，湖洼地的麻鸭们，像大风卷起的落叶，一窝蜂似的朝岸上涌，挤挤挨挨、你推我搡，在滩涂地上嘎嘎欢叫、啄草叼虫，不亦乐乎。

"麻鸭是水里的物，更是岸上的物，在水里学习飞翔专门对付大洪水，在岸上吃草捉虫能够找到回家路。"郭金宝的娘说罢，又一挥鞭子，麻鸭们就朝草更密的地方跑了。

"俺娘，你记得真清楚啊。要不说咱庄台麻鸭和其他地方的麻鸭不一样呢。水里生岸上养，水陆两地的营养都跟上啦。"郭金宝说罢，眉头微微一皱，"娘，今年的雨水咋恁大，我担着心呢。"

"宝，不怕。养兵千日，用兵一时。咱这麻鸭操练得杠杠的，还能斗不过大水？再说，也不是第一次在大洪水里转移麻鸭，有经验了。"

娘说得在理。自从 1993 年庄台板鸭厂建起来后，拔闸泄洪转移麻鸭，让麻鸭在水面上飞翔着跑，已有好多次了，早就成竹在胸了。

"娘，可统计过，养殖户的大小船只总共有多少？"

"养殖户和加工点的船只加在一起，大大小小接近一千只了，够用。"郭金宝的娘说，"宝，你要不放心，可再去巡看一下。"

郭金宝今天的主要任务就是查看训养麻鸭的水面，他要沿着保庄圩大堤、淮河大堤和厉河大坝走一圈，看看养殖户训鸭的场面。

郭金宝记得清清楚楚，最近的一次拔闸泄洪在洪水里转移麻鸭，还是2007年的事。现在是2020年，这都相隔13年了。会飞的麻鸭越来越多，证明养殖数量在扩大，养殖户在增加，训鸭飞翔的力度丝毫不能减，任务更艰巨了。

"俺娘，我先转一圈去。"说罢，郭金宝连走带跑上到厉河坝顶上，一迈腿跨上摩托车。在车子发动的轰鸣声中，他听到娘朝他吼了一嗓子："宝，放心，我们都演练多少次了。麻鸭们扑水打浪，翅调一致，威风着呢。"

养殖户分布在30多座庄台上，无论离庄台近或远，蓄洪区的那些湖洼地，都是放养麻鸭的天然牧场。庄台下面搭建的鸭棚，这里一溜，那里一排，白天鸭棚静悄悄，夜晚鸭棚闹嚷嚷。呱呱叫的麻鸭，又飞又跳，格外兴奋。13年没拔闸，随着扶贫政策的落实，如今，规模不一的麻鸭养殖户，有一万余户了，已延伸到相邻乡镇。最少的养殖五六十只，最大的有几千只，再加上庄台板鸭厂养殖基地的，总量有五六百万只。这既是郭金宝的骄傲，又是他的担忧。以往拔闸时，几十万只麻鸭在洪水里飞翔着撤退就算是大规模了，现如今几百万只，扩大了十倍，需要多少人力物力啊。想想都头疼。

郭金宝在两个小时之内，顺着淮河大堤、厉河大坝溜达了一圈后，心头的担子放下了。湖洼地的麻鸭们，在口哨声中起起落落，吃喝不误，飞翔不止。可真苦了养殖户，或挥鞭、或吹哨、或唱小调，忙个不停。见到他的大红摩托车在塘埂上蹦跶，老远就喊："郭厂长放心，麻鸭不误飞不误吃，个个膘肥体壮！"

视察了一圈，刚想再拐回两河口，手机响了，是省短视频协会的岳老师打来的。岳老师曾是省日报社的记者，蓄洪时不止一次到庄台采访，如今负责新成立的短视频协会。近期他要带人来这里拍湿地公园，同时拍板鸭厂养殖基地会飞的麻鸭。听说庄台的麻鸭个个都能飞翔，这让他们脑洞大开，灵感火花四溅：给庄台麻鸭拍一个短视频，一定能出新出彩出好作品。

　　听岳老师说7月中旬前后过来时，郭金宝有些犹豫。万一他们过来，遇到拔闸怎么办？一想到拔闸，他心里一激灵。不会那么巧，这大闸都十来年没拔开过了，哪能他们一来就拔闸呢？

　　他把心里的担忧跟岳老师说了。没想到岳老师一点都不在乎，说，庄台拔闸蓄洪他是见过的，不用担心，没事。

　　没想到的是，2020年7月20日，大闸真的拔开了。关闭13年的闸门，开关按钮被轻轻一点，咯吱作响的闸门徐徐打开，一股股巨浪从大闸闸门倾泻而出，直冲庄台蓄洪区！

　　从7月20日大闸拔开，到7月23日关闭，大闸被拔开泄洪整整76个小时。郭金宝像战神一样在庄台间奔跑，他先是开着摩托车跑，后改成冲锋舟。这里是蓄洪区退水闸所在的乡镇，离大闸最远，大水从大闸流到这里，需要一整天的时间。7月21日傍晚，庄台下面水位不断涨高，渐成汪洋一片。

　　岳老师带领的三人行小分队，是7月18日下午抵达庄台的。一来就接到拔闸信息了，他们来不及去拍湿地公园的稀有鸟群，因为庄台这里已进入拔闸前的战备状态。为安全起见，各路段不再给进人和车辆。郭金宝安排岳老师一行先在保庄圩的宾馆住下来，就急慌慌去各养殖点安排百万麻鸭的搬迁事宜。岳老师一把抓住他的胳膊："金宝，我们要跟随你一起，拍百万麻鸭闯洪水！你放心，我已跟县委宣传部的相关同志联系好了，让他们帮忙。"

就这样，在大闸还没拔开前，岳老师一行坐着县委宣传部同志的私家越野车，跟着郭金宝，先去各养殖点查看船只是否到位。郭金宝骑着摩托巡视湖洼地的每一处养殖点，查看人员和船只。不时有养殖户或挑着梭子船，或用电瓶三轮车装着小木船，朝养殖点跑。大些的船只直接放到货车上运，朝各处的湖洼地进发。两个负责拍摄的年轻人，已举起了摄像机。岳老师进行现场解说："大家看到的，就是麻鸭搬迁前的准备工作。其中必不可少的是交通工具——船。"他拦住一位扛着梭子船的中年汉子问道："请问，你养了多少只麻鸭？"汉子急慌慌答道："养了500只呢。我家就是靠养鸭提前脱贫出列的。不过，在大水里转移麻鸭，还是头一次。""你紧张吗？可有把握做到鸭子全部安全转移？""心里有点担忧，总体问题不大。平常只要天气允许，就每天雷打不动在水里训鸭飞翔。一听到哨子响，它们就飞着朝前跑。这次来大水，应当没问题。"

在镜头里，养殖户的背影渐渐远去。之后，镜头把湖洼地呱呱叫的麻鸭抓到近前。岳老师继续配着画外音："交通工具已陆续抵达水面，麻鸭搬迁工作即将开始。麻鸭如何在大水里飞翔着撤离？我们拭目以待。"

7月20日上午8点31分大闸拔开,7月21日下午2点31分,在大闸拔开整整30个小时后,麻鸭搬迁工作全面展开。之所以选择这个时段,是因为庄台下面的道路、野塘、湖洼地,全部被大水淹没了,除了庄台露在水面上,庄台下面全是一马平川的大水。这时候的洪水不深不浅,洪峰也不是最大,正适合行船。只有船行得稳,麻鸭才飞得稳。

这是庄台板鸭厂自建成以来,规模最大的一次水中麻鸭转移,尽管之前都已经过反复操练,每家养殖户都成竹在胸,甚至有的养殖户已经不是第一次在水中转移麻鸭,但郭金宝的心脏却跳得咚咚响。他清楚,这么大规模,一旦出现任何闪失,就会牵一发而动全身。为了不影响养殖户们的哼唱和口哨,他弃掉冲锋舟,坐在娘的小船上,和娘一起为麻鸭伴驾。娘已经七十挂零了,身子骨虽然硬朗,驾船肯定不行了,幸好她的徒弟年轻力壮,把船摇得顺水跑。郭金宝坐在娘的小船上,看似专为娘保驾护航,实则是为所有养殖户搬迁麻鸭坐镇壮胆。

一切就绪。庄台周边的湖洼地和沟汊河塘,此刻已不复存在。所有的养殖点都连成一体,成了无边无际的汪洋。随着郭金宝举着电喇叭一声高喊"开船"!几千只大船小船,像脱缰的野马,犁出一道道水花,朝前冲刺。数百万计的麻鸭,随同大小船只前行,顷刻间鸭群奔腾,势如破竹。在高低起伏的飞翔中,麻鸭一忽儿遮盖了半个天空,一忽儿又还蓝天给白云。麻鸭翅膀上飞溅的水珠,在阳光下闪闪放光,明亮得扎人的眼。养殖户或吹着口哨版的淮河琴书,或哼着淮河小调,让麻鸭各行其道，起落有序，一起朝靠近两河口排涝站闸口的大桥那里飞翔。大桥通往蓄洪区外面的岗上，鸭棚早已收拾妥当，单等鸭们入住。部分麻鸭会搬到岗上的鸭棚，大多数要搬到湿地公园搭建的鸭架上。

岳老师坐着冲锋舟，紧随麻鸭搬迁大军，嗓子已经喊破了，还捏着麦，大声给拍摄的视频配音："千帆竞发这样的镜头，或许我们只在电影电视里看到过，现在，呈现在我们面前的百万麻鸭，在洪水里飞翔着跳跃着奔赴安全地带，这样的壮观场面，比大片还要精彩。庄台蓄洪区的牧鸭人，以此特殊方式，向世人展示养鸭的智慧，展示顺水而生的勇敢！"

镜头对准了郭金宝和他娘。岳老师问郭金宝的娘："老人家，听说哼着淮河小调训练麻鸭在水里飞翔是您的创意。这个想法是怎么产生的？"

"不但俺们庄台人，能顺水而生，庄台的麻鸭，也能顺水而生。庄台人唱淮河琴书，哼淮河小调，唱嗨子戏，就把困难化解了；庄台麻鸭也要有这项本领，遇到难事也能唱着哼着克服掉。"郭金宝的娘理了理被风吹乱的白发，"我喜欢哼淮河小调，这小调哼起来顺心顺意还顺气，不但把心里的瘀堵冲散了，还浑身是劲。我也要让麻鸭有这种劲头，这样它们才能在拔闸蓄洪时冲出大水窝，才能顺水而生！"

"大娘说得太好了！现在，大娘正在转移麻鸭的小船上，哼唱着淮河小调给麻鸭的飞翔助威。让我们一起聆听！"

镜头给了郭金宝的娘一个特写，之后定格在老人身上：

"当啷啷敲着船板拽着帆，百万只麻鸭齐飞向前；左边翅飞出个梨花窝，右边翅弹一溜珠串串；梨花窝里藏着大鳊条，珠串串兜满美味蚬。左右双翅齐舞动，忽闪闪，忽闪闪，舞出了四季轮回日月天……"

直到退水闸拔开，大洪水从庄台这里退去后，郭金宝才看到陆老师拍摄的纪录片，在省卫视播放。这纪录片就像科幻大片一样壮观，看得郭金宝内心震撼无比。画面上，数以千计的大小船只加上数百万只麻鸭，呼啦啦铺展在洪水上面，数千人组成的口哨、唱曲队伍，摇着船，吹着唱着琴书、小调。随着口哨声和哼唱声，麻鸭就像有了神助，铺天盖地，一起一落，腾挪有序，跳跃有声。太阳高照，每只麻鸭张开的翅膀上，都闪烁着金色的阳光，甚至，每一只船，也成了金色的小船。在群鸭飞翔、船只齐发、金灿灿阳光普照洪水水面的画面上，由远而近推出一行字：飞翔的麻鸭。

1

我先跟您说说这棵树。

这是我们庄台最平常的树，没错，柳树。在庄台下面，经过无数场大水浸泡还能活着的树，就数柳树了。

还有一种柳叫杞柳，杞柳不是树，是灌木棵子，杞柳的柳条专用于编筐打篓，更不怕水淹。

咱不说杞柳，咱就说说这棵柳树。现在庄台人都喊它大柳树。这棵大柳树有多少年树龄？这么粗壮，这根深叶茂的样，满打满算，到今年，整整53年啦。比我还大一岁呢。

大柳树旁边的这间板房，是放麻鸭时歇脚用的，新盖不久。2020年拔闸时的那场大水把先前的旧板房冲走了，我就在旧址上盖了间新的。

我内心里，一直把这间板房当成守护大柳树的伙伴。为啥？这棵大柳树可不是一般的大树柳，它救过我的命！

而俺大的命，交给了这棵大柳树，换取了我的命！

是1975年的事。那一年我三岁。阳历的8月份，大闸拔开了。俺娘后来跟我说，拔闸时大豆苗都有半尺高了。豆苗长多高我是没一点印象，我三岁，对庄稼还不咋认识。我只记住了俺大说的话："你别动别喊啊，我在水里扎猛子找船呢。你要等船来啊。"

"扎猛子"是庄台这里的土话，就是扎进水里潜水的意思。俺大扎猛子时间太长，我后来还是喊叫了，我喊道："俺大，你快出来吧，俺饿啦。"

俺大还是没有理我，是后来开过来的一条大船把我接走的。我的两只小胳膊都被绑在树杈上了，屁股搁在俺大的肩膀上，是解放军把我从树上解下来的。绑的时间太长，我的胳膊已经不能动弹了，我冲着水里喊："俺大呢，俺大呢？俺大还在水里呢！"

我被解放军抱到船上时，也没见俺大从水里出来。

一直到我懂事了，我脑子里的记忆才渐渐清晰起来。我在心里慢慢回放着当时的情景，直到眼泪流下来了，我还舍不得停止回忆。

1975年拔闸时，我三岁，前面说过了。我是家里的老小，我有三个姐姐。大姐12岁，就念了三年学，已经是家里的小劳力了。

听庄台老辈人说，1975年拔闸时，是个大晴天。淮河上游的河南省雨下个不歇，大得像瓢泼，听说那里的一座大水库发生了垮坝，许多地方都被淹了。大水顺着淮河朝中游和下游这里淌，为了保住中下游的铁路、煤矿和城市，庄台蓄洪区的大闸就被拔开蓄洪了。

淮河的大水放进来，保住了其他地方，而蓄洪区的100多个庄台，都泡在水中。

那时候，我家住的这个郭老台子还是个小台子，比现在要小一半，只有十几户人家。庄台的高度也比现在低得多，海拔还不到25米高，都是人老几辈一点点拉土堆高的。开始时庄台也就是个大土堆，祖上的人到淮河湾里讨生活，相中了这个大土堆，就在上面搭庵棚，定居了。后来又陆续搬来一些人家，因为郭姓居多，就叫郭老台子。没建大闸时，这里都是低洼地，一下雨就存水，年年都内涝发水，幸好有庄台，大家跑到庄台子上，能躲过内涝的水淹。拔闸就不行，水太大了，能把庄台子淹没，人不能再待庄台子上，只好朝岗上跑，朝淮河大堤、厉河大坝上跑。

1975年8月15日拔闸时，郭老台子的人，有朝岗上跑的，专门去投亲靠友，大部分都跑到淮河大堤和厉河大坝上。这两条堤坝是建大闸前就筑起来的,专门用来蓄洪围洪水,结实得很。俺娘和俺姐,提着大包袱小行李,蹚着水,跟着人潮朝淮河大堤那里走;俺大是个壮劳力,却肩没挑手没扛,就专门驮着我。我是家里唯一的男孩,是俺大的宝贝疙瘩。

庄台上的人都顺着庄台下面的大路朝堤上走,都走了一大截路了,我却哭闹起来。原因是,我的一只淮草编的小鸭子放在门头的墙洞里,忘记拿了,我哭着要。这是俺大给我编的,专门哄我玩。俺大手巧,是跟俺爷学的。俺爷有编灯笼的手艺,俺大跟俺爷学过几手,会用淮草编鸟笼小船啥的,怪像的。因为编这些管不了吃喝,俺大就以种庄稼为主了,只有阴天下雨不下地干活时,才顺手编些小玩意儿逗我玩。

俺大站住脚想了想,冲俺娘喊一声:"我去给宝拿小鸭子。"就驮着我返回郭老台子。

俺娘大喊一声:"别回去,这水都快涨到腰窝了!"

俺大说:"没事,这个大水窝离装满还早着呢。听说大闸的13孔闸门没有全部拔开,还闭着三孔呢。"

一同朝堤上跑的,不知谁接了腔,说:"胡扯吧,13孔闸门全部拔开了。不然,水咋涨这么快?"

俺大不听这个,看着脚下的水说:"宝,咱回去取小鸭子,很快就能追上他们了。"

虽然离郭老台子只有里把路,但蹚着水朝回走,很慢。在回郭老台子的路上碰到其他庄台的人,挑子都不好挑了,水涨得深了,挑着的篮子呀箩筐呀篓子呀,都要浸到水里了。有人就把东西扛肩上,蹚着水走。有相熟的人,就跟俺大打招呼:"怎么又朝回走了?"俺大说:"拿鸭子。"

"鸭子淹不死,随它呗。"那人搭腔。俺大没接话茬,只是笑笑。他要是说去拿淮草编的鸭子,人家一定笑话他不要命,溺爱孩子分不清轻重。很快就回到郭老台子,上到庄台上,俺大的步子快起来,驮着我,连走带跑的,就赶到屋子门口,伸手一掏,那只淮草编的小鸭子就掉到俺大手里了。小鸭子的脊背上拴根纳鞋底用的白线绳,是专门提溜小鸭子的。

俺大把小鸭子交到我手上,让我提着,喊道:"我们开船啦!"

俺大的这句话我最熟悉。平常骑在他肩头上,他只要一说"开船啦",我就张开两条小胳膊,像张开的船帆那样,胳膊上下摇动着,嘴里喊着"冲啊、冲啊"。这次我也是这样喊着,跟着俺大朝前冲。可是,刚走到庄台下面,俺大就惊住了。

水涨得太快了,已经超过俺大的腰窝,到胸口那儿了。

俺大就大声喊:"宝啊,咱不怕。朝前冲,赶上大部队!"

俺大这一喊,我就不怕了,也跟着喊:"赶上大部队!"

那时候我太小,还不知道害怕。虽然满天满地都是水,哇哇叫汪汪亮的大洪水,但有俺大驮着我,我怕啥呢?大部队就在前面,说不定很快就能赶上了。

俺大蹚着齐胸深的水朝前走。这时候真不好走了,除了水,没有路了。庄台下面的路跟岗上的路不一样,岗上的路,每条路两边都栽着树。庄台的路大部分都没有树,就分不清哪是路、哪是田地、哪是沟了。

俺大能分清。他是大人，庄台下面的路，他都走过多少回了。那些宽的窄的路，都刻到他脑子里了，他不会走到沟里去。

我看着俺大蹚着水走路，不但不害怕，还觉得好笑。俺大走得塌腰弯背，不像平常那样，走路时直腰挺胸很威风。三岁的我，头脑是懵懵懂懂的，我就笑出了声，以为俺大是在玩水逗我开心。我是第一次见到这么多这么大的水，第一次见到俺大在大水窝里笨手笨脚。

这时候，我只顾张开胳膊喊"开船"，手里提着的小鸭子掉到水里，立即被一个团团转的漩涡卷走了。我喊道："俺大呀，小鸭子跑啦。"

其实俺大第一时间就看到掉进水里的小鸭子了。他喊："宝，别慌，咱去逮小鸭子。"就驮着我，去撵小鸭子。

而小鸭子顺着打旋的水流，朝前跑得更欢了。俺大本来想一伸胳膊就抓住它，没想到伸了几次胳膊，也没能够到。俺大就蹚着水去撵。因为肩上骑着我，俺大想快也快不了，想扑进水里打着扑腾去撵也不行，我没地儿搁呀。

跟着小鸭子在水里追了一段路后，俺大掉进沟里了。这是路边的沟，被水埋住了，看不到是沟了。因为小鸭子跑到哪儿，俺大就追到哪儿，小鸭子跑到沟那里，俺大也追到沟那里。掉进沟里时，俺大身子一晃荡，我差点从他肩头上掉下来。俺大喊："揪住我的耳朵，一手揪一只！"

我真揪住了俺大的两只耳朵，还咯咯笑了，以为俺大还在跟我玩水,还玩出花样来了呢。

我揪住了俺大的耳朵,他就腾出手开始划水,又怕把我晃进水里,就游得很慢,好半天才逮住了小鸭子。

这时候,水到俺大的下巴颏儿那了,浪也开始大起来。有一个浪头扑了俺大一头一脸的水,俺大呛了好几口水,咳嗽起来。

"宝啊,咱不能再往前走了呀。"俺大站立在水中,四处张望。我搭在俺大肩头的两只脚,不知啥时候,已经浸在水里了。

"宝啊,要不是驮着你呀,我几个猛子就扎到淮河大堤那儿了呀。"俺大像是自言自语,又像是对我说。他说的扎猛子,我也听不懂。就觉得俺大胆子变小了,他不敢冲到水里扎猛子了。我碍着他扎猛子了吗?

我不懂。

俺大左右看了看,之后就朝一棵树那里走。

这片大水窝里,只有那一棵树。

那是长在一处土坡上的柳树,树不大,长得也不咋粗。

没错,就是这棵柳树。

大水快淹到柳树腰窝那里了。是的,那时候就觉得柳树也像一个人,站在水里的人,柳树也有腰窝,就像刚开始时,大水淹到俺大腰窝里时那样。

俺大驮着我来到土坡上的柳树跟前时,水一下子就浅了,俺大的腰窝又露出来了。

俺大把我举起来,放到树杈上,把小鸭子紧紧拴在我的手腕上,让我坐稳当了:"宝啊,我得歇歇了。你抓牢树杈啊,千万别松手啊!"

我就紧紧抓牢树杈,一边低头看着俺大。我那时还不知道这棵小柳树只比我大一岁,树杈也不高,还没有俺大的肩膀头高。俺大又在四处张望,很快,水又淹到俺大胸口那里了。

"大船就要来了啊,宝啊。"俺大说。

"大船马上就来了啊,宝啊。"俺大又说。

"大船真的要来了呀,宝啊。"俺大还说。

我坐在树杈上,没有看到船。我只看到四下里都是水,没有人影子,也没有船影子。

俺大贴着树站着,他的耳朵正好挨着我的腰。俺大再一次四下张望,好像在寻找什么。眼前除了大水,就是水上漂过来的一些草末和庄稼棵子。

俺大的手放进水里,开始在腰窝那里摸,之后就把裤腰带抽出来了。我认识俺大的裤腰带,是一根很粗的蓝布带子。俺大把裤腰带搭在脖子上,又脱下了长裤子,把裤子的两条裤腿撕成一根根布条子,俺大把布条子结起来,做成了好几根长布条子。

这时候,水涨得更快了,我坐的树杈也漫上水了。原来树杈真没有俺大的肩膀头高啊。俺大是个大个子,我长大后俺娘告诉我,俺大的个子有一米八三。俺大又喊了一声"宝",说:"宝,你抬起胳膊来,我给你拴在树杈上,再难受也不要动,要等大船来啊。一动弹,大船就不来了。一定记住,不要哭不要喊,大船来了再喊啊。"

俺大一边说着，一边就把我两只胳膊绑在树杈上了。湿了水的布条子，勒得真紧。俺大说："紧一点牢固。宝啊，你可不能乱挣，不然，布条就松开了，你就掉进水里了。"

把我绑好后，俺大开始绑自己。当时我哪能看到他在绑自己呀，他的手一直在水下面忙活。是长大后我才知道的，他用最结实的裤腰带，把自己的腰和树身紧紧贴着绑了起来；又用湿布条子，把腿弯子和树绑在一起；这样，他的身子就像树一样直了。然后，他把我掐起来，再放到他肩膀头上，这样，我被绑着的两个胳膊，就像我喊"开船啦"的那个动作一样，朝上张开着，就是不能晃动了。

然后，俺大把他的两只胳膊也一起绑在树杈上，先用右手绑住了左胳膊，再用嘴衔着湿布条子，扭动着头，绑住了右胳膊。俺大的两只胳膊，也和我的胳膊一样，朝上张开着。

我看不到俺大的脸，因为我坐在他肩膀头上，我只看到他左右摇摆着头在一点点绑自己。等一切都绑妥当了，俺大对着天空长吁了一气，说："宝啊，我先跟你讲讲我咋编这只小鸭子的呀。首先是选草，要找到最好的淮草。咱淮河湾里的淮草，不怕水淹，每回内涝一来，它不但淹不死，大水退后啊，长势更旺。宝啊，淮草可是咱淮河湾里的宝贝啊。家家的房顶上，缮的都是淮草，又硬实又结实。咱家的房顶上，缮的也是淮草。用淮草盖房顶，家家都是。淮草禁沤，缮房顶上，遮雨挡雪的，好几年都不烂。宝啊，我扯远了吧。我还是说说咋找淮草的。"

俺大说了一大通淮草的好，说得我云里雾里的。长大后我见过淮草滩，密实得人走进去就找不见影子。那时候可不懂啊，家里屋顶啥时候缮的淮草也没见过，就任由俺大说。说了一通淮草后，俺大才转到编小鸭子上："我想找到最好的淮草，就先顺着庄台周边找，都是小淮草。我要找到三年以上没被割过的淮草，这样编出来的小鸭子才硬实。宝啊，淮草和别的草不一样，生长周期不是一年，是三年哩。有人着急，见淮草个子长出来了，就割回家盖房顶，两三年就得换新草，不禁沤啊。咱家的房顶，五六年都不用换，因为咱家用的是长了三年的淮草。终于，我找见了最好的淮草。就在这一片地方找到的。"俺大把自己的手绑住了，不能动弹，但听他的口气，好像他伸出了手，朝周围划拉了一圈，"这一片的淮草为啥长得这么好呢？还是你爷爷以前跟我讲的。你爷爷的手艺主要是编灯笼，灯笼是用芦苇的苇眉子编的，灯笼底座大都是木头的。你爷爷节俭，他用最结实的淮草编灯笼底座，知道这一片有长了好几年的淮草。为啥呢？这里有一溜大土堆，土堆南边向阳的地方，淮草长得最旺。我脑子里想着你爷爷的话，就找到这里来啦。我掐了一大抱子淮草回家，有粗有细。为啥不专拣粗的掐呢？小鸭子的翅膀尖和嘴巴，要用细些的淮草编呀。我其实不单单编了一只小鸭子，我还编了一只小针线笸箩呢。我当时想啊，你生下来要是小子，我就把小鸭子给你；要是闺女，就给你针线笸箩。后来针线笸箩就给庄台东头的三凤啦。你和三凤是一个月生的，你只比她大三天。"

俺大说到这里，突然咳嗽不止，像是被水呛住了。他话锋一转,说得急切起来:"过一会儿,我要扎猛子了。宝啊,你不要朝下看,也不要喊叫,不然,我就呛水啦。宝啊,你一定不要喊,你就提着小鸭子,等船来。宝啊,我在下面扎猛子,就是在水里喊船来,你要是叫喊的话,船就听不到了。宝啊,你听清楚了吗?"

我大声说:"听清楚了,俺大。我不叫,不喊,我就等船来。"

俺大扎猛子的时间太长了,长得天都要黑下来了。我后来还是喊叫了,我喊道:"俺大,你快出来吧,俺饿啦。"

我只喊了三声,就真的等到船了。

是的,前面我已经说过了,我被人从树上解下来时,两只胳膊都麻木得不能动弹了。我回头冲着人喊:"俺大呢,俺大呢?俺大还在水里扎猛子呢!"

长大了,有些事才会慢慢明白。俺大不把自己绑了,他就会被水冲走;他只有把自己和树绑在一起,哪怕他没了,他还是和树一样站着,还能驮着我站水里。那个土坡不矮,长在上面的小柳树才暂时没被大水淹没了;俺大站在土坡上,我坐在俺大的肩膀上,大闸拔开一天的放水量还淹不住我;要是拔闸两天大船还没来,小柳树也会被淹没了,我也会被淹没了。只要拔闸,就会有危险,救人的船只,就会在水里到处开着找人捞人。大船会在拔闸后的一两天内开始找人捞人,俺大这也是没办法的办法,他只能这样赌一把。

俺大赌赢了,大船来了,把我找到了,捞起来了。

俺大却把自己给赌死了。

为啥不爬到柳树上？柳树太小，树枝太脆，俺大心里清楚得很，他上到树上，树会断。我和他都会摔到水窝里。他要是把我一个人放在树杈上，自己扎猛子跑走去找船来，那不可能。就算把我绑在小柳树上，万一短时间内没找到船，大水就会把小柳树淹没了，我也会被淹没了。他带着我扎猛子一起逃走也不可能，我会掉水里，就算他把我背身上，我也会呛水淹死。他的肩膀头比树杈高，他只能把小树当成一根杆子，绑他身体的杆子。他自己就成了树杈，他死都不倒，我就会稳稳骑在他肩膀头上，比骑在树杈上要高出水面一截。只要大船及时赶到，我就能等到大船来捞我。

俺娘后来跟我叨叨："咋就那么能，那么狠，直橛橛地竖着，硬得像根铁柱子，被解下来时，还是直橛橛的铁骨样。肚子瘪瘪的，硬是把自己呛死。"俺娘说的是俺大被救时的样子。她在给小鸭子上亮油时，嘴里就叨叨这些。摘菜时也叨叨，纳鞋底时也叨叨。

那只淮草编的小鸭子，一直都在，被俺娘放在一只小木盒里。俺娘给它上了一层亮油后，小鸭子像新编的一样，亮闪闪的。

小鸭子是俺大留给我的念想。

2

我上小学三年级的时候，庄台的学校合并到镇里了，我只得去镇上念书，幸好不太远，五六里路的样子。那时候已经土地到户了，家家都能吃上好面馍了。对，我们庄台把麦子面叫好面,把麦子面蒸的馍,叫好面馍。

俺娘每天早上都陪我去镇上上学。那应当是俺娘开创的庄台式陪读吧。俺娘陪我上学有两个目的,一是护我走上学的路,安全;二是到镇政府门口的汽车站那里卖好面馍。卖馍,才是俺娘陪读的主要目的。

卖馍是件很辛苦的活。头天晚上得把酵子发好,半夜就得起来和发面,我起床时,俺娘已经把馍蒸好了。上学路上,俺娘一手提着杞柳编的一篮子馍,一手扯着我。到了镇上,我去学校,俺娘去汽车站。凡是路过的长途客车停下来载客时,俺娘就高高举着篮子,在车窗边晃动着来回吆喝:"热馍!热馍!才出锅的热馍!"

馍确实是热腾腾的。俺娘把杞柳篮子做成了保温箱,在里面缝了一层塑料布,放着絮了新棉花的雪白四方布片,好面馍就放里面,篮子上再放一块雪白干净的棉絮布片,又用一块大羊肚手巾盖住,保温效果特别好。要买馍的人,把手从车窗里伸出来,俺娘揭开盖布,用筷子夹住馍,递上去,顾客伸手就接住了。

那是炸油条才用的筷子,又粗又长,俺娘用起来特别顺手。

俺娘的嗓子也特别洪亮,我都走到学校大门口了,还能听到俺娘喊"热馍、热馍"的声音。

那时候农村的学校,早上上学是不吃饭的,先去学校上早操、早自习,下了早自习再回家吃早饭,然后再上上午的课。我下了早自习,俺娘的一篮子馍就卖得差不多了。她会留一只热馍给我吃，再从街边买一碗稀饭、一根油条。等我吃饱了，再送我到学校门口。我上小学的那些年，俺娘只苦自己，从不苦我。她都是饿着肚子回家的。

有同学知道俺娘在车站卖馍，课间休息时，有人就学俺娘，喊"热馍！热馍！才出锅的热馍"。我跟同学为此不知打过多少架。俺娘知道了，淡淡一笑说："打啥架，可值当！就让他喊呗，他声不高，你还可以帮着喊。"见我脸子还挂着，俺娘又开导说："你没听老辈人说嘛，要饭不为孬，扔掉棍子一般高。咱这又不要饭，咱这是做生意哩。"

后来同学再学俺娘喊"热馍"时，我就抿着嘴直笑，还说："你没俺娘喊得亮。"那同学就觉着再喊没劲了。

我后来想，在庄台，把粮食变成商品的，俺娘算是最早的那批人。

我上学晚，9岁才念一年级。主要是俺娘不放心我。小学一、二年级，是在庄台上念的，学校在杨台子，离郭老台子三里旺路。说是学校，其实就是在杨老师的家里。杨老师是民师，不上课时和农民一样去地里干活，拔闸时也和大家一样拉着架子车朝大堤上跑。杨老师家里也不宽敞，两间土垃房，一间当教室，一间放粮食和家具。他就在屋山头那儿又盖间披屋当卧房，南方人叫披厦，我们庄台叫披屋。一、二年级一起上课，老师就他一个。堂屋里放四排木板，算是我们的课桌，前两排是一年级，后两排是二年级。上一年级的课时，后两排的同学就低头看书；上二年级的课时，杨老师就站中间讲课。黑板挂在东山墙上，是只大黑板,一半是一年级上课板书用,另一半是二年级上课板书用。

杨老师是个幽默的人,最喜欢讲故事。关于庄台的历史,我就是从杨老师那里听到的。杨台子是个大庄台,有近百户人家,因为杨台子有个大财主。庄台周围的土地,先前都是杨财主家的。杨财主要保粮食,就不停地拉土堆庄台,因此,杨台子有郭老台子两个大,也高出一大截。

从郭老台子到杨台子,虽然只有三里路,可中间有条小暖河,架在小暖河上的桥,在正东边一里多路的温小台子那儿。要绕一里多路过了桥,再拐回来,三里路就变成了六里路。又是河又是桥,俺娘一直不舍得让我离开她身边,说上学不保险。一直到9岁,跟我一般大的都到镇上念三年级了,我才上一年级。

我个子不矮,俺娘说我随俺大。俺大是个大个子,一米八多。个子大,加上念书晚,我总是班级里最高的那个。

到镇长上念三年级时,俺娘就去车站卖馍,早上就能顺道送我上学了。晚上有时也去接我,我后来坚决不让俺娘去接了,庄台的一群孩子,都是一起来回,没啥不安全的。但俺娘每回都千叮咛万嘱咐,叫我一定不要玩水。

1982年的7月22日到8月22日,一个月的时间内,连着拔了两次大闸,正好在暑假里,一家人都搬迁到淮河大堤上住庵棚。刚接到拔闸通知,俺娘就连忙朝架子车上放东西,其中就有一只旧木箱,是俺娘的陪嫁,里面是几件旧衣服,还有一个小木盒,装着淮草编的小鸭子。俺娘叫我坐车上,拉着就走。

不像别人家,东找西抓地装东西,我们家就那几样,主要的东西就是木箱子。

我三个姐姐,大姐都说好婆家了,是杨台子的。三个姐姐不声不响跟着架子车跑,她们身背肩扛了一些东西,步子快得很,踩得泥巴糊子乱飞。有许多年,在郭老台子还不是安全庄台的时候,回回拔闸搬家,我们家的速度都是郭老台子第一。

搬到淮河大堤上,俺娘眼珠不错地盯着我,几乎是寸步不离。10岁的我,已经懂事,我知道俺娘担心啥,就在俺娘的眼皮底下晃,让她放心。连站在淮堤边都不允许,就窝在棚子里。晚上睡觉时,俺娘用根粗线绳拴我手脖子上,另一头拴她手脖子上,说是怕我梦游。

1983年又拔闸了,也正好是暑假里。连着两年都拔闸,庄台人家家都紧张,都朝穷里过。俺娘的紧张程度超过任何人。1983年我都11岁了,个子快撑上俺大姐了,搬家时俺娘还让我坐架子车上。我想搭把手跟着俺娘拉车子,俺娘不让。还是俺大姐冲上去帮着掌车把,冲我使眼色,让我坐到车子上。

正是这年的秋季开学,我到镇上念三年级时,俺娘开始去卖热馍的。她是送我上学时发现的商机。她看到街上炉烧饼的,捧着半笊头烧饼在长途汽车车窗边叫卖,就萌生了卖热馍的念头。那一年的麦子只抢出来一口袋,其他都泡水了。到秋季开学时,俺娘到岗上借了亲戚家的麦子蒸好面馍去卖。每天赚一点,积少成多,到我念初中时,俺娘就给我买了一辆自行车,我就骑着自行车来回跑了。

我后来想,正是俺娘经商的头脑影响了我。初中毕业后,我就坚决不念书了,决定像个男子汉那样,把这个家撑起来。

初中毕业时,我虚岁17了,个子像个大劳力了。

我念中学后,俺娘就不去镇上卖热馍了,她改为在庄台上卖馍。庄台上也有生意了。那时候不流行手工馍,流行机器馍。家里添置了一台做馍的机器,又支了一口大地锅。俺娘卖馍的行头也升级了,脚踏三轮车,放两只杞柳编的大笆斗,捂上厚棉被。俺娘骑着三轮车,转悠三五个庄台,热馍就卖完了。

那时候俺娘有一句名言:"要是把粮食只当成粮食,粮食只有一个用处——口粮;要是把粮食变一个花样,粮食不仅是口粮,还能是钱。"

"变个花样"这句话,我放在脑子里来回打几个转,就开始想我的出路:按我的学习成绩,考上大学是不大可能的,那再继续上学就没太大用处,还给俺娘增加负担;如果我停学不念,直接找个事做,那就能减轻俺娘的负担,还能为家庭创造一些价值。那我就按俺娘说的话,也"变个花样"。我也算有点文化底子了,不是睁眼瞎的文盲了,可以学着承担起家庭的重任了。

以当时的情形,我就这点很现实的理想:抓紧挣钱,把家撑起来,减轻俺娘的负担。

那时候,俺大姐、二姐都出门子了。对,就是嫁人了。庄台这里把嫁人说成是出门子。俺三姐也虚岁20了,过两年也要出门子。这个家,早晚得我担着。

再不能让俺娘骑着三轮车,到各个庄台卖馍了。我得能撑事了。

您该问了,几个姐姐咋不去庄台卖馍呢?是俺娘不让。俺娘说,抛头露面到处吆喝,不是闺女该做的事。俺娘就舍着她自己,四处吆喝,把粮食做成商品馍,换成钱。

"这些钱是预备着给你娶媳妇的。"俺娘把钱的出路都找好了,"到时把房子换成砖腿的,如果时运好,淮河不发大水,大闸不拔开,就盖瓦房。"

谁也管不住淮河不发水、大闸不拔闸,那都是老天安排的。现在我能自作主张的,就是抓紧时间找个事,像个男人那样撑起家里的大梁。

我看着俺娘白了一大半的头发,说:"娘,我长大了。从现在开始,我要撑起这个家,娘得歇歇了。我去学门手艺,学成后,咱这个家就有指望了。"

俺娘定定地看着我,半晌说:"是,你是得学门手艺了。"

俺娘叫我学的这门手艺,是凫水。就是游泳。

3

前面说了,俺娘最不放心我跟水接近。拔闸发大水住在淮河大堤上时,夜里睡觉俺娘都要用绳子拴我手脖子上,就是怕我梦游掉进水里。来回上下学时,俺娘总要千叮咛万嘱咐我,不要走水边,不要下河玩水,不要到淮河厉河边玩。她肯定忘了,庄台人生活在水窝里,最怕的是水,最不怕的也是水;跟水打交道,首先得会凫水。躲着水,那肯定是下策。

但俺大被生生闷死在水里的事,尽管家里人从不提起,但谁心里都清清朗朗的。那是个不能碰的事,而这个罪魁祸首,是我。俺娘对水的恐慌超过家里所有人,她甚至对我站水边都要阻止,大声喊:"离远点!"

现在,俺娘突然宣布让我学凫水的手艺,出乎我意料。

庄台的男人,都是淮河楞子,哪有淮河楞子不会凫水的?这不能叫手艺,应当叫技艺,但庄台人不会说技艺这么洋气的话,就说手艺。木匠手艺、锻磨手艺、弹棉花手艺、补锅镉碗手艺、编筐打篓手艺,只要有了一门手艺,人就能生存下来。像老辈人讲的,"贱年饿不死手艺人"嘛。但凫水的手艺,似乎和生存搭不着,但和生命搭着边,关键时候能救人,更能自救。

"你学会凫水手艺后,再出门干活。"俺娘宣布说,"那就先从小暖河开始练吧。"

是的呢,在小暖河里练习凫水,相当于小孩学爬行;厉河里会凫水,相当于人会走路;跳进淮河里游几个来回,相当于人会跑步了。这就是"先学爬,再学走,跑起步来拿头筹"。

让俺娘没想到的是,我并不如她想的那样,胆怯地、好半天才敢走到小暖河的水边,一步三探地走进水里。我是直接扑进去的,这让陪凫水的俺娘吃了一惊。我忘说了,我学凫水手艺的过程,俺娘是教练加陪练。俺娘的水性,在庄台这一片,也是拔头筹的。

俺娘看我扑进小暖河里,她也连忙扑进去,她是去救我。我从水里抬起头,大声说:"娘,恁放心,我这水性是天生的,恁别担心。"

俺娘还是担心了,她潜进水里,快速游到我身边,一把拽住我,大声质问:"你啥时候学会凫水的?"

外行人看热闹,内行人看门道,俺娘一眼就看出门道来了——我是会凫水的。我其实可以假装不会,但那时候我太年轻,周岁才满16,虚岁17,还不懂得装,就实事求是展现我凫水的手艺了。

关键是,我这个淮河楞子扑进水里,由不得自己。

俺娘跟我说话时,我们娘俩都一起踩着水,把肩膀露在水面上。这是小暖河的深水区了,我刚才一扑一纵,就跑到河中央了。

"游到对面去!"俺娘命令我。于是,我和俺娘一起游到小暖河的南岸。郭老台子在小暖河的北边。

这是1988年的7月底,大暑节气,天气正热的时候。我和俺娘坐在河边,也不避太阳,就那样晒着,身上的衣服很快晒干了。俺娘穿着长衣长裤,我就穿条短裤。

俺娘叹了一口气,喃喃道:"大闸多久没拨开放水了?有5年了吧。"然后,久久闭上眼睛,两行泪水无声地滑落下来。

我看着俺娘,一句话不敢说。我知道俺娘想起啥了。肯定是我会凫水这件事,让俺娘吃惊后心灵受到刺激了。

"你老老实实告诉我,啥时候学的,在哪里学的?"俺娘擦干了眼泪,情绪恢复正常,目不转睛地看着我。

"念初一的时候……"我诚实地一五一十跟俺娘说了学凫

水的经过。

前面我说过俺大为救我把自己闷死在大洪水里的事。那是全家不能提的事。谁都不说，谁都装在心里。俺娘就以管着我不准下水来记住这件事，我也很听话。所以，直到我念到初一，我还是个不会凫水的孩子。在庄台这里，十几岁不敢下河游泳，那是要遭人笑的。

初一暑假后开学不久，天气转凉了。镇上的学校在淮河边上，坐南朝北，后门就对着淮河大堤。镇所在地是个岗子，虽然属于蓄洪区，但因地势较高，是安全地带。

在蓄洪区内，地势高的岗子，土地是非常稀罕的，不像蓄洪区外的岗子，可以拉开架势盖楼造屋。我们镇所在地是个狭长地带，房子一溜儿排着，学校操场就小得可怜，因此，上体育课时，老师就带着我们顺着淮河大堤跑步。

教我们体育的老师，是凫水能手、游泳健将。上体育课时，他让不会凫水的同学举手，我是唯一举手的男同学，只有一个女同学陪我举了手。

体育老师看我个子这么高，因上学晚，年龄也是班里最大的，还不会凫水，他直摇头。下午放学时，他叫住我，问我为啥不会凫水，想不想学凫水。想学的话，他负责教我。

面对老师温和的眼神，我情不自禁流下了眼泪，就把拨大闸时俺大咋样在水里淹死的事，和盘托出。这些年，我是第一次和人说俺大的事。体育老师听后，摸了摸我的头，说："小家伙，不要怕，把心里这道坎过了，没事的，老师教你凫水。

一定要记住，庄台的男人，必须会凫水！"

镇子正东边，有一片低洼地，那里有大小不一的几口野塘，老师就在那里教我凫水。说真话，当我第一次把自己潜进水里时，我猛地蹿起身子，打了个激灵。我无法适应憋在水里不喘气，这让我想起俺大闷在水里的情景……老师就站在我身边，他一声没吭，直接潜进水里，让我看着他憋气，给他数数。从1数到160，他才从水里出来，让我吃惊不小。他示意我像他一样再潜到水里。这样反复数次后，我终于不再害怕潜水了。

克服了心理障碍，我变得自如起来。憋气、从树上朝水塘里跳，在水下潜游，在水面上游，快速地游，像青蛙那样游……初二放暑假前，我终于可以和男同学一样，能从淮河北岸游到南岸，再从南岸游回北岸两个来回了。

对，我没有经过小暖河、厉河这样由学爬到学走的操练，直接游了淮河。这一切，都是瞒着俺娘的，不然，她真担心得没法活了。

坐在小暖河边，我把这一切跟俺娘说了后，俺娘又盯着我看了好久，眼里挂着泪花，扑哧一声笑了："儿啊，看来我错了。从明天开始，娘跟在你后面，先凫厉河，再凫淮河。娘要跟你比试比试。"

是的呢，那肯定我赢啦。我只用三分力气，就把俺娘比下去了。俺娘连连说："这下放心啦，无论你到哪儿，都不怕大水啦。"

我仰躺在淮河水面上。淮河里的水，都一起跑到我的眼睛跟前、耳朵跟前，托举着我，我好像变成了淮河里的一条鱼。

我像鱼儿一样在淮河里自由地游来游去。不发大水的淮河，是温顺的。庄台和庄台人的命运，就和这条河连接着，我的命运也和这条河连接着。无论淮河是温顺的，还是大发脾气的，庄台和庄台人的命运，一直是和它紧紧连着解不开的。

我要挣脱命运，寻找一条出路。我要给人生"变出花样"来。

在那棵已经长粗长高的大柳树下，我坐了许久。这棵非同一般的柳树，被俺娘在树下面垒了一个泥巴圈圈，围了起来。每年的清明节，俺娘都会在树上挂一只小鸭子，或者系一根红布带子。俺娘也是用淮草编小鸭子，但俺娘不光会编小鸭子，有时也会编一只小船，或一只小筐、一只小篓。淮草最结实，不怕淹不怕旱，有韧劲。柳树上挂的物件，已经有一长串了，有风有雨也不怕，拔大闸被大水冲走了也不打紧，俺娘会重新编了再挂上去。

俺娘的手艺一点不比俺大差。

这棵大柳树，就在我每天上学路上不远的地方，那里都是湖洼地，就这棵柳树长的地方是个高土坡。每次上学放学，我都会不由自主扭着脸看这棵树。我总觉得俺大就站在树底下望着我。

柳树西边丈把远的地方，长着一溜排的淮草，俺娘就拣最长最粗的淮草掐，然后坐在树底下编织。她用淮草编小鸭子时会唱淮河小调："初一十五庙门开，姑娘媳妇上香来；来在人间多行善，比求菩萨更自在。"编篓时是另一种小调："太阳出来照庄台，郎担挑子妹纳鞋；大家小户齐耕种，金豆银豆开花来。"编小船时又是一种小调："芝麻开花肩并肩，大豆开花手儿牵；牵牛开花吹喇叭，莲蓬开花蒂相连。"编筐时唱得更响："你惹我猫儿不吃草，你惹我狗儿不端碗；你惹我扁担不上肩，你惹我笆斗不装面。"编灯笼时，俺娘爱唱《小红盆》："小红盆，一面光，洼湖里人来逃荒。头里推着架车子，后头跟着孩他娘。孩他娘，你别慌，走到庄台解饥荒，能吃馍，能喝汤，还有一盘腌生姜。"

俺娘唱淮河小调时，整个人都走进了小调里。她的嗓音也和平常说话不一样，是另一个腔调了。我觉得俺娘的样子，也是另外一个样子，是心里装着一腔愁一腔苦还满怀期盼的样子。唱罢，把淮草编的小鸭子小船灯笼啥的，挂在柳树枝上，朝家走时，俺娘又是平常时候的俺娘了。她大步朝前，大着嗓门和庄台上的人说话、打招呼，就像她喊"热馍"时的嗓子那般亮堂。

坐在柳树下，耳朵里响着俺娘唱的淮河小调，眼睛看着挂在树上的淮草编的小鸭子、小船，我想，我生在水窝，长在水窝，我要好好念水经，我就立足庄台，善用水，用好水，顺水而生，要在大水里做文章。

做出啥文章呢？我脑子里还是乱的，不清朗的。

远处的野塘里，传来一阵接一阵呱呱呱的叫声。那是一整塘的麻鸭在戏水。一根长长的鞭杆插在水塘边，鞭杆的上头垂着一段细麻绳做的软鞭子。鞭子头还缠着通红的红洋布，就像姑娘的辫子梢上系的红头绳。

我要会会这位放鸭人了。

4

我喊他郝大爷。在我们庄台,大爷就是大伯的意思,就像爸我们喊大,妈我们喊娘一样。

我念小学的时候,郝大爷就在这片低洼地的野塘附近放鸭子了。他赶着一群麻鸭,热热闹闹从庄台下面的土路上走过,直奔低洼地。他不喜欢跟谁打招呼,就直管对着自己的鸭群吹口哨、甩鞭子,把鸭子朝湖汊里赶。郝大爷住在离低洼地不远的一座早已废弃的庄台丁家台子上,以前丁家台子住了四五户人家,因为庄台在低洼地的最洼处,庄台下面常年积水不断,下雨天出门就要蹚水或坐腰子船,很不方便,也没有继续加高加固的必要,就废弃了,几户姓丁的人家都搬到厉河大坝上的沿堤庄台居住了。郝大爷是赶着几只麻鸭迁到丁家台子来的,他在丁家台子搭了一座结实的大庵棚,住了下来。一个人,一座庄台,在蓄洪区,算是头一份。

小学阶段,俺娘送我上学时,遇见郝大爷赶麻鸭,俺娘就远远打个招呼,郝大爷挥动鞭子,朝空中炸一声响,算是回应。看得出,他不喜欢跟人多啰唆。念初中后,我有了自行车,不下雨都是骑车去上学。有一回,刚骑到大路上,郝大爷的鸭群缠在我自行车周围久久不肯离开,吓得我跳下车子不敢再走。这时候,郝大爷拿下嘴里衔的铁哨子,哈哈哈笑了,那群麻鸭才跑开去。我才发现,原来鸭子围着我不离开,是郝大爷在吹口哨,他吹的口哨就像号令,麻鸭跟着口哨声围着我打转转;现在他笑了,口哨声没了,麻鸭便离开了。

"小半拉橛子,我知道你。你要好好把书念出来,不枉你娘东跑西颠卖热馍养你。"他朝空中挥了一下鞭子,炸出一个响,朝野塘走了。似乎,他指挥麻鸭缠住我,就是为了递出这句话。

有一天放学回来,我把车骑到低洼地那里停下来,跑到野塘边看郝大爷放鸭子。我总觉得他是个非同一般的人,我想接近他。

郝大爷坐在淮草墩上,把手拢在袖筒里,那根长鞭子直直地插在泥地上。他一动不动地看着野塘里的麻鸭,坐得像根钉子。

这只淮草墩是他的随身物品。与别的放鸭人不一样的是,郝大爷放鸭时,背后长年累月会背个圆形的锅盖大小的淮草墩,就像现在人们常背的双肩包那样。放鸭时,他不会像别人那样直接坐在湿乎乎的塘埂边,而是坐在淮草墩上。

"它们就要学飞翔了,很快就能飞了。"似乎脑袋后面也长着眼睛,郝大爷知道我来了,跟我打着招呼。

"郝大爷,麻鸭也能飞?我在书上看到的,只有野鸭才能飞。"

我们的交往就是从这场谈话开始的。虽然是第一次跟郝大爷说话,但一点也不陌生。就像我俩平常经常在一起玩耍似的。

"所以我才训练它们飞啊。"郝大爷说,"咱庄台的麻鸭和别处的麻鸭不一样,它们吃的不同、玩的不同、成长的环境不同,经历也不同,所以,它们要比岗上的鸭子跑得更快、飞得更高。"

郝大爷说的我似懂非懂。对此，郝大爷也不多作解释。

从此，我一有空闲，就会偷偷去野塘看郝大爷放鸭子。我没看过郝大爷赶几只鸭子刚迁来时的情景，我和他交往时，他放的都是一大群麻鸭。郝大爷喜欢跟我说话，我问他："你一个人住一座庄台子，不怕吗？"郝大爷哈哈一笑，捋了捋下巴上的胡子说："怎么只有我一个人？大头、小脚、门闩、石磙、铁锨、镘头，都陪着我呢。"他指着野塘里的麻鸭，一一介绍给我。原来，他给麻鸭都取了名字。

郝大爷后来告诉我，他刚到丁家台子时，就是赶着大头、小脚、门闩、石磙、铁锨、镘头6只麻鸭来的。这6只麻鸭，活得最长的是镘头，整整6年。大头、小脚、门闩、石磙、铁锨5只母鸭负责生蛋，镘头是公的，当种鸭。鸭蛋孵化成小麻鸭，麻鸭长大了再生蛋，一年后郝大爷的麻鸭就有200只了。"我一年就放养200只麻鸭，多了不养，不能太累。对吧，小半拉橛子？"

"那，活得最长的是镘头，现在，连镘头也早不在人世了，可是，它们的名字为什么还在呀？"

"因为年年我都会为几只头鸭取这些名字呀。"郝大爷笑呵呵地告诉我，"这样我喊起来顺口，吹起哨子来也不跑调。"

我不仅想听郝大爷和麻鸭的故事，还想听到更多的故事。郝大爷说："等你长成大半拉橛子，我再给你讲更多的故事。"

远远就看到郝大爷坐在淮草编的蒲墩上，像以前一样，他稳稳坐着，像根钉子。不用挥动长鞭赶鸭子，也不用吹着口哨训练鸭子飞翔，他就像个入定的神仙。

我小时候第一次见到他时，以为他是个好几十岁的小老头，过了这些年，我都十六七岁了，他还是原来的样子。可能还不到 50 岁。

"它们开始学飞了。"听到脚步声，郝大爷不回头，直接说话。

"郝大爷，麻鸭在水里才能飞吗？"我问。

"你不上学了？"郝大爷没回答我的问题，反问道。

"是，我想跟你学放鸭子。"我声音小了。

17 岁不满，我内心很胆怯，我怕他拒绝我。

郝大爷没理会我，而是站起身，抽出来插在地上的鞭子，朝空中啪地甩个响，挥舞起来，吹起了口哨。口哨的节奏很快，就是"冲啊、冲啊、冲啊"的节奏。突然，野塘里的麻鸭呱呱呱齐声叫起来，它们张开翅膀，两只脚在水面上滑翔，之后朝上猛地一冲，飞了起来。我后来坐飞机，才知道麻鸭的起飞和飞机起飞时一个样。只是，麻鸭飞得太短太低，高度不到半人高，飞翔的距离只有七八步远。但它们不断起起落落地朝前飞，在郝大爷的口哨和鞭子的指挥下，麻鸭们居然很快就从这口野塘飞落到另一口野塘里了。

郝大爷停止吹口哨，又把鞭子插到地上，朝蒲墩上一坐。麻鸭们就在野塘里继续玩耍、找吃的。

"我要的就是让麻鸭在水里飞。"郝大爷回答了我先前的问题,"我就是要把它们训得在汪洋一片的大水里,也能起起落落朝前飞,水越大、水越深,它们飞得越高越快。"

然后郝大爷又回头看看我,说:"好啊,我收你当徒弟。你的任务比我艰巨,你要让咱庄台的麻鸭飞到更远的地方去。"

我只有不知深浅地傻笑着,因为我琢磨不透郝大爷这话的意思。庄台的麻鸭,还能飞到庄台外面去?

郝大爷认真地看着我:"如果你确实不想上学,决定扎根在咱庄台上,那我今天就跟你好好说道说道。你不是想听更多的故事吗?今天,我就说给你听。"

郝大爷原本不在我们这个乡镇,他住在隔壁乡镇的庄台。同为蓄洪区,他原先住的地方没有这么多低洼地,因为我们这里是蓄洪区出水口,地势最低最洼。郝大爷也不是因为这里低洼地多、野塘多才来的,他是在当地"待不下去了"才来的。"待不下去了",这是郝大爷的原话。

为什么在当地待不下去了呢?

郝大爷是1945年生人,属鸡。他的故事也不复杂。他有个青梅竹马的伙伴,两人住在同一个庄台,从小就一起在湖洼地放鸭子。没建大闸前,他们一起放麻鸭,建了大闸,还是一起放麻鸭。发水了就跑到高地方,水退了再放麻鸭。为了发大水时让麻鸭跑得快,两人就发明了一套口哨操,挥着鞭,吹着口哨,麻鸭就会随着口哨声在水面上飞着跑。没想到两人长大后,女方家长坚决不同意把女儿嫁给他,亲戚托亲戚地介绍,要把女儿嫁到煤矿上,离开这大水窝。郝大爷是寡汉条子一个,庄台上只有一间土坯茅草屋,一半住麻鸭,一半住他,条件差得不能再差了。

女的没哭没闹,一抬腿嫁到了煤矿,成了矿上的人。

不用说,郝大爷青梅竹马的爱情,最后成了一桩伤心事。

伤在心里,表面还是风平浪静。郝大爷仍旧挥着鞭子,赶着一群麻鸭,在湖洼地放鸭子,吹口哨。他放的麻鸭,个个都会飞着跑,大闸一拔,大水一来,麻鸭一个不少地跑到安全大堤上。

麻鸭长到120天,肥了,郝大爷就赶着鸭子去淮河边的码头,和鸭子一起坐着船到淮河南的集市上,把麻鸭卖了。回到庄台上,赶着那几只有名字的种鸭,重新孵化新的麻鸭。

郝大爷有时也去厉河北的岗上卖麻鸭,价格还不错。岗上的饭店喜欢把麻鸭杀了撑开晒,在店门口排一大排,油光光的,很是威风。晒好的麻鸭叫板鸭,能存放很长时间,让人们从冬到春都有得吃,板鸭味道比新鲜鸭子香,有嚼头。

直到靳大娘回到庄台,他们才开始自己动手做板鸭。

对,靳大娘就是郝大爷的青梅竹马,叫靳俊芳。

靳俊芳不是成了矿上的人了吗,怎么又回到庄台了?原因很简单,煤矿出了事,她的男人被埋到井下了。矿上给了赔偿,但都被男方的父母领去了。原因也很简单,那些赔偿款都是男方家的孙子、靳俊芳的儿子的,而靳俊芳,是外人。从此,孩子的爷爷奶奶像防贼一样防着靳俊芳,靳俊芳一气就回到了庄台,而儿子继续在矿区学校上学。

回到庄台的靳俊芳看到郝大爷还在放麻鸭，还是吹着他俩编排的口哨训练鸭子飞翔，哭了。她在娘家住了几天，看了几天嫂子的白眼后，就收拾好随身物品，装在杞柳编的大提篮里，直接拷到郝大爷家门口，说："斧头，从今儿开始，咱俩过。"又左看看右瞅瞅说，"这土坯房鸭屎太臭了，给麻鸭住吧，我们再垒一间房。"

斧头是郝大爷的小名。有了靳俊芳的郝大爷，日子终于像模像样地过了起来。

然而，靳大娘的大哥不高兴了，他重新给妹子寻了一户人家。三十多岁的靳俊芳，在矿上待过，比庄台上其他女子洋气，居然有没结过婚的人相中了她，要娶靳俊芳过门。这一回，靳俊芳坚决不同意。她再也不是那个听话的让嫁到矿上就真嫁到矿上的小闺女了，她见过世面，经过风雨了。靳俊芳的大哥治不了妹妹，就治斧头郝大爷。他提着一根推磨的大木棍，搂头就夺斧头，骂他"不正经"。闹了几次后，郝大爷就没法在自家庄台待了，就赶着六只麻鸭，到我们这一片来。

靳大娘这一回坚决谁也不嫁，她就住在郝大爷家里，放麻鸭。而郝大爷住在我们这里废弃了的丁家台子上。他们就这样过起了各自为政的日子。但时不时地，靳大娘就会赶着麻鸭，顺着小暖河，到丁家台子住上一阵子。等麻鸭长大的时候，靳大娘就开始在丁家台子做板鸭。对，他们已经不再把麻鸭全部卖掉了，而是留了一大半的麻鸭，做成板鸭后再卖。

5

我得跟您说说咱庄台板鸭的由来了。

这里有个故事,也是郝大爷讲给我听的。

清朝的时候,淮河湾的这片蓄洪区就有人烟了。那时候不叫蓄洪区,叫湖湾地、大水窝。湖湾地良田多,水也多,来这里讨生活的人堆出来一个个大土堆,在土堆上搭庵棚盖茅草房,算是家。随着人渐渐多起来,土堆也越堆越大,庄台最初就是这样子形成的。在大土堆上建淮草缮顶的屋子,就算是好房子了。有一对青梅竹马的夫妻一起在大水窝里放麻鸭,年年放鸭攒钱,目的就是给男人考功名。终于挣够了盘缠,男的就进京赶考了。女的在家一边放麻鸭,一边等男的回来。左等右盼,不见回还,那群长大的麻鸭,女的卖了一部分,留了十几只,专等男的回来。到了冬天,男的还是音信全无。天寒地冻,洼地野湖都结了冰,不能再放鸭子了,家里也没有可供鸭子吃的东西,除了留下四只种鸭,女的就把其他麻鸭全部杀了,要存放着,等男的回来。怎么保存妥当呢?女的就边哼着淮河小调边收拾鸭子。先把鸭子煺毛、洗净、剖开、择净,再给鸭子身上涂盐,涂了盐又熬制的汤汁,再把涂好汤汁的鸭子摆放平整,像一只板板正正的琵琶,再层层叠叠码进一口大缸里。大缸里是更浓的汤汁,也就是后来的卤。

这些制卤的原料都是女的从湖洼地野塘沟汊边找到的野菜。这野菜是男的出门后,女的一个人放鸭子时刻的,有春天的野荠菜、面条菜,夏天的野薄荷、曲曲菜、野花椒、野茴香、野八角，剜了就放门口晒干，收藏起来。现在这些野菜都派上了用场。带着女人无尽思念的野菜，被女人随意地一样一样地抓放一起，在大铁锅里熬煮一天一夜，变成浓浓的原卤汤汁。女的腾出一口大水缸，把汤汁全部放进去，再把涂了盐和卤的麻鸭层层叠叠码放进大缸里，浸泡一天一夜。之后把浸透了卤汁的麻鸭拿出来，用杞柳枝串着，挂在门口的绳子上晾晒。麻鸭白天被太阳晒，夜晚受寒霜浸，日晒夜露，被自然天光一点点烘照、焙干。麻鸭表皮的油珠闪闪发亮，通体金黄，老远就传出一股奇香。晾晒后的麻鸭，像一只只利利朗朗板板正正的琵琶，就被叫作庄台板鸭了。庄台板鸭能长久保存不变质，还有一股香喷喷的世间少有的奇香，这里面是含着情意的。

女的就每天闻着板鸭的奇香，站庄台边等男的回来。终于在来年春尽夏初时节，男的回家了。原来男的在回程的路上生了病，住在客栈里，一时耽搁了。夫妻俩抱头而泣。晚上，女的给男的做美食，其中一道菜就是板鸭。

尽管男的没有考取功名，但增长了见识，他觉得这庄台板鸭味美非同一般，就按照女人随意发明的制鸭方式，年年晒板鸭，再挑到集上的饭店里卖。从此，在淮河湾里，庄台板鸭就渐渐有了名声。

虽然世事变迁大，但庄台板鸭不仅没有绝迹，还延伸到了岗上，只是庄台这里条件太苦，反而没有了。郝大爷想把麻鸭再做出名堂来，是靳大娘鼓动的。靳大娘在煤矿时遇到一个老乡，那老乡不在蓄洪区，在岗上住。老乡去矿上走亲戚，带来两只板鸭。那亲戚正巧和靳大娘家门对门住，听说靳大娘是庄台人，就叫来一起吃饭。蒸屉里端出一道菜，让靳大娘眼睛一亮：这不是庄台板鸭吗？庄台板鸭没在庄台这里火起来，反而是岗上人在做，甚至被发扬光大了，成了饭店里的一道名菜。就这样，靳大娘回到庄台后，和郝大爷一合计，干脆来做庄台板鸭得了。

"咱庄台的板鸭，味道超凡，只要销售渠道打通了，绝对处处受欢迎。"这是郝大爷亲口说给我的。

为什么咱庄台的板鸭和别处不一样？在这里，我也得给您说道说道。您也知道，庄台是蓄洪区、大水窝，洼地多，野湖野塘多，河、沟、塘纵横交错，四季分明，空气清洁。这丰富的水、草资源和水中生物，组成了天然的水上牧场。因为特殊的地理环境，庄台麻鸭的觅食能力也很强，它们在天然牧场里自由觅食，水草、昆虫、田螺、小鱼小虾，应有尽有，爱吃啥吃啥，荤素营养均衡。郝大爷放养的麻鸭，更是超过其他地方的麻鸭，因为郝大爷是吹着口哨放牧的，麻鸭的活动能力和捕食能力更强，体形更加轻巧，行动更加敏捷，肉质也长得更加紧密。当然，郝大爷吹着口哨放牧麻鸭的目的，不仅仅是为了让麻鸭有超越其他地方麻鸭的觅食能力，让肉质长得更好，他是为了让麻鸭在大水来临时有更快更强的逃生能力。

"我要让它们有飞翔的能力，像飞机那样起起落落，超速逃生。"这是郝大爷在我17岁那年，坐在野塘边和我说的。然后，郝大爷指着周边的树木、水塘和湖洼地，特别是那棵挂着淮草编的小鸭子的大柳树，声音说得格外响亮："你是庄台土生土长的人,大水带走了你的亲人,庄台留住了你的性命。包括我,我们都是被庄台留住性命的人。就像这周边的树、草、野塘和湖洼地,都是有生命的,也是和庄台相依为命的。如果你要留在庄台、守着庄台,我愿意把牧鸭的本领、做板鸭的本领,全部交给你。我和你靳大娘的岁数加一起快一百岁了,文化有限、力量有限,而你后生可畏。你要成为真正的淮河楞子,把庄台的板鸭做出样子来,把庄台板鸭的名声打到大江南北去。"

1988年的夏天,我17岁。在那口野塘边,郝大爷说的这番话,把我的命运,从此和庄台的麻鸭捆绑在了一起;或者说,和庄台的板鸭捆绑在了一起。

6

在说我如何办板鸭厂之前,我要先说说我第一次吹着口哨在洪水里转移麻鸭的事。

17岁我跟着郝大爷学放麻鸭,18岁就自己单独放鸭了。鸭棚就搭建在这棵大柳树下。泥巴摔的墙,淮草缮的顶。我也吃住在鸭棚里。

鸭棚刚搭好时,我跪在大柳树下,仰头看着枝叶茂密的柳树,低吼一声:"俺大,我长大了,能撑事了。你就放心俺娘,放心我吧。"

俺娘要同我一起放鸭,她不放心我是一方面,更主要的,她要哼着淮河小调训鸭。"咱家的麻鸭听着淮河小调,飞得更高更平稳。"这是俺娘得出的结论。因此,我们家的麻鸭会听两种调子,一种是我吹的口哨淮河琴书,一种是俺娘哼的淮河小调。我吹着口哨训鸭时,麻鸭会整齐划一地飞飞落落、起起伏伏;俺娘的淮河小调是在特殊情况下才哼唱的。比如,突然变天了、刮风下雨了,麻鸭呱呱呱叫着你推我搡时,俺娘一哼淮河小调,它们就不再惊慌失措,又整齐划一地飞飞落落了。

1991年的6月中旬和7月上旬,大闸连着拔开两次。

这一年,我19岁周岁。我家养了500只麻鸭。

这也是我19年的人生中,见到的最大的洪水。连着两场的大洪水。

第一次拔闸是6月15日。

在洪水里吹着口哨转移麻鸭,对我来说是个严峻考验。而麻鸭在大洪水里飞翔撤离的壮观场景,带给我的惊吓和惊喜,也让我终身难忘。

拔闸的通知一下达,我心里扑通扑通直打鼓。尽管这些麻鸭都是从郝大爷的小坑房里孵化的,是大头、小脚、门闩、石磙、铁锨、镢头的后代,经过千锤百炼的大水考验,我还是心里没底。万一它们惊慌失措不会在大水里飞着跑怎么办?郝大爷虽然多次跟我说,这些麻鸭是千山万水都敢越的非凡麻鸭,甚至大水来了会即兴发挥飞得更高跑得更快,但那是属于郝大爷训养的麻鸭。尽管我养的麻鸭也是铁锨、镢头们的后代,我还是心里惴惴不安。

在大闸拔开蓄洪一天后,大水涨到没过了庄稼地、大路、湖洼地、野塘沟汊时,才适合转移麻鸭。这都是郝大爷传授的经验。没有陆路的阻挡，庄台下面全是汪洋一片，麻鸭们才能遇强则强、遇水更勇、顺水而行到达两河口排涝站的闸口。闸口的老大桥直通岗上，麻鸭上了大桥，就能安全转移到岗上。还没长大的麻鸭一时不能做成板鸭，岗上的板鸭厂也不会收，但可以寄养在他们的养殖场里，按天算账。到鸭子长成能做板鸭了，他们收购后，再从销售价里扣除掉寄养费。

为什么不直接就近在淮河大堤或厉河大坝上搭鸭棚把鸭子养起来？这不可能啊。庄台有句顺口溜，是这样说的："不怕有腿的，就怕张嘴的。"

有腿的，专指人；张嘴的，专指动物。其实动物也有腿，人也有嘴，为什么张嘴的人不可怕，张嘴的动物可怕呢？人不吃不喝可以忍，而动物不行，一饿，就张嘴乱叫，要吃要喝，又跑又跳，难以控制。所以，在大堤上搭棚子放麻鸭，不可能。

唯一的办法就是赶着麻鸭，顺着大水朝两河口闸口跑。

我和俺娘一起驾着小船，我们庄台称这种小船叫梭子船，就像一只织布的大梭子，两头尖，中间粗，正好能坐两个人。我在前面坐着摇船，俺娘在后面坐着摇船。麻鸭在前面跑，我和俺娘坐船在后面赶。我吹着口哨，是郝大爷教我的曲调。我后来才知道，这曲调是淮河琴书改编的，淮河琴书淮河两岸都有唱不用说，在庄台这一片也唱得响亮，大家称它是"九腔十八调"，还有叫十八板的。悠悠扬扬的调子，直朝淮河上空的云彩眼里钻。我学唱几句给您听："清晨喜鹊闹檐前，晚上灯花结瑞莲；夜梦立马临门至，除非二哥把家还。"这是淮河琴书《王二英思夫》里的唱段。

我后来反复揣摩，才知道在水里赶麻鸭的口哨调子，是淮河琴书最开始的那段二胡拉的过门，节奏很快，铿锵有力。每段琴书开场都会拉这段过门，又好听又有力量。这也是淮河琴书的特点，先刚后柔。二胡变成口哨，保持这种节奏，正适合麻鸭在水里起起落落、勇往直前地飞翔。这郝大爷真是个能人。我后来问过他咋想到把淮河琴书的过门调当口哨吹的，他说，他就喜欢淮河琴书的过门调，又急又快、又稳又准，蓄满了力量，庄台人就该有这种力量。郝大爷还说，他不光吹淮河琴书的过门调，当麻鸭在水里吃小鱼小虾小螺蛳时，他就吹另一种调子的口哨。对，就是淮河琴书里的另一种调调，我再哼几句给您听："王二英坐高楼泪儿双双，喊一声二哥奴的相公。我二哥南京城里去赶考，一去三年没回头。想二哥我一天吃不下半碗饭，两天喝不了一碗粥，半碗饭来一碗粥，瘦得二姐皮包骨头。"调子柔和得多了。

故事说跑了，还是回到1991年在大水里赶麻鸭的事上。我和俺娘驾着梭子船，我在前面边吹口哨边划桨，俺娘在后面划桨。茫茫大水，像大海，树梢和庄台都漂在水面上，是世界奇观。麻鸭像漂浮的活的树叶，它们张开翅膀，扑棱棱拍打着水面，一起一落地飞翔，脚蹼就是飞机的滑翔轮，能把水面犁出花来。看着麻鸭有条不紊飞翔的阵式，我扑通乱跳的心稍稍放下了。没想到，在接近两河口闸口时，有一个急陡漩涡，如一只大魔爪，呼啦一声，把一群麻鸭抓进了漩涡里。其他麻鸭一下子蒙了，不会飞了。而一旦停止飞翔，麻鸭就会像一片片草末一样，被洪水扑晕、卷走。我脑子全乱了，口哨吹得不成调调了。

"大水啊，亮汪汪，亲娘啊，抢柴忙，亲爹啊，牵猪羊。小毛头我，哭断肠。求老天，给条船，全家都带上，没船只有泪汪汪。伸开胳膊，是船帆，是翅膀，在大水窝里，飞翔，飞翔……"

是俺娘在唱淮河小调，声音又亮又脆，有一股子力道。乱哄哄的麻鸭们耷拉下来的翅膀，猛地爹开了，就像船帆一样鼓胀起来，在漩涡上面腾起、飞翔。我也抓住了口哨调调，再次吹起来。那一个个魔爪般地打着漩涡的大水头，随着我的口哨声和俺娘唱的淮河小调，被麻鸭们一个个躲过去了。

这口哨和淮河小调的节奏，是和水头的涌起落下合拍的。

我眼前晃动着那棵大柳树，耳朵里响起俺大的声音："宝啊，一定记住，不要哭不要喊，大船就要来了啊……"

飞翔的麻鸭们变作了扬帆的小船，在水面上起伏跃进，被水浪卷着、推着，爬上了两河口闸口的台坡，浩浩荡荡上到了大桥；走过大桥，又浩浩荡荡走进岗上的邢集板鸭厂。

我被吊起的心扑通一声落进了肚子里。

俺娘唱的淮河小调也变得欢快柔和了："一听弦子响，饼子贴上墙；二听锣鼓敲，伸腿又扭腰；三听琵琶弹玉盘，欢喜扑心间……"

邢集板鸭厂是一家上规模的公司，装箱的板鸭都在仓库存着，就等大水过后，交通不受阻碍了，再朝外运呢。现在车辆和道路都让给抗洪了。

"庄台的板鸭,举世无双,麻鸭吃的、玩的,都和别处不一样啊。你养多少,我要多少。"那个能当我长辈的邢厂长目光炯炯地看着我说,"庄台养殖不容易,这次又遇到多年不遇的大洪水,寄养费我不收了,到时象征性收点饲料成本吧。"

我听后,心里热乎乎的。

也就是1991年大水后,我有了办板鸭厂的想法。

我把这个想法说给郝大爷听。郝大爷头摇得像拨浪鼓:"我年轻的时候也有过野心,那时候不兴私人办厂,我心里办厂的火苗就灭了。后来乡镇企业兴起了,我又老了,干不动了。老了还不是最重要的理由。"郝大爷直视着我,"在大水窝里办养殖加工这类厂子,条件太不允许了。小小的庄台子,住人都窄巴,哪有条件办厂?大水来了,人都要搬到安全的地方,厂子怎么搬?太不现实了。除非,专门批一个安全庄台给你。这可能吗?"

听了郝大爷实事求是的分析,我心里很难受。这就是活生生的现实啊。"不过,你可以先学艺。"郝大爷见我一脸失望,接着说,"养殖的手艺不用学了,就学加工这一块,还有市场销售的本领。等这一切都掌握了,时机成熟了,办厂不在话下。庄台也在一天天变化着呢,说不定哪一天,就能在庄台这里办厂了。"

7

1991年的冬季,大部分麻鸭都销给了岗上的板鸭厂,留下的小部分，俺娘负责放养。俺娘唱的淮河小调，适合麻鸭在冬天的湖洼地和野塘捉小螺蛳吃。我就直接去邢集板鸭厂学艺了。

"我要给自己培养竞争对手啦。"厂长半真半假地笑着说，"不过，我不担心。我这是老企业，客户都是固定的，他们跑不了。"

我也坦诚相告："您放心，我不会挤您的市场。我要把庄台的板鸭销到全国各地，让更多的人知道庄台、知道庄台板鸭。"

"好！庄台就要有你这样的血性汉子。你要是真能把庄台板鸭打到北京去，打到上海去，我不嫉妒，反而敬佩。"

"那，您可得把手艺全部教给我啊。"我也半真半假说道。

"小伙子，这个你放心。这地方离庄台没多少里路，邢集就长在庄台沿上。咱虽不是庄台人，但庄台人的精神，咱早就领会了啊。我可以把所掌握的都教给你，但话说回来，师傅领进门，修行在个人。往后的路，还是靠你自己走。俊侠，你过来一下。"

我这才看见角落的一张桌子边，坐着一个女孩。桌子旁边放着一只丈把高的杞柳编的帆船模型，高扬的船帆把桌子全遮住了，也把桌子后面坐着的女孩遮住了。当女孩站起身朝我走来时，我才猛然发现她。

只溜了一眼，就掉转头看着厂长，等厂长说话。女孩太好看，我不敢多瞅。

"这是我们厂里的技术骨干，平常也帮着做做账啥的。别看她年轻，我会的，她都会，她是我的高徒呢。姓邢，和我一个姓。今后你就跟着她学吧。"

我这才朝女孩细看过去。瘦高个,样子很安静,眼睛大大的亮亮的,干净得就像庄台下面老塘里的水。她冲我微微一笑。我脱口喊了声"邢老师",还朝她鞠了一躬。

邢俊侠脸一红,只抿嘴笑。倒是邢厂长,哈哈哈仰天大笑起来。

心里有方向,迫切想学,上手就快。选鸭、宰鸭、洗鸭、制作浸料、腌制、撑晒,这一个个错综复杂的环节,在三个月内,我全部掌握了。但要成为真正的行家,需要后期的修炼,非一日之功。我吃住都在板鸭厂,一身都是板鸭的咸香气。我的师傅邢俊侠,年纪只比我大一岁,却老到得很。还是邢厂长告诉我的,邢俊侠念到五年级就辍学跟着他学做板鸭了,17岁就带徒弟。车间里那些比她年长的工人,有一半都是她徒弟。

我对邢俊侠刮目相看。

她身手麻利,虽然说话不多,但教授起制作板鸭的一道道程序来却有板有眼,毫不含糊。板鸭的个子有讲究,太肥了不行,太瘦更不行,超重也不行。选鸭时,她随手抓起一只麻鸭,掂掂,报出来的斤两,分毫不差。甚至,她不用出手,用眼看看,就准确报出麻鸭是几斤几两。她后来跟我说,从13岁开始选鸭捉鸭,她的手比秤还准。

在我学习板鸭技术出师后,春天的庄台,四周的湖洼地和野塘里的薄冰都融化了,青小麦开始蹿个儿,柳树正冒新芽。

站在离庄台不远处的那棵大柳树下,望着俺娘新挂上的淮草编的小帆船,我眼窝有些发潮。我跟俺娘说板鸭厂邢厂长的办公室有杞柳编的帆船，俺娘也用淮草编了一只，俺娘朝柳树上挂帆船时说的话，我听得真真的："恁大会保佑你，咱家的板鸭厂也能建成，你也会扬帆远航！"

可是，小小的拥挤不堪的庄台，怎能有条件建板鸭厂？

这时，郝大爷带来一个好消息：镇里开建保庄圩了！名字都取好了，叫幸福保庄圩。

"马上向镇里申请，把板鸭厂建到幸福保庄圩！"郝大爷说，"这真是千载难逢。人人都知道庄台，谁能想到，咱蓄洪区现在还会生出来个保庄圩！时代不一样，日子也会不一样。你小子，有奔头啦。"郝大爷说得精神抖擞。

有了自己的板鸭厂，庄台最正宗的板鸭才能走出去，带着庄台独有的条码。想到这儿，我心潮澎湃起来。

兴建幸福保庄圩外围大堤开工典礼的鞭炮火药味还没散去，我们就去找了镇长。

"你才多大？"年过不惑的镇长狐疑地看着我。

"你猜我多大？"郝大爷接话道，"我年纪一大把了，可是，和庄台板鸭相比，我还是小孩子。庄台板鸭明末清初就有了，还曾是宫廷贡品呢。如果现在不把牌子打出去，就晚了。全国各地都在做鸭文章，烤鸭、盐水鸭、酱鸭、秘制卤鸭、烧鸭、八宝鸭，多了去了。可是，哪里的鸭子都比不上咱庄台的麻鸭。"

镇长认真地看着郝大爷，用眼神鼓励他往下说。

"咱庄台的麻鸭，首先是品种好，在庄台土生土长，繁衍几百年，是最优良的麻鸭品种；其次是麻鸭生长环境好，咱这一片的庄台,处于蓄洪区最下游,地势最洼,位置特殊,湖洼地、野塘无处不在,是养殖鹅鸭的天然牧场;最重要的一点是,麻鸭吃的喝的,和别处不一样。咱这庄台小河小汊多,水资源丰富,水里的好物件也多,水草、昆虫、田螺、小鱼小虾,应有尽有,麻鸭想吃啥吃啥。庄台的麻鸭伙食好,长相好,体形轻巧,行动敏捷,觅食能力强,肉质紧密。这肉质好其中最重要的原因是,它们会飞,是能飞翔的麻鸭。"

郝大爷看着镇长迷惑的眼神,再接着说:"在大水窝里生长的麻鸭,会飞翔比会吃会喝还重要,这就是麻鸭最厉害的本领。洪水一来,它们飞着跑,那才得劲,才有救。哪天请镇长去观赏我们的麻鸭是怎么飞翔的。"

"我也是土生土长的庄台人,和麻鸭喝着相同的水,吃着相同的鱼虾。"镇长大手一挥,指着窗外说,"这正在建的保庄圩,一共有两千亩地,东西、南北各规划三条街道,三个区块,南边是商业区,中间是居民区、学校和办公区,北边是工厂区。南边的围堤就是淮河大堤,其他三面围堤和淮堤一样高一样宽,护坡还砌上石头、浇上水泥,像钢铁长城一样坚固。你相中了工厂区的哪片地方,哪片就给你建板鸭厂。"

最后这句话,镇长是看着我说的。我心里扑通扑通跳得厉害,一时激动得说不出话来。还是郝大爷经多见广,会接话:"镇长,你这话一说,建庄台板鸭厂就板上钉钉了,庄台板鸭前途无量啊。唉,可惜年岁不饶人,我没赶上好时代。幸好我还能发挥余热,给年轻人助一把力。"接着,郝大爷又给板鸭做起了广告,"咱庄台板鸭,是典型的无公害产品,加上历史悠久,制作工艺精良,肉嫩味美,风味独特,高蛋白、低脂肪,还含有多种人体所需的氨基酸,绝对是一等一的绿色食品。天下人都知道庄台这里是淮河蓄洪区的大水窝,如今,也要让天下人知道,咱大水窝里的庄台人,不但天不怕地不怕,有大无畏的牺牲精神,还能推出来震动天下的好美食!"

郝大爷真像一位演说家,这是我第一次见证郝大爷的口才,绝对一流。

"好!那就建厂。"镇长大手一挥。

就这样,1993年,保庄圩建成不久,庄台板鸭厂也成功兴建。各种手续一年内才办齐,包括注册商标"庄台板鸭"。

您该问了,我一个毛头小子,哪来建厂的资金?的确没有。让我没想到的是,郝大爷入了股,而且是一大笔,这是他和靳大娘多年的积蓄。更没想到的是,那位邢厂长也入了股,他的条件是,庄台麻鸭照样供应给他,不能断了他做板鸭的好食材。他入股的资金从每年供应给他的麻鸭里抵扣。他还把邢俊侠派到我厂里,帮着招收新工人,给新厂助力。邢俊侠是他的小闺女。这才是最让我意想不到的事!

如今的邢董事长,就是我老婆邢俊侠。

没有郝大爷和靳大娘,没有我岳父,没有我老婆邢俊侠,就没有庄台板鸭厂。

这话毫不夸张!

8

庄台板鸭的市场在哪里？

就在脚下！

闯市场，是我要走的第一步，也是关键的一步。没有市场认可，一切努力都是白瞎，庄台板鸭走得更高更远也是一句空口号。

就顺着铁路线跑。朝哪个方向跑？南方。

南方人的饮食比北方人讲究，也精细得多，南方也富裕。只有富裕的地方才讲究吃什么、喝什么，对吧。

第一站，宁城。

为啥选择这里？庄台人在宁城打工的多，回来过年时，他们带回不少南方的消息。烧烤街、美食城、大排档，都是从打工回庄台的乡亲口里听说的。还有个重要原因，我姑老表也在宁城工作，已经当上电子厂的销售部经理。他每回说到那里的美食城，都说："总觉得那些南方的美食里，缺一道大菜，就是咱庄台的板鸭。"这就给了我信心，决定到那里试一试。

于是，进入冬季，带着第一批新制作的板鸭，我和邢俊侠拉着超大拉杆箱，直奔宁城而去。

那时候还不敢爱邢俊侠，咱不配。邢俊侠也说得清清楚楚，她是持股人、合作伙伴，闯市场，是合作伙伴应尽的义务。直到结婚后，她才告诉我，是大邢厂长先相中我的。早在我送麻鸭到他厂里，拔闸蓄洪时吹着口哨赶着麻鸭送他厂里寄养时，他就相中了我这个心里有想法敢想敢干的庄台人。不用说，我也很对邢俊侠的眼光。

我的拉杆箱里装的都是板鸭。邢俊侠的拉杆箱里，一半是板鸭，一半是佐料。都是庄台土特产，庄台湖洼野塘里小虾做的酱、田螺做的酱，还有庄台黄牛肉酱，庄台的大豆酱、芝麻酱。

下了火车，我们直奔电子厂打工的老表。老表是念过中专的，有文化，有专业，在电子厂当经理，算混得不错的。到宁城，要先听听老表的意见。

老表带着我们，先在电子厂附近的美食一条街逛几个来回，又到相邻的几条街转了转。我最后相中了美食街十字街口一家门脸不大，但门牌做得考究，进出客人也穿得讲究的美食店。

庄台板鸭不可能到大排档，也不可能到一般小店。它是尊贵的，它要进就得进大些的饭店。食客不仅有白领，还有端铁饭碗的工薪阶层，当然，更不能少了大小老板们。

这就是我给庄台板鸭市场的定位。

我、老表、邢俊侠，我们仨一起走进了这家叫"柏庄"的饭店。在大堂靠窗的位置坐下来，老表拿着菜单给我们看。学习菜单是我们的目标之一。老表不止一次到这家店吃饭，指着菜单上的菜名跟我说道着，哪些菜是大菜，哪些算配菜。点了店里的几个大菜，虽然有点贵，但不亲自尝一尝，哪能真正了解南方菜系的具体味道呢？

在庄台，邢俊侠和靳大娘，不止一次尝试过板鸭的几种做法，尝每种做法不一样的味道，还有抹上酱料后又是一种什么味道。现在品尝人家的菜，回味自家板鸭的味道，心里有了底。

连着吃了两顿后,邢俊侠说:"下午我们出手!"

为什么选择下午?

下午是饭店的"瞌睡"时段,后厨安静了,连前台收银员也被打发休息了。整个饭店静悄悄的,只有老板坐镇前台,翻着账本,按着电子计算器,在盘点收成。

老表不止一次带客户来吃饭,认得那位老板,称他是"草根"出身,人很实在。老表带着我们走进去,先跟老板打招呼:"孙总好!我家老表来拜访您啦。"

孙总小个子,圆脸,小眼睛,五十旺岁,样子很谦和。他连忙把我们让到大堂餐桌边坐下来。

"是这样。"我不让老表"代言"了,直接介绍起自己,"我是来自淮河北岸庄台蓄洪区的郭金宝,做板鸭的。我带了板鸭请您品尝。"

孙总笑眯眯道:"我早听你表哥周总说起过你们庄台,就是淮河涨水时把大水放进去蓄洪的地方,国家领导人多次去看望过哎。1991年的大水,电视新闻天天播呢。为大家,舍小家,说的就是庄台吧。幸会幸会!"他伸出手,热情地和我握手。

于是,我开始说道起庄台板鸭来:"我们庄台的板鸭,会飞着觅食。大水来临时,它们能飞着跑,伴奏的口哨是淮河琴书;吃的全是天然野湖野塘里的鱼虾田螺青草;它们像草原上的牛羊一样,是放牧着生长的麻鸭。板鸭的加工技术世代传承,配方独特,纯手工制作。所选用的是庄台蓄洪区内无污染水源优质放牧120天左右的当地麻鸭。为什么把麻鸭又叫作板鸭?

您来看它的外部特征：体面光滑、平整无皱纹、周身干燥、色泽油黄、肌肉收板、鸭颈直而不弯、肌肉突起变硬，产品外观总体呈'广'字形；板鸭浸料均匀，沐浴冬霜滋润，形板味美，营养丰富，是纯天然的绿色食品；高蛋白、低脂肪，含有多种人体所需的氨基酸。只要吃上一口，就终身难以忘怀，就上瘾。"

在我说道板鸭的时候，邢俊侠从包里掏出板鸭，打开包装纸，把黄亮亮的板鸭呈上来。有实物，有解说，"图文并茂"，表达到位。

"如果孙总不介意，可借您后厨一用，我们做出几道不一样的板鸭，供您品尝。"我提出请求。

孙总扭头朝后厨的方向望一眼，点点头："好！正好现在大家都休息，灶台闲着。请！"

灶台一系列工作就交给邢俊侠了。这是她的拿手好戏。

得先把板鸭浸在冷水里，要三个小时，这道程序少不得，这就无形之中增加了难度。无论是清蒸、红烧、油炸，浸泡三小时的这道工序都不可少。邢俊侠怔了一下，我也看出了她的难处，立刻说："孙总，板鸭要先浸水，至少三个小时。您看这样，晚上您把好朋友们请过来，我订个包厢，算我请客。主菜就是板鸭。咱们把板鸭大餐放在晚上。"

我说这话时，心里的底气已经不像刚进来时那么足了。因为到了晚上，后厨都是掌勺大厨的地盘了，就算孙总也不能左右。晚上的板鸭大餐，如何操作，有难度了。

"可以可以。我的朋友个个都是美食家，都是开饭店的，火眼金睛呢。"孙总招呼我们起身,一起穿过后厨大操作间,右拐,进到一个小房间,里面放着两只灶头。

"这是我的小厨房,专门用来练手的。我开饭店前就是一个厨子。"孙总得意道,"我在外面吃到新奇菜品,就回来买食材,在这小厨房自己练手,觉得可行,再推出来。柏庄的菜,既要有自家特色菜,也要不断出新。"

原来是这样。我钦佩得连连拱手。

最高兴的就是邢俊侠了,她把带来的四只板鸭全部拿出来,放清水里浸泡上,又掏出那几只瓶瓶罐罐。孙总好奇地问:"这是什么?"

邢俊侠抿嘴一笑:"来自庄台的秘方。"

晚上那桌菜,庄台板鸭的六种做法,就像六颗星,闪耀在饭桌上。邢俊侠就是胆子大,脑子灵,不但制作出了庄台独有的红烧板鸭、清蒸板鸭、油炸酥鸭、酱拌板鸭,还直接因地制宜创新了泥螺咬鸭、海虾戏鸭、仙蛏捧鸭几道菜。面对一桌美食,几位开饭庄的老板边品尝,边连连称奇。我也放开量喝了半斤白酒。孙总说:"你爱人的厨艺,没的说!"

我听后,知道孙总误会了,也不好解释,更不敢看邢俊侠。"爱人"这个词离我还有十万八千里呢。没想到邢俊侠大方应答道:"让孙总见笑了,这其实都是庄台秘方的效果。"

"噢,是你带来的这些瓶瓶罐罐吗?"另一位饭庄的老板问。

"这只是其中小小的一部分。庄台的秘方,就在庄台板鸭身上。它吃的喝的玩的用的听的唱的跑的跳的,都属于庄台秘方,还有制作时的三浸三晒,那浸鸭的汤料,头道二道三道,野菜野果和中药材,不下二十种,都是秘方。"

不愧是少年时代就开始做板鸭的行家,邢俊侠回答得头头是道。加上摆在面前的美味,在座的人都心服口服。

我和邢俊侠在宁城连着跑了几家饭庄,把所带的几十只板鸭全都变成了美食,第一批"庄台板鸭"订单如愿完成了。当时我心里还真没谱,怕白跑一趟,没想到,成了。我负责说庄台板鸭前世今生的故事,邢俊侠负责制作板鸭美食,我俩把理论和实践结合得很完美。她还即兴新创了好几道菜品。我们坐着绿皮火车往家回时,我问她那些菜咋想出来的,她笑而不答。好几年后我才知,她只是把庄台人做板鸭时随意添加的小鳑鲏、小泥鳅这样的食材,变成了海鲜,名字也围着海鲜而定了,就像那道"海虾戏鸭"。如果不是板鸭不够用了,邢俊侠说不定还能做出"鲍鱼焖鸭""海蟹炖鸭"呢。

打开了南方的市场,养殖这一块也在不断增加数量。郝大爷是总教练,靳大娘是总指挥,他们也是庄台板鸭厂的股东。俺娘也加入其中。他们三个各显其能。郝大爷仍然吹着他的淮河琴书前面的快调门口哨,带领养殖户训练麻鸭飞翔,跟着郝大爷学吹口哨的都是爷们。靳大娘教板鸭厂工人们做板鸭。俺娘则唱着淮河小调,带领娘儿们放鸭。还别说,不同的场景,麻鸭都能适应。风平浪静时,俺娘的淮河小调让麻鸭吃起草来悠闲自得;大风大浪来临时,郝大爷的快节奏口哨声,让麻鸭飞翔的速度跳跃的速度更加快。

9

早在十几年前,庄台板鸭厂就采取公司加农户的养殖模式了。从最初的几十家农户,到现在的近万家农户,基地养殖和农户分散养殖模式,完全保障了板鸭厂的原材料供应。

对庄台板鸭厂而言,市场倒不是难点,周边城市和江苏、浙江、上海,都有庄台板鸭直营店,难点是养殖这一块儿,遇到拔闸蓄洪时怎么办?尽管麻鸭随着口哨声会飞着跑,但养殖数量增加以后,任哪一家板鸭厂,包括我建在保庄圩的板鸭厂,都没有能力一下子承担这么多麻鸭的寄养了。谁家会有那么大的鸭棚,让成千上百万只麻鸭有吃有喝有住?我就想到了蓄洪区以外厉河大坝北面的湖洼地。现在这里已经打造成湿地公园了,十几年前,这里还都是湖洼地呢。我第一时间就想到了这片湖洼地,拔大闸时,厉河大坝外面的这一大片湖洼地不在蓄洪区之内,相对安全。那就让所有麻鸭,在拔闸放水时,都搬迁到厉河外面的湖洼地那儿。麻鸭也能适应,从小到大,它们都是在庄台下面的湖洼地和野塘里训练着生长的。又一个难点来了,就算麻鸭适应了厉河大坝外面的湖洼地,不愁吃喝玩乐,可是,晚上必须要回到鸭棚休息。这也是庄台麻鸭多年养成的生存习惯,白天觅食、晚上回鸭棚休息,和人的生活习性相似。而在湖洼地建鸭棚,几乎不可能。

还是郝大爷有办法,证明了啥叫过的桥比我走的路多,吃的盐比我吃的米多。他带着我沿着厉河大坝走了一段路,点子就来了:搭架子。像盖房子搭建脚手架那样,让麻鸭晚上宿在架子上。这让我想起老辈人说的庄台泡水时的场景:用倒塌的屋檩搭个三脚架,大人小孩都爬到架子上避水,等待救援。正好湖洼地靠近厉河大坝的地方长有一些柳树,那就倚着柳树搭架子,让麻鸭可以宿在架子上,也可宿在柳树上。

这办法真管用。

为了保险起见,郝大爷提前训练麻鸭上树。在庄台下面几片有柳树的野塘边,郝大爷先让那几只叫大头、小脚、门闩、石磙、铁锨、镢头的头鸭们飞到树上。不到两天时间,庄台麻鸭又多了一项本领:上树。或许本是麻鸭就长了一对翅膀,天生就会上树吧。

从1991年拔闸的那场大水,到2001年我的板鸭厂做成规模的十年间,庄台这片地方风平浪静,拔闸蓄洪就像梦境一样变得遥远了。这是自从建了大闸,拔闸时间相隔最长的一次了。我甚至想,或许,拔闸的历史,一去不复返了。

郝大爷却不惊不喜,照样训练麻鸭上树、上架子。其他养殖户也跟着效仿。然后,就到了2003年。这一年,我31岁,我的头生娃过了暑假,就能上小学了。二娃才几个月大。我和邢俊侠是板鸭厂建成后的第三年结的婚,1996年国庆时。

2003年的7月3日,相隔12年的大闸,再次被拔起。

其实年年进入汛期,庄台人的心都是一跳一跳的,就怕淮河涨水拔闸。等过了汛期,那颗心才装进肚子里,才能安稳下来。

没想到的是，2003年，居然和1991年一样，一连拔了两次大闸。7月3日凌晨拔闸泄洪53小时，7月11日凌晨再次拔闸泄洪57小时。转移的麻鸭一直在湖洼地搭建的鸭架上或柳树上，呱呱呱的鸭叫声，响彻在厉河大坝以北两万亩的湖洼地上空。直到洪水从退水闸被放进淮河，庄台下面的路面露出来，养殖户们才重新盖好庄台下面的鸭棚，麻鸭们才迁回庄台。

我的庄台板鸭厂，因为建在铜墙铁壁样的保庄圩，才安然无恙。这省了我太多的心。而麻鸭们能在湖洼地的鸭架上安然躲过大洪水，不仅确保了庄台养殖户利益，也确保了板鸭厂原料供应，才最让我安心。

现如今麻鸭养殖有多少？不夸张地说，我们这个乡镇，每座庄台都有养殖户，多的养三五百只，少的养几十只，加上周边其他乡镇的庄台，总共得有一万家养殖户了。乡村振兴里面就有产业振兴，在庄台，养殖麻鸭脱贫的农户占到六分之一。庄台板鸭厂带动了麻鸭养殖，已经成为振兴乡村的重要产业之一了。这就是"顺水而生"的真实体现。

我还做了最有意义的一件事：给郝大爷靳人娘举办了盛大的婚礼。两位老人都是板鸭厂的高级顾问。现如今庄台也有乡村旅游，两位老人就给游客讲庄台故事、讲麻鸭养殖历史和制作工艺，都成网红人物了。这场婚礼在庄台这里，可是一件轰动的大事。镇上的婚庆公司包了场。郝大爷终于光明正大地回到了他老家的庄台。这一回，没有谁再阻碍他们了。郝大爷庄台上的老屋也重新翻盖了。我组织了一帮年轻的养殖户，摇着梭子船，赶着麻鸭，顺着小暖河，来到郝大爷家的庄台下面，在小暖河里边摇船边吹口哨，让麻鸭飞翔。俺娘也去了，坐梭子船上唱淮河小调，俺娘唱的是新词："中国有座蓄洪闸，拔闸放水不怕它，遍地麻鸭会飞翔，一跃一纵似莲花。两位老人爱一生，老情旧爱开新花，新娘新郎新时代，淮河厉河乐开花。"

请的响班子，从郝大爷住的这个庄台，走到郝大爷老家的庄台，一路上吹着唢呐、敲锣打鼓，住在庄台的人都笑着拍手喊好，真是出了大风头。那真是最热闹的婚礼了。

如果说大闸是淮河防汛的晴雨表，淮河灾情的风向标，那我们庄台板鸭就是"走水路、唱水歌、顺水生、发水财"的标杆。发展到今天，庄台板鸭已经走上谋求品牌化发展、提高农产品附加值的康庄大道。幸福保庄圩周边有一万多亩可养水面，厉河大坝外面也有两万余亩天然牧场，丰富的林柳、林草资源，为麻鸭养殖提供了优质环境，也为板鸭产业的发展提供了有力保证。我有信心哪！

"大闸""庄台"几个字传遍了中华大地，成为不怕牺牲、顾全大局、乐于奉献抗洪精神的典型。这些年每有拔闸蓄洪，多家国内外新闻媒体云集大闸采访报道，从而让大闸更为出名，更受世人关注。而我们庄台板鸭，也是水涨船高，随同大闸一起出名了。

庄台板鸭的加工技术通过历代的传承，形成了自己传统的配方和独特的手工制作工艺。近年来，经过引进新技术，采取科学配方与传统工艺相结合，庄台板鸭系列产品受到消费者的青睐和好评。庄台板鸭不仅被评为省名牌产品，还被国家认定为无公害产品。曾被多地省、市、县电视台，还有央视媒体多次报道，产品远销北京、上海、广东等省市。毫不夸张地说，庄台板鸭供不应求啊。

这几年，我也在动脑筋，开拓新思路，让庄台板鸭走农业产业化经营之路，更多更快地让养殖和生产板鸭，成为庄台蓄洪区农民增收的重要途径。具体的做法是：板鸭的原料由各庄台基地养殖和分散养殖农户供给，这样既保证了货源和质量，又解决了养殖户卖鸭难的后顾之忧，真正形成"公司+基地+农户"的产业链，确保庄台麻鸭养殖和板鸭制作产业兴旺发达，让庄台人的生活越来越好。这飞翔的麻鸭，代表着庄台人飞翔的梦想。

这棵大柳树上，又挂了新编的淮草鸭子。对，是俺娘的手艺。她多忙都不忘编淮草鸭子，每回来挂鸭子，都坐柳树底下唱淮河小调。

我时常做梦，梦见大柳树上挂的草编鸭子，个个都会飞翔，飞得很高，越过淮河，越过厉河，越过大闸，直冲云霄！

鱼跑哪儿去了

马大龙，1975年生。居住庄台：马家庄台

1982年7月份接连发生的两件事，让马家庄台的人记忆深刻。一件是拔大闸时养鱼的马喜鱼，蹲在庄台边沿，像老水牛样哞哞放声大哭，任谁劝都没用。一件是马锛子新娶的媳妇掉进了大水里，差点被洪水冲走。

起因很简单，这年的7月22日，大闸又拔开了。马家庄台建在厉河大坝上，属于沿堤庄台，安全性能好，拔大闸时人和物都不需要搬迁。拔闸的消息是部队的人骑着军马挨个庄台通知的，尽管时间紧迫，马家庄台的人，还是从自留地抢回了一些豆角、黄瓜、辣椒之类的菜，又把庄台下面堆放的麦秸垛、柴火，又拉又拽地扛到家里的锅灶门口。唯一没办法抢到手的，是地里正在生长的庄稼，还有马喜鱼鱼塘里的鱼。庄台下面的庄稼地里，玉米棵正长个子，怀里的棒子才有指头般粗细；大

豆有半筷子高，还没开花；红芋秧才开始沿着地垄沟拖秧，离翻秧的时间还早。庄台人只能眼睁睁看着大水，呼啦啦把长得半大的庄稼吞掉。人人脸上涂着一层苦，一层无奈，欲哭无泪。

大放悲声的是马喜鱼。马喜鱼家的几口鱼塘里都还是小鱼，根据鱼种的不同，放鱼苗有先有后，最后放的鱼苗长得才有两寸大。离中秋节起鱼时间还差两个多月，就算是最早放进塘里的鱼苗，也才三四寸大小。马喜鱼不可能把小鱼争分夺秒地打捞上来，一是即将拔大闸时间紧来不及，二是，尽管马喜鱼不会说"暴殄天物"这个词，但他心里认为这时候打捞小鱼，就是丧天良，和暴殄天物一个理。当大水把鱼塘劈头盖脸漫起来的时候，他就只能万般无奈万箭穿心般地放声大哭。

男人咧开大嘴"啊啊啊"地大声哭，是很挠心的。整个马家庄台的人，都被马喜鱼的哭声挠得在屋里待不住，就过来拉他劝他。"留得青山在，不怕没柴烧"这样的说辞，一点力量都没有，根本打动不了马喜鱼，他照样大哭不止。有人劝他回屋歇会儿，他也不动，像尊铁锭一样锚在庄台边。

从大闸闸门那儿放过来的淮河水，水头昂得高高的，浪头一耸一耸，很快就把庄台下面的庄稼地变成了汪洋。汪洋下面不仅有庄稼地，还有猪圈羊圈鸭棚，还有湖洼地小沟塘，还有小暖河。除了杵在水面上的一座座庄台，一切的一切都被淹没在洪水下面。此刻淮河北岸蓄洪区的天空下，就只有两样东西能看到，一样是庄台，一样是大水。

马家庄台的人劝说了一会儿马喜鱼，马喜鱼的哭声小了些。

不是劝说起了效果，是另外一阵子的咋呼声压住了他的哭声。"人可有影了？可捞上来了？"庄台上的人，还有大队安排巡堤的人，都呼啦啦跑动起来，一起朝庄台的另一头奔去。

连哭着的马喜鱼也跟着跑过去了。与人命相比，鱼塘算个啥，鱼又算个啥！

是马锛子正要过门的媳妇被洪水冲走了！

拔闸泄洪的节骨眼上，哪能娶媳妇？娶亲的日子是一年前就择好的，是农历的六月初四也就是阳历的7月24日。女方家早打好箱子柜子，缝制好新被子，做好了嫁女准备；男方家也打好新床粉刷新屋，等着迎娶。谁能想到，这娶亲的日子，摊上了拔闸蓄洪这个事？其实刚得到拔闸通知时，红人就顾不得去菜地抢菜，先跑到女方家商量咋办。女方家住的是湖心庄台，也是安全庄台。两下里一商量，为了安全起见，干脆后推些日子再办婚事吧。红人说好了这个事急忙回马家庄台，扛柴火摘豆角掐苋菜，挽回了一些损失。没想到，大闸拔开放水两天刚关掉闸门，女方家就坐着船，送新媳妇过来了。

咋会是这样呢？因为女方家住的庄台出现险情了，庄台迎水的护坡被洪水扑打得朝下直掉土，把护坡掏出来一个大洞，会随时发生溃坡。庄台出现险情，庄台人要全体搬迁。女方家一想，这嫁妆都打好了，如果庄台泡水，就全毁了，不如把闺女和嫁妆一起搬到婆家——马家庄台得了，又能全家避险，也可保住嫁妆。也别讲究那么多了，搬上嫁妆，便直接把女儿嫁过来了。

那怎么又发生新媳妇掉水里差点被冲走的事了呢？搬迁太急，船只有限，每只船都装得满满腾腾。女方家因为有嫁妆，东西就比别人家多，不好抢占中间地盘，加上到了马家庄台又要卸东西，就把箱子柜子被子啥的，放到船边上。开船后，人多浪大，几个浪头一打，船颠得厉害，新媳妇护嫁妆，也顾不得羞不羞，整个人就趴在鲜红的箱子柜子上压着，以免东西被晃进水里。但担心啥来啥，快到马家庄台时，遇到一个大漩涡，一股猛浪直扑船舷，船身不停摇晃，硬生生把一只木箱晃到洪水里了。新媳妇"噢"地大叫一声，在大家还没回过神来时，扑通跳进洪水里，去捞嫁妆。

这新媳妇不怕水，也是能游厉河淮河的女淮河楞子，所以，见陪嫁的箱子掉进洪水里，眼睛都不眨就跳下去抢。那箱子里不仅有新衣裳，还有一对银手镯，箱子的四个角还各放一张10块的压箱钱。这箱子要是让洪水冲走了，那还得了！让新媳妇没想到的是，跳进水里后，她才发现自己掉以轻心了。按当地规矩，出嫁时女子要穿红底粉花的棉衣棉裤新嫁衣，哪怕是夏天，也要穿成这样。尽管出嫁匆忙，她还是套上了新嫁衣。跳进水里后，新嫁衣棉衣棉裤很快浸了水，沉得要命，任凭女淮河楞子如何努力，都游不动。眼看着大洪水连人带棉衣把她一起朝大水里按，别说去追撵那只木箱了，自保都难。这时候，船也不朝前开了，在洪水里晃荡着打旋儿，船上的大队干部先伸手拉住新媳妇的爹和娘，又大声招呼大家不要轻举妄动，便冲着不远处的马家庄台喊人："锛子家的人听着，赶紧拿竹篙和渔网，来救你家的新媳妇!"

就是这一声喊叫,才把马家庄台的人喊过去的,也把马喜鱼的哭声喊停的。

因为要转移庄台上的居民,才临时雇的渔船,船上的救生设备太少,只有开船的渔民和一位救生员穿着救生衣,这位救生员想都没想就跳进洪水里去救人。蓄洪区的新媳妇也算水里生水里长,不慌神,尽管被漩涡不停地朝水里按,她不屈服,第三次冒出水面时,已经褪掉了新嫁衣,只穿着单衣单裤,这下就能游动起来了。新媳妇还真撑上了起起伏伏像一条红鲤鱼似的陪嫁箱子,更厉害的是,她手里还逮着新嫁衣不放,见到箱子后,第一时间把嫁衣扔到箱子上,人再抱住箱子一起游。

这时候,锛子拿着长竹篙哇哇叫着跑过来,他恨不能立刻把新媳妇从洪水里钩上来,怎奈离得太远,他站在庄台边,双脚直跺,干着急没办法。没人注意马喜鱼啥时候跑过来的,他扛着一只梭子船,船上还缠着渔网。只听他大叫一声"锛子",就跑到锛子跟前,让锛子把竹篙插到庄台台坡的湿泥里,要插得够深够牢;紧接着,他把梭子船上的粗缆绳朝竹篙上一套,再扛起梭子船,扑通一声扔进洪水里。马喜鱼转头冲锛子吼一嗓子:"握紧竹篙,把船锚住!"然后,马喜鱼像一条飞鱼,在空中画个弧线,重重落到梭子船上,朝新媳妇游水的地方行进。那根缆绳真够长,长到让梭子船快撑到新媳妇时才停下。马喜鱼毫不含糊,解下渔网,朝前用力一扔,搂头盖顶把新媳妇连同木箱子一起网住,拉到梭子船上。

铹子哇哇叫着，拼命拉梭子船的缆绳，马家庄台的男人们也一起伸手拉，三下五除二，就把新媳妇拉了上来。新媳妇喝了一肚子水，像一条半死的鱼，从渔网里爬出来时，居然满血复活。只见她再次抓住浸透水的新嫁衣，使劲拧掉上面的水，朝身上一套，这才瘫坐在庄台沿上，咧开嘴大哭起来。

庄台的妇女立刻喊："好，好！新媳妇这是哭嫁呢，哭得好！大难不死，必有后福！"

这时候才有人喊："马喜鱼呢，马喜鱼哪儿去了？"

再朝洪水里张望时，发现马喜鱼正被救生员推着屁股，朝那条渔船上爬呢。

铹子抹了一把脸上的泪水，扛起新媳妇，一溜小跑朝家奔去。

渔船渐渐靠近庄台，在庄台边抛下铁锚，大家一起动手，把新媳妇的嫁妆全部搬下来。一船人都长长吁了一口气。

夜晚，在洪水哐叽哐叽拍打庄台台坡的声浪中，铹子家门前灯火通明。一阵鞭炮声响过后，铹子乐颠颠地一手提酒壶、一手拿酒杯，大声招呼着来往的人们："感谢父老乡亲，感谢大家！薄酒一杯，不成敬意，请大家品尝！"

马家庄台的人，一时忘了洪水淹没庄稼时的心痛，拿过酒，仰脖喝下，嘴里说着祝福的话。不时走过三人一组的巡堤员，铹子马上递过美酒，巡堤员扭头喝掉，抱抱拳，马不停蹄继续巡堤。来自湖心庄台投亲靠友到厉河大坝搭庵子避洪水的人，也品尝到了美酒，是铹子的大和娘提着马灯和酒壶，一家家送到的，一座庵棚都没有落下。

在声声祝福中，一个声音吼得震天响："锛子的新媳妇回家了，我家的鱼都跑哪儿去了？啊，鱼跑哪儿去了！"

是马喜鱼直着嗓子在喊。他一边喊，一边挥着手，脚步趔趄，身子歪歪倒倒。

马喜鱼喝掉锛子家整整一斤白酒，他硬是把自己灌醉了。

1

我目睹人生的第一场大洪水时，只有五个月大。只是目睹，没有记忆。当时，俺大要去追他鱼塘里的鱼，就把我挂到了鱼塘边的杨树杈上。俺大一边朝树杈上挂我一边对我高喊："儿呀，你在这儿等着。我去追咱家的鱼，等我把鱼追回来，就过来找你啊。"

俺大冲我喊这话时，我刚满五个月。这是 1975 年阳历的 8 月 15 日，农历七月初九。太阳正当顶照着，把庄台下面的黄豆苗都晒蔫了，好久滴雨未下，庄台蓄洪区的土地都渴了。这时候，拔大闸了，大水来了。

是一匹军马飞奔过来通知大家要拔大闸的。

那时候庄台还没通电，没办法让大喇叭通知到各个庄台要拔闸的消息、要赶紧撤离的消息。还是大闸管理处的人想出一个好办法，骑上前来救援的舟桥部队的一匹军马过来喊。快马加鞭，军马像一道闪电，在庄台周边飞跑，掠过一个又一个庄台，见了庄台就高喊："要拔大闸了，快点跑啊！朝大堤、大坝上跑！

不要带东西！只带命！要拔大闸了！快点跑！"

蓄洪区有 100 多座庄台，每座庄台都被军马的蹄声和人的喊叫声惊得发颤，20 万老百姓的心猛地朝上一提，人人手脚忙乱起来。不要带东西，谁舍得不带？板车的滚动声、鸡鸭的吵闹声、猪羊的喊叫声、孩娃子的哭闹声，让仅有 4 个小时的转移时间，显出兵荒马乱的惊恐。

在庄台下面，我家有两口鱼塘，还有一片自留地。那时候土地还是集体耕种，没分到户呢。俺娘抓过篮子就去自留地抢菜，俺娘对俺大说："带好娃！"俺大答应着，趁俺娘一转身，就跑到鱼塘边看鱼。鱼塘在庄台下面，自留地也在庄台下面，离庄台还有段距离。这时候大闸已经拔开，大水正从闸口那儿朝这淌，淌到俺家庄台这里有个时间过程。如果 13 口闸门全部打开的话，大水到达我们马家庄台，只需半天时间。

大水来了，怎么不撤退，还敢朝庄台下面的水窝里跑？忘了跟您说了，我家住的马家庄台，在厉河大坝上，属于安全庄台。厉河大坝有多安全，马家庄台就有多安全。住在沿堤庄台的好处是，拔大闸时不用搬迁。1975 年的厉河大坝，可不像现在这么高这么宽，那时候的厉河脾气不好，当然现在的厉河脾气同样不好，只要淮河里的水涨上来了，厉河的脾气就上来了。只不过，因为现在厉河大坝加高加宽加固了，厉河看起来不像以前那么嚣张了。其实大水真正来临时，厉河嚣张的样子是丝毫不减的。

我们这蓄洪区的100多座庄台，有五分之一是建在厉河大坝和淮河大堤上的，大家习惯称这些庄台为沿堤庄台，都是比较安全的庄台。因为大坝大堤要围住淮河的水，要围住蓄洪区的水，还得围住厉河的水，必须绝对安全。其他庄台都散落在蓄洪区内，叫湖心庄台，一来大水四周就被水围困住了，就成孤岛了。我家居住在厉河大坝安全庄台上，人不用朝外跑，比住在湖心庄台上的人要淡定些，把能抢到手的东西就抢一些回来。跟大水抢时间、抢东西，蓄洪区的人，习惯了。

俺大这时候最惦记的是他的鱼塘和鱼塘里的鱼。这两口鱼塘，本是庄台下面的一片湖洼地。这片湖洼地，有水的地方长着水草，没水的地方长着大杨树，俺大就把长草的地方，一锹一锹硬生生给挖出来两口大鱼塘。养了胖头鲢子、鲤鱼，还有火头，就是黑鱼，我们庄台这里叫黑鱼是火头。火头太凶，专吃别的小鱼，就单养在一口水塘里。

俺大养鱼不是为自家人吃，是给别人吃的。那时候没有市场可卖鱼，也不需要卖，住在周边庄台上的人，到了起鱼时段，就来买鱼了。不，叫换鱼。拿着小麦、大豆和花生来换，也有拿着杞柳编的提篮、笆斗来换的，还有刚摘的棉花、刚织好的老粗布，都能拿来换鱼。俺大称这两口水塘是我们家的聚宝盆。

只有马家庄台的人吃鱼是免费的，因为这鱼塘是属于马家庄台集体所有的。如果湖洼地荒在那里，没人会过问，但变成了鱼塘，就有人要眼热心跳了。可是鱼塘是俺大在湖洼地里硬挖出来的，一连挖了两年时间，那可是不小的工程呢，半夜出月亮时俺大都舍不得浪费时间，在月亮地里挖。把集体的湖洼地挖成了鱼塘，鱼塘里的鱼还能换成粮食、棉花，村里人会怎么样想？对此，俺大也想好了点子，他找到队长说，等起鱼时，每家都有份儿，每家派个人来拿鱼。起鱼时，俺大就把鱼放在鱼塘边的草地上，一家一小堆，每堆鱼都有大鱼和小杂鱼，每家自己挑，自己看着拿。整个庄台没有因为鱼塘产生过矛盾，一个人养鱼，全庄台人吃鱼，划算，日子过得很平和。

起鱼一年有两个时段，一个是过中秋节时，一个是过年时。1975年的8月15日，离中秋节还有个把月时间，鱼正在长膘，个头也不小了。这时候，大闸拔开了，大水来了。按理，发大水都是夏天的事，这都立过秋了，太阳当头照着呢，怎么就来水了？俺大想不通。那一刻，他心疼鱼比心疼我厉害，这是千真万确的，因为，他为了追他的鱼，把我挂在树杈上了。不是直接把我挂树杈上，是把装着我的大提篮挂树杈上了。

明明俺娘招呼俺大看好我，但看见大水明晃晃开始撞击庄台迎水坡，俺大就提着装我的大提篮朝鱼塘跑。我们这一片，家家都有杞柳编的人筐、提篮、笆斗、馍篮。杞柳不怕水，塘边地头种的都是。咱这大水窝，不缺的就是杞柳。装我的这只提篮，是杞柳编的特大号提篮，能装下20斤红芋，当然也能装下五个月的我。俺大去看鱼塘时，顺手就拿起一只大提篮，把我朝提篮里一放，提着就走。

自留地里的青苋菜、架子上的豆角黄瓜，都被水淹一半了，俺娘正蹚着水，朝菜篮里摘菜。跟大水抢东西，尽管危险，但仗着那股勇敢劲，总是能抢些什么回来。被大水困住时，难免遇上缺面少菜断顿的日子，抢点东西存着，至少有几日是安生的。

站在鱼塘边，俺大着急得不行。鱼塘外面的水已经一波一波朝鱼塘里灌了，眼看着塘里塘外的水要持平了。塘里的鱼不知道咋回事，正翻着白晃晃的身子，朝塘埂上跳呢。跳过塘埂，就等于跳到塘外的大水里，塘外的大水，那可是不可控的水面啊。大水冲撞着鱼塘埂，越来越多的鱼朝塘外跳。俺大急得跟什么似的，冲着鱼塘直摆手，大声喊："别跳呀！听话，都回去！"

俺大再喊也没用，几乎一眨眼的工夫，大水就漫住了鱼塘，把鱼塘和塘外的大水连成了一体，成了无边无际的大鱼塘。鱼儿得到了自由似的，不再分辨塘里塘外的水有啥区别了，跟着水流游到四面八方。

俺大看一眼提篮里的我，不知朝哪儿搁，一扭头看到塘边的大杨树，树身上长着一段粗树杈，顺手就把装着我的篮子挂那儿了。

然后，俺大拔掉小船的锚，跳上就去追鱼。这只小船平时就系在鱼塘边的水里，是俺大专用的逮鱼船，小小的，形状像一只织布的大木梭子，中间的空当能坐一人划船，两头的船板上各放一只鱼筐——我记事后不止一次看到俺大这样驾着梭子船逮鱼。俺大驾着梭子船，手里扯着一张网——梭子船里一直放着张小网——跟着鱼群朝外跑。一边跑，一边喊："回来，回来！"像着了魔一般。

我长大后想，那场大水来得太突然，太不正常，把俺大对聚宝盆鱼塘的所有规划所有梦想，全部打破了，以至让他乱了阵脚。大水来得快，鱼儿也跑得快，俺大就着急。他想把鱼留住，那就是异想天开！大水来了，鱼就蒙了，鱼的本性就是要跟着水跑啊。

结果可想而知，小小的梭子船行驶在大洪水里，四处有漩涡，大风助推着洪水，不时大浪滔滔，很快，一个大浪打过来，直接把梭子船叩翻了。在梭子船被叩翻前，俺大回头望一眼厉河大坝上的马家庄台，发现他离庄台有一大段距离，离鱼塘也有一大段距离，离鱼塘边的大杨树则距离更远了。"我的娃，我的娃！大龙，大龙！"梭子船被叩翻水里的一瞬间，俺大不再喊他的鱼了，他喊出了他的亲儿子——被装在提篮里挂在树杈上的我的名字。

幸亏俺大水性好，他从水里钻出来，看着梭子船被浪卷走，抱住了正要逃跑的船桨，举起来，朝远处挥舞，喊救命——远处有一只渔船，乘风破浪驶来。那是一只真正的渔船，带马达的，跑得快、行得稳，是负责在水里救人的船只。总有贪财的，舍不得家里的猪羊粮食棉被，甚至一把镰刀都舍不得丢，结果东抓西摸地整理东西，就被困在水里了。公社就组织渔民开着船在水里捡人，捡人就是救命。俺大其实不能算是贪财的人，他只是舍不得他养的鱼跑走——我长大后一直在心里给俺大找理由。俺大挥着手里的桨朝大船呼喊，终于有人发现了他，把他捞了上来。水浪太大，俺大已经连着喝了好几口水，呛得直咳嗽，边咳嗽边喊："救救我的娃，他还在树杈上挂着啊！"

我长大后，俺大每跟我讲述这段往事，总先夸我的眼睛："那滴溜圆的眼睛，直直地望着水面，大水已经偎到脖颈那儿了，船一到，水波一晃，水就灌到你嘴巴边了。两只小手一边一个，还死死抓着提篮，紧得像铁箍一样，提篮都提到船上了，小手还紧抓不放。也不哭不闹，就紧抓提篮的边不放手。你这滴溜溜水汪汪的大眼睛，就是那会子练就的。"

俺娘丢下我去自留地抢菜不对，但她以为俺大照顾我没问题；回到家看我们父子不在屋里，她还以为俺大抱着我去看人搭庵棚了——邻居家亲戚从湖心庄台直奔安全的马家庄台来避大水，庄台上屋子挤屋子，每家屋都小得很，投奔过来的亲戚哪能住得下，只能在屋外搭庵棚住。俺娘哪里想到俺大会把我挂树杈上，自己驾梭子船去追鱼！

俺娘后来对俺大的惩治是突然叫住他，狮吼一声："站住！"拿出擀面杖，直奔俺大的腿弯敲下去，直敲得俺大腿肚子直转筋。俺大总不忘为自己辩护一句："本来想把娃挂更高的树杈上，高树杈都在树顶那……"话没说完，擀面杖"咚"地再敲下来："你还想把我娃挂树梢上吗！"这样的惩罚俺大挨了两年多，直到我弟出生。

2

全国蓄洪区有多少个庄台我不清楚，但在我们淮河北的蓄洪区庄台，我这里的陆基桶养殖场，绝对是庄台头一份儿。

咋想到这种养殖方式的？蓄洪区的庄台人喜欢说穷则思

变，顺水而生。自从我懂事以来，听得最多的是"自救"。水来我跑，水退我回，回来干啥？自救。从哪方面自救？养殖方面，种植方面，加工方面。总之，只有你想不到的，没有做不到的。庄台人称每拔一次大闸、发一场大水，就像生一场大病。大水过后，土地和人都会元气大伤，但元气的恢复速度也是惊人的。没有奇迹会自己发生，只有恢复了元气，才能创造奇迹，创造奇迹的是庄台人自己。我说这话您不要笑，只有世世代代生活在庄台的人，才能切身体会这其中的酸甜苦辣。

怎么想到用陆基桶做养殖？我后面会跟您细说。

今年多大？我是1975年生的，属兔，家里人却给我取名马大龙。因为我出生的日子是农历的二月初二，龙抬头的日子。俺大说，生在水窝里，当一条龙最好，还得是大龙。俺娘说叫小龙好听。俺大说，小龙是下一个儿子，这名字留着，给下一个儿子用。

这样，我的小名叫大龙，学名马大龙。

我还真有个弟弟，叫马小龙，比我小三岁。他是省农业大学毕业的，现在省农科院工作，专门做微生物研究。如果没有我弟的微生物帮助，我也不能在庄台建陆基桶循环水养殖场。

我们这里是水窝，最不缺的，除了大水，就是鱼虾了。小时候我家就有养鱼塘，俺大是养鱼能手，养鱼是他最大的爱好，按现在的说法，养鱼成痴。这和我家祖上是渔民不无关系。

这都是俺大跟我说的。我家祖上靠捕鱼为生，起先也做过运输，从淮河到长江，一年几个来回，后来水路不太平，就改为捕鱼，成了淮河渔民。是我爷爷的爷爷，把全家人从渔民变成了庄台人的。我称这位改变家族命运的人为老祖宗。老祖宗突然对长年累月漂泊在水上的日子厌倦了，觉得居无定所不是最佳的人生，就带着一家人弃船上岸，做了种地的农民。为什么选择淮河北这片水窝之地呢？因为淮河滩涂大，荒地多，土地肥沃，撇开大水不说，这里的每一块土地都是良田哪。在兵荒马乱的年月，淮河湾里水起水退，逃荒的人、跑反的人、隐姓埋名的人，都朝这荒无人烟的滩涂地上聚，渐渐就有了人气。人往高处走，水窝里的人也要往高处住，高处也不高，最多是比平地高些的土坡，就把屋建在土坡上。来一次水，冲一次屋；冲一次屋，加一层土；时间一长，土坡越堆越高、越来越大，就形成了大土台子。姓马的多，就叫马家庄台；姓李的多，就叫李家庄台。庄台就是村庄的意思，我们这里不习惯说村庄，只说庄，平地上的村庄叫庄，土台子上的村庄，就叫庄台。有了庄台，小水就能防住了，大水再来时，也有个避难之所。解放后，国家统一建造和加高加宽了一批安全庄台，大水窝的人，居住就有了保障。

　　我家原先不住在厉河大坝上的马家庄台，是俺大和俺娘结婚前夕全家才搬过来的。当年我家住的庄台，叫马小台子。马小台子原先只住了六户半人家。哈，您问得好，六户半是什么意思？我来跟您解说一下。六户，一听就明白是六户人家；那个半呢？专指没有成家一个人过一辈子的人，就是光棍汉，我们这里叫寡汉条子。一人吃饱全家不饿的寡汉条子，只能算半户。

因为马小台子的庄台太小，不值当再重修，加上镇里建了保庄圩，马小台子有的人家搬迁到保庄圩居住，剩下的就搬到厉河大坝上的马家庄台了，比如我家。马小台子不住人，庄台不再固坡填土，久了，就废掉了。早前有人废物利用，在庄台上养猪。2007年的那场大水，马小台子泡水了，虽然猪都转移了，圈舍却泡塌了，马小台子又废在那里了。我也是考虑了好久，才决定租下马小台子做陆基桶养殖的。

我还是先说说俺大养鱼的事吧。

养鱼是祖传，这是俺大的原话。当他在庄台下面的湖洼地上开始挖鱼塘时，马家庄台的人都笑了，说祖宗传下来的手艺，到了他这一辈，哪能荒了呢？谁也不阻拦他挖鱼塘。俺娘嫁过来的第二天，俺大指着庄台下的鱼塘说，那是他献给俺娘的礼物。那时候，他才刚刚挖成功一口鱼塘，紧接着，他又开始挖第二口鱼塘。他不让俺娘碰铁锹，怕累着俺娘，他要自己挖。然后，他又把第二口鱼塘当作礼物献给了俺娘。要不是俺大把我挂在树杈上差点让洪水淹死了我，俺娘才舍不得朝俺大腿上敲擀面杖呢。

哈，扯远了。

俺大热养鱼，都是俺爷带出来的。俺爷也带着祖传的爱好，热养鱼。但他已经是个庄稼把式了，庄稼活忙起来，哪有闲心去养鱼，也没地儿养鱼。尽管这是水窝地，水面也不缺，但在水窝里养鱼，没有保障。光内涝就够操心的，一旦发生内涝，鱼塘里的鱼就跑得精光。往往是忙活了一年半载后，一场大水就把所有辛苦都冲走了。

因为有这样的风险，俺爷就不养鱼，但他热逮鱼，朝哪里逮鱼呢？到岗上的鱼塘帮人家逮鱼。俺大小时候可没少跟着俺爷去逮鱼。那时候还是生产队，队里有公共鱼塘，过年时要把鱼全部起出来，家家分鱼，好过个香喷喷的年。俺爷就被请过去帮着逮鱼。俺爷天生会驾船，会撒网，逮鱼又快又多。帮人逮了一天鱼，人家表达谢意的方式，就是回赠一大渔篓鱼，这样我家过年就有鱼吃了。俺大跟着俺爷，十来岁就会驾船撒网，都是俺爷有意教他的。如果不是俺爷生病去世得早，说不定现在他还是热逮鱼的百岁老渔翁呢。

自从有了自己挖的两口鱼塘，俺大养鱼的热情高涨了起来，到了痴迷的地步。一口小塘养火头，一口大塘养胖头鲢子和鲤鱼。他还想养淮河里的稀有鱼种，但水塘不够用，他就想扩大。在我四五岁时，俺大又挖出来一口鱼塘，我家就有了三口鱼塘。戈丫鱼、鲫鱼也有了，俺大最想养淮河里的名鱼淮王鱼。鱼苗不成问题，但打听后得知，淮王鱼性子烈，对水面挑剔，要像淮河的水面那么大才行。俺大就把这梦想放梦里了，专养好养的鱼。俺大养鱼享受的是养鱼的过程，对于鱼能换取什么，他倒不是太在意。有人拿着粮食来换鱼时，俺大就朝鱼塘里撒一网，拉上来一网鱼，任人挑，从不上秤称，交换凭的是各自的心情。

这时候，土地开始承包到户了，庄台下面的鱼塘是集体的、全庄台人共有的，但鱼塘却是俺大挖出来的。这事就有点复杂了。把鱼塘收回去，俺大肯定不会同意，而且，收回去交给谁养？谁又愿意养？说不定还是让俺大养。对于鱼塘的归属问题，马家庄台村民大会产生两个不同意见，一个是鱼塘收回归村里所有，像承包土地那样承包出去；一个是按一口塘多大分给多少人家，让全庄台人都享有鱼塘所有权。没想到行不通，因为承包鱼塘没保障，一旦来大水，全泡汤。而且养鱼比种庄稼难，需要技术。

听说鱼塘可以重新承包，俺大的头脑这时候变得灵光起来，他主动说，鱼塘承包给他吧。除了极个别人有说不出口的偏激想法，马家庄台村民全同意了，承包费一年一结，就那几口鱼塘，估摸一下面积，按面积算。俺大说不用估摸，一口鱼塘是多大，他张口就报出来了。最大的八分地，小的三分地。又说到拔闸蓄洪怎么办，全庄台人都说，拔闸就不算了，鱼都跑了，还有啥说的。俺大提出要求，不仅要承包那几口鱼塘，塘周围的洼地包括树在内，都要承包过来。俺大的理由很简单，既然要交承包费了，他得好好养，干脆连杨树林子都承包过来，省得其他人跑来跑去影响养鱼。得，这理由也占理。而且，全庄台的人，哪个敢承包这鱼塘呢？年年有内涝不说，碰到拔大闸泄洪，不仅杨树长不大就淹死了，那些鱼，天知道大水一来它们要跑到哪儿去！

就这样，三口鱼塘仍然归俺大所有，鱼塘周围的洼地和地上稀稀拉拉的杨树林，也归俺大所有了。虽说年年交承包费，但也不多，而且市场放开了，俺大可以去集市上卖鱼了，划得来。

3

闲言少叙，书归正传，哈，我小时候听大鼓书，鼓书艺人就喜欢这样说，这说明要把前面的废话刹住，开始讲好听的故事了。我没有好听的故事，还是继续说俺大养鱼。俺大遇到了他养鱼史上最糟心的事：鱼又跑了。这回跑的不是三口鱼塘的鱼，是六口塘的鱼！

是发生在1982年的七、八两个月的事。

这时候，俺大已经拥有了六口鱼塘。是的，他又挖出来三口鱼塘。那些长满荒草的洼地，闲在那里不要太可惜！俺大不自觉地就开挖了。最后一口鱼塘放鱼苗的时候，已经到了1982年的春天。鱼苗都放到鱼塘里了，俺大更得意的是，他找到了淮王鱼的鱼苗，毕竟他祖上是在淮河跑过船的人，他就托跑船的人帮他在淮河上找，有人就送来一只大口玻璃瓶，里面有五尾淮王鱼苗。俺大把其中的一口鱼塘，专门养淮王鱼。按俺大的说法，一口鱼塘的水面都给淮王鱼，面积达标了，淮王鱼不但能活，还能长大。

进入阳历的7月，庄台人的眼睛开始朝淮河瞟，这是庄台人的一种习惯，因为庄台人的命运，是和一条河的命运系在一起的。庄台人最关心的是淮河的水位，淮河大堤挨近水面的地方，只要青草还在旺旺地长着，那就证明，淮河里的水没有上涨到草那里，水位是平安的。

7月6日，晴朗的天空慢慢起了一层云彩，先是白云彩，渐渐白云彩被黑云彩遮住了，风静在树梢上，空气就像冻住了，天地之间闷得人喘不过气来。俺大走到鱼塘边,深呼一口气,又深叹一口气,就抬头望着天不动了。我那时7岁,秋节开学就上一年级了;我弟也4岁了。俺娘扯着我弟,我跟在俺娘后边,顺着庄台台坡下来,走到水塘边。俺娘喊道:"到饭时了,还不回家,又跟你的鱼说啥呢?"

俺大不回俺娘的话,还看着天空发呆,过了半晌,才说:"天哪,你为啥这么心急,为啥就不能让我的淮王鱼长大一点?"

俺娘说:"你乱嘟囔个啥呀,饿迷糊了吧。俩孩子都饿了,吃了饭再跟你的鱼说话吧。"

俺娘的话音刚落,天空隐隐传来了一串长长的闷雷响。我7岁了,对雷声有点印象,这是响在天空的雷声,像是从淮河的方向响起的。

俺娘立刻不说话了,和俺大一样,抬头望天。

我弟挣脱俺娘的手,冲向鱼塘边的俺大,叫道:"大,大,淮王鱼,我要看。淮王鱼来喽,淮王鱼来喽。"

这一次,俺大没有高高举起我弟,这让我刚刚升起的嫉妒心熄灭了。我有点幸灾乐祸地看着我弟马小龙,而马小龙还在摇晃俺大的手,俺大只轻轻扯住他的手,仰头看天的姿势并没有改变。

雨是在晚上开始下的。雷声阵阵,比下午的声音大了几倍。

但雨水第二天就停了,天空的黑云彩里掺着白云彩,很快,白云彩就把黑云彩挤走了,整个天空铺的都是厚厚的白云彩。那些黑云彩,似乎都跑到了淮河南岸,也有人说跑到了淮河上游。

厉河大坝有多高，马家庄台就有多高。俺大站在马家庄台边缘最高的那一片，朝远处看淮河，看淮河那里的天空越铺越远越铺越厚的黑云彩。看了好一会儿，俺大直摇头："淮河那儿的乌云不散，我的淮王鱼就长不大。"

俺大说得没错。温顺的淮河，很快成了浪头打浪尾的滚滚淮河。一直到念高中，我才明白，庄台边上的淮河浪涛滚滚，并不是下在庄台这里的雨水造成的，而是淮河上游的雨水造成的。庄台这里之所以叫蓄洪区，就是专门盛放庄台之外淮河上游雨水的地方。

渐渐地，庄台这边的白云彩，成了灰云彩。灰云彩落下的是小雨。而又黑又厚的大雨云层，在淮河上游。

与淮河相连的大闸那里，水位涨得很快，淮河已经被大水撑得不行了，拼命朝淮堤上挤，向下游翻滚。7月20日上午，庄台上空的小雨停住了。俺大推出家里那辆快要散架的自行车，顺着厉河大坝朝西南方向的大闸骑去。庄台蓄洪区是个由西南向东北走的狭长地带，进水的大闸在西南方向，退水的大闸在东北方向，西南地势高，东北地势低，可想而知，拔闸放水时水的流速得有多快。搁往日，俺大骑自行车外出，前面大杠上会坐着我弟马小龙，后座上会坐着我，我和马小龙都称这辆自行车是我们家的大马。俺大很少一个人骑自行车外出，就算去镇上买卖东西，也总要驮着我和我弟。这次，俺大迈上自行车，飞速骑走了。

俺娘在后面嘀咕："不死心，去了就死心了。"

我那时已经有点懂事。但我不知俺大去的地方是哪里,按俺娘的话分析,俺大是把心送到一个地方,让心死掉。为什么要把心送到那里死掉呢?天快黑了,俺大才回来,一身的泥水,满脸的疲倦和绝望。长大后我才知俺大当时的面容,涂的是厚厚的绝望层。俺大把自行车朝门口一支,一头冲到鱼塘边,冲着鱼塘大声喊:"死心了,死心了!我认命了!"

马家庄台的人都到鱼塘边听俺大说话,声音很吵,七嘴八舌。俺娘驮着我弟,扯着我,站得远些,听俺大像吵架一样在说话:"上头来人了,专家级人物,一大群,都站大闸顶上,望向淮河,又测量大闸那里的水位,10分钟测一次,测一次就说一句:恐怕又保不住了。我听到他们测量3次报数后,我心里哭了。我自然明白保不住的是啥。是啥呢?是我的鱼啊!是这好几塘的鱼啊!"

原来,俺大骑自行车跑几十里路,是去看大闸的。俺大曾跟我说过,这厉河是分洪的河道,厉河大坝要拦着庄台蓄洪区的水,不让水跑进蓄洪区外面的厉河里,让负责分洪的厉河能安全分洪。厉河大坝直通到大闸边,大闸拔闸后大洪水朝蓄洪区里灌时,南面有淮河大堤拦着不给洪水进到淮河里,北面的就靠厉河大坝拦。一旦洪水进到厉河里,庄台蓄洪区外面岗上的乡镇,就要发大水了。我还从没见过大闸是什么样子,在我幼小的脑海里,是把大闸当作比大老虎还厉害的东西。马家庄台的人,一说起大洪水,就要说拔大闸;一说拔大闸,庄台人脸上就是哭样子。可想而知,这大闸,肯定猛于虎,甚至比大老虎还厉害。

但大洪水是什么样子的呢？长到7岁我还没见过。尽管大人拿我开过玩笑，说我几个月大时就见过大洪水了，被俺大挂到鱼塘边的树杈子上，看见大洪水哇哇叫着过来时一点都不怕，瞪着大眼珠子看得可仔细呢，不但不怕，还把大洪水征服了，不然，大洪水肯定一把就把我从树杈上抓走了。玩笑归玩笑，但大洪水肯定是很可怕的。我曾坐着俺大的自行车看过淮河，不止一次，每次我都问俺大："大洪水可有淮河大？"俺大说："比淮河大得多，大好多倍！"

难道，这比淮河大好多倍的大洪水，当真要来了？

大闸是在7月22日上午拔开的。拔开了泄洪口的大闸闸口，洪水就像狂怒的豹子，排山倒海般直冲过来。刚长出豆苗的土地，立刻被洪水盖住了。我们家的六口鱼塘，也全被大水吞进肚子里，成了一片汪洋。俺大早有了新的梭子船，他把船死死拴在杨树上。这一次，他没有鬼迷心窍去追他的鱼。不仅因为在大水里追鱼是徒劳无功的，还因为，他有了一双儿子，他要保护家园，保护儿子。

俺大像木桩一样站在庄台边，看着鱼塘的方向。那里已经没有鱼塘了，鱼塘都被大水吃掉了，只有露出水面摇摇晃晃的杨树，还有被杨树阻挡着、在树边打着旋儿漂来又漂走的木头和草堆。

这是我第一次看见大洪水，确实比淮河要大很多很多，淮河有边有岸，这大水没边没沿，一眼望不到头，大得我都不会形容。厉河大坝上搭着帐篷，住着来避大水的人，日夜走动着巡视堤坝的人。俺大的目光有些迟钝，望向被滔滔洪水淹没的鱼塘，一言不发。就这样一连三天，他都站在庄台边望向鱼塘的方向。第三天望了一会儿鱼塘后，俺大再也控制不住自己，张开大嘴，哭出了声，声音越哭越响，把庄台上的人哭得心直挠，就过来一起劝他。

这时候，另一件意想不到的事发生了。啥事？铴子的新媳妇被洪水冲走了。

这天正是马家庄台的铴子娶媳妇的日子，本来铴子家因为拔闸泄洪已经把娶亲的日子朝后推了，没想到新媳妇住的湖心庄台出现险情，不得不搬迁，搬迁时嫁妆没地儿放，又怕泡水毁了，女方家一咬牙，一跺脚，干脆直接把闺女和嫁妆一起送到马家庄台。谁知快到庄台时，新媳妇陪嫁的一只大红木箱从船上掉进洪水里，更出人意料的是，新媳妇跳进洪水里去捞箱子时差点被冲走。俺大就是这时候抹干眼泪，扛着梭子船，把铴子的新媳妇从洪水里捞上来的。晚上俺大喝掉铴子家一斤白酒，醉得失态，在庄台上歪歪扭扭来来回回走个不停，一边走一边带着哭声高喊："鱼都跑哪儿去了！鱼都跑哪儿去了！"

这是我第一次见到俺大失态。平常他的样子都是笑眯眯的，话不多，说话声音也不大，没想到他现在又哭又喊。最后还是新媳妇跑过来，朝俺大跟前一跪说："喜鱼叔，您别难受了，您救了我，功德无量，鱼还会回来的。您叫马喜鱼，鱼也肯定喜欢您，一定会回来的。"真把俺大劝住了。

这次拔闸泄洪，让我难忘的还有拉肚子。家家吃水直接打庄台下面的洪水，虽说有人送来了明矾，家家都分到一些，在桶里撒上明矾水就能澄清了。但也有缺明矾的时候，就直接饮用洪水。我人生第一次有记忆的拉肚子，就是7岁这年发大水时发生的。拉到最后，连水都拉不出来了，身体虚得就剩下最后一口气。终于等到坐船过来的医生来医治，俺娘哭着追问医生，娃还能活吗？

最终我活过来了。瞧这句话多多余，不活过来，我还能在这儿跟您说故事？因为拉肚子的事记忆太深刻，我都忘了当时日子的艰难了。仅拉肚子这一项，就把我折磨得不行，能深深记一辈子。

4

1982年不是拔一次大闸，是拔两次。7月22日到8月22日，整整一个月接连拔两次大闸，洪水头连着洪水尾，洪水压根就没走净。"没走净"是俺大看鱼塘时说的。第一次拔闸，洪水把鱼塘闷了半个多月，淮河的肚子没有那么撑了，退水闸闸门就被拔开了，这是要把放进庄台蓄洪区的淮河水再送还给淮河，这叫水从哪里来，再回到哪里去。只有大水从退水闸闸口再回到淮河的肚子里，庄台人的日子才有盼头，不用说，俺大的日子也才有盼头。

俺大终于能走到鱼塘边了。

"水还没走净。"俺大蹚着没到小腿肚深的水，站在鱼塘边。已经能影影绰绰看到塘埂了，突然，俺大大叫一声："鱼！还有鱼！"

庄台上的几个大男人也蹚着水跟了过来，但大家看到的都是混沌一片的水，连塘埂都看不清，又哪来的鱼？

俺大则坚持说有鱼。他说祖上是和鱼打交道的，有鱼眼。

能看到水下面哪里有鱼，就被人说成是有鱼眼。去野水塘钓鱼，有鱼眼的人知道在哪里打围子、撒鱼饵，跟着有鱼眼的人钓鱼，保证满载而归。

大家肯定都信俺大有鱼眼，能看到鱼。也有人嘟囔着说："这么大的洪水，多少鱼也跑光了。"

俺大说："淮王鱼肯定不会跑，淮王鱼恋家。"

"它恋的是淮河，淮河才是它的家。"被大洪水围困的人，脾气都上涨了，心里也憋着气，就开始抬杠，"淮王鱼就要长在淮河里，它姓淮；如果离开淮河，它姓什么就难说了，更别说它还敢称是淮王鱼了。"

俺大较起真来："我就要养给你看看，让淮王鱼也能把马家庄台当成它的家。"

然后，俺大哗啦哗啦蹚着水，朝庄台上走。他开始串门，要找到鸡内脏或猪内脏，说要把这些东西扔进鱼塘里，就能把淮王鱼留住。不仅能留住淮王鱼，还能引来其他的鱼。这鱼慌水乱的时刻，哪里有鱼儿喜欢的气味，鱼儿就要到哪里去。

"这是经验，我的祖上是渔民。"俺大信心满满又诚心十足地跟人解释。但那时候，庄台被洪水困着，人吃水吃饭都困难，哪有什么动物内脏。

雨停了,太阳越发炎热起来。在洪水退到能看见塘埂影子的时候,俺大沿着厉河大坝朝东走,他终于找到了新鲜的鸡肠子。他把鸡肠子捧回来时,鸡肠子还热乎着呢。俺大告诉俺娘,这是政府专门慰问抗洪抢险部队杀的鸡,他好话说了一大筐,人家才把鸡肠子给了他。事隔多年,我听俺娘跟俺大翻旧账,俺娘要他赔那两只下蛋的母鸡时,我才明白,当年慰问官兵的那两只鸡,是我家的鸡。拔大闸时,俺娘把两只鸡宝贝样用杞柳编的大笊罩着,单等洪水退了再放出来,没想到被俺大偷偷用铁锹拍死了,送到驻军的帐篷那儿,无论如何让他们收下,他只要鸡肠子。

俺大把鸡肠子放在一只小口的杞柳编的拾棉花用的篓子里,再放上几块大砂礓,沉进水塘里。"这是最好的引鱼和留鱼的时机。"俺大又向马家庄台的人宣讲起来,"这时候水还淹着塘埂,鱼闻着味就能游回来,等到塘埂露出来了,鱼游回来就困难了。并不是所有的鱼都能跳能飞,包括鲤鱼。"

大家终于相信了俺大,一起等着他的淮王鱼游回来,不仅仅是淮王鱼,还有胖头鱼,还有戈丫鱼,还有火头鱼。

除了俺大一心一意盼望着鱼儿回来,庄台人最盼望的是水退后,赶紧补种庄稼。

补种庄稼,是庄台所有人的期盼。"水退我进",大家都做好了这个"进"的准备。

围拢着庄台蓄洪区的厉河大坝和淮河大堤之间,最窄的地方只有5里路，最宽的有20来里。从马家庄台到淮河大堤，直线距离12里。庄台下面路上的水还没有退净，俺大朝怀里塞俩麦面饼子，蹚着水，徒步走到淮河边，一天一个来回。俺大去的目的很简单，就是看看淮河的水位深不深。这一看不当紧，俺大的心里咯噔一下。

淮河里满满腾腾都是水，正兴奋地翻卷着黄喷喷的浪花，扑打着淮堤，浪花稍微使点劲，就能扑到淮堤上面庄台人家的房子门口。可想而知，淮河里的水有多满，淮河的肚儿有多撑。顺着淮河朝西南方向看，乌云很厚，不像庄台这里，露着蓝天，流动着白云彩。俺大站淮堤上凝视了许久，心潮起伏，紧接着，他拔腿就朝家走。

这一天是阳历的8月20日。俺大之所以清清楚楚记得这个日子，是因为在淮河大堤上，他遇到了一个骑快马的解放军。解放军快马加鞭顺着淮堤跑，俺大本能感觉到，这匹快马在跑完淮河大堤后，一定会跑到厉河大坝上，跑到马家庄台上，跑到蓄洪区的各个庄台上。跑这么快的目的是什么？俺大心里再清楚不过。他急切地往家走，蹚着水走路慢，俺大就拼命加速，像个大老鹰，参着膀子，趔趔趄趄，跌跌撞撞。

俺大走到马家庄台时，那匹马像一道闪电，掠过厉河大坝上的每一座庄台，撂下一串洪亮的声音："请各行政村干部，抓紧通知村民，没撤走的继续留在大坝，撤走的马上返回。大闸即将再次拔开泄洪！"

"哗啦！""呼通！"厉河大坝上正要撤离的帐篷、庵棚，都住了手，静静地立住了。

回到马家庄台，俺大屋都没进，直接去看鱼塘。

没退净的大洪水，还汪汪地漫在鱼塘上面。在俺大的脑海里，那些逃出去的鱼，正有序地游走在回程的水路上。俺大冲着鱼塘周边的水，大声吼叫起来："鱼啊，都跑哪儿去了，快回来吧。快回来吧！"

俺大又从家里扛出那只梭子船，放在鱼塘边，用长长的绳索拴在大杨树上。大杨树身上糊着的黄乎乎的水印子，见证了洪水刚刚来过，又刚刚退走。

1982年第二次拔开泄洪大闸，是8月22日，和7月22日第一次拔闸，正好相隔一个月。

鱼塘里的那些鱼，还有正在返程路上的那些鱼，不用说，又被大洪水撞晕了，一去不复返了。

当滔滔洪水再一次把鱼塘变成汪洋大海时，俺大愤怒地吼叫一阵后，站庄台边，咧开大嘴，再次放声大哭。

整个庄台蓄洪区，也再次成为大海。

俺娘伸手拉大哭不止的俺大，拉不动。马家庄台的二伯和三叔，也一起拉他。我二伯脾气躁，开腔就骂："咱这个家族，也就你还恋着鱼，咱都吃庄稼饭多少年了，你还想着养鱼。这大水窝，压根儿就不适合养鱼嘛。鱼傻，你也傻啊！"想了想，又接着骂，"你还养淮王鱼。你咋不养鲍鱼海参哩，你能把这大洪水变成大海吗？"

我二伯的话属于火上浇油式，不过，也只有我二伯的话，才能把俺大放肆的哭声止住。

俺大止住了眼泪水,恢复到正常状态。家里已经没柴烧了,第一次拔闸还能从洪水里捞点漂过来的柴火麦秸之类,现在水里没有这些了,全是黄水滔滔。吃的也成了问题。有飞机来了几次,空投了一些吃的,一家分了一点。

整个庄台人都在勒紧裤腰带挨日子。走出大水窝,唯一的交通工具是船,还得是安全性能好的大船,要走出大水窝,得坐船到岗上的码头。船只很紧张,要用在紧要的地方,比如,运送病人出去救治,运来物资药品啥的。

大水彻底退走退净时,已经是阳历的9月下旬。庄台人都挺过来了。淹了水的庄稼地,也从混沌中醒了过来。所有的庄稼都死了两遍,这会子是黑乎乎的垃圾样的东西。庄台人不再谈大水,大家谈要补种什么庄稼合适。

不用多议了,节气到了,就等着土地硬朗些,能下犁深耕细耙了,直接种小麦。

退了水的蓄洪区庄稼地是高标准农田,肥得滴油。这会子大家全忘记了洪水,都一起扑进庄稼地里,开始深耕细耙。小麦种子比人还着急,朝土里一跳,没多久,就长出新芽来了。

而我家的六口鱼塘,也出现了意想不到的惊喜:每口鱼塘都在冒泡。俺大用他的"鱼眼"告诉大家,每口鱼塘都有鱼!

都是那些舍不得离家的鱼儿!

说不定还有淮王鱼,淮河里的淮王鱼!

5

2003天的春天，我接过养鱼这档子事。

那时候，我已经把家安在了县城里。

在我们家，我从小就获准这样一个信息：俺大对两个儿子有着周到的安排，一个上大学，当城里人；一个继承祖业养鱼，当庄台人。小时候，听俺大这么说，我以为他是在说笑，但当我考上县里的第一中学上高一，我弟上初中，俺大还这样说时，我就觉得他说得像真的了。那时候，我已经懂事了，知道人生的前途肯定不是在庄台上，更别说在庄台下面的水窝里养鱼了。在水窝里养鱼绝对不缺水，可也绝对养不住鱼。如果在别处养鱼，你肯定知道自家的鱼跑哪儿去了，因为鱼跑哪儿去，不是鱼做主，是谁养鱼谁做主，做大方向的主。你把鱼卖给谁或批发给谁，鱼就跑到谁那里，大方向总是把握在养鱼人手里。而在庄台下面的水窝里养鱼，鱼跑哪儿去不是你说了算，也不是鱼说了算，是天说了算。大闸一拔，洪水一来，哗啦一声，鱼儿随波逐流，跑哪儿的都有。

而且，就算不养鱼，我也不会待在庄台。

庄台人的命运，如果和庄台拴一起，那就死定了。上高中后，我内心的理想更加坚定和清晰：一定要考上大学，离开水窝子，到外面发展；就算考不上大学，我也会离开。那时候，全国各地已经兴起了打工潮，马家庄台比我大几岁的人，已经打工挣到钱，把庄台上的泥坯房换成大瓦房了。我内心是铁定要离开庄台的。俺大望着苍天叹息、看着鱼塘垂头丧气，他对着鱼塘无奈又卑微的样儿，是我坚决离开庄台的动力。我不能走俺大的老路。当然，这些不能跟他说，否则，会在鱼儿被大水冲走带来的伤害外，又加一层伤害。虽不能用"背叛"这么严重的词来形容，但至少是忤逆不孝。

我就努力上学，把大学考上。我是老大，我考上大学，俺大不可能不让我念大学吧。我弟的成绩也不错，我弟考上大学，俺大也不可能不让我弟上大学吧。所以说，如果我弟兄俩都考取了大学，那俺大让儿子继承祖业这样的打算可能就落空了。而且，从我老太爷那辈起，我们家都是种地的，"祖业"早就脱离养鱼了。

1991年在大水里抢麦子的事，我就不多说了。我只说1993年的夏天，我坐在家里鱼塘边等高考分数时的事儿。那时候，家里几口鱼塘的鱼儿能跃出水面翻水花了。这些鱼是俺大在春天时给下的鱼秧，鱼儿长得真快。我在想着试卷，越是高考分数公布倒计时，我想试卷的频率越高，觉得试卷做得一塌糊涂，考上大学希望渺茫。

我坐鱼塘边想这些的时候，俺大也坐鱼塘边，一句话不说。除了风在杨树叶子上唰唰刮过的声音，就是鱼儿跳出水面的声音。大鱼是上一年没长大留下来的，小鱼是春天刚下的鱼秧。我们爷俩都不说话，一起听鱼儿跳水的声音。我心里突然冒出"鲤鱼跳龙门"这句话，我们庄台人喜欢把龙门说成农门，考上大学就是跳出了农门。我会吗？

不会。高考分数让我一蹶不振。我连大专的录取分数线都没达到。

命运把我扔在马家庄台上，扔在马家庄台下面的鱼塘边。

理想这个东西，和现实比，就按曾经流行的那句话，理想很丰满，现实很骨感。我高考落榜了。那是1993年，那时候的高考不像现在，大学有扩招，考上大学的概率高，那时候农村人考大学，走的还是独木桥。

高考落榜的现实是，要么复读，要么回到马家庄台种地、养鱼，像俺大的人生一样。但我没有，我外出打工了，去了浙江温州皮鞋厂。我背着行李往庄台外面走时，俺大并没有阻拦我，他说："出去锻炼锻炼也好，养鱼不容易。"

俺大能说出"养鱼不容易"这句话，按我当时的理解，是因为这些年大洪水对他的伤害，不，是大洪水对他鱼塘的伤害。从我记事时起到1993年，我知道的大洪水一共有5场，1982年两次拔闸泄洪对鱼塘大伤元气，紧接着1983年又拔闸一次，等于元气没有修复再遭重创。然后中间有8年没有拔闸，那真是庄台人最幸福的8年，是1953年大闸建成以来间隔时间最长的一次。然后，1991年又拔闸，是史上罕见的大洪水，而且是6月和7月连着拔闸两次，分别是6月15日和7月8日。俺大说"鱼儿不好养"这话，和1991年的那场大水有关。那真是太罕见的一场大水了。6月15日拔闸时，满眼的金黄小麦把庄台围得水泄不通，人人鼻孔里都是香喷喷的麦子香，庄台人已经把镰刀磨得亮闪闪的，差一天就能割麦子了，大闸拔开了，大水来了。蓄洪区那些本以为安全的庄台，也因被大水浸泡时间过长，出现了险情，这就是后来为什么又把安全庄台的高度加高到海拔30米以上的原因。

待在庄台，除了跟洪水打交道，除了面对跑空了鱼儿的鱼塘叹息，我还有什么出路呢？

走出庄台，才是唯一的出路。

在温州打工8年，先是在皮鞋厂流水线当车工，后来改做销售。没想到，我还真有销售天分，业绩做得不错，3年不到，厂里就提拔我当了片区经理。挣了些钱，有了积蓄和工作经验后，也有了人生更实在的理想。2001年，我回到故乡，在县城买了房，开了一家皮鞋销售店。我也成家了，是在温州打工期间成家的。我爱人也是咱庄台人，孙家庄台的，在相邻的乡镇。孙家庄台属于湖心庄台，相比而言，她家庄台的条件比我家庄台差，大水来时，她全家要搬家，她称那是跑水反。我反驳她那叫转移。我们同年，她比我小一个月，她说小时候的那场大水，她随着家人跑到厉河大坝上的王家庄台避大水，那是她姥姥家，离马家庄台十几里路。咱这厉河大坝，总长有近50公里。她那时候四个月，我五个月，她也是被家人放在提篮里提着跑水反的。看来真是缘分，谁能想到，我们在共同的年月里，在同一条大坝上躲过大水，坐过相似的提篮，长大后又在同一家皮鞋厂打工呢？恋爱6年，24岁我们结婚，26岁我们回到老家，定居在县城，又开了一家皮鞋店，专销我们在温州打工那家鞋厂的产品，算是厂里的加盟店。

我在温州打工的那些年，一年都会回庄台两次，一次是过年时，一次是麦收时节。收完小麦，我还要在家多待几天，陪着俺大一起在鱼塘边转，分担一下俺大对夏天大水的忧虑,似乎,这样也算尽了点孝心。每回离开时，我都撂出响当当的话："放心吧老头,今年不会有大水。就是有大水,也会绕着咱家鱼塘走。"这当然是一句空话。没有大水，那自然好，有了大水，那当然不会绕着鱼塘走，鱼塘是第一时间被灭掉的地方。

但是，自从1991年的那场罕见的大水后，到我回家开鞋店，10年间，虽说年年因为下雨闹点内涝，但大闸真的没拔开过，大水也真的没来欺负过我家的鱼塘。我后来想，我之所以能安心待在温州打工挣钱，跟十来年没拔大闸有关。没有大水，庄稼不被淹，鱼塘不被冲，家里的日子就安稳。我家的鱼塘被俺大养得鱼满虾肥，他再也没有驾着梭子船去追鱼了，当然，他也追不动了。

在县城有了自己的房、自家的店，孩子上幼儿园后，我回家的次数多了。这时候，俺大已经掌握了鱼子孵化鱼苗的技术，家里的土坯房已变成了大瓦房，俺大专门做出一间小房子，用于孵化鱼苗，装上空调，在寒冷的早春天，让室内保持20度左右的恒温，这样，春暖花开时，他就能朝鱼塘里下鱼苗了。他养鱼的种类也多了起来。那大小不一的六口鱼塘，是俺大最壮美的事业。

6

哎呀，我可是扯远了？

还是回到我怎么想着养鱼这档子事上来吧。

2002年腊月二十九，我们阖家团圆，在马家庄台过春节。因为店里年前生意忙，所以，挨到年跟前了，我们一家三口才回到庄台。

我弟也从合肥回来了。他大学毕业后就留在了合肥工作，还没成家。关于我弟，我会在后面跟您讲。

那天年夜饭吃得很热闹，淮王鱼是专门留着过年吃的，俺大用网箱把淮王鱼放塘里养，就等过年呢。我们庄台这里的年夜饭，是正月初一凌晨开始的。有早有晚，早的凌晨两三点就开吃了，晚的也不会超过凌晨五点。吃过年夜饭，天还没亮，我抱着儿子给大伯二伯四叔拜年。俺大排行老三，我的堂兄堂弟们也带着孩子来给俺大拜年。这是年里最热闹、亲情最浓烈的时刻。尽管平常因为打工大家跑得天南地北，但过年时是一定要回家跟老人团聚的。马家庄台家家户户热热闹闹过大年，谈论的话题家长里短、国内国际，有啥说啥。在我二伯家，二伯透露鱼塘可能要重新承包。自从取消农业税，那些荒掉的洼地、农田，谁家的谁再拾起来种，种地不但不交农业税了，每亩地还有几十块钱的补贴。集体的也收回来重新分包，这当然包括我家的这六口鱼塘。我一听，心里咯噔一下，这六口鱼塘，可是俺大几十年的雄壮伟业啊。这些年来，俺大除了围着庄稼地转，大部分时间都是围着鱼塘转，他连孵化鱼苗都研究出成果来了，是养鱼专家了。虽然这些水面加起来也只有四亩地大，最大的鱼塘才一亩，但俺大对鱼的种类、养殖的密度、鱼塘水的深度都了如指掌。养火头鱼水要多深合适，一亩塘要放多少尾鱼苗，火头鱼怎么养，哪些鱼不能放一起养，何时需要开加氧泵增氧……吃年夜饭的时候，俺大还跟我们科普过。但他没说要重新承包鱼塘的事。为什么不说呢？

"他怕你着急啊。"二伯说，"两个行政村刚刚合并成一个大行政村，村领导也换了，新的政策也来了，鱼塘要竞标承包呢。你在县城做生意，顾不了家里，你弟在合肥上班，也顾不了。你大的年纪也不小了，体力不如年轻人，承包鱼塘不占优势，可惜了他一身养鱼的本领。"

我回家就问俺大鱼塘的事。俺大脸上的表情，比大洪水来时还难看。他说，村里领导找他谈过话了，各个行政村集体的水塘、洼地、荒地，都将重新承包。虽然庄台都长在水窝里，但水窝里的土地是良田，水窝里的鱼塘也是旺塘，是要按章办事的，因为他承包鱼塘的年数长，在同等条件下，他可优先承包。我就问俺大："现在承包鱼塘是什么条件？"俺大告诉我，村里要扩大养殖规模，把这一片洼地全部开挖成养鱼塘，鱼塘宽度深度还要规范化。"承包费也是合理的，就是我五六十岁的人了，竞争不过年轻人啊。现在，隔壁湖心庄台的朱家庄台跟我们合并成一个行政村，朱家庄台的朱二虎打工回来了，他是年轻人，在外面给人养过鱼，年龄有优势，又有经验，他要承包这片鱼塘，取胜的可能比我大，我恐怕竞争不过他。"

俺大的话让我陷入沉思。听说过了正月十五，行政村召开村民大会，最后确定这片鱼塘将由谁承包。我感到自己的心脏咚咚咚狂跳起来。

那一刻,我在心里决定,由我出手参与竞标,承包这片鱼塘。

我这不是冲动,是有坚定理由的。这几口鱼塘,不仅俺大苦心经营多年,俺大对它有感情,我五个月大时,就用滴溜圆的眼睛紧紧盯过它了,我跟鱼塘的感情,也不是一般的感情。之前没感觉到,现在听说有可能鱼塘另易新主,我这感情呼啦一下,就直接在心窝里打旋了。我得保住俺大坚守的"祖业",让鱼塘还在俺大手里,让俺大快快乐乐守住并传承"祖业"。

我没跟俺大说明我的打算。年后,我爱人负责看店,我则以考察市场的名义,去了淮河南边三家最大的养殖场做了全面调研,形成了一套科学的养殖方法和承包方案。在行政村召开村民大会,对这片鱼塘重新承包进行竞标演讲时,已经做好缴械投降准备的俺大,无奈地接受了举着四张 A4 纸说得口吐莲花的朱二虎的大获全胜。俺大手里没有纸质演讲稿,他只是口说有凭,他的"凭",是他经营了二十多年的这片鱼塘,他如何开挖,如何养殖,如何在大水到来时跑走了全部的鱼,又如何在大水退走后一切从零开始。而我有。是的,目前竞标承包鱼塘变成了三个人了,我,俺大,还有朱家庄台的朱二虎。我带来的不是几张白纸黑字,我给这些白纸黑字加上了彩色的封面,做成一本书的样子,有目录有内文,有每一个关于养殖、关于市场、关于淮河、关于庄台、关于情怀、关于稀有鱼种保护等的章节,这让庄台上的每一位乡亲大开眼界。他们没有想到,在县城卖皮鞋的老马家的大儿子,居然还有这一套!

是的,庄台的几百口人听了我的脱稿演讲,看到我手里的"书",他们夸我"还有这一套"!这里全是褒奖。俺大吃惊得面部表情像做梦。当我后来把承包合同交到俺大手里时,他才说:"大龙啊,你别一时冲动啊。这养殖一上规模,就要投资一大笔钱呢。"

我认真地看着俺大说:"这不是你一个人的事,这是咱马家全家人的事。这片鱼塘,我们都喜欢。我从五个月开始就帮你守鱼塘,就喜欢上它了。"

7

2003年的初春,庄台周围的冻土层都变软了,小河小汊里的薄冰也全部融化,我找来了挖掘机,对鱼塘周边进行开挖、修缮。按合同上规定的,厉河大坝下面的绿化美化要跟得上,对大坝的安全保护也要跟得上,庄台下面的这六口鱼塘,确实需要重新开挖和整理。之前俺大按照愚公移山精神手工挖掘的鱼塘,确实有许多不达标的地方。鱼儿种类不同,鱼塘水的深度也不同,水深多少能达标,都需要科学配套才行。第一期工程,先拓宽北边的三口鱼塘,年前我跟俺大商量过了,北边三口塘的鱼也起净了。等把北边三口鱼塘拓好修好,再拓修南边的鱼塘。俺大站旁边看着抽水机抽水、施工队施工,脸上一阵欢喜一阵忧愁。欢喜的是,我真这么干了;忧的是,这要花多少钱哪。而且,还有虎视眈眈的淮河和不可控的洪水啊。

我告诉俺大不要担心,投出去的钱,能挣回来。那段时间,俺大负责看南边三口鱼塘，我负责北边旧塘的翻新——拓深拓宽。等翻新好了，就在新塘养新鱼，而老塘等鱼长大了全部起鱼售卖后，再翻新。美化了鱼塘，又埋上钢筋，建了一座高高的水泥台，架上了变压器，还盖了两间水泥房，一间专门放捕鱼的工具和鱼饲料，一间是休息室——这是上规模养殖场的基本配置。也不能光靠俺大一个人来管理了，还得请个年轻人来看场，给俺大当助手。

然后，不用说，您也知道了。对，这一年，大闸被连着拔开两次蓄洪。算我摊上了。

现在那六口鱼塘可在？当然在啊，一直在那里，俺大还是总负责人哪。等我讲完2003年的这两场大水，咱们一起去马家庄台下面看那六口老鱼塘。

话说，到了2003年6月，我县城庄台两头跑，县城的鞋店、庄台的养鱼塘，哪一样都要操心，我整天忙得脚底板不沾地。俺大虽然是个养鱼的老师父，但他五十好几近六十了，我怕累了他。而且，对新设施，他也有个适应过程。我买了一辆小轿车，很普通，主要用于代步。在马家庄台，我是第一个买车的人，钱不够，朝朋友借了几万块钱。我买车不是为了显摆，的确是工作所需。有事就得回来，那时候庄台不通公交，城乡班车只能到镇上，有啥急事，我得第一时间赶回来，没车真不行。

端午节过后，紧接着麦子熟了。庄台的人，家家忙着收割麦子，除了小片的有埂子不好进机子的麦地是人工割的，大块的地都找机器收割。麦收是和老天抢时间，庄台人对此习惯了，也不怕花钱,把麦子收了碾了晒干了放自家粮囤里,心才算踏实。就算大洪水不期而至,至少先保住麦子,保住一年有好面馍吃。

然后,庄台下面的金黄麦子地,变成了遍地麦茬;再然后,麦茬地变成了绿油油的豆子地。收罢麦子正好下一场透雨,那真是上天安排的及时雨,耩豆子正合适。湿润的大地,很快长出绿油油的大豆苗。这时候,我和俺大坐在新修整的鱼塘边。我听到鱼儿跳荡的声音。俺大也听到了,他惊喜道:"你把这塘拓大挖深了,这鱼儿生长的世界大了,也长得快了。"

农历五月三十,阳历6月29日,沿淮地区普降大雨,县城的低凹处已经开始积水了。我心里莫名着急起来。这普降大雨也不稀罕,每年这时候差不多都有几场。可是,这次普降大雨,心就不由惊慌起来。那时候电话还不普及,许多消息要从电视上或广播里获取。我年前给家里装了一部电话,好像就是为了迎接一件大事情。我打电话给俺大。庄台那里怎么样?庄台下面的庄稼地可存水了?这蓄洪区地势最低,被形容为锅底子,一下雨,四处的水都朝锅底淌,内涝再正常不过了。

俺大在电话里说:"里外都在下雨,怪麻烦。"

我心里一紧。俺大说的里外都在下雨,就是说,我们庄台这一片,在下雨;而庄台外面的地方,淮河上游的地方,也在下雨。

其实这消息我在电视上已经看到了。庄台和庄台之外的地方,连着降了5天的滂沱大雨。这5天的大雨预示着什么?蓄洪区外面的淮河撑得肚儿圆,蓄洪区里面的小暖河装得肚儿胀,这内外两处的河水一起用力,100多座庄台子,可不都要一起抖动了。

是的,蓄洪区内还有一条曲里拐弯的河,叫小暖河。这名字取得好,是吧?给人暖暖柔柔的感觉。的确,平常时候,小暖河在庄台之间流淌,波澜不惊,清清亮亮;一旦大闸拔开蓄洪,小暖河就消失了,被洪水吞得影儿都没了。平常小暖河两岸可热闹了,庄台的人,老老少少学游泳,就是从小暖河开始的。小暖河的走向是和蓄洪区同向的,从西南角朝东北角流动。能在小暖河的北岸到南岸游两个来回,就证明游泳的初级本领掌握了,有了初级本领,才能到厉河里操练中级本领;在厉河里南北两岸游两个来回,就可以下淮河了。只有从淮河的北岸游到南岸两个来回,才能证明你是真正的庄台人,是真正的淮河楞子!

在2003年拔闸前,我不算标准的淮河楞子,虽然我也能在淮河里从南岸游到北岸两个来回,但我心里的"勇"还欠缺,"谋"更没达标。但经过这年两次拔闸,我从内心深处,觉得我离淮河楞子的要求很近很近了。

在拔闸前,我一天打好几个电话给俺大,眼睛紧盯着电视屏幕。只有庄台人才经历过那种惊心动魄,对,眼珠不错地盯着电视屏幕,看中央电视台播报的新闻,看新闻后面的天气预报里专门播报蓄洪区泄洪大闸的水位达到多少米,离警戒水位还差多少米!谁能想到,这个非常时期,这片被叫作大水窝的庄台蓄洪区,要牵动这么多人的心!

等我从电视上看到大闸水位在不到一天的时间内,从25.29

米涨到27.21米,我的心开始揪起来。泄洪口大闸的保证水位是29.30米,按这个涨水速度,如果淮河上游继续大雨不歇,拔闸时间就真的按小时计算了。

"俺大,县城里还在下雨,庄台那咋样了?"我在电话里明知故问道。

"也在下雨啊,瓢泼一样。这回真是外洪内涝啦。"俺大声音发颤。

"再等等,再等等,俺大,不要着慌啊。"我自欺欺人道。

"大龙啊,这鱼塘,你才投的钱啊。我为啥不拦着你呢。"俺大懊悔不已。

"俺大,这会儿不说这个。我不后悔。不怕的,大,咱不怕。"

放下电话,我的手在颤抖。我心里是不怕,也不悔,可是,我心里痛!

县电视台在播报,省电视台在播报,中央电视台的记者就站在大闸边的大坝上,也在播报。播报淮河的水位,播报大闸的水位。

"蓄洪区泄洪闸大闸水位已达28.67米,超警戒水位2.17米。""蓄洪区泄洪闸大闸水位已到29.36米,超过保证水位0.06米。"……

我顾不得天上大雨如注,立刻开车朝马家庄台跑。我要在天黑前赶回去。可是,厉河大坝出现了险情,大坝在打桩加固,车子不能再继续前行了。我把车子放在镇政府大院里,从厉河大坝下面蹚着水,绕过那段抢险地段,朝马家庄台走。内涝很明显了,小暖河已经饱得肚儿圆了。

在庄台下面的路上,我遇到数不清的板车、拖拉机,拉着棉被粮食猪鸭鸡鹅,朝淮河大坝上搬迁。都是积水,泥巴路不好走,车轮陷到泥巴糊里,大人喊叫,小孩哇哇大哭,大雨哗哗朝下倒,那场景,一辈子都忘不掉。

我拐到厉河大坝上时,天全黑透了。大坝上搭满了帐篷,抢险的、巡堤的、来避大水的,这跟我小时候看到的没啥差别。

7月2日晚上10点钟,我带着一身的泥水,终于走到了马家庄台。刚进家门,俺大冲口高喊:"大龙,我的儿呀,大闸马上就要拔啦!"

大闸是在7月3日凌晨1点拔开的。这时候的大闸水位,已达到29.39米了,到了非拔不可的地步了!

我仿佛听到了大闸拔开时轰隆隆的山响,看到了洪水翻滚时的张牙舞爪。我来不及脱下一身的湿衣裳,就那样呆呆坐在屋门口,坐到天亮。厉河大坝上有不间断跑动的脚步声,我的眼角啥时候被泪水弄湿了都没察觉,是俺娘递给我手巾让我擦脸时,我才知我的双眼模糊了。

"赶紧擦擦,换身干衣裳。"俺娘小声说。

我不能再穿着湿衣服干坐了。我不睡,俺娘也不睡,俺大也不睡。我不能这样。我这样,等于给两位老人加大了心理压力。他们的儿子,贷了款,承包了鱼塘,拓宽了鱼塘,鱼儿正喜旺旺地朝大里长,大闸拔开了,大水就来了。他们心里肯定一千次地这样。

我站起身,头蒙了一下,身子打个晃。站稳后,我扔掉湿衣服,直接倒床上了。

一直睡到第二天下午,我才起来。我没有去看庄台下面的鱼塘,我不想看到大洪水怎样一点点把鱼塘吞掉,把庄稼地吞掉。我不想看。直到拔开的大闸放水三天两夜关掉闸门后,我才走出屋子。

已经是7月5日中午了。雨水早已停了,天气多云,太阳偶尔从白云彩里露会儿脸,看看这里,瞅瞅那里,又躲进了云彩眼里打盹儿。发洪水拔大闸不是太阳的事,是云彩的事。可是,天上的白云彩黑云彩,和平常没两样,该往哪儿聚还往哪儿聚,根本没有愧色。

站在庄台边,朝下望。我看不到自己的表情,但我猛然感觉我变成了小时候我看到的俺大的样子。俺大站在庄台边大放悲声,边哭边看着被洪水吞没的鱼塘。我努力控制着情绪,表现得很随意,透过杨树间的空隙,朝鱼塘那儿望。

不用我多说您也能想象到,和以往的大洪水没什么两样,庄台下面汪洋一片,洪水滔滔,无边无际。和每次拔闸一样,鱼塘与洪水融为了一体,是汪洋的一部分了,所不同的是,除了那些杨树,鱼塘那儿还多了一根高高的水泥台,而装在水泥台上的变压器,已经被水埋掉了半截。

鱼塘边新盖的水泥小屋已无影无踪,肯定变成了潜藏在汪洋里一动不动的大鱼!

"水退后,我们再下鱼苗。"俺大不知何时站在我身边,大声说，"咱家的鱼塘，也不是第一次淹大水了。别担心，那些跑掉的鱼儿，说不定有认路的，还会再回来。"俺大真把我当成三岁小孩来哄了。不过，我真心喜欢俺大说的这话。这些年，他不是一直这样跟自己说吗？

我待在庄台，等着水退的日子。7月8日，天空的白云彩躲避起来，黑云彩占了上风，大雨哗啦啦朝下落。不仅蓄洪区在下雨，蓄洪区外面也在下雨。淮河上游洪水滔滔，中游洪水超历史最高水位，淮河不堪重负了。唯一的办法，就是把关闭的大闸再次拔开，把淮河里的水再放出来。可是，庄台这里，还能盛水吗？

庄台这里，不就是盛水的地方吗？

庄台这里不盛水，哪里还能盛水？

这庄台蓄洪区，也不是无止境地盛放洪水，也有一个度，这个度，叫27.5米，这就是庄台蓄洪区的保证水位。在大闸泄洪口那里，还有每个乡镇的水管所、排涝闸那里，都竖着这样的水泥杆，上面标注着水位的刻度，从20米朝上标，27.5米是最粗最红的数字。拔闸时水管所的人要一刻不停巡逻，查看蓄洪区的水位。大闸拔开几道闸门，放多少天的水，都是有科学计算的，最多能放三天三夜，时间再长，庄台这里水太满，庄台就不安全了，人也不安全了。

29.3米，是淮河的保证水位，在大闸泄洪口那里标注得清清楚楚的，就是说，这是淮河大堤能保证自身安全的水位，一旦达到这个水位，就要做好拔闸蓄洪的准备了。淮河警戒水位是27.5米，到了这个水位，就说明淮河水涨得有些满了，需要警戒和加强防范了。大闸历年来的拔闸水位都不一样，有时在水位达到保证水位以下时，也拔闸蓄洪了，因为上游水势太大，淮河洪峰太猛，必须拔闸泄洪。您该说我咋这么清楚。自从2003年我接手养鱼这件事，又连着拔了两次大闸，我就对淮河水位、蓄洪区水位这档事，上心上头了，因为，我的命运和一条大河连接在一起了。这真是毫不夸张。不光我的命运，这蓄洪区所有庄台人的命运，都和一条大河紧密相连。

再回到2003年的拔闸时。7月3日凌晨1点第一次拔闸，泄洪三天两夜后，闸门关上了。7月11日凌晨2点，关闭不到一周的大闸，再次被拔开！

这一次，我就站在庄台边，眼睁睁看着大水一点点往上涨，看着水头翻卷着大魔爪，一次次撒泼打滚朝庄台的迎水坡上扑。

我内心很冲动，想像当年的俺大那样，跑到几十里外的大闸那儿。我要问问大闸，为什么要把这么多大水放进来！

而且是没完没了地放进来！

我还想像当年的俺大那样，摇着梭子船，呼喊着"鱼跑哪儿去了，快回来"，在大洪水里去追鱼。

我当然什么都没做。我就像鱼塘边那根新铸的安装变压器的水泥柱子一样，独自立着，一动不动。

8

得说说我弟马小龙。如果不是马小龙，我可能就不会在庄台上做陆基桶循环养殖场了。

我弟马小龙是省农业大学毕业的，学的专业呢，叫生物技术。他最在行的就是研究微生物。我这陆基桶养殖的最大特点，就是利用微生物。我跟您好好说说：这陆基桶循环水养殖，是一项工厂化的养殖技术，由圆形养殖桶、水循环吸污系统、增氧系统、水质监控系统、净化系统几部分组成，具有生产效率高、占地面积小的特点。养鱼的水要进行循环利用，不但要控制好鱼的生活环境，还要进行科学化的管理，目的就是解决养殖面积区域较小的困难。按我弟马小龙说的，这陆基桶是专门用于在庄台上做养殖的。

怎么想到在这庄台上做养殖场的？这又绕不开我家那几口老鱼塘了。在经历过2003年7月份的两次拔闸泄洪后，整个蓄洪区一片狼藉，庄台下面到处是烂泥、垃圾，我家的六口鱼塘全军覆没，我也成了"负"户。那时候，国家还没实施泄洪赔偿政策，除了可以免交行政村承包费外，其他损失全部自己承担。我一辈子都难以忘记，退水后看到鱼塘边那座新盖的水泥小屋时的情景。那座水泥小屋被大洪水连着捂了一个多月，身上长满了泥垢，窗子门缝都是泥巴、草末、塑料纸。恍惚间，我觉得那哪是水泥小屋，分明就是蹲在鱼塘边的我嘛。说起来，那座水泥屋真结实，居然没泡塌，没泡烂，就是灰头土脸了，像害了一场大病。当时安的是铁门，门也好好地待在那里，屋里面放的桶呀盆呀什么的，都灌满了泥糊子；那张铁架单人床是不能要了，锈得不能看了。

这回,轮到我站在鱼塘边发呆了。俺大悄没声儿地站我身后,他不再喊"鱼跑哪儿去了"。他沉默得像退水后庄台下面的庄稼地,一片荒芜,一片死寂。终于,俺大说:"孩啊,是我害了你呀。"我连忙说:"大,你这话很落后,我得感谢你。你让我第一次强烈感受到洪水带来的切肤之痛。只有痛了,才懂得前行。"我扭头看着俺大说,"大,我不会被撂倒,马家的大儿子马大龙,竞标时说出来的那一本'书',不是放空屁的,我会让鱼塘再活起来。放心吧俺大,咱庄台人,就没被打垮过。"

俺大蹲了下来。我知道,这回连续拔了两次闸的大洪水,新塘的损失比俺大之前自己养鱼时鱼被洪水冲走更让他难受。

一切平复下来后,冬小麦种到地里了,我的鱼塘又活跃了起来。我先给鱼塘消毒、晾晒,之后,放上俺大加班加点孵化出来的小鱼苗。俺大的脚步变得轻快起来,说话声如洪钟,满庄台的人都能听到。行政村的书记专门跑来看我家鱼塘,边看边摇头说:"唉,真是对不住。这头一年承包鱼塘,就被洪水冲了。"俺大说:"书记,可别自责啊。这拔大闸,又不是你的主意嘛。"书记转头看着我说:"大龙,你可别懈劲啊。"我笑道:"书记,咱们庄台人,大洪水来了一次又一次,咱从来不知道啥叫懈劲!"

当我说完这句话时,脑中出现了洪水滔滔的场面。洪水来了一次又一次,庄台人逃出家园,再回到家园,来来回回多少次了,可从来不懈劲。心里装着这股劲,就啥都不怕。这一想,我人生的一个拐点来了。

我决定全心全意来养鱼。这六口鱼塘，我有文章可做。我考察过淮河以南大的养殖场，我知道哪些鱼种营养价值高、市场销量好，哪些鱼可以在当地销，哪些鱼能销往城里的大超市。我要做成一个销售网，当然，前提是，我得养出来好鱼。至于大洪水，它要来便来，要走便走，来来去去的大洪水，也不是一年两年了，都几十年了，庄台蓄洪区的人，不是该干啥还干啥吗？

这时候，我弟马小龙回来了。洪水一退，我正在晒鱼塘时，他就先回来过一次。他围着我的鱼塘转了三圈，什么都没说，就回省农科院了。我弟马小龙比我小3岁，1978年出生，他刚工作两年，还没成家。在省农科院，他属于小字辈。虽说是刚工作不久的大学生，但他脑子会钻研，已经研制出好几项微生物发明专利了。所以，大水后他第二次回庄台时，带来了他研制的新特效微生物水质调节菌和光合菌，随他一起来的，是省农科院研究水产养殖的老专家，我弟马小龙口口声声称"恩师"。老专家说，他要认领一个鱼塘，专门养他指定的鱼，用马小龙研制的新特效微生物。他认领的鱼塘叫实验塘，目的是研究淮河流域鱼类养殖，为庄台地区的养殖业出一份力。当然，科研有经费，他的试验塘是要付费的。我听了很不好意思，摆手说："不用不用，您是小龙的恩师，这是我们自己的鱼塘，不费啥事的。"老专家说："那怎么行，要按规定办事，我会签份协议给你的。还要你天天报鱼塘温度给我，报情况给我呢。你不仅要献出鱼塘，也要付出劳动。"

您瞧,我人生的拐点和我弟马小龙扯上了关系。到2004年,我的六口鱼塘大获丰收。我每天吃住在水泥小屋里,还给水泥小屋安装了空调。这样一干4年,还清了贷款,还有了节余,我成了县里的养殖标兵。然后,2007年来了。

2007年7月10日,大闸再次被拔开,洪水滔滔,鱼儿都跑光。这一次,我倒是淡定不少,因为国家出台了赔偿政策,有国家兜底,我心里就有底。对,那时候说得最响的是国家兜底。只要拔闸,地里长的、塘里养的、棚里栽的,只要泡了水,国家一律赔偿,全部兜底。当然,看到鱼被洪水冲走,要说不心疼,那也不可能。但心疼之外,不再担心被打回原点,不再担心成"负"户,没有东山再起的本钱。

2007年8月初洪水退净后,我再一次晒塘、给鱼塘消毒,重新投放微生物,投放鱼苗。省农科院的实验塘也被打回原点,好在,养殖了3年的淮王鱼,第一批成年鱼已经销售,虽然余下的小淮王鱼跟着洪水跑了,但有了养殖经验,下一步就不慌了。国家按精养鱼塘的赔付标准进行了赔偿,虽说和销售利润不能挂钩,但至少保住了本钱,给了我东山再起的干劲。

一切都顺利推进着。到年底,我的养殖获得大丰收。可惜淮王鱼长得慢,三年才能成鱼,其他长得快的鱼,都在过年前后被预订了。

然后,时光就走到了2013年,您可知道,这一年的8月12日,大闸再一次被拔开了。在大闸建成60年的蓄洪历史上,被记录的都是泄洪时拔闸的次数,而放水抗旱拔闸,却是建大闸几十年来的首次。这一年,进入7月份,天气大旱,40天滴雨未下。想不到吧,在蓄洪区的大水窝,居然也有旱灾。庄台人从未如此想念过水!对,是水,不是洪水的水!想念的是天上的雨水,想念的是天上的雷声!庄台下面的庄稼地,干旱加上高温暴晒,出现了一道道拳头大小的裂口!这真是世间少有的现象啊。小暖河干得快露出河底了,厉河也只剩河底那溜窄窄的小水沟。进入8月份,整个庄台蓄洪区都在嗷嗷待哺地等待着天降大雨,这场大旱也差点把我打翻在地。数次经历了拔闸泄洪的惊险和逃离,再遇百年没有的大旱,要怎样考验庄台人的心,折磨庄台人的心,折腾我的心哪!

我立在鱼塘边,听着鱼儿渐渐变小的声音。水面在下沉、下沉,只余有塘底那层水了,增氧机一天24小时连着开也不顶用,鱼儿不断翻出来白肚皮。俺大摇着梭子船,每天忙个不停地打捞快要死掉的鱼,以免污染鱼塘。我急得像热锅上的蚂蚁,恨不能把淮河里的水引过来给鱼塘喝。没办法,淮河离得太远,只能向厉河求助。从镇上买来长长的皮管子,翻山越岭一般牵到厉河里。马家庄台的人听说我要抽水给鱼喝,都自告奋勇过来,抬的抬,搬的搬,一起帮我把抽水机弄到厉河边。马家庄台坐落的这段厉河大坝,是东西走向的,厉河当然也是东西走向。淮河在南,厉河在北,厉河就卧在庄台北边不远处,但是,抽水管放进厉河里后,很快就被泥沙堵住了。水太浅了,浅得连水管子都没装满,就罢工了。

我开始望着天空发呆。鱼儿干渴地叫喊着,渐渐没了生机。

这天午后,我从水泥小屋里走出来,发现天上出现一片黑云彩,我忍不住跑出来,跑到厉河干裂的河床上,顺着河床去追那片黑云彩。"别跑走,别跑走!停一停,停一停!"我真的是边跑边喊,就像当年俺大把五个月的我挂树杈上,去追赶被洪水冲走的鱼的那次喊叫。但是,那片黑云彩顺着厉河上空朝前跑,跑到大闸上空,越过了大闸,再跑到淮河上面,被淮河上空的热云彩击碎了,消失得无影无踪。

我蹲下身子,抱住头,像个老牛一样,哞哞放声大哭。

在我朝家走时,我才发现,我的一只鞋子,不知何时跑掉了,脚上全是泥土。

8月12日,大闸拔闸了。这一次,是专为抗旱而拔闸。淮河水通过拔开的两孔闸门,哗啦啦流进了厉河里,又从厉河边各处的排灌站,流进了小暖河里,流进了庄台周边的小沟小汊。蓄洪区18万亩焦干的庄稼地,终于能大口大口喝上淮河水了。

我那六口奄奄一息的水塘,也咕咚咕咚喝饱了水,喝了个肚儿圆;鱼塘里苟延残喘的鱼儿们,终于可以长出一口气,吐出了久违的泡泡。

9

啊,我眼眶湿啦?瞧我,一说起这次干旱,我就情不自禁。蹲在厉河河床上的那场大哭,让我一下理解了天,理解了地,理解了淮河,理解了俺大,自然,我也理解了我自己。

扯远了,还是说说马小台子上的这个陆基桶养殖场吧。这是我弟马小龙的主意。

2019年春天,我弟马小龙回家了。这时候,他已经在合肥成了家,发明专利十几项了。我弟回家先在庄台下面这六口水塘边转了一个大圈子,眯缝起眼睛说:"哥,我这次回来,带了一个新消息。走,我们一起去马小台子转转。"

马小台子已经废弃好几年了。马小龙围着马小台子走了几圈,我随在他身后,跟着他转,等着他宣布新消息。果然,他转了四圈半后,站下了,说:"哥,我现在就把这个最兴奋的消息告诉你。我要把陆基桶养殖项目,在马小台子孵化!"

"孵化"这个词我肯定不陌生,这正是俺大在做的事,我也会做了。六口鱼塘的鱼苗,有一大半都出自我家的"孵化车间"。可是,孵化陆基桶是什么意思?难道是我弟马小龙又发明的一项专利?

我知道我弟马小龙在农科院工作后,在微生物这一块做出不少成绩。他和同事们一起合作,把微生物运用到水产养殖方面,在全省推广。不用说,这个陆基桶,肯定是他这几年最新研究的成果了。

"为什么叫陆基桶养殖,就是建在陆地上的桶式养殖模式。设备包括养殖池、水处理系统、水循环系统、温控系统和净化系统等。把微生物技术运用到陆基桶养殖上,效果好得很。哥,你知道,和普通鱼塘养鱼相比,陆基桶养殖产值要高出多少吗?"马小龙又开始给我上课了,"15倍!陆基桶循环水养殖不受气候、季节影响,建座钢构大棚就能解决,还能做多个品种鱼类的养殖,不但节约水和土地,最重要的是,正适合在咱庄台上养嘛。我要把这个项目先在马小台子孵化生根,之后再逐一推广。这些天我脑子里一直转动着这个构想,希望马小台子废而不毁,还好好地立在这里,果然。所以,咱弟兄俩,加紧实施。哥,我用发明专利给你换取资金、担保设施落地,你来具体干。"

我弟的话把我理想的热血点沸腾了。这些年操持那六口鱼塘,确实做得很成功,有经验、有技术、有市场,经济上也有了保障和积累。我就想,我这一生,不能就围着这六口鱼塘转悠,还得再做大做强,但庄台下面的那片洼地,面积受限,再扩充不行,周围地势高,加上厉河大坝坡地受保护,就不能再扩大了。这是制约我的一个因素。另一个因素,我不说您也懂,就是不定期来访的大洪水。一拔闸就归零,庄稼归零,鱼塘藕塘归零,一切从头再来,人心里就不踏实。如果按我弟马小龙所言,在马小台子孵化一个陆基桶养殖场,不就圆满了?

当然,孵化陆基桶养殖,资金是大事;资金要先落地,项目才能落地;而要项目落地,得先懂技术;而要懂技术,就得去学,要掌握陆基桶养殖的全套技术和程序。

马小龙推荐我去淮河边做得最早最成功的陆基桶养殖基地学习。不远,顺着淮河朝东走,就在淮河南岸。我在那里学了一个月,吃住都在里面,实地操作,查温度、水质量,记录数据。回到庄台后,因地制宜实施孵化项目落地。

首先得把不安全的马小台子变成安全庄台。之前因为面积小又不安全,马小台子才被废弃在这里,如今只是蓄洪区的一个庄台标本。要想在马小台子做陆基桶养殖，得把台子垫高，从现有的海拔 29.1 米增高到 31.5 米，这可是一项大工程，费用都无从算起；其次加固迎水坡，全部浇铸上混凝土，庄台路面也要硬化，又是一笔开支；然后是安装钢构大棚、玻璃钢养殖池，还要建源水系统、备用贮水池……一想到这些，我头皮就麻了。

我就是这会子学会抽烟的。拔大闸放水时我没抽烟，干旱时鱼儿喘不过来时我没抽烟，但孵化陆基桶我抽烟了。俺大陪我站鱼塘边不说话，但他回到马家庄台上开始串门、说话。说他的两个儿子，一个搞科研，再把科研成果送给需要的乡村，让农村养殖得到发展，让农民发家致富；一个儿子在庄台养鱼，也托乡里乡亲的福，顺顺当当走到今天，也算小康了。"我们蓄洪区还有些废弃的庄台，我们不能眼看着它们慢慢被水泡没了，变成泥巴了。我的小儿子马小龙，要在咱们蓄洪区的庄台上办养殖场。首先从马小台子做起。可是，"俺大目光炯炯，看向乡里乡亲的眼神充满无限期待，"马小台子唯一的缺点，就是高度不够、坚固性不够，其他都是优点。"

俺大说过这些话后，担着两只杞柳编的大筐，朝马小台子去了。他要在马小台子周围的荒洼地上取土，垫高马小台子。俺大撂出的话很给力："古时候有愚公移山，现在有马老头挑土。"

马家庄台的人，哪家都吃过俺大养的鱼，和俺大年纪差不多大的老头们，都学俺大的样儿，担着挑子去给马小台子垫土。那真是新时代的愚公移山啊。这时候，脱贫攻坚已经到了关键时刻，市里来扶贫的驻村第一书记、扶贫工作队队长刘国庆，被马家庄台的老头们挑土垫庄台做陆基桶养殖的事深深感动。他找到我说:"乡亲们帮着挑土垫庄台,太感人了,我们也不能坐等啊,得想个办法提速。就一起到直播间吆喝去。"

2019年还没有视频号直播,刘队长就邀我一起,在镇上的助农直播间做系列"庄台故事"直播。他负责介绍庄台,我负责说养殖。然后,话锋一转,落到具体的"点"上——马小台子急需"土"增援。这个办法真好,一时间,许多拉土的汽车,浩浩荡荡开到马小台子,一车车新鲜的泥土,排着队朝庄台上倒。不过半个月时间,马小台子被加高到海拔32米。这些无偿送土的人,有的是从别处拉土来,有的开着挖掘机来,直接在庄台下面的荒地取土装车;不仅有从庄台走出去做工程的人,也有在外地做生意、委托亲戚朋友帮着买土的人。

当我站在增高后的马小台子上,忍不住心热眼热起来。如果我不努力做好陆基桶养殖场,首先就对不住这些送土献爱心的庄台乡亲,对不起堆在我面前的这些土。

让我惊喜的还有国家的专项资金扶持,混凝土浇筑庄台迎水坡的问题也解决了。余下来的建大棚、做养殖池和配套系统,顺利推进。庄台人第一次见到这样的养殖模式,前来参观的人络绎不绝,有来看稀奇的乡亲,也有回乡创业的年轻人过来学习,我无偿提供他们吃住。在马小台子正东边,我建了两层小楼,用来办公和居住。我弟给马小台子养殖场,取了个好听的名字:"马小台子龙达养殖科研基地。"

您看我这样给马小台子定位:在中国平原地区的村庄版图

上,最小的村庄就是咱们现在待的这个马小台子了。这马小台子,最开始才多大啊,三亩半地大,所以只能住六户半。现在多大了?七亩多点吧。这是我建钢构大棚时,施工方告知的。马小台子不大,只够我做两座钢构大棚的,大棚中间要留足能开车的路,周围也要留路,庄台东头还要建一个水循环、增氧和处理尾水的钢构棚,还要建一个高标准蓄水池和供水塔。看到没?就是这座塔,不是新建的,是马小台子原有的,后来废弃了,我又找人修整好了。而且吧,这陆基桶养鱼大棚,和养蘑菇、种蔬菜的大棚不一样,要足够大,棚内要能放20只直径8米的巨型玻璃钢水桶,所以,可头可脑,在七亩大的马小台子,我只能建两座钢构大棚。

也足够了。到了年底,喜获丰收。如我弟马小龙所言,产值是普通鱼塘的15倍。

然后,2020年的7月20日,千里淮河第一闸的大闸,再一次被拔开放水!

大闸的13个闸孔全部打开,整整放了72小时,三天三夜,庄台蓄洪区180多平方公里的沃野,再次被汪洋覆盖。

13年没有蓄洪,庄台人可着劲儿地朝前走、朝前奔,在扶贫政策帮扶下,种植养殖都发展得很好,庄台人家家户户日子红火着呢。可是,大水来了。

从接到拔闸泄洪通知到拔开闸门,前后只有12个小时,而且是夜晚通知的。先连夜把六口水塘边那座水泥小屋的东西搬到庄台上的家里,我就跑到马小台子这里来了。我心里扑腾扑腾跳个不停。我想到了2003年刚接手养鱼时的两次拔闸，让还没起步的养殖瞬间归零。这一次的陆基桶养殖，会受影响吗？

庄台已是安全庄台，可是，第一次和养殖场一起感受"孤岛"生活，我无法控制自己不提心吊胆。提心吊胆，这词不要太形象！我就站在马小台子边，看着庄台迎水坡被大闸那边奔涌过来的洪水扑打，听着庄台四周的洪水围攻庄台时发出的噗噗噗阵阵响声。我是生长在厉河大坝上马家庄台的，这种沿堤庄台，只有两面有水，而马小台子是四面环水，是湖心庄台。站在湖心庄台的感觉，我平生第一次体会，而且是陪着我全部身家性命的陆基桶养殖场。我看一眼大棚，看一眼水塔，看一眼洪水，最后，我紧紧盯着天空。

盯着天空看了好久，我才把脑中的乱象清空，心里才平静下来。

好在有惊无险。虽说庄台下面洪水滔滔，建在下面的取水池也被洪水吞没，水质也不能再供鱼池用，但我在庄台上做的备用水池，足够两个月的水循环利用。

我心里长长吁出一口气。

俺大坐着冲锋舟来了，是刘国庆队长带他来的。俺大在家坐卧不安，一个劲儿给我打手机，我报平安一切都好，他还是不信。他向刘队长求救。刘队长带来了泡面、馒头和大白菜，带来了一脸担忧的俺大。马小台子不止我一个人在这里，还有附近庄台来工作的四位乡亲。这回有吃的有喝的了。

"我跟六口鱼塘的鱼说，要跑，你们就跑到马小台子来吧。

这里的家安稳。"俺大像个孩子一样,走到大棚看池子里的鱼,"瞧瞧,鱼儿跑哪去了,不都跑到咱马小台子这儿来了嘛。"

这一天,雨已经停了,太阳走了出来,照着庄台四周的大洪水。水面都亮汪汪的,冒出水面的树梢、电线杆,还有不远处的马家庄台,远处的湖心庄台李家庄台、刘家庄台,都一起沐浴在阳光里了。

人恋故土虎恋山

李凤山，1952年生。居住庄台：李台子

  1968年拔闸泄洪后，庄台蓄洪区的庄稼地，全部变成了白板。遍地的污泥、垃圾，让庄稼地看起来像个巨大的垃圾场。李台子人从淮堤搬回庄台后，着手脱坯垒墙盖屋，重整家园。土是现成的，直接在庄台宅基地上取，是房子泡塌后留下的泥巴。家家户户只能靠上面救济的红芋片过活，可救济的东西太有限，想到地里找点野菜掺着吃都难，泡水后的地里，哪有一根绿苗？
  人半饿半饱地挨着日子，还强撑着去地里干活，补种大豆、玉米，巴望着秋天有个好收成，家家都能吃上饭。心里有盼头，就有干劲。队里的牛可不管这样，它们饿得成天成夜都在哞哞叫，对天的长吼长鸣，吵得全庄台人都睡不着觉。这哪行！人可以挨饿，牲口不行，但队里场上堆放的麦草豆秸，都被大水冲走了，牛没一口吃的了。生产队队长就到公社写证明信，盖上大红印章，让副队长李胜天带队,到淮河南放牛去。

淮河发大水,蓄洪区的人到淮河南放牛,也是个惯例了。大家心知肚明,淮河北的庄台蓄洪区,蓄的水是淮河里的水,救的急是淮河两岸的急,更是淮河南岸的急;没有淮河北的庄台蓄洪区蓄洪,淮河南就要遭水淹。所以,一拔大闸泄洪,淮河北遭了水淹,庄稼地被淹得寸草不生成了白板,麦秸垛也被洪水卷走,牛饿得只有干瞪眼。这时候,为淮河蓄洪做出牺牲受了灾的庄台蓄洪区去淮河南放牛,既是没有办法的办法,也是天经地义的事。不仅李台子这里有人去淮河南放牛,其他受淹的庄台生产队,也组织人去放牛。

淮河南受灾轻,依旧苗肥草壮。淮河北的庄台人,不得不渡过淮河,给牛找吃的。

给牛找吃的简单,就是让牛在淮河南那些沟河湖汊边的草坡上找草吃。淮河北被淹得一棵草都没有,淮河两岸的庄稼人都知道。

就这样,在副队长李胜天的带领下,李台子生产队的五个半劳力,牵着生产队的13头牛,打点行装,准备去淮河南放牛了。为啥说是五个半劳力?李凤山才16岁,在生产队干活拿的是半劳力工分,属于半个劳力。

李台子离淮河的直线距离不超过5里,可过淮河的渡口在李台子的西南方向,差不多有10里路。那是个老渡口,叫王家墌。从那里过了淮河,南岸就是河南省的地界了。一行六人,天一明从李台子出发,直奔渡口。十几头牛一早喝了一大瓦盆红芋面汤,有劲,走得比平时快,可能是闻到了淮河南岸的青草味。

　　大家起得早,就是为了赶上最早的那班渡船。淮河边有轻雾,站码头边等渡船时,头顶飞过一阵喳喳叫的麻雀,惹得老牛朝天空哞哞叫了几声。16岁的李凤山看着天上飞翔的麻雀,又低头望一眼牛群,觉得天上的麻雀瘦了,牛也瘦了。

　　渡船很快靠岸、抛锚、装人,六个人解开拴牛绳,背着行李,跳到甲板上,十几头牛就直接走进淮河里,凫水过去。李凤山早就知道牛能渡淮河,他大曾是队里的饲养员,打小他就给生产队放过牛。淮河滩的草又肥又嫩,牛爱吃。天热时,牛还喜欢下淮河洗澡,李凤山不止一次扯着牛的尾巴,跟着牛在淮河浅水边游玩。有一回,牛挣脱了他的手,直接凫到了淮河南岸。那时候他才七八岁,还没有淮河楞子的本领,只在小暖河里凫过水,厉河都没敢下过,哪有本事在淮河里游,只能站在水边哭。后来看到牛又自个游回来了,他才知道,原来庄台的牛也有淮河楞子的本领,还认家呢。

　　此刻,这13头走进淮河里的牛,身子朝水里一蹲,高昂着头,四肢划动起来,跑得比渡船还快。渡船在河里行走到一大半时,牛就凫过了淮河。它们齐刷刷上到岸上,甩着尾巴上的水,等着牛郎们。

　　过淮河后,先找个草坡让牛饱餐一顿,之后,他们并没有停下来,而是继续朝西南方向走。这也是带头的李胜天的主意。李胜天40旺岁,浓眉朗目,顶天立地,有主张有头脑。他对淮河南放牛的地方,透熟。1956年和1960年两次拔闸泄洪后,他都来淮河南放过牛,有放牛经验。他路上就跟大家说,第一站离庄台太近,虽然是属于淮河南的,但也多多少少受了些水淹,水草不肥,当地人生活也困难,一定要再往前走,离淮河远一些,走到那些岗区,草才肥,庄稼长得才好,人生活得才富足。李胜天说得没错。

一行人走到一个富足的生产队,停了下来。李胜天拿出介绍信,交给生产队的队长。看到介绍信后,队长就安排队里管吃管住。住的是生产队的房子,自己支锅做饭,队里给粮给面还给柴火。几个人七手八脚忙活起来,李凤山年纪小,做饭不在行,就负责放牛。李凤山吆喝着一群牛,沿着庄稼地边儿、河沿边走。那里的草长得又密又旺,牛张开大嘴,咔嚓吃一口、咔嚓吃一口,咀嚼声响成一片,就像在热锅里炒豆子时的蹦跶声,又香又热闹。虽然不是春天的草,不嫩,但夏天的草更有嚼头,牛们更喜欢。李凤山看着牛伸出长舌头,卷起一丛草朝嘴里送,吃得呼呼有声,香甜无比,他的肚子发出一阵咕咕的叫声。李凤山居然被牛吃草的贪婪声逗饿了。晚上就着那只简易的铁皮锅灶,他连吃了三只大馍,喝了两碗稀饭。这惹得李胜天唏嘘不已:"乖乖,你小子是饿死鬼托生的啊。"

打一枪换一个地方,这是在淮河南放牛不成文的规矩。李台子六人组放牛人,从这个村换到那个村,在这个队住一晚,到那个队住两天,边走边放牛,一直走到一百里地的南段集。这时候,他们已整整放了50天牛。李胜天宣布,南段集是个大集,大家可以趁放牛的空当到集上逛逛,开开眼界。10天后,打道回庄台，不能耽误犁地种麦子。

就是在南段集放牛时，李凤山遇见了段英子。

可能是年纪太小，离家一个月时，李凤山开始想家。到了南段集时，他想家想得不行不行的，晚上睡觉都能流出眼泪来，睡梦里都是他大他娘的面容声音，简直想生出一对翅膀，马上飞到淮河北，飞回庄台。

刚到淮河南不久，李胜天就代表大家给队长写了一封信，报告他们一切都好，放牛顺利，让队长给各家说一声，报个平安。还代表放牛小组一行表了决心，一定要把牛喂肥养壮，中秋节前回庄台，不耽误犁地种麦。投信前，李胜天把信的内容念给大家听，让大家安心放牛。

李凤山肯定会安心放牛，但想家是没办法克服的，他就放在心里。长到16岁，他第一次体会到跟家里音信全无心里是多么难受！

那一天，云彩很白，天空很蓝，李凤山赶着他负责放的两头牛，走到一处河坡，让牛自由自在吃草，他就躺在河坡的草地上晒太阳。先是想了一会儿家，心里难受，就不由自主哼唱起了一首歌。

这首歌叫《王二小放牛》。他念小学的时候，老师就在班上讲过王二小的故事。王二小是儿童团员，也是抗日小英雄。王二小经常在山坡上一边放牛，一边为八路军放哨。日本鬼子进山扫荡时，在山口迷了路，正好看见王二小在山坡上放牛，就叫他带路。王二小装作很听话的样子，在前面给鬼子带路，把鬼子带进了八路军的埋伏圈。气急败坏的鬼子知道上了当，残忍地杀害了他。当时王二小只有13岁。王二小是少年英雄，机智勇敢，是大家学习的榜样。李凤山边哼歌边想，他都16岁了，是个男子汉了，应当向王二小学习，要坚强，不想家。

李凤山哼唱的《王二小放牛》，不是原来的歌曲，是淮河琴书，词和调子与歌曲有差别，是庄台的说书艺人唱的书帽。书帽是艺人在开场前先唱的那一段，专门用来暖场的。书帽有很多个，像《说瞎话》《夸媳妇》《回娘家》，内容都很短，故事很精彩。一段书帽唱下来，把听书的人都招拢过来，说唱才正式开始。

淮河琴书是庄台最受欢迎的地方戏，就有艺人把《歌唱二小放牛郎》改编为琴书的调子，内容大差不差，就是词和调子变动了。李凤山躺在草坡上哼唱起来："草儿青青天空朗朗，王二小放牛出了院墙。他把牛赶到了山坡之上，手搭着凉蓬四下里张望。王二小放牛不光是放牛，他还为八路军放哨站岗。二小他一边放牛一边观望，猛见到一群黄皮子狼，正举着膏药旗闹嚷嚷。王二小打眼细细瞧，心里头立刻有了主张……"

李凤山唱的是淮河琴书里的"四句腔"。这腔调悠扬婉转，老百姓都喜欢唱。唱罢淮河琴书《王二小放牛》，李凤山还闭着眼睛在那里回想，他觉得自己不是躺在淮河南的草坡上，而是躺在淮河北庄台下面湖洼地的草坡上。

这时，一阵咩咩咩的羊叫声打断了他的遐想。

李凤山立刻拿掉盖在头上的草帽，猛然发现，前面丈把远的地方，站着一个小姑娘。她一手牵羊，一边好奇地看着他。

见李凤山拿掉草帽，呼隆坐起身回看她，她也不急不羞，问道："恁这是唱的啥哩？"

"俺唱的是淮河琴书《王二小放牛》。"李凤山不好意思地回应道。

"怪好听哩。"小姑娘说，"比俺这里的河南豫剧好听。"

李凤山马上说："河南豫剧才听好哩。俺庄台那里，人人都喜欢听。像《花枪缘》《罗成算卦》啥的……"

"俺知道，恁是淮河北边庄台那里来放牛的小孩……"

"我不是小孩，我都16了。比你大。"李凤山急了，马上纠正道。

"俺也是16，不比你小。"

说完，两人对视一眼，都笑了。

巧的是，晚上吃派饭时，李凤山居然是在女孩家吃的。这也是队长的好意，见他们放牛辛苦，还要自己做饭，队长就安排大家以后吃派饭，一家分两个人，轮流来。李凤山去的人家正好是女孩家。女孩的娘喊着女孩的名字，叫她擦桌子、拿板凳。李凤山听得清清的，女孩名叫段英子。

在南段集放牛整整10天，李凤山和段英子熟悉起来。英子有意朝李凤山放牛的河坡那里放羊，一起拉家常、唱小曲儿。李凤山的拿手好戏就是给英子唱淮河琴书、庄台小调，还有嗨子戏。听得英子一惊一乍的，她问："你们庄台人都唱得这么好听？"李凤山说："庄台人都会唱这些。一发大水，庄稼地淹在汪洋大海里，庄台在大海里露出点屋尖尖，屋尖尖很快就被大水泡塌，成为一堆泥糊子。庄台人苦啊。苦是苦，却不愁，因为发愁没用。就唱，能唱啥唱啥。庄台小调就是庄台人最爱唱的，嗨子戏也是。嗨子戏开唱时，最前面都有一个'嗨'，那声嗨一喊出来，多大的忧愁都烟消云散了。"

英子听李凤山这么会说，问他念了多少书。李凤山说念了三年半，英子说自己念了三年。李凤山得意道："我们加一起念的书，都可以小学毕业了。"

又说到淮河南与淮河北相比，哪个好。李凤山响当当说："那还用说嘛，肯定是淮河南好。我们庄台那里动不动就发大水，家业攒不住，一场水就冲光了。我们把淮河以南的地方叫作南乡里，还有顺口溜呢，你听听。"李凤山学着说书艺人的腔调说给英子听，"北乡里嫁给南乡里，不吃香的闻香的；南乡里嫁给北乡里，一屁股坐进粪缸里。南乡里吃米喝鱼汤，个个长得白又胖；北乡里黑馍红芋汤，肌黄寡瘦痨病样。"

说罢才注意到，这顺口溜是专指女子嫁得好不好的。李凤山脸一红，头一低，不敢看段英子了。

段英子却大大咧咧地说道："人这一生，不是吃啥喝啥穿啥戴啥才叫南乡里，是跟着喜欢的人过喜欢的日子才叫南乡里。只要跟对了人，处处都是南乡里。"

说得李凤山眼睛一亮，夸赞道："说得好。这念了三年书的就比念三年半书的有学问。"急得英子抓把坷垃就朝他身子撒。

这样说说唱唱、打打闹闹，不知不觉，分别的时刻到了，大家要离开南段集回庄台了。尽管李凤山归心似箭，可一想到此生或许再无缘与英子相见，心里猛地一抽。他大着胆子，在废报纸上画了一张地图，临别时交给英子。这是从南段集到李台子的地图，地图上标注着路线，路线上写着有哪些村子、集镇和码头。这其实就是李凤山一路放牛走过的地方。英子接过地图，连忙说："明年你还会来放牛吗？"猛然觉得这话不吉利，只有淮河发大水，大闸拔开泄洪，庄台的牛没得草吃，他们才来放牛。英子马上又含着泪说："我会去找你的！"

谁能想到，段英子果真找到了李台子，找到了李凤山。缘由是，她要出嫁了，而她嫁的那个人，她一点都不喜欢，又拗不过她的爹娘，唯一的办法，就是逃婚。

她拿着李凤山画的地图，顺着路线，一鼓作气来到了王家埫码头，来到了李台子。当风尘仆仆的段英子背着包袱，站在庄台台坡上喊李凤山的名字时，李凤山以为自己又做梦在南段集放牛了。自从离开南段集两年多来，这样的梦他可没少做，也不止一次梦见过段英子。没想到，段英子真的来找他了。李凤山没有胆量把梦和现实对接一起，他居然蹲下身，抱住头，呜呜呜哭了。还是他大和他娘一起跑上前，他娘接过段英子的包袱，拉着段英子的手，响亮地笑着喊道："俺的娃，俺的娃！你可想死俺家人了。"

整个庄台都回响着李凤山娘的笑声。

段英子后来跟李凤山显摆说，当她看到渡船上写着的"王家埪"那几个大字时,她激动得哭了,马上跳到渡船上,来到了淮河北。又顺着淮河大堤边走边问,就找到了李台子。李凤山听后,先是激动了一会子,接着又吓了一跳:"亏你看到的是淮河北的摆渡船,如果是淮河南的摆渡船,船上写的可不是王家埪,而是李家庄。"

段英子眨巴着眼睛,听不明白啥意思。李凤山解释道:"这个老渡口,是过淮河的重要通道,南来的北往的、走亲访友的、赶集的上店的,每天都有人过渡。摆轮渡要收钱,这钱,不能只让淮河南的村子收,也不能只让淮河北的村子收,两岸的村子经过商量,决定收入五五分成,并各出一艘渡船,两艘渡船按时间顺序,半个小时一趟,你来我往,你往我来。淮河南的渡口属于李家庄地界,渡口名字随村庄叫,渡船上写的是'李家庄';属于淮河北王家埪的渡口,渡船上写的是'王家埪'。"

李凤山画地图时,忽略了李家庄渡口,只写上了王家埪。事后想想,真是悬得很,如果段英子第一眼看到的渡船是李家庄的,她肯定还会继续顺着淮河朝东走,去找王家埪码头,那就错过了李台子,也说不定就错过了他李凤山。

段英子得意道:"就是那么巧,王家埪专门在淮河边等着我哩。这就叫命中注定。"段英子后来还把顺口溜给改了:"南乡里嫁给北乡里,一屁股坐进水窝里。这也是命中注定。"

1

今年我72,别看我身体有病,算账可是门儿清。我就念三年半书，跟文盲差不多。早先我做粮食生意时，全靠口算，一笔一笔都在我脑子里写着，哪家多少斤、多少钱，哪家账可结清了，哪家还欠多少，一报一个准。

常言说，人恋故土虎恋山。我虽然文化不高，也算庄台这片的能人。年轻时南里北里跑着做生意，到老了，还是朝家门口奔。走千走万，不如淮河两岸；淮河两岸，数俺庄台子稀罕。为啥说庄台子稀罕？您也是大江南北跑遍的人，您来论论，全国有多少像我们这样的庄台子，有多少像我们庄台人这样的生活？应当不多见。

住在庄台的人，有一样和别处不同，就是涨大水。俺淮河边不缺油粮不缺鱼米，也不缺大水。大水一涨，庄台一泡水，那就啥都缺了。

哪场水最大？我活了 70 多年，经过的大大小小的水患也不少。1954 年发大水时，我还小，不记事，脑子里没啥印象。1956 年的大水，我 4 岁，脑子记事了，就记得被大人驮着跑，我骑在俺大的肩膀头上，看到四周都是疯跑的人，大人喊，小孩哭，场面很乱。我心里惊慌得不行，不知道发生了什么大事。1968 年的那场大水，记忆最深刻，因为我长大了，是个半大小伙了。

1968 年阳历 7 月里，大雨连着下了七天搭八夜，淮河就决了堤，就是俺庄台南边的淮堤。决堤的那个地方，庄台人叫它小龙窝。哇哇叫的淮河水，从小龙窝轰隆隆扑过来，高昂着水头，直朝庄台上抓。那时候都是土堆的庄台，不禁泡，不禁抓，看得人心里发颤哪。有人喊叫着朝高地方跑，高地方也不安全了，大水窝这里，最高的地方就是淮河大堤，淮河里的水太满了，把大堤撑裂了。就有人朝厉河大坝上跑，也有的人家，直接跑过厉河大坝，跨过老桥，朝岗上的亲戚家跑。住在庄台下面来不及撤走的人，就只能朝庄台上搬了。

没想到水来得太快，俺家人都没跑掉，被困在了庄台上。水太大，很快就淹没了庄台。俺家住的李台子是小庄台，本来就不高，人站在庄台上，水到腰窝那儿了，很快就没过了头顶。房子都是泥巴垒的，人没法跑到房顶上避大水。房子泡了水就倒了，又变成泥巴糊了。盖房子的檩条这时候都派上了用场，大家就一起想办法，齐心协力从泥糊里抽出檩条，搭架子自救。庄台上的土都泡软乎了，先把粗脊檩朝土里插，搭个三角形，再把细檩条蓬在上面，做成鸟窝样，人就变成了鸟，钉在上面。我当时16岁，趴架子上三天两夜，雨还不停地下，就在头顶举着锅盖子挡雨。锅盖是高粱篾子编的，雨打在上面啪啪响。那种状态，就像在地狱的边缘上蹲着，四周大水茫茫，头顶是啪啪响的雨点子，没着没落，不知生死。直到三天两夜后来了救援的大轮船，才把庄台上的人一个一个捡到船上，救下了命。至今我还做梦梦见顶着高粱篾子锅盖躲雨，在梦里喊着"发大水啦，发大水啦"，把自己喊醒。

对，这难忘的记忆，真的是刻在脑子里，一生一世都赶不走。

我记得很清楚，1968年是农历六月二十发的大水。这一年闰七月。50天后大水才全部退走，庄稼地才露了出来。哪还有庄稼呀，地都白板了。全队的人吃没吃的烧没烧的，全靠上面救济的红芋片，掺着麦麸子吃来活命。人可以挨饿，队里的牲口不能挨饿，少一头都不行，也不能掉膘，掉了膘，咋拉犁拉耙呢？没有牲口拉犁拉耙，地怎么耕，怎么种？不种地人怎么活？那时候哪像现在，耕种都是机械化，那时候种地全靠牲口。大队干部就召集队里的劳力，要选派几个人外出放牛。俺大就给我报了名。俺大年轻时当过队里的饲养员，他知道我喜欢牛，加上当时我年纪小，全劳力的活干不了，生产队干活时只拿半个劳力的工分，放牛还行。就这样，农历的七月初六，我们一行六人牵着大队的13头牛，背着简单的行李，带着锅碗瓢盆，揣着公社开的盖着大红印章的介绍信，去淮河南放牛了。

那是我长到16岁第一次出远门，看到啥都是新鲜的，不觉得累。一个月后才开始想家。想俺大俺娘，想地里的大豆可种上了，豆苗可长出来了，庄台周边湖洼地里的鱼可跑回来了。就在我胡思乱想时，我遇见了段英子。这样说吧，如果不是1968年发大水，我也不会去淮河南放牛；如果不是去淮河南放牛，我也认识不了段英子，也就没有我们这一大家子人的幸福生活。

就像段英子挂嘴边常说的那句话，一切都是命中注定。

2

我这人吧，有时喜欢回顾人生。就说我们庄台人的人生吧，那就是和别处人的人生不一样。一个字，穷。我脑子里的定义，再穷也穷不过大水窝里的庄台人。不但住的窄巴,还动不动就遭水淹。以前,条件不允许,不能家家都住在庄台子上,不像现在,建了保庄圩,重新规划了宅基地,愿意搬迁到保庄圩的都搬过去了,庄台这里的住房也变得宽敞了,实现了亮化、美化、绿化,还建了文化广场、小花园。保庄圩一律是楼房,还有商场、医院和学校,都是现代化的。以前可不是这样。以前的庄台,都是房子挨房子,后面人家的前房檐,抵着前面人家的后房檐,中间只有一条墙缝供人走路,叫"一线天"。只要孩子成家娶亲了,庄台上的房子就留给孩子们住了,老人就得住在庄台下面。拔大闸来大水时,首先保不住的就是庄台下面的房子。老人就跑庄台上挤着住,水退了,再回到庄台下面。不用说,庄台下面的房子肯定被大水冲没了,那就和泥脱坯重新再垒。土坯房,冲倒不心疼,垒起来也快。住在低洼地的人家,一年能垒好几次房子。也攒不下多少家业,总是家徒四壁,大物件没钱置办,也不敢置办,只要一拔闸,那大水必来,什么物件不被冲走?来大水时都是人跑,哪有搬着大物件跑的?也没有那么多充足的车辆装运东西啊。每次拔大闸搬迁转移,村干部总是吆喝着不要心疼东西,保命要紧。

段英子嫁过来后,俺大和俺娘就挪到庄台下面住了。庄台这里的老人,差不多都是这种命运,庄台上的房子就那挤挤挨挨的一两间,不腾给儿子媳妇住,这个家怎么延续?老人就在庄台下面,随手搭间土坯房,连窗户都没有。因为窗户在冬天容易灌风,冷。淮河湾里的冬天,那是滴水成冰的冷。我心里一直惭愧。那时候我才19岁，还不是太懂事，懵懵懂懂就把媳妇娶家来了。我惭愧两件事，一件事是，因为娶了媳妇，二老爹娘住到庄台下面的土坯房里；二件事是，段英子本来生在南乡里，不吃香的闻香的，是寻着我嫁到庄台这里，跟着我过穷日子的。我们庄台这里把淮河以南不遭水灾的地方，统称为南乡里，"南乡里"就是富裕的意思。庄台的穷和住房的窄巴，也是出乎南乡里人段英子意料的。她虽然不说啥，但我心里觉得对不起她。我就想，我得把穷日子过得好一些、富一些，我要给段英子说的那句"命中注定"的话来一个合理的解释，那就是，她命中注定不是来吃苦受穷的，她所依附的男人得让她有福享、有欢笑，不然，我就是罪人了。

怎么把穷日子过得好些、富些呢？那就得想点子，除了种地外，还要搞点生意来做。成亲后，我和段英子一起，带着我们的头生儿子，怀着"负荆请罪"的心情，壮着胆子去了淮河南南乡里的南段集。老岳父一见面，搂头就打我。我当时也抱定了必挨打的心，不让他老人家打几下，哪能解他的"千仇万恨"？段英子扑上来护我，被我岳母拦住了，说："就让你爸出出气吧，不然，他的老脸真没地儿搁了。"我抱着头，任我老岳手里的磨棍朝我背上使劲抡。挨打时才知，老岳这是假打，他棍子举得高，骂声也大，但落到我身上，却不疼。原来，那根磨棍早被我岳母"偷梁换柱"了，就是一根粗葵花秆，岳父也只使了三分力气。打了我，出了气，但气还没出够，我老岳又朝段英子身上抡棍子。这下我不干了，跪下来，抱住我老岳的腿就是不松手,气得他连着跺了我好几脚,这几脚,可比磨棍打得疼多了。

在南段集住了十来天,我在集上东逛逛西看看,大开眼界。南乡里的集,和我们北乡里就是不一样,要富裕多了。两个原因,一,不是大水窝,房子盖得高、结实,马路宽;二,产稻米,人活得滋润。但他们也有缺的,就是大豆。大豆可是我们庄台的特产。多年遭大水淹,洪水退后,留给庄台的也有福利,那就是土地更加肥沃,现在叫高标准基本农田。大豆都是收过麦子后种的,土地墒情好,豆棵长得旺,籽粒饱满,粒粒都像金豆子。

来南段集时,段英子做主,让我啥都别带,就带大豆过去。总共带了100斤大豆,我负责扛大豆,段英子抱娃。一路扛着大豆,左肩换到右肩上,累得不轻。挨了打,平息了段英子私跑到庄台嫁给我这件丢脸的事,我老岳在灯光下看到一口袋大豆,眼睛放光了。他伸出双手,把大豆捧在手里,左看右看,越看越喜欢,连着说:"我长这么大,第一次见到这么好的大豆。""俺大,只要您老不嫌弃,我年年给您送大豆。我们庄台那里,打豆油、做酱豆、磨豆腐、擀豆杂面条、烙豆面饼子,都是大豆的功劳。"

我老岳终于正眼看我:"小子,你可能把眼光放长远一点?"

这是自从我放牛离开南段集后,老岳第一次正眼看我。放牛那会子在他家吃派饭,他很是客气,夸我人小志气大、胆子足,能离家这么远，还能帮生产队放牛。让他没想到的是，我和他闺女对上了眼。小小年纪的志气，用在谈恋爱上了，以至让他的宝贝女儿做出了有辱门楣的事。

我咂摸着老岳的话，把眼光放长远一点是啥意思？我半天不敢吱声，带着讨好讨教的神色看着老岳。老岳抿了一口茶，抓出一把黄豆在手里捏着，眯缝起眼睛，说："光靠种地不行，来回多跑跑，把大豆带过来，再把大米带回去。大豆换大米，大米换大豆。一年跑个十几趟，大豆就变成金豆子喽。"

我脑袋嗡地一响，灵光乍现了。

老岳所说的，就是倒腾买卖。那时候还没有开放市场，倒腾买卖得偷偷摸摸的。我心里豁然开朗后，就开始淮河南淮河北地跑趟趟。我的理由很明确，走亲戚。我拉着板车，车上坐着段英子，段英子抱着我们的头生娃，围着娃的是一床被子，被子下面就是两口袋黄豆。先是我家地里种的黄豆，从南段集换成大米带回来后，就用大米换别人家的黄豆。就这样，我开始了在淮河南北两岸倒腾买卖粮食的营生。后来胆子也大了，政策也放开了，我不再拉着板车带着老婆孩子做样子了，就换成一辆自行车，到集上让铁匠焊了一副铁货架，每回驮上两口袋200斤黄豆，坐渡船到淮河南。不用真的再到很远的南段集，只顺着大路朝西南走到一个离庄台这里最近的谢家集，就开始用黄豆交换大米，再把换到的大米驮回庄台。就这样来回倒腾着，起五更爬半夜，也不觉苦，最大的动力就是，得对得起段英子。

是的，每次淮河南淮河北地跑来跑去，王家堖渡口是必经之路。每回坐船过渡，脑子里就回放段英子提着包袱，一脸惊慌地朝李台子也就是王家垀跑的情景，我心里就发狠，一定得把日子过好些，不然，对不起段英子。人家从南乡里跑到咱北乡里，还是大水窝，实在太吃亏了，咱唯一能做的，就是把日子过好，不但能给她买身新衣裳、割斤把肉、包顿饺子，还能以后让她住上高屋大房。

我要多赚点辛苦钱，把家里的日子朝宽裕里过。等手里有俩活泛钱时，我就想改善一下住房条件。这也一直是我的心病，不能老是让段英子住在土坯房里，要把土坯房推倒，盖两间砖腿房。啥是砖腿房？就是房子墙的最下面是用砖砌的。砖腿有高有矮，有的人家砌7层砖，有的砌9层，我咬咬牙，决定砌11层砖。

砖腿房盖好的那一年，正好是1982年。这一年，我满30岁。三十而立，我先把砖腿房立起来了。

3

1982年，对我们全家来说，是个非同寻常的年份。这一年，农历五月端午过后的五月初六，就是阳历的6月26日，是个双日子，我们庄台人把这种日子叫"好"。大事都是放在"好"里办，新房上梁、办酒宴，整个庄台的人都过来帮忙，搬桌子扛板凳，木匠师傅、茅匠师傅坐在正位，乡里乡亲长辈上坐，其他人随意，整整办了8桌酒席。正好新麦打下来了，大家吃的是新麦面馒头。

上梁封顶，找屋内地平，粉刷内墙，再支一口大地锅，五月初十，又是个"好"，全家人欢欢喜喜乔迁新居，住进了新房。搬家时放了一长挂鞭炮，好几天鞭炮炸开的碎纸还在庄台地上四处飞扬，真喜庆。李台子唱大鼓的李麻子正好回来收麦，这会子还没来得及出门走江湖，就敲着大鼓、打着夹板，唱了三晚上的《罗通扫北》。分文不要，说是庆贺李家台子第一座砖腿房落成。

　　住进新房，那感觉就是不一样，特别是砌上的砖腿，让房子看起来气派威武。在地里干活时，一抬头，远远就能看到高高的屋脊、青黢黢的砖墙，就像屋子穿的新衣裳。

　　然而，谁能想到呢？农历的六月初二，也就是阳历的7月22日，拔大闸了。轰隆隆像天兵天将一样的大洪水，冲过闸门，朝庄台这里灌。那水头，一浪比一浪高，就像长着獠牙的大妖怪，直朝庄台台坡上啃。

　　早在两天前，拔闸搬迁的通知就下来了。村里的领导举着大喇叭，挨个庄台吆喝，挨家挨户催促大家赶紧朝淮河大堤上搬。只有这时候，我才明白，李家台子是个小台子，台基太低，扛不住大洪水，一不留神，洪水就能拱到庄台顶子上，把人淹跑，把房子泡倒。

　　我心里难受得不行，但还不能在脸上显示出来。我是家里的大男人，顶梁柱，得存住气。段英子也很冷静，朝架子车上搬东西时还不忘嘱咐我，哪件东西要搬，哪件就留在屋子里。只有俺娘表现得过于激烈，她大声喊："你们都走，我留下，我看着房子！我就不信，大水它不长眼睛，专门来推倒房子。

这可是咱人老几辈攒钱盖的砖腿房，我要看好了！"

经历了无数次逃水难，俺娘还说出这样的话，这说明，俺娘已经气疯了，失态了。这些年拔大闸蓄洪，大水推倒的房子还少吗，俺娘能忘了？

段英子大声说："俺娘，要留也是我留下来看房子，哪轮着您哪。您先上架子车，跟我们一起到淮河大堤住庵棚。等住进庵棚了，我再回来看着房子！"

俺娘当然不相信，她吼道："你哄我弄啥。我就不走，你们走！"

说着，俺娘拿出来一根绳子，朝腰上一拴，一头系在房子的窗棂上，哼了一声："我就不信，它能把我怎么着，还能连人带屋一起给冲走了？"

俺大也上前拉俺娘，被俺娘一脚踢开，还骂了俺大一顿。

这时候，我要有多悔就有多悔盖这个砖腿房，如果不是这新盖的房子，俺娘不会表现出这么过激的样子。她不能接受刚住了20多天的砖腿新房子被大水冲没了。搁以前的土垃房，冲倒就冲倒，水退了再用泥巴脱坯垒上就是。可是，现在是一座崭新的砖腿房，虽然顶上缮的是淮草，但砖腿大房子在庄台也是头一份儿啊！

因为俺娘大喊大叫不愿搬离，还把自己拴到窗棂上，这给搬迁工作带来阻碍，我实在没有办法，就照着俺娘的样子，把自己拴在门梁上，还说："俺娘你放心，咱娘俩一起看守房子，再大的洪水也不能把咱娘俩怎么样。英子，我把咱大和俩孩子，都交给你照顾啦。"

俺娘被我的举动惊吓住了，她没想到我也学她的样儿。俺娘不再哭闹，抹干眼泪，先自个解开腰里的绳子，然后再替我解开绳子，反过来劝我说："你这孩子，不要命啦！走！"

一场风波就这样平息了。知母莫若子，我太知道俺娘心疼儿子了，她绝对不会让儿子陪她一起玩命。

这次拔闸大水整整在庄台待了30多天，汪洋大海里，是一座座露着半截屋顶的庄台子。那时候的庄台子跟现在不能比，安全的庄台少，大部分高度都在海拔30米以下。现在每座庄台都超过海拔31.5米，全是安全庄台。这也是一场场大水带来的经验，每次拔大闸水到底能淹多深、庄台多高才算安全，渐渐就摸出门道来了。拔闸水来，水涨台高，庄台就根据水位一次次朝高里长，由之前的20多米高到现在的30多米，安全啦。

全家住在淮河大堤的庵棚里，大家心里都想着刚刚盖好的砖腿房，期盼着大水不要上到李台子上，就算上到李台子上，最好不要把屋给淹倒了。

我心里一边牵挂着砖腿屋，一边心疼着老黄牛。这是1980年土地到户时生产队分的一头牛。本来是两家合伙分一头牛，耕地时再联合其他四家的两头牛，六家可以共同使唤三头牛，拉犁拉耙，共同种地。我后来就和合伙的那家人商量，把牛买下了。这也是有原因的。两家合伙一头牛，就得两家一起喂，每家喂半个月。我发现，轮到他家喂牛时，牛就掉膘，我也不好说，就干脆跟他商量后，付了另一半的钱，把牛买了下来。

是的,我喜欢喂牛。从16岁那年坐渡船去淮河南放牛起,我对牛的感情就非同一般。这其中的一个原因,我前面也跟您说了。不去淮河南放牛,哪能认识段英子。分到我家的这头牛,就是那年到淮河南放的那头母牛后来下的崽。算算年纪也不小了,快9岁了,是头老牛了。老牛和老人一样,腿脚不利索,干活力气小,动不动就挨鞭子。我就想,只要条件允许,我再买两头牛,喂三头牛,自家使牛耕地,我自己牵着牛绳,老牛就不挨别人的鞭子了。因此,我就跟合伙使牛的那家人商量,按市价先把这头老黄牛买了下来。

没想到的是,这头老牛快9岁了,居然怀上了小牛犊,这就给我的计划增分了。如果老黄牛年底下一头小牛犊,我只要再买一头牛,那么,三头牛驾犁耕种的梦想就能实现了。

现在,老黄牛就在庵棚外面的木桩上拴着。它不停地打着响鼻,四蹄来回抖动,尾巴乱甩。我知道,这是淮堤上的蚊子在不停叮咬它。何止是牛,庵棚里的蚊子也是成群结队在咬人啊。俺娘和段英子不停拿着褂子甩,帮俩小孩赶蚊子。我走出庵棚,摸摸老黄牛的头和背,小声说:"老伙计,跟着受苦啦。忍一忍,只要退水闸拔开了,洪水下去了,咱就能回家了。"

老黄牛好像听懂了我的话,安静了下来,伸着鼻子在地上咻咻地闻来闻去。我知道,它饿了。不单是它饿,人也饿啊。虽然带了煤球炉,开始还能下点挂面,但现在煤球都湿了,引火柴也没了,烧不着了,面条也没了,家家户户就靠救济的那点饼干,哪够吃啊。喝水也困难,直接从大堤下面取水,那水里漂的啥都有，多数人喝了就开始拉肚子了。

我抬头看看天，天阴得滴溜溜的，漆黑一团，又闷又热。看会儿天，我又摸摸老黄牛的背，想跟它再絮叨几句。突然，它身体猛地一抖，立刻显出惊慌的样子，朝前挣着绳子，哞哞叫着，几乎要把拴牛桩给挣倒。

把我吓了一大跳，这老黄牛咋了？这时，我发现，一个灰溜溜的东西忽然滑进草棗里不见了。尽管只瞥了一眼，凭经验我明白了，这是一条蛇。平常蛇是不咬牛的，尽管牛吃草时会遇见草丛里的蛇，但牛身量大、气力强，蛇闻到牛的气味就先躲开了。但这是发大洪水啊，蛇也乱了方寸，都纷纷朝堤上跑，人呀牲口呀很难不遇见蛇，蛇咬人都难免，别说咬牲口了。刚才这条蛇一定是偷袭了老黄牛，所以老黄牛才惊慌得乱叫乱挣。这把我吓得不轻，万一是条毒蛇，这头老牛和它肚子里的小牛，都没得救了。

我一边紧紧拉着牛，一边大声喊段英子赶紧拿手电筒来。段英子立刻打着手电筒从庵棚里跑出来，朝我和牛身上直照。我抓过手电筒，从牛背到牛腿，一点点照着、撸着、查着，终于发现，老牛的后右腿腿弯以下一直在打战，肯定是这地方被蛇咬了。是毒蛇还是普通的水蛇？我一时不得要领。凭经验，先让段英子从旧衣服上撕下一根布条来，我抓住布条，立刻把牛腿被蛇咬伤的地方给扎紧了，然后牵着牛，朝救援队那儿去。那里有军队，也有医生。无论如何，得救救俺家的老黄牛。

幸好老牛听话，不再乱叫乱挣，很乖地跟着我走。救援队离得不远，又驻扎在淮河大堤上，不到20分钟就走到了。

一台柴油发电机轰隆隆响着，电灯光下，两名医生正在抢救刚刚遭受蛇咬的巡堤员。对呀，拔闸蓄洪期间，淮河大堤日夜24小时都得巡查，两个人一班，上半夜下半夜不断人。人在大堤上走，蛇也从洪水里朝大堤上爬，一不留神，人蛇相遇，蛇张口就朝人腿上咬。

巡堤员是附近庄台上的，他一脸轻松，说不打紧，也不是第一次被蛇咬。医生劝他不要掉以轻心，从牙印来看，他是被一条有毒的蝮蛇咬伤的。蝮蛇虽然不是最毒的蛇，但不及时救治，毒性发作会危及生命。

医生见我牵头牛来，问道："看样子，牛有事？"

我急忙说："是的。这是俺家的老黄牛，还怀了小牛犊，刚刚被蛇咬了，我怀疑是毒蛇，它受到惊吓，烦躁得很。"

医生正在给巡堤员的伤口扩伤，并用手反复挤压，排掉蛇毒。又用一个橡胶吸筒不停地吸着伤口那里的血液，直到什么也吸不出来了，才停了下来。正好早先联系的小船到了，巡堤员上了小船，赶紧去医院注射血清。

医生接着诊看老黄牛的伤情，听我一五一十把黄牛遭蛇咬的情况说了一下。果真是后面的右小腿，医生已经摸到了伤口，先重新给牛腿伤口之上的地方绑扎了一根细绳子，才切开伤口，像刚才给巡堤员治伤那样扩伤、吸蛇毒。我担心老黄牛会蹦会跳，碰伤了医生。没想到老黄牛很懂事，一定知道医生是在救它，除了浑身发颤在忍受疼痛，连一声都没叫。

幸好伤口不深，经过扩伤排毒后，医生在牛腿伤口上覆盖了一层塑料布，嘱咐我说："你把牛牵好，千万别让它动。"然后，跪着身子，低下头，抱着牛腿，用嘴巴一口口吸着牛腿伤口上的毒液，隔着塑料布，连着吸了几十口。

我没想到，医生这么费心费力给老黄牛吸伤口，我心里翻江倒海般难过，说："让我来吸蛇毒吧，让我来吸蛇毒吧。"另一名医生连连摆手，让我专管牵牛，其他事交给他们。

当再也吸不出毒液来了，医生才停下来，开始用高锰酸钾清洗牛腿上的创口。之后，又检查了老黄牛的全身症状，说："牛可能也是遭蝮蛇所伤，幸好牛皮厚，毒液进去得少，加上救治及时，应当没有生命危险。但也要多加小心。"说着，拿出来四瓶葡萄糖水，让我每天多给牛饮清水，每次饮水时都加上半斤葡萄糖，连着饮水几天，牛就没事了。

牵着牛朝庵棚走时，抬头看天，发现黑咕隆咚的天上出现了几颗星星。看来，明天天要晴了。天一晴，日头毒，就能把洪水晒下去一点。洪水一下去，日子就好过些了，我就能给牛找点吃的了。

幸好牛中毒不深，加上救治及时，连着几天给它饮加了葡萄糖的清水，它精气神好了起来，就哞哞叫着，要找吃的。是的，人可以饿，牲口不行。

但草料太有限，带出来的一蛇皮袋麦秸一蛇皮袋豆秸，早就吃完了，怎么办？

拔闸后的第10天，进入阳历8月，太阳热得烫人，晃眼的大洪水还没有退下去的迹象。退水闸还没拔开,水还都窝在庄台蓄洪区里面。俺娘千求万谢才寻着个机会,跟着运物资的小木船,到李台子看了一眼我家新盖的被大水淹了一半的砖腿房。俺娘回来后,喜滋滋地跟我说:"儿啊,咱家的砖腿房还高高大大立着呢,不碍事,等大水退了,依旧铁壳样结实,放心。"

我看着大洪水,没啥不放心的。这话啥意思?我跟您说,这话的意思就是,站大洪水边,看着洪水中的一切,你就得放心,只能放心。无论你放不放心,大洪水该干啥干啥。因为洪水是受天管的,天要下雨,要在淮河里起洪峰,起了洪峰要泄洪,泄洪就要拔闸,一拔闸庄台这里就发洪水。就是这个理。

既然俺娘说了家里的砖腿房还铁壳样站在洪水里,我就不管砖腿房的事了,先管好眼前的事。我站在淮河大堤上,紧盯着淮堤北边的水面,淮堤北边属于庄台蓄洪区。我拿着长木钗开始打捞物件。对,您猜得没错,我要给牛捞点吃的。我盯着翻着漩涡的洪水,眼珠就像长出了铁钩,顺着淮堤朝水里下钩。果然有一团发暗的干草被我钩到了。

凭经验,这团干豆秸草肯定是拔闸时连同豆秸垛一起被水冲走的,只是走到半道时,豆秸垛被洪水冲散了,其中这一团豆秸被水里的树给拦住了,拦了一会儿后,又放手让它跑了。于是,它就跑到我面前了。一伸杈,我团住它,小心翼翼捞了上来。

很明显,这团豆秸泡水时间太长了,已经沤得发黑,还散发出一股难闻的味道。我把它放到老黄牛鼻子底下。老黄牛认出来这是可以吃的物件,就伸出舌头,钩住就朝嘴里卷,嚼了嚼,突然停住了,抬眼望着我。我知道,老黄牛这是在问我,这样难吃的东西,它能吃吗?

"老伙计啊,我知道这肯定很难吃,但这么难吃,也不是每天都有得捞的。你就坚持一下吧。我也吃过烂麦子,也是发臭的,又苦又涩,可是,多少能管一会儿饿啊。你就委屈一下自己吧。"

老黄牛好像听懂了我的话,嘴巴又动了起来,真的就把烂豆秸嚼巴嚼巴咽进肚子里了。我没夸张,被水沤得发臭的东西,我也是吃过的。1969 年那次拔闸,生产队的仓库被水泡塌了,变成了一堆泥巴,队长带着大家从泥糊子里扒拉出没被冲走的麦子。麦子已经泡烂了,有味了,全庄台的人就是靠着吃烂麦子,度过了饥荒。那个味道,没法形容多难吃。烂麦子也不够吃,还要掺上野菜。庄台上的碓窑子是大石头疙瘩,重,没被水冲走,各家的小孩排着队,在碓窑子里舂烂麦子。救济的红芋片也各家分点,也在碓窑里舂。舂好朝外舀时,碓窑里沾着红芋片渣,小孩子都伸出舌头舔得干干净净的。

现在,我家的老黄牛,也经历着我曾经经历过的,它吃了发臭的东西。不仅是吃这一顿,后来的几天,我也专门站大堤边捞干草给它吃。有麦秸、豆秸,还有一捆玉米秆,它都吃下去了。也捞到过没沤烂的豆秸,就一次,肯定是庄台上的草垛刚刚被洪水咬下来一块,顺着水漂,碰巧就漂到我面前了。

4

半个月后,住在淮河大堤庵棚里跑水反的人,家家都弹尽粮绝了。退水闸终于打开,洪水重新回到淮河里,继续做淮河里的水。庄台周边的庄稼地终于能抬起头,喘口气了,却没有了庄稼地的样子,全变成垃圾遍地的烂泥滩。

李台子上的水退走了,家里的砖腿房被水浸了这么久,屋里土夯的地平已成了一片泥巴糊。正如俺娘说的,砖腿房还铁壳样站着,我心里却没底,我怕泡了水的砖腿房,不牢固。

看来大水上到庄台上,差不多只淹到俺家屋子的砖腿那里,因为码在木架床上的麦秸草没被水浸到,还是干的。床和屋子的砖腿差不多高。老黄牛终于能吃上不发臭的草了。虽然没有麦麸草料可放,老黄牛还是吃得又香又甜。它已经瘦得脱了相,全身上下,就只有那只晃晃悠悠的大肚子了。那里有它的娃,也是我心里的希望。

正准备等着天晴好好拾掇一下房子时,雷电交加的大暴雨又接二连三下了起来。庄台下面刚刚露出地皮的庄稼地,再次被大水盖住了。这时候,队里的干部又挨家挨户通知,要大家做好拔闸搬迁的准备。

我心里猛地一凉:接连拔两次大闸,这是让庄台人没活路啊。

就要下犊的老黄牛也没活路啊。

这里有大暴雨,淮河上游的雨更大,淮河的肚子再次撑得鼓了起来。8月22日,离上次拔闸整整一个月,大闸再次被拔开。

轰隆隆的大洪水冲出大闸闸口，向庄台蓄洪区直扑过来。这轻车熟路的大洪水啊，再一次把庄台下面的沟沟坎坎、野湖洼地填满了；填满了这些还不过瘾，又伸着长舌头，朝庄台台坡上舔，一口口撕咬着台坡上的土，就像不把庄台啃倒，决不罢休。

不用说，李台子，包括住在其他庄台的人，再一次搬迁了。

这一次，我是用架子车拉着老黄牛朝淮河大堤上走的。家里已经没有什么值钱要搬的东西了，架子车上，最显眼的就是麦秸草。这次，我把没浸水的麦秸全部拉了出来。我要保证老黄牛有草吃。家里的几口人嘛，到时候会有政府的船过来，送山东的烙馍、江苏的饼干，总之都会有一口吃的。而老黄牛必得有草吃。

第二次拔闸和第一次拔闸比，心境大不一样。我不再去想家里的砖腿房可会再泡水了，泡水后可能像铁壳那样结实了，一切交给命运吧。俺们庄台人的命运，有时不在自己手里掌握，是大闸掌握，或者说是洪水掌握。也不对，是淮河掌握。淮河的命运又是上天掌握。

退水闸再次拔开退水，住在堤坝庵棚里的庄台人陆陆续续朝家搬时，已经是农历的七月底阳历的9月中旬了。如果是没发大水的年份，这时候的豆子地，大豆已经顶花，眼看着要结荚了，现在，庄稼地全是白板一块。是的，我们这里不说寸草不生，不说不毛之地，我们习惯说白板。庄稼地成了白板，那就意味着，地里啥都没有，就是白地，白白荒在那里的地。

庄台上的土房子，有一半变成了泥巴糊。我家的砖腿房，只有砖腿还在，砖腿以上的泥墙也变成泥巴糊了。不过，砖腿不牢靠了，浸水的时间太长，用手一掏，砖头就掉下来了。看来，俺娘所祈望的"铁壳一样"的砖腿房，不是铁壳的样子，是土垃的样子了。

"要是只拔一回闸，咱家房子没啥问题，能撑住。这拔了两回闸，谁家的房子都撑不住，砖腿的也不行。儿啊，你要从头再来了。"俺娘开始了她的絮叨，我不接话，只管照顾好老黄牛。砖腿房虽然没撑住，老黄牛撑住了。

农历八月十五的夜里，月亮圆满了。老黄牛产下了一头小黄牛。地里补种的秋玉米，刚刚冒出小绿芽。

我跟您这么细地絮叨1982年的大洪水，主要原因是这一年拔了两次大闸，我家的老黄牛中了蛇毒还能顺利产下一头小黄牛，我家新起的砖腿房只住了不到一个月就变成了泥巴糊。这给我的心里刻下了终身难忘的印记。这一年，我30岁。常言说，三十而立，对庄稼人来说，先立的是房子。而房子，被大洪水泡塌了。

但有一点是不用怀疑的，那就是，困难再多，我们也不怕。这叫越挫越勇。这可能就是庄台人的性格吧，要不怎么有人说我们是淮河楞子呢？楞子，就是有角有棱有性格，是庄台男人的大性格。

从头再来。重新规划奋斗目标，向砖腿房的梦想而战。这次不是砖腿缮淮草顶的那种房子了，这回我的理想是，盖三间大瓦房！全砖全瓦的大瓦房！

实现了吗？实现了！盖大瓦房是1988年秋天的事。1983年的阳历7月份，不是又拔了一次大闸嘛。如果不是那年又拔一次闸，我盖全砖全瓦的房子，可能会提速一年，1987年就能完成了。

我挣钱的路子还是老本行：倒腾粮食赚差价。庄台的大豆倒腾到淮河南，淮河南的大米倒腾到庄台。有时候，也顺手把淮河南的大鱼运200斤过来，直接对给集上的鱼贩子。大鱼在冬天比较方便倒腾，天冷，鱼不会坏掉。

在淮河两岸来回倒腾粮食，要说不辛苦，那是假话。是真辛苦。这边要收好存好，收够数了，再朝外运。天不亮就得赶到王家垓渡口，等渡船。冬天的风割脸，夏天的太阳烙脸，也顾不了这么多，脑海中闪出来的就是那座全砖全瓦的大瓦房！

有一回，我拉了一架车子黄豆，送给淮河南的一家榨油厂。怕天气有变，早上起了个大早，赶到王家垓渡口时，第一班轮渡还没开呢。等上了渡船赶到淮河南，再拉着架子车走40里路，到了榨油厂，正赶上他们上午下班。就等着，等到下午3点多，负责仓储的师傅才来上班。过了磅开了单子，拿到钱时，天快黑了。又赶到另一个熟悉的收购点，装上400斤大米，用塑料布严严实实盖好了，赶紧朝淮河边奔。几乎一路小跑着拉车，心里急啊。因为再晚的话，赶不上最后一班的渡船过渡，就回不了淮河北了。

紧走快赶，离淮河边还有二三里路时，天上下起了大雨。瓢泼大雨直朝脸上抽，抽得人无处躲藏。不一会儿，大路上就雨水横流，很快变成了泥巴路。在泥巴路上拉架子车，要使出吃奶的力气，才能朝前拱。车轴还时不时被泥巴塞住，得停下车，找根小树棍把泥巴捅下来再走。走一会儿，又要停下来给车轴捅泥巴。等到了淮河边，天早黑透了。渡口夜里关停了，黑灯瞎火没个人影。就只能在码头边，找一棵大树，把架子车停在大树底下，重新检查一遍塑料布盖得可严实，大米会不会淋湿了。发现一切都安全，才坐在车底下的泥巴糊地上，用一块小塑料布把自己裹起来，只把脸露出来，就倚着车轮子睡着了。实在累得不行，管他天上的雷大雨急，不去想了，就进入梦乡了。等天亮时，雨才停下来，这才发现脸大了一圈，是晚上被蚊子叮咬的，都成发面馍了。

过了渡口，拉着架子车朝家走，又是一番辛苦。那时候哪像现在，庄台下面都是水泥路，那时候哪哪儿都是泥巴路，一下雨就走一步陷三尺。人走着都吃力，何况还拉几百斤重的架子车？又渴又饿又累，就那样抻着脖子，挣着车襻，一脚深一脚浅，硬生生把一架子车大米拉到了李台子。

段英子天一明就站庄台边望，一见我的影儿，哇地哭了，赤着脚，踩着两脚泥，扑到架子车后面，边哭边帮着推车子。

想想那时候真年轻啊，生龙活虎，不管多累、多苦，只要睡一觉，就歇过来了。搁到现在，早累死八百回了。

在倒腾粮食的同时，我还喂牛。

前面我跟您说了，我家的老黄牛在1982年第二次拔闸后不久，产下了一头小黄牛，还是头小母牛，真是一件喜事。很难过的一件悲事是，老黄牛彻底老了，两年后，就自然死亡了。我把它埋在庄台下面的责任田地头。每次犁地犁到地头，我都跟老黄牛说几句话。我说："老黄啊，你瞧瞧你的子孙，个个都是好汉呢。"

说这话是有事实依据的。老黄牛产下的小黄牛，三年后产下一头小公牛；又过一年又产下一头小公牛。家里就有三头牲口并驾齐驱拉犁耕地，就不用再跟别人家合伙用牲口了。这些小牛不就是老黄牛的后代嘛，个个都是好汉。家里有牲口，外面有生意，日子过得比啥生意都不做的人家要好许多。当然，这些也是吃苦换来的。很快，市场渐渐开放了。脑子灵活的人就开始做小买卖，庄台上也出现了拉着布匹、服装、小百货售卖的生意人，还有拉着球鞋、大米和大鱼来卖的生意人。

盖好三间大瓦房时，我还不到40岁，就想着老本行不能丢，除了种地、喂牛，就是贩粮食。架子车过时了，速度赶不上，那就换辆机动三轮车。车厢是铁的，还有能拆卸的顶篷，当时算是现代化的运输工具。

我有一儿一女两个小孩，时光过得快，一转眼，就到了谈婚论嫁的年纪。农村小孩结婚早，十几岁就有人介绍对象。两个小孩都只念到初中毕业，就跟着庄台上的人外出打工了。本来是让他们好好念书，考上大学，但人的命，天注定。俩小孩就只念个初中，说啥也不愿意学了，看别人出门能挣钱，就外出打工了。随他们的意吧，儿大不由爷呀。

5

这就到了1991年。7月份,大闸又拔开了。这次的洪水特别大,电视上说是"百年不遇"。对庄台人而言,只要一拔闸,庄台就像浮在大海上的积木,大树就像浮在海面上的草。幸好每拔一次闸,庄台就垫高一次,这叫水涨台高。这次拔闸,李台子虽然险中有险,洪水直扑庄台台坡,但扑到庄台上的水只没过人的脚面。房子算是保住了。李台子算是安全庄台了。能在1991年的大水中成为安全庄台的,在蓄洪区100多座庄台里面,不多见。

那段时间,大家停止手里的一切活计,主要精力用在防洪抢险上。我也被抽到巡堤组了,日夜24小时轮班倒。巡堤是重要任务,一点都不能马虎。哪处有险情,如果不及时发现,就麻烦了。一旦溃堤,所有庄台都没有安全可言了。

拔闸泄洪时,我负责巡堤,家里的活都是段英子在忙活。家里最重要的活就是喂牲口,那三头牛比人还要重要。老百姓的心里就是这样想的,自己生病没事,牲口不能生病。牲口不会说话,你不知道它哪里不舒服,只能靠观察。

接连在淮河大堤上住七天,三班倒轮流巡堤,蚊叮虫咬,腿上起了水疱,抓破了皮,又痒又疼。第八天,轮休,我跟着送物资的小船回到李台子。我放心不下家里的几头牛。

刚进门,段英子急吼吼说:"小黄牛不好好吃草,不知咋的了。"

小黄牛就是老黄牛生下的那头小牛犊,现在已经不是小黄牛了，也成老黄牛了，已经9岁了。小黄牛可是家里的大功臣，成年后，一年生一头小牛犊，接连生下6头小牛了。我留了两头小牛，和小黄牛共同驾犁耕地，其他的几头都卖了。叫惯了小黄牛是小黄牛，哪怕它成老黄牛了，家里人还一直叫它小黄牛。

尽管我全身累得快散架了，还是一口气跑到牛屋跟前。牛屋是瓦房西山墙那儿搭的斜顶披屋。1991年的大洪水，这间牛屋也半倒不倒了，外面下大雨，牛屋里下小雨。我发现小黄牛没啥精神，眼睛半闭半睁，嘴巴不动弹。如果牛的嘴巴不动，不倒沫，就说明病得严重了。

"这个状况，有几天了？"我问段英子。

"三天了。也没法找你，就我一个人干着急。"段英子嘴上起了水疱。

小黄牛是家里的功臣，虽说年纪一大把，耕地拉犁也吃力了，但就算它啥活都干不动了，家里也会好好养着它。这个家，早就把小黄牛当作一口人来看待了。现在，它不吃草料不倒沫，那肯定身体出问题了。这个时候，它可不能生病啊。庄台下面是汪洋一片，李台子是湖心庄台，是孤岛。船少，在洪水里行船风险也大，给牲口看病肯定困难重重。

我把小黄牛的头揽在怀里，脸贴近它的脸，轻声问："老伙计，你这是咋的了？"我又摸摸它的肚子，发现肚子并不发胀，但体温太凉，我心里猛一咯噔，小黄牛肯定是着凉得了低温症。这半个多月，雨下个不停，牛屋漏雨，加上拔闸时洪水扑到庄台上有积水，牛屋里就没有干地方。牛天天站在水里、卧在水里，不着凉才怪。

养牛这些年,我多少有些经验,知道低温症如果不及时治疗,牛就会死亡。可庄台都是孤岛,哪里有船能把牛运到镇上的兽医站看医生?

我也不困不累了,站在庄台边,望着黄汪汪的大洪水,心里急得像猫抓。我巴望着能有一条船经过,这样,我求助他们帮着把牛运到厉河码头,只要到了码头,我就能牵着拽着小黄牛,去找兽医给它治病。

或许是我的诚心感动了天,雨住了,太阳从薄云彩里钻出来,我看到一条船从大洪水里直朝这里开来。原来是送物资的船。我站庄台边拼命招手、呼喊,开船的有意把船朝李台子靠近了些,问是什么事。我说牛病得快不行了,耽误不起了,求他们送完物资后顺道带我家的牛去厉河码头,我要带牛去乡兽医站看病灌药。

船上有个年轻人是负责联络的,他举着无线通信呼叫机,呜呜哇哇说一阵子,然后说:"行。我们先把这批米面送到赵家台子,然后来接你。你先把牛牵好等着。"

我心里那个激动啊,不由在心里喊:"小黄牛啊,你有救啦。"我立刻跑回家,牵上牛,站庄台边等。本来躺地上一动不动的小黄牛,或许感知到要带它去看兽医,居然摇摇晃晃站起了身子,一步三挪地跟着我走。

船来得及时,不一会儿就到李台子台坡下面了。顺着台坡,蹚水走进浅水区,顺利上了船。本来担心小黄牛不肯上船,没想到它很听话，跟着我的指挥，听我说着"驾、驾，吁"的节奏，颤颤巍巍上了船。我看着它的前腿，连着迈了三次，它才踏进船舱。小黄牛一进船舱，不大的机帆船很厉害地晃荡了几下。开船的师傅不由叫道："你家的牛怪重哩，可有500斤？"

我不好意思地笑笑："师傅好眼力，我家的小黄牛老啦，只有460斤了。"

"那也不轻。幸好没超过船的载重量。咱这船小，你和牛都坐稳了。我们直奔码头。"

李台子到厉河码头，从直线走，要经过汪家台子、邢台子几个庄台，然后还要经过地势复杂的湖洼地。湖洼地那里水急浪大。这水路风险大，不可捉摸的事多。我心里直嘀咕，一定要顺，要顺！

正想着，船上负责联络的同志手里的呼叫机又响了。看样子，是很急的事。我的心扑通扑通直跳，如果还是一头牛的话，那这船肯定装不下了……正想着，握着传呼机的同志手一挥："赶紧，拐到汪家台子，接人！有个孕妇难产，需要送到县医院，救护车已经等在码头那儿了！"

小船拐了一个半圆形，立即调头，直朝汪家台子进发。柴油机冒出一股黑烟，小船剧烈晃动几下。我心里一个激灵！但救人要紧，啥都不用多想！

幸好汪家台子离得不远，赶到时，两个男人抬着一只用大杞柳枝绑扎的简单担架，直接奔到船上。船舱里发出一声低微的"哞"叫，两个男人才发现，下面还卧着一头牛。产妇只能和牛并排躺一起。特殊时期,大家也没那么多讲究,都一起望着无边无沿的汪洋。很明显,大家心里都是火急火燎的。

小船进入湖洼地,浪大了起来,稍一晃动,洪水就和船舷一般平了,总感觉大洪水随时要涌进船舱里。现在,船上总共有一个女人,五个男人,还有一头牛!小船的速度没有减慢,开船的师傅更加小心。他一边抓着舵,一边眼望远方,目光尖锐,像是要随时抓出水里的怪兽并当场消灭掉。从他的穿着打扮和脸上晒红的皮肤看,他是渔民,这船是他家的打鱼船。是的,1991年的大水,渔民的船大都被征用来运送物资和救人了。

我不敢看开船师傅的眼睛。我虽然没有开过船,但凭经验我知道,这水下面的湖洼地,"暗礁"太多。这暗礁不是大海里的那种暗礁,这暗礁就是那些没在水里的矮树头,废弃的排灌站水泥屋顶、水泥电线杆。没有大水的时候,这些物件一看一个准,现在水大,一切都被淹没了,视野也变了,看啥都跟平时不一样。

突然,"嘣"的一声,船底就像被一只怪兽狠挠一把,船体剧烈颤动,差点就翻了。幸好小黄牛身量重,把船压住了。开船的师傅大骂一声,急忙转舵,但还是晚了,船底被挠出一个碗口大的洞,汩汩汩直冒水。"坏了,船透水了!"开船师傅一声大叫,紧接着,船身摇晃不止,就像水里有只手,硬生生把船朝水里拖。一浪一浪的洪水,也不时扑进了船舱。

"这可咋办?船要沉了吗?"抬孕妇上船的年轻男人,和孕妇是两口子,他一边安慰着女人,一边焦急地看着开船师傅。

另一个男人年纪大些,从面相看,这俩男人应是兄弟。

开船的师傅猛地站起身,直视着我:"大兄弟,现在唯一能救一船人性命的,只有你了!"说罢,他直直地盯着船舱里的小黄牛。

我的心扑通通一阵乱跳,好像就要从嗓子眼蹦出来。我摸摸小黄牛,人傻了。

年轻男人突然朝我面前一跪:"大哥,我是汪家台子的汪庆喜,去年我才娶的媳妇,媳妇眼看就要生娃了,没想到,却出现这样的事……我知道,这船本来是运你家牛的……我代表全家人给你磕头了,等我媳妇生了娃,我双倍赔你家牛……"

我也是把牛当家人看待的!这是我的心里话,但我这时候怎么能说出这样的话呢?人命关天哪!我低头看一眼小黄牛,没想到它把眼睛睁开了,正神情迷茫地看着我。涌到船舱里的水,正在它肚子四周晃动。

我点点头,又把头扭到一边。汪家兄弟立刻弯腰准备去抬牛,但几百斤重的牛,靠他俩的力气,哪能抬得起来?我本来不想看到小黄牛最后的时刻,但在人命大于天的时候,我哪能再犹豫?

"你俩别动,让我来。"我弯下腰,把牛头抱怀里,小声说,"老伙计,你最听话,用点力,站起来。对,慢慢站。好,很好!你可见过这大洪水?见过!对,你一岁的时候见过,那是1983年拔闸发洪水,不过,你那时候太小,不懂事,也可能记不得了。这次的大水,你又遇着了。唉,你生病了,真不巧。本来以为到了码头就能给你看兽医的,没想到船撞上暗礁了,给你看病要耽搁些时间了。"

以上这些话,后半段是我在心里说的。就像心有灵犀一般,小黄牛摇晃着,站了起来。我扶着它,嘴里喊着"驾、驾,吁",它就站到甲板上了。那是一块小甲板,横在两个船舱靠前的地方,甲板前面是放柴油机和开船的舱,后面就是载人载货的舱。等小黄牛在甲板上站定了,我嘴里喊着的"驾、驾,吁"还没有停下来,它只好再朝前迈步。前面就是大洪水,它的右前蹄一下子踩空了。但老牛有经验,它踩空后立马抽回脚,让右前蹄悬在空中弹了弹,直朝后缩,想再落到船板上。只要落到船板上,它就能站稳了。看到这一幕,我脑子里一片空白,啥都不想,低头弓背,猛地朝它身上一撞,扑通一声,小黄牛栽进了洪水里……

我再没回头看小黄牛,不忍看。小船变轻了,船舱里的水被汪家两兄弟用船家装鱼的空桶朝外舀,一边冒水,一边舀水,保持着小船的安全。半小时后,小船终于到达厉河码头。当产妇被救护车呜哇呜哇朝医院送时,我坐在码头边的厉河大坝上,泪如雨下。开船的师傅把手放我肩上,连着拍了五六下,似有千言万语,却只丢下一句话:"兄弟,你是合格的淮河楞子,够爷们!现在缺船用,我要去找人来补船。等船补修好了,我再送你回家。你等着!"

我一直坐到天黑。船早已修好了,但我没有跟着船回庄台。我就留在了厉河大坝上,直接加入了巡堤小组。

我一整夜都在不停地走路、巡堤，只有这样，我才能平息内心的悲伤。

6

瞧我没出息的样儿，一说到小黄牛，我还哭鼻子流眼泪的。这事确实让我心里难受，啥时候想起来啥时候难受。后来，汪家台子的汪庆喜真的来赔我钱，他让我说个数。我说，无价。见他发愣，我才苦笑道："你给我钱，就是打我脸。小黄牛也不会同意。好好把你家小子养大，给国家培养个人才，也是咱庄台的光荣。"

这一晃，多少年过去了。50岁以后，又接连经历了2003年一连两次拔闸，那两次拔闸挨得很近。7月3日拔开大闸，蓄洪两天后，关掉大闸。没想到，上游大雨一刻也不停歇，没办法，7月11日再次拔开大闸。加上内涝，整个庄台蓄洪区险情不断。唉，不能回首，有条小渔船，就当场翻在大洪水里，五条人命没了。也是太贪心，不知听谁瞎说的，大闸进洪口不远的地方鱼最多，就带着渔网，驾着小船，偷偷去逮鱼。顶着洪水朝上冲，那不是找死吗？结果鱼没逮到，船翻了，几个人都被大浪卷走了。我记得这事，是因为这五个人里面，有一个是我远房老表。

过去的事不说了。说说我养牛吧。这就是我的现代化牛圈。目前存栏量是10头，最高能养到16头，算是高峰数量，再多了不行，牛圈就这么大，多了装不下。根据我目前的身体状况，养 10 头牛正正好。

老了老了，为啥养起牛了？这就是我的梦想啊。我得从头跟您说说。

我从小就喜欢牛。小时候，我家老头给生产队喂过牛，我经常到牛屋里玩，帮着淘草、拌料，跟牛有感情。1968 年拔闸发洪水之后，我跟着队里的人到淮河南放牛，对养牛又增加了一份感情。加之因为放牛娶了老伴段英子，还有小黄牛的那件伤心事，我内心里对牛就有了不一样的感情。土地到户后，我和另一家共同分了一头牛，后来就买下来自己喂，就是那头老黄牛，我前面跟您说了。老黄牛生了小黄牛，小黄牛又接连生了 6 头小牛。没有机械化的那些年，家里总要留够 3 头牛来养，两头公的、一头母的，母牛用来下小牛。拉犁耕地就得用 3 头牛，庄稼人把 3 头牛说成是"一套"。拉犁耕地就得使一套牛才管。一直到今天，我养的这些牛里面，还有小黄牛的后代，我一律叫它们小黄牛。

小黄牛一直都活着。瞧见没？最外面的这头，就是小黄牛。多少代了？我真记不清了。小黄牛的后代，毛色一律是黄的，我到兽医站给小黄牛配种时，也有意找黄颜色的种牛。

后来机械化了，许多人家都把牛卖了，用机械耕地，我家也是这样。我还是照样养牛，不是为了耕地，是看到养肉牛也能赚钱，我就学别人的样，也养肉牛。买了大个子的肉牛来养，小黄牛也养着，专门用来下小黄牛。我家的牛圈里，不能少了小黄牛。这样大牛生小牛，小牛成大牛，喂了几年，还别说，真赚了一些钱。最多的时候，我养到9头牛。

咋没成为养殖大户？说来话长。首先，实际条件不允许。我家住的这个庄台李台子，是个小庄台。庄台面积有限，没办法把养殖场做大。另一个原因，我养牛虽有热情，但技术不行，防疫工作做得也不到家，解决不了牛生病的问题。那回栏里有一头牛病了，接着几头牛都病倒了。请兽医上门要花钱买药，给牛打针，牛的病情也不见好转。当时条件差，牛栏小，想把牛分开养，现实不允许。到最后，9头牛死掉了8头。算小黄牛命大，活下来了。这也意味着，我养牛失败了。

后来就专养那头不知是第几代的小黄牛，我不能让小黄牛断了种，另外，我太喜欢养牛了，手里至少得有一头牛。就牵着小黄牛到湖洼地吃草，或到淮堤边溜达。小黄牛下小牛犊，如果下的是小公牛，就卖掉；如果是小母牛，就留下来养。等小黄牛老了不能再下小牛犊了，再把老了的小黄牛卖掉，养小的小黄牛。有些年，我手里总有两头牛在养，都是母牛，一头老牛、一头小牛，都是小黄牛的后代。

庄台人的日子，就是几年来一场洪水、几年来一场洪水，你想富都不可能啊。大水过后的庄稼地，哪还像庄稼地，到处是淤泥，还有垃圾，庄稼都淹死完了。多少年了，总要循环往复地"从头再来"，习惯了。

幸好牛是固定家产，自从政府给架设了高架桥，庄台蓄洪区在拔闸放水时，也能通汽车了，不像以前只靠小船运东西和出行，这样，住在庄台上的人家里的牛呀羊啊，都能保住了。

我上了年纪后，啥买卖也倒腾不动了。女儿出嫁了。儿子儿媳都在县城，儿子打工，儿媳妇陪读，孙子也上高中了。我和老伴段英子在家守着几亩薄地，加上上了年纪，年轻时太透支，身体不大好，日子过穷了，成了贫困户。我真不乐意当贫困户，觉得挺丢人的。扶贫干部来到我家，说："李大爷，贫困不可怕，现在国家有扶贫政策，你掏心窝子说说，你想干点啥？"

我想了好大会儿，在心里反复琢磨，我想干点啥？我还能干点啥？我家是2015年建档立卡的贫困户，那时候我也60多了。我就从我自身条件来想，我能干点啥，我的身体状况允许我干点啥？陪同来的村委会主任说："你以前养过牛，不如就做养殖吧。"我听后，心里怦怦直跳。还别说，我真热养牛，可是，之前养肉牛都养失败了，现在上了年纪，体力也跟不上，还敢养？就连连摇头："不行不行，张嘴的东西不好养；再说，我以前养牛，不算成功。"

其实还有一个理由，我不好意思说出来，那就是养牛的本钱。要做牛圈、要买牛，可是个大数目。一头牛少说都要一万好几，我一个贫困户，哪有买牛的钱哪。国家的扶贫政策解决了我们的实际困难，让贫困户享受到"两不愁三保障"，让我们享福了，生活不困难了，我还张口问国家要钱养牛？

好像读透我心里咋想的似的，扶贫干部说："李大爷，你就养牛呗。本钱不成问题，精准扶贫项目里有专门针对贫困户的小额无息贷款，5万元，足够你养牛的启动资金了。"又一指门口拴着的小黄牛说，"你看，这原始积累本就有嘛，还发啥愁呀。我再告诉你个好消息,李台子有一大半人家要搬到镇里新建的保庄圩居住了,你家儿子不是申请住保庄圩了吗?这样一来,留在庄台居住的,每家的居住条件都会有改善,不仅有院子,门口还能有菜园,庄台中间还会修一条大路,宽敞得很呢。"

"牛圈呢,可能随我的意来建?"我立刻问道。

"行啊。村里从扶贫资金中专门为你建个扶贫圈舍,保证满足你的愿望。"

就这样,我拿到了政府资助的5万元贷款,村里又帮我在紧挨着屋子的后面建了两大间牛圈。这一回,我要做有把握的事了。在买牛前,我先到蓄洪区外面岗上的养殖场学习养殖技术、防疫措施,还有科学的饲养方法,回来后,花两万七买了一公一母两头牛。我成了李台子率先做养殖的贫困户。

2015年开始养两头牛,加上先前就有的一头小黄牛,一共养3头牛。2016年年底,公牛长大了,出栏了,一下赚了一万元,当年就脱贫了。上面说,脱贫不脱政策,你只管大胆养殖。我想想也是,有政府撑腰我怕啥,就大胆按自己设想朝前走了。我又买了一头母牛。先前买的母牛下了小牛犊,原先的小黄牛也下了一头小黄牛,一下子,我牛圈里有了5头牛。母牛生的小牛我留下养,公牛养大了卖掉,母牛留下来生小牛。就这样,从2015年到现在,我一共卖掉11头牛,不但还上了5万元的小额贷款,手里还有了余钱哩。

现在我的牛圈里还有10头牛,其中的一头大公牛,再养半个月就出栏了，能卖两万多块呢。经过这几年做养殖，我真正尝到了养牛带来的经济效益，也找到了人生的乐趣和价值。

说到养牛的体会，我能跟您说两天三后晌不重样。就说预防吧，我自己就会给牛打预防针，到时间就打，这都是从老养殖户那里学来的，也是镇里畜牧站的专家教我的。养牛要细心，牛就像家里的一口人，天变冷了，你要细细观察它的变化，可感冒了，可吃撑着了，可能正常倒沫了。一个细节都不能忽视。母牛快生产时，我不放心，就睡在牛圈里看着，一有动静我就起来拉亮灯查看。有一回，一头大公牛，快出栏能卖钱了，早上我去喂料，发现它趴着不起来，我以为它懒惰，细细一看，嘴里不倒沫了，身子滚烫。原来是病了，夜里摔倒就站不起来了。我查看了一番，觉得问题严重，就赶紧去请镇上的兽医，花了一千多块钱，才治好它。

喂牛是个辛苦活，要起早。牛一天喂两顿就行了，早上四点钟喂一顿，下午三四点钟再喂一顿。草料不缺。我自己有7亩地，秸秆全部喂牛，不够的就从邻居地里拉。都是免费的。我平常喜欢攒些秸秆，怕万一拔闸了，缺饲草。秋收季节，我会拉一大垛花生秧、豆秸、红芋秧，留着冬天喂牛。你看这屋后面堆放的，还有一大半没吃完呢。幸亏我喜欢攒饲草，2020年拔闸涨大水，我就不惊慌，不怕牛没得草料吃。

牛圈也没敢盖大，虽说庄台美化亮化也宽敞了，但庄台的场地毕竟还是紧张的。还有一个原因，我年纪也大了，养太多的牛，我喂不了，精力跟不上，太操心了。我这个牛圈，满打满算能养 16 头牛。再多，装不下了。现在栏里有 10 头牛，半个月后出栏一头公牛，母牛还会生下一头小牛，这样，不多不少，还能保持 10 头牛。今年我打算再买一头母牛，到明年，母牛再生小牛，圈里的牛，会增加到 12 头。我就保持 12 头左右，这样我体力还能跟得上。

我不光靠喂牛赚钱，地也不闲着，租了 4 亩地种马铃薯，属于经济作物，上面还有补贴呢；3 亩地种小麦当口粮。没想到，老了老了，我成了养殖户了。年轻时候想当养殖户，老了老了实现了。不是有意说好话给你听，凭良心说，如果不是政府在后面给我撑腰，我还真不敢养牛。我怕失败了血本无归。

啊，对拔闸蓄洪啥感受，那感受可深着呢。年年入了夏，头脑里就会出现拔闸时的大洪水。这么多年，一天也没忘记过大水，没办法，刻在脑子里了。就说 2020 年 7 月份拔闸吧，虽然做好了思想准备，但是大水真来了，7 亩地都被淹了，还是心疼得很。虽说国家给予了经济赔偿，但地是我包别人的，谁家的地，赔偿款就给谁，我家只有 3 亩地，我只得了 3 亩地的赔偿，其他的 4 亩地，我种地的成本都没收上来。

事后我就想开了。发生了水灾，国家多难啊，要损失多少钱财哪。我自家的这点损失算得了什么？这些年，国家实施脱贫攻坚，又实施乡村振兴，在老百姓身上花了多少钱哪。国家给你钱时你笑眯眯，国家有难时你就袖手旁观，一心只想着自家的那点利益，厚道吗？

我不是有意夸自己觉悟有多高，这都是心里话。人得有公心。我不但自己想通了,还帮着村干部做别人的思想工作哩。咱庄台蓄洪区的人,全国人民都知道,我们是性子最倔、最能奉献、最能吃苦的人。

您瞧,庄台下面的那一大片地,就是我种的豆子地。再过一个多月,过了中秋节,大豆就熟了,丰收就在眼前哪。我下半年还会包别人家的地种小麦,有多大的能力,就使多大的劲。"扶贫先扶志"的意义俺不懂,俺只知道,俺年轻时就立志让家里人日子过富裕些,就南里北里贩粮食;现在上了年纪,身体不行了,志却不能没有,我还是尽最大的力量,能给国家减少负担就减少负担。志在哪里?对我来说,就是养好牛、种好地。我每天都快快乐乐的,特别是放牛时,感觉自己就像神仙一样自在。

我喜欢到庄台下面的淮河滩里放牛,这里草又肥又嫩,牛爱吃。现在,朝西的淮堤装上了围栏,主要是保证庄台中心水厂取水口的水质安全。朝东走的淮河滩还大得很,能直通到湿地公园呢。赶着牛,晒着太阳,听着淮河水哗啦啦朝东流,看着淮河里的大船一艘艘朝西走朝东走,来来往往,川流不息,俺心里就舒展,就想,俺的日子,可不就是庄台神仙般的日子嘛。

还有一样,我得跟您显摆显摆,我不光会唱淮河小调,还会唱放牛歌哩。打场的会唱打场歌,扬场的会唱扬场歌,俺也能哼几句淮河滩上的放牛歌。您听听:

举起鞭子甩声响,

庄台 庄台

开口唱声芒种芒。
三月风景美如画,
五月金满大地黄,
七月大豆开白花,
九月高粱归了仓。
走千走万淮河好,
鸭肥牛壮日子旺。
…………

只要是命，都珍贵

杨铁玲，1937年生。居住庄台：田老台子

四妮是被她的大和娘绑在树杈上板掉的。那一年，她不足5岁。

她的两个妹五妮和六妮，跟她一样，也在同一棵树上。不同的是，五妮六妮坐在杞柳筐里，被挂在树杈上；她被绳子绑在树杈上。

在树上过了一天一夜，四妮第二天睡醒时，发现五妮六妮不见了，只有她还好好地在树杈上绑着。本来她不让自己睡着的，甚至白天她见到从树下蹚着水走过的大人，还大声叫着叔和婶，央求他们见着了她的大和娘，帮她捎句话，让大和娘早点来接她们。一直等到天黑，也不见大和娘过来，她就大睁着眼，忍着困意，看着筐里吊着的俩妹妹。那俩小孩心太大，已睡得呼呼的。没想到，最后四妮没忍住困，也睡着了。她还梦见有人

用绳子勒她，太困了，也没把她勒醒。

是天光太亮把四妮照醒的。她猛地睁开眼，发现吊在树杈上的俩筐没有了，也就是说，她的两个妹妹五妮和六妮，连筐一起被大水冲走了。因为大水已经把树身整个淹住了。

四妮嘴一撇，立马哭出了声。恰在此时，树下走来一个放牛的大爷。看年纪，比她的大还要老。大爷抬头朝树上"咦"了一声，又"吁"了一声，让牛停下来，他站在牛背上，战战兢兢上到树上，把绑在四妮身上的绳子解开，边解绳子，嘴里还絮叨着："大长虫，长又长，恁在屋里能当梁，恁在水中是大王；昂头吐芯悯苍生，不伤凡间一生灵。"一边念叨，一边把四妮抱下树，"小孩，坐好了，大长虫是菜花蛇，没有毒，别怕。"

四妮被大爷放到牛背上，再抬头朝树上看时，见树梢那里果然缠着好几条粗花线绳。

是大长虫！

四妮猛地打个哆嗦。尽管年纪小，四妮却是个心里有数的人。她知道自己不仅被长虫放过了，还被人救下了。

"俺还有俩妹，在筐里，就挂在这里。"她指着树杈，巴望着大爷还有办法救出来没了踪影的五妮六妮。大爷摇了摇头，长长叹一口气："妮儿，先跟我走吧。"

大爷蹚着水，牵着牛，朝前走。大爷是给东家放牛的。牛被水冲跑了，他跟着追，直追了一夜才追到。不然，丢了牛，他赔不起，东家饶不了他。没想到，他追到牛才走没多远，又救下了树上的四妮。

"大爷,你救下我,我去给你洗脚、端碗,当你的丫环,你当东家。"四妮恳求道。

在淮河湾这一片,都把大伯喊大爷。

大爷笑了:"你这小孩怪会说话哩。我哪能当你的东家。我这就带你去见东家。"

就这样,放牛的大爷牵着牛、蹚着水,四妮趴在牛背上,一起回到东家家里。

东家姓钱,住的地方叫钱湖湾,是个大土堆。钱东家在淮河边的集市上有粮食行,还有码头。他有钱,就让家里的长工使劲加高大土堆,钱湖湾就比别的村要高得多,也大得多,小涝小灾时就不用逃命。

东家在镇子上也有房子,镇子就在淮河大堤上,是骑着淮河大堤的一溜长街。钱东家虽然有多半的时间住在镇子上,但湖湾里的那些土地都是他家的,他也要顾地,就把钱湖湾堆高些,住着安全,也好领着长工种地、养牛。

常年住在钱湖湾的是钱东家的老娘,她守着周围的几百亩地和十几头牲口。房子有十来间,建得也不讲究,主要是湖湾里水多,只要大水一上来,多好的房子都要被水冲倒。

放牛的大爷把四妮领到钱老太太跟前,先叫她跪下,他才说话:"当家的奶奶,俺在水窝里捡了个小孩,咱家人善,就当小猫小狗养着吧,大了也能干活。"

当家的奶奶上下打量着四妮。四妮生怕被撵走,立刻像捣蒜一样朝地上磕头，嘴里念念叨叨："祖奶奶，亲奶奶，留下俺吧。俺会端碗会扫地会打水会洗脚……"

心里有数的四妮当时就想好了，她被大和娘板了，又把两个挂在树杈上的妹妹看丢了，说八样的也不能再回到汪湖湾的家里，那就得留在钱湖湾。只有当家的奶奶留下她，她才有活路。

"这妮儿嘴怪甜，留下吧。在后院扫地晒柴火倒尿罐。"当家的奶奶就这样留下了四妮。

扫地不怕，晒柴火也不难，就是干得慢了点。四妮人还没有扫把高，抱着扫把就像赶着一头驴，费老半天劲儿，才能把院子和大门口扫干净。扫地要天天干，晒柴火呢，阴天下雨柴火淋湿了，太阳一出来就要摊开柴火晒。柴火都是庄稼秆子，豆秸秆、秫秸秆、芝麻秆，秆子上藏着霉灰，一摊一晒、一抱一搂，一头一脸都是灰，像个灰孩子。这个倒难不住她，难住她的是倒尿罐。

倒尿罐是大清早起来就要完成的大事。那只大尿罐，有担水的木桶那么大，比四妮的个子矮不了多少。一家人的尿，攒了一整夜，早起必得倒掉。朝哪儿倒？大门东旁有个粪窖子，就倒进粪窖子里。粪窖子里有人粪尿，还有猪粪牛粪。庄稼地里上的粪，就是从粪窖里挖出来晒干撒到地里的。四妮没想到倒尿罐那么难，尿罐太大、太沉，她拎不动，就双手提着罐系子，抵在肚子上，朝前顶着走，走着走着，就晃了一身尿，顺着两腿淌，院子里也洒得到处都是。当家的奶奶看不下去，拿着一根磨棍，叫四妮跪在院子里，朝身上就打。边打边问可长记性了，下次倒尿罐时再弄洒了，就直接填到尿罐里淹死！

四妮吓得直哆嗦，连疼都忘了。大水窝里没淹死，要填到尿罐里淹死！她心想，还是跑吧！可是跑到哪里能活命呢？跑回汪湖湾去？那是万万不能的，跑回去不但挨打，还会再被板出来。

见四妮挨打，放牛的大爷就帮着求情，说可以让四妮去推磨。于是，四妮就到磨坊里干活了。

磨坊在后院，是一间淮草搭的庵子。里面一盘大石磨，专门用来磨小麦、黄豆、玉米、红芋片啥的，人吃的面、牲口吃的料，都在这里磨。推磨是家里长工干的，都是男劳力，有把子力气。四妮是个小孩，才虚5岁，抱着大磨棍都费事，别说去推磨了，人都没磨高，磨棍只能抵在脑门上，哪能用得上劲啊。

大爷看四妮站大磨跟前，抱着磨棍不知道咋样推磨，就笑了："这小妮儿，你到底管干啥呢？"

四妮仰脸望着他："大爷，你来当东家，我给你洗脚，给你端碗……"

还没说完，推磨的两个劳力就停下推磨，笑得前弯后仰。大爷也笑得不行，说："瞧瞧这个妮儿，就非要我当东家。我要是能当东家，还用得着在湖湾里到处放牛啊？"

推磨推不了、倒尿罐不能倒，钱家不养吃闲饭的人，就把四妮撵走了。也不知从哪里打听到的，知道她家也是湖湾里这一片的，钱掌柜就把她带到镇子上，到牲口行里打听，看谁知道汪湖湾在哪里。牲口行人最杂，南来北往的都有，有的人专门到乡下收牛，对哪个地方都熟悉。有个牛经纪马上站出来说，他知道汪湖湾在哪儿，下集后回家时，可顺道把这小妮儿带回汪湖湾。

四妮一听，就像大冬天吃下一盆雪，从前胸直凉到后背。

汪湖湾她坚决不能回，回去就是个死。俩妹妹没了，她大她娘肯定要怪罪她，她又是他们板过的人，再回去，那不是自讨苦吃？不能回，打死也不回。回去了，还会再被板出来。还有，她那俩妹妹，是被大水冲走了，还是被谁拾走了，死活都不知。

可是，四妮太小，拗不过那个牛经纪。他把四妮塞在牛背上驮着的杞柳大筐里就走。湖湾里的路，高高低低不平整，一路上颠得四妮浑身疼。牛经纪指着一个大土堆说："小妮儿，这个就是你家吧？"

从远处朝家看，四妮这个四五岁的小孩，真记不清自个的家汪湖湾长啥样。湖湾里的村庄，都是大土堆上搭着几溜草庵子，大差不差，但眼前的这个大土堆，肯定不是汪湖湾。土堆下面的那口大水塘无边无沿的，汪湖湾下面的水塘没有这么大。

心里有数的四妮连忙点点头，牛经纪就把她从杞柳筐里掐下来，放到地上，一指大土堆说："小妮儿，去吧，还是跟着你的亲娘老子过吧。"

说罢，牛经纪就走了，也不管她可能回到自个儿的家。那时候谁也不稀罕小孩，张嘴的物件，得吃得喝得养活，没人要。

见牛经纪走得没影了，四妮才离开眼前的这个大土堆，朝湖湾里继续走。都半下午时光了，她饿得不行。走着走着，碰到一个野桑树园，就爬到桑树上，吃个透饱。想想也没地方去，那就待桑园里吃桑葚子吧，至少饿不死。就这样，四妮吃了两天桑葚子，吃得一脸一嘴黢黑。有人下地看见了，就议论说，这是谁家的小妮子，没人要了，跑荒湖野地里来了；光搁这儿吃桑葚子也不行啊，看谁家要小孩，就带回去吧。也就嘴上说说，没人真把四妮带回去。谁家也不想添个要吃要喝的小孩。

四妮才不管他们咋说，她吃桑葚子吃个透饱后，就想，这样下去太受罪了，干脆死了吧。人的命，天管定，要不，就走到河里让河淹死吧。

这样一想，四妮心里就开朗了，就觉得死也没啥可怕的，大人们不是常说，十八年后还是一条好汉嘛。就真的朝河那里走了。野桑园周边好几口野塘，还有一条曲里拐弯的河，不缺给她死的地方。就走到河边，朝河里下。河水深得很，脚下一滑，她还没反应过来咋回事呢，一下就滑到深水里了。这时候，四妮好像听到谁在叫妮儿，她想，这是临死前的错觉吧，如果这时候谁真能叫她一声妮儿，把她带回家，她就不死了。

脑子刚想到这些，水就把她摁住了，她只有咕嘟咕嘟喝水的份儿。眼睛里看到的也是黄乎乎一片。这时候，她的一条胳膊被谁猛地一架，紧接着，她整个人就从水里出来了。

四妮不敢相信，把她从水里架出来的，是放牛的大爷。

"你这个小妮儿，你还真有志气啊，真想死啊。"大爷把她拉到河边，坐在淮草地上说，"我找你找了两天搭三后晌，真给我找到了。你真会跑啊，从集上跑到这荒湖湾里，也不怕狼巴子吃了你。脸咋恁黑,我里个乖乖,你把桑园里的桑葚子全吃光了吧?"

湖湾这一片的人,都把狼叫狼巴子。四妮知道,放牛的大爷说得没错,这荒湖湾的茅草窝里确实有狼巴子,有的小孩跑荒湖湾里去逮鱼,就再也没回家了,听说被狼巴子衔走了。

大爷用河水给四妮搓脸,想把被桑葚子染黑的脸搓干净。可是,桑葚子染得太结实了,根本洗不掉。大爷说:"算了,洗不掉,就黑着脸回去吧。"

一想到可能还会回钱湖湾,四妮担心起来:"大爷,恁这是带我到哪儿啊,还是让我去死吧,死了省心。"

"你这个小妮儿,净说傻话。"大爷虎着脸说,"你以为死是啥了不起的事啊。死太简单了,要不是我伸手捞你一把,现在你就在河里淹死了。活着才不简单呢。这是我第二次救你了,再一再二可没有再三啊,你干脆别死了,跟着我放牛算了。我带你回去,再求求东家。"

原来,大爷见东家把四妮带到集上交给了牛经纪,他就不放心,想悄悄跟在牛经纪后面,看牛经纪把四妮带到哪儿去。没想到,东家让大爷把集上的豆油带回钱湖湾,给东家的老娘也就是东家奶奶炸丸子。等大爷把油送回家,再从家里牵着牛去追四妮时,四妮已经在桑园里吃桑葚了。幸亏她一直没离开桑园,不然,大爷真找不到她了。

回到钱湖湾,大爷朝东家奶奶连磕了三个响头,说:"我把这妮儿当闺女收养了,恳求东家奶奶给口饭吃,让她跟着我放牛吧。"就这样,四妮跟着大爷,不,跟着她的杨大,学放牛了。

这个专管给钱家放牛的大爷,姓杨,小名叫耪子,没有大名。四妮也随了他的姓。长大后,杨耪子给她取个大名,叫杨铁玲。杨耪子说,四妮的性子里有股子铁骨硬汉。

杨耪子也是苦人,孤家寡汉一辈子,从小就给钱家放牛,过的是一个人吃饱全家不饿的日子。他在大水窝里拾到四妮,也是上天注定的缘分。四妮长大后杨耪子才跟她说,搁到年轻那会儿,他才不去拾个不中用的小妮儿呢。可是,看到树上盘几条大长虫,长虫都不伤她,他要是不救下她,他这个人不是还不如长虫吗?在河里又一次救起她时,他就决定认下她这个闺女了。

"俺的闺女杨铁玲,命中注定就是俺亲闺女!"杨耪子每回夸四妮时,总不忘先说这句话。

1

我虚岁88。在我们田老台子,有两个男老人,一个100岁,一个90多,女老人算我年纪最大。我有大名,叫杨铁玲。哪里人?这个要多说两句。生我的地方叫汪湖湾,养我的地方是钱湖湾。单听地名就知道,都是水多的地方。后来我嫁到田老台子,是大水窝。我这一辈子,从来没走出过大水窝,只是从这个水窝挪到那个水窝过活。幸亏田老台子是个正儿八经的庄台子,我算是从大水窝里爬到庄台子上啦。以前的田老台子还不安全,现在早就是安全庄台，不但是安全庄台，还是花园样的庄台。按俺儿媳妇的话讲，是五美庄台哩。

先跟你说说生我的汪湖湾。都是解放前的事啦。我出生时，前面已经有了三个姐姐，后来俺娘又接连生下三个妹妹，家里一连来了七个闺女。那真是，老的不喜欢，少的不喜欢，连家门口的粪堆都能气得噘嘴三天。俺大俺娘烦得不行，说："大水窝里咋能养得起这些赔钱货，干脆板了吧。"

"板"是俺这里的土话，就是扔的意思。七个闺女，不能都板了，老大老二老三都中用了，能烧火做饭了，也能下地干活了，那就把下面的三个闺女板掉，留个老小算了。俺大俺娘商量后，就开始找机会了。

前面说了，汪湖湾是个大水窝，只要一下雨，大雨大涝、小雨小涝，那真是十年十涝、百年百涝。几十户人家都挤住在一个土堆子上，就是淮河湾里被水冲积成的那种土堆子，小的土堆子不好住人，就种些不怕淹的杞柳，杞柳能编筐打篓，手艺人靠它养家糊口；大的土堆子，就在上面搭庵子，住人。土堆不太高，小涝不用跑，大涝就得朝淮河大堤上逃命了。有个顺口溜，就是专门说发大水时跑水反的："淮河湾，水满天，杈把扫帚扬场锨，顺着河湾漂多远；大人孩娃哇哇哭，黄牛淹得满岗凫。"

那年夏天，我虚岁5岁。我想想，是哪一年？民国三十年，对，就是1941年。最小的妹妹才几个月大。刚割罢麦子，大雨下下停停，停停下下，五六天不使闲，豆子都耩不到地里去。雨不停,汪湖湾的大土堆周围都漫了水,住在淮河湾大土堆上的人,包括汪湖湾在内,都在收拾东西,准备朝淮堤上逃命,也叫跑水反。跑水反时,家里能收拾的都收拾了带着,一次带不完的,就吊在土堆边的树杈上,再第二趟从淮堤上回来带走。吊在树上的,不仅有被子、棉花、柴火,还有小孩。而且小孩子还不少呢。都是不会走路的小孩,用杞柳大筐装着,找一根麻绳子,在筐系上绑几道子,把小孩朝筐里一放,再把筐拴到树杈上。也有穷得没筐的,就把小孩朝树杈上一放,用绳子捆住小孩腰,拴到树上。

我就是这次发大水时被绑到树上的。不是坐在杞柳筐里吊着,是直接坐在树杈上。我虚岁5岁,其实才过完四个生不久,会走会跑了。我骑在树杈上的任务,是看着树上吊的两个筐。这两个筐,一个是杞柳筐、一个是荆条筐,两个筐里分别坐着俺俩妹妹。一个妹两生多,一个妹一生多。俺娘抱走的是最小的妹,才两个月大。

我腰里系两道绳子,都不咋结实,我找手一摸,有一根就断了。我想断就断了吧,过一会儿俺大俺娘过来寻我们,还省得再费事解绳了呢。

我就坐在树杈上看大水,看筐,等俺大俺娘来接我们。看大水是顺带的,主要的任务是看着吊在筐里的两个妹妹。都是小筐旧筐,我生怕筐不结实,两个妹从筐里掉下去,被大水冲走了咋办。担着心,就急,就在心里呼喊大和娘,喊他们赶紧回个二趟,把俺俩妹从树上摘下来。

不时有人从树旁边走过去，拖儿带女的，扛口袋顶簸箕的，也不知是住在淮河湾里哪个土堆子上。俺就冲他们喊："可看见俺大俺娘了，谁看见了，就给俺大俺娘捎个话，叫俺大俺娘来接俺！"

我过了4岁的生，已经虚岁5岁了，心里多少懂些事了，我就一遍遍喊着："有谁看见俺大俺娘了，谁看见了，就给俺大俺娘捎个话，叫俺大俺娘来接俺！"两个妹只知道哭，我怕她们摇晃，把筐系子摇断了掉大水里，就吼她们："不准哭，不准动！谁不听话，我就把谁板水里！"连着说几遍，她俩就乖了，一动也不敢动。

朝淮堤上跑水反的人，也有停下来匆匆朝树上扫一眼的，大部分的人，都是只管跑，只管照看好自家的人。我听到一个裹小脚的老奶奶，挂着拐杖一边倒腾着小脚朝前走，一边叹着气："唉，这又是哪家要板小孩了。"

我听到老奶奶说板小孩，心里才不相信呢，俺大俺娘不可能这么狠心，一下子板三个小孩。

一直到天黑，我嗓子都喊哑了，也不见大和娘的影子。我这才相信了，俺大俺娘真的把俺三个都给板了。

那时候还没建大闸，那时候发大水，都是高处的雨水朝洼处淌，淮河湾里低洼，水都窝在这里。住在河湾里的人，都要受淹。

大水开始朝深里涨，两个妹坐的筐底都挨到水面了。我不朝她俩吼了，太困太饿，她俩在筐里睡着了。

我不敢睡，也不再喊叫，我也饿得不行，喊不出声来了。

我摸摸腰里的绳子，还有一根是结实的，没断。我就想，先熬过这一夜再说吧。天亮了，俺大和俺娘，就过来找俺几个了。

我心里说着不能睡不能睡，可还是睡着了。我太小，管不住自己，说不睡着，还是睡着了。我就那样骑着树杈、抱着树杈，腰里还有一道绳子拴在树杈上，就像自己把自己绑在树上一样，睡着了。

我还做了一个梦，梦见两个白衣白裙的人，不知道是男是女，他们一人一个，把吊在树杈上的俺妹摘下来带走了。在梦中我真的就眼睁睁看着这两个白衣人带走了妹妹，我也不拦，心里还想，这下好了，两个妹妹得救了。

我还梦见有绳子勒我，先是勒我的腿，又勒我的胳膊，都不朝狠里勒，我就不管，任那绳子来回勒了一遍。最后要勒我的脖子，勒得怪紧，我喘气都困难了，就"啊"了一声，把自己从梦里喊醒了。

在我快从梦里醒来的那一小会儿，我确实感觉到有滑滑凉凉的东西，从我脖子里滑走了。我睁开眼，迷迷糊糊四下看，天已经亮了，亮得扎眼，到处都是水。我先低头看树上吊的筐，俺的老天爷，两个妹妹真的不见了！

"五妮六妮，六妮五妮！"我大声呼喊起来。

我排行老四，小名叫四妮，五妮六妮排行老五和老六。她们真的不在树杈上了，筐也不在了。没影子了！

真的就像梦里梦见的那样，被神仙样的白衣人摘走了？

如果我不睡着，就瞪眼看着五妮六妮，她们肯定不会被人摘走。

也许,把她们摘走了,她们会活下命来吧。

但不管是活下来还是咋的,都不该在我眼皮底下被谁摘走。要是俺大俺娘一会儿来接时责问我,咋不好好看着两个妹妹,咋让人给摘走了,说不定我还要挨一顿打。

一直到我十多岁时,再一次被长虫缠住了腿,我才明白,我虚5岁那年在树上做梦被绳子勒,其实是长虫在缠我。

2

我确实被俺大俺娘板了。我盼望他们来找我,他们却影儿都没有。拴着我腰的绳子,是死扣,我也解不开。这条绳子真结实。

是俺杨大救了我,把我从树上解下来,收我当了养女。俺杨大叫耢子,大名小名连根叫,到死就只有一个名字:杨耢子。俺杨大替东家放牛,牛被水冲跑了,他跟着牛追,直追了一夜。追到牛走不多远,就发现了我,把我救下来。说起来我也是死几死的人,年纪太小,不中用,没法给东家干活,又被撵走了。要不是俺杨大在湖湾里找我两天搭三后晌,又收下我当闺女,求着东家让我跟着他放牛,我80多年前就不在人世了。

我得了俺杨大的真传,也是放牛的小能手。八九岁我就能单独放牛了。淮河湾里哪个地方的草肥、哪个地方的水有多深,我差不多都能知道个大概。渐渐长大些,我知道钱湖湾离汪湖湾路不近,有二三十里路。我一次也没回去过。他们把我板了,把俺两个妹妹也板了,我回去弄啥?

我也不缺爱,我有比亲大亲娘还亲的俺杨大。他疼我宠我,就够了。

这就到了打仗的那一年。

是1947年,我正好10岁。8月里,刘邓大军要挺进大别山,正好从湖湾这里的邢营孜渡口抢渡淮河。那一天的仗打得可真激烈,老蒋的飞机在天上飞着扔炮弹,这里轰隆隆响一声,那里轰隆隆炸个坑。我正好在湖湾里放牛,牛正吃草,被炮声惊吓住了,朝河汊里直扎猛子。牛是会凫水的,它要是凫水跑了,我可咋办?俺杨大怎么向东家交代?说八个样的也不能让牛凫水跑了。我就拽着牛尾巴,它就用尾巴弹我,我的两只手缠在它尾巴上,死都不松。牛护尾,见我拽它,就使劲扬起尾巴弹我的头,它是真弹哪,很快就把我弹晕了,直接晕在河汊里。有人看到,在牛尾巴尖那儿,一个小孩一露头一露头的,赶紧扑到水里把我捞上来,头朝下趴河坎上,给我控水,我又活了。

我醒转过来才发现,我身边都是当兵的。原来是解放军救了我。解放军不但救了我,也救了牛。那会子,住在淮河湾里的老百姓,有不少人在帮着解放军搭浮桥,解放军就把我交给了搭浮桥的乡亲。有一个解放军,像个当官的,跟搭浮桥的乡亲嘱咐说:"只要是命,都珍贵。你们一定要帮着她找到家,送回去。"

"只要是命,都珍贵。"这句话我记了一辈子。从此,我对命的理解也变了,不再把命不当命了,我要惜命。我已经第三次被人救了,前两次是俺杨大救了我,先是把我从树上解下来,被东家撵走后，我想死，俺杨大又把我从河里捞上来。这一次是解放军救了我。等我长大了，我也会救别人的命。只要是命，不管是人，还是小猫小狗，小牛小羊，都珍贵。

我现在要跟你说说，我这几十年，到底救了多少命。

我先跟你说说救小背锅命的事。

俺这淮河湾里，荒湖洼地多，有狼巴子，也有土匪。俺庄台这里不叫土匪是土匪，一律把土匪叫老抢。

淮河湾里的妇女，最怕的就是遇到老抢。老抢都藏身在荒湖地的草窠里或树林子里，不但抢粮食抢牛羊，还抢人。主要是抢女人。只要一听说老抢来了，村里的大姑娘小媳妇，能躲就躲，能跑就跑。实在跑不掉的，就朝脸上抹锅灰，辫子也不梳，直接在头后面绾个纂，穿上老妈子的黑破衣裳，再朝头上顶一块黑手巾，打扮成老妈子的样儿，坐锅门前烧锅。老抢不抢老妈子，专抢年轻女人。这小背锅也是照着老妈子的样子打扮的，可是，老抢就像早就认出她一样，冲到锅门口，拽掉她头上的黑手巾，拉起来就走。

小背锅从土匪窝里逃出来的时候，只剩下半口气了。我是咋发现她的？那天我正在湖湾里放牛，见湖汊的水面上好像漂着一块旧衣服，我就想，要是捞上来这块旧衣服，回家洗净晒干了，可以打袼褙，好给俺杨大做双鞋子。

对，那时候，我不但学会了凫水，还准备学做布鞋。我被解放军救过命后，俺杨大做的第一件事就是教我学凫水，说只有自己会凫水了，才能有本事救别人。我学会凫水后，又跟磨坊推磨的三娃媳妇学习做鞋。做鞋的条件还不够,一是我年龄小,二是我和俺杨大一直住在牲口棚里,根本没条件做鞋,但我跟着三娃媳妇学会了打袼褙。这块旧衣裳拾回去,能和三娃媳妇一起打好大一块袼褙。

我把牛拴到柳树上,扑进湖汊里,凫到那块旧衣裳跟前时,我吓了一大跳。旧衣服里,正露着一张小黄脸。是个人!

也不管是死是活,先救上来再说。我顶着那个人,一扑一扒就游到了岸边。学着别人的样儿,先把她放到河坎上,头朝下,控水,不停拍她的背,她真就哼了一声,活过来了。

这就是小背锅。

小背锅是我后来给她取的外号。她的真名叫仙英。瞧这名字取得多带劲,可是人的命,天注定,她先前过的日子可一点也不仙。

咋回事呢?小背锅还没出门子时,对,出门子就是嫁人,没出门子就是在娘家做姑娘。小背锅还没出门子时,老抢来了。她来不及躲藏,连忙找出来奶奶穿过的旧衣裳,抓把锅灰朝脸上一抹,拽一条黑手巾朝头上一顶,坐锅门口烧锅。老抢进来四处翻找,找到厨屋里,瞅一会儿在锅门前烧锅的小背锅,转身就走,结果没出院子门,又折转回来,扛着小背锅就走。为啥?小背锅的脚暴露了她,那会儿已经不流行裹小脚了,老女人的脚都是小脚,露出一双大脚的,不用说,是小女人。

就这样,小背锅被老抢掠进了土匪窝,不到两个月,小背锅肚子上长了一个大脓疮,整天疼得弯着腰。老抢也不稀罕她了,叫她专管烧锅,小背锅趁着去河边淘粮食,就跑了出来。一边捂着长疮的肚子,一边跑,觉得这样子也没脸回家见人了,就干脆一头扎进湖汊里,死了算了。

救活了小背锅,她埋怨我不该救她,死了反倒干净。我就把俺杨大教给我的话,又学给了小背锅听:"你以为死是啥了不起的事啊。死太简单了,活着才不简单呢。"想了想,我又加了自己理解的话,"死都不怕,还怕活着吗?"

小背锅不死了,跟着我来到钱湖湾。俺杨大又求了东家奶奶,小背锅就成了磨坊罗面的。因为肚子上的疮疼,小背锅走路总弯着腰,我就给她取个外号小背锅。想想那时候我真不懂事,11岁的妮儿,说话嘴上没个把门的。但我也记着大人说的治疮的偏方,去放牛时,就带回来湖湾里的癞蛤蟆棵,还有蚂蚱菜,拿回来捣碎了糊在小背锅的疮上,坚持了两个月,小背锅肚子上的疮才结疤好清。

解放后,俺仙英姐就嫁了人。就嫁在钱湖湾,男人是个老实本分的庄稼汉,不嫌她被老抢掠过,说那都是旧社会的事。我不能再喊她小背锅啦,她比我大8岁,我喊她姐才对。毛主席号召大家修淮河建大闸的时候,仙英姐还当过劳模戴过大红花呢。她能挑大三锹的挑子,像男人一样干活。她说,她是死过一回的人,如今能在新社会伸开腰过日子,响应毛主席的号召修淮河,治理大水窝,多累她都不怕。

修淮河还有歌唱呢。都是宣传队的人教的,我和仙英姐都会唱。我想想哪一年修的淮河。对,1951年冬天开始修淮河,筑淮堤。我那时候刚刚 14 岁,已经能上淮河工地干活啦。像我这样年纪的小孩,那时候都能去修淮河,这叫大人孩娃一起上。俺仙英姐是大人,她能挑大三锹,我也能挑挑子,是小三锹的挑子。

我来给你学学当时唱的毛主席治淮河的歌:"自从毛主席决心治淮河,淮河两边老百姓一路笑呵呵。大人小孩齐上阵都到工地上,一心一意治理好这个大水窝。大人挑大筐那是大三锹,小孩挑小筐小三锹也不少。没过门的小两口在工地见了面,两个人都把脸羞红了。淮河二面里(两岸)挂红灯欢迎毛泽东,二面里挂红旗歌唱毛主席。毛主席号召把淮河治理好,两岸的庄稼人扬眉吐气了……"

哎呀,时间太长了,下面还咋唱记不清了。我挑挑子治淮河,一边挑,一边唱歌,那场景,一辈子忘不掉啊。等 1953 年建大闸时,我是大人了,可以挑大三锹了,敢跟俺仙英姐比着挑。还是唱歌,修大闸的歌又是一个调子:"淮河里流水哗啦啦,毛主席派人建大闸。大闸建好保淮河,两岸百姓心里乐开花。龙王气得胡子夯,伸出爪子没处抓……"

前几年,俺仙英姐去世了,她活到 90 岁。这是我从水里救上来的第一个人,她也是我一辈子的老姐。那些作难的日子,都是她陪我度过的。

3

还是说说我咋嫁到这田老台子的事吧。

是和治淮河有关的。

前面不是说了嘛,治淮河、筑淮堤、建大坝,蓄洪区的大人孩娃齐上阵,不管是住在庄台上,还是住在湖湾里,大家都要上工地抬土筑堤。俺杨大上了年纪,关节炎太重了,腿走路都困难,我说:"俺大,恁别怕,还有我呢,我能上河工。"这不,就从14岁挑小三锹,到16岁挑大三锹,我一直在治淮工地上,干活不输给男劳力。

就是在治淮工地上,我认识了田老台子的田喜子。

修淮河大堤,每个村干活都是分段的,就是一个庄台负责筑一段淮堤。钱湖湾和田老台子离得不远,该有十里旺路吧,但工地就分在一起了。一开始上工地,我年纪太小,个子矮,不让我挑挑子,小三锹我也挑不动,就分工叫我给工地烧火做饭。那时候干活,工地上热火朝天,年轻人喜欢比拼,就像这大三锹、小三锹,也是比赛干活才分出来的。铁锹头又大又长的,一锹下去,能铲几十斤重的一大块泥,铲三大锹加一起,那是多少斤啊。一挑子又是两大筐,等于要挑六大锹的泥,那又是多少斤啊。力气小的根本挑不起来,只有挑小三锹的挑子。妇女都挑小三锹,男劳力挑大三锹。上了年纪的男劳力,也只有挑小三锹。如果正当年的男劳力挑小三锹,会叫人耻笑的,会被说是假男人,寻不到媳妇。

田老台子的田喜子比我大两三岁,刚刚成人。个子长得小,看起来没多大力气。他本来在挑小三锹,工地上的妇女就有意怂恿他,说他要不去挑大三锹比个赛,以后就很难说上媳妇。

他一想，也对，就报名要挑大三锹，还要参加比赛。淮堤多陡啊，从大堤底下顺着堤坡朝上面挑土，不但要比谁挑得多，还要比谁跑得快。从坡下朝坡上跑，力气小的，还真不管。

田喜子比赛时，挑第一挑还算过得去，等到第二挑快到堤顶时，两条腿直打战，两筐泥不听他使唤了，拽着他就摔倒了。那两筐泥和他一起，顺着堤顶朝堤下滚，把其他挑土的人吓得不轻，他自己，鼻子眼里都是泥巴，身上碰得青一块紫一块，就到工棚里烧火做饭了。

我是挑着挑子到工地送饭时遇见田喜子的。我见一个男的也送饭，就好奇，忍不住朝他多看几眼。这一看不当紧，他眼睛瞪得像驴粪蛋子，吼我一声："小妮子，看啥看？当心看多了，眼里长疔。"

哟，一个男的不挑挑子修大堤，像小妮子一样做饭送饭，还不叫人看？我也吼他一声："谁稀罕看你，又不是杨六郎又不是罗成，有啥好看的？"

没想到，我俩像吵架样的话，被旁边挑挑子的妇女听到了，是田老台子的妇女。妇女就笑："哟，你俩要是成一家，全庄台的人也吵不过你俩哟。"

经她这一说，我立刻觉得羞死人了，就连忙朝前跑，不理田喜子了。那时候还不知道他叫田喜子，就觉得这个瘦小的半大劳力，性子怪犟。

见我朝前跑，旁边的人都哄堂大笑起来。

半年后，等我能挑小三锹了，就遇见了挑大三锹的田喜子。

我俩忍不住互看一眼。我不理他，他倒是先打招呼："小妮儿，你还怪能哩，也敢挑挑子修淮堤了。"

我回怼他："就兴你挑大三锹，不兴俺挑小三锹？"

我原本想朝前快走几步，和他拉开距离，没想到他步子比我快，就撵着我说："半年前我比赛挑挑子把自己摔伤了，才去烧水做饭当伙夫的，我不是一开始就是烧火做饭的。"

看来，他还以为我看不起他一个男的烧火做饭，才解释给我听。见我不理他，又说："我是田老台子的田喜子，你是哪个庄台的？"

"俺是钱湖湾的。"

这时候，俺仙英姐担着空挑子从堤坝顶走下来，老远就招呼我："铁玲，可是遇到老表啦。"

"噢，那你肯定叫钱铁玲。"田喜子拍拍头，看那样子，他记住我的名字了。

俺仙英姐性格也开朗，俺那个姐夫疼她，知道她死里逃生不容易，处处让着她。仙英姐的日子过得好，伸得开腰。

"谁认识他！"我冲仙英姐摇摇头，红着脸朝堤上走。

仙英姐笑呵呵地说："这俩小孩，怪有意思。"

我和田喜子真正打交道玩比赛，是1953年7月份大闸竣工时。竣工典礼结束后，各村的人都搬东西各回各家。俺在钱湖湾的家有两间草庵棚，一间是我住，一间是俺杨大住，也是锅屋。我看工地上有些秫秸没人要，就捆了一捆，准备扛回家铺床。

这时候，我听到隔壁的工地热闹得很，不知是弄啥的。俺仙英姐冲我招招手，我就走过去了。原来是钱湖湾的人在和田老台子的人比赛唱淮河小调。大家在工地苦战三年，现在淮河大堤、厉河大坝和泄洪的大闸都建好了，大家心里轻松了，这时候就不由得想闹一闹。闹点啥好呢？就比赛唱唱曲儿，哼哼调儿。都是流传民间的那些调调，看谁唱得好听。比赛的内容主要是对唱，钱湖湾的钱大门正和田老台子的田木锹对唱《说瞎话》："南北屋挂了个西窗帘，东西大道上有马从南边来……"

这次是钱大门落败，田木锹骄傲得直翘胡子。瘦不啦叽的田喜子站出来说："俺要对唱《争灯》，谁出场比试比试？"

钱湖湾的人被钱大门输得少了志气，怕连着输，丢人，就没人敢接茬了。我看到田喜子撇着嘴，心里不服。这时候，俺仙英姐推了我一把，说："你不是喜欢哼些调调嘛，就跟他比试比试。"

我真的朝前一站，说："比就比，谁怕谁啊。"

我这得跟你先说说俺杨大了。俺杨大在湖湾里放牛几十年，还从渡口那里坐船到过淮河南，也算经多见广，不止一次到集上听过艺人唱曲儿，没事就边放牛边唱。我听多了，也会一些。《争灯》这个淮河小调，我唱得可熟练了，难不倒我。

田喜子一看是我上前跟他比试，格外积极，摩拳擦掌就要唱。我一摆手说："咱先说好了，输了咋办？"

"输了我学三声狗叫。要是你输了呢？"他虎着眼看我。

"就是比试三天六后晌，我都不会输。大家可以作证。"我心里满满腾腾装着俺杨大唱的那些调调，我敢肯定，田喜子他赢不了。

"那就先唱猜谜。"田喜子先把拿手的端出来,"天上飞的是老狸猫,地上跑的是大鲹条,淮河里跑出来个大蹄鱼,湖汊里走着盘盘草。你要是猜不着我的谜,变个老鹰叼吃你。"

"天上飞的是老鹰,地上跑的是兔子,大蹄鱼是那逮鱼的船,盘盘草那是大长虫。"我对得全对。

田喜子又唱开了:"四个瘸子抬花轿,四个盲人打着灯;四个哑巴唱小调,四个聋子跟着听。"

我接道:"瘸子说,阳关大道真好走。盲人说,纸糊的灯笼咋恁明。哑巴说,淮河小调我天天唱。聋子说,恁好的调门真中听。"我又对上了。

最后是《争灯》:"我问你,天上银河有几道弯,哪道窄来哪道宽;哪道里边能跑马,哪道里边能行船;哪道里边江渚过,哪道里边出神仙;哪道里边有仙桃树,几棵甜来几棵酸;什么人看桃桃园坐,什么人过来送饭餐;什么人挑桃大街上卖,什么人吃桃就成了仙;什么人吮吮桃胡子,什么人大闹什么多少年;什么人把什么拿得住,把它压到什么山;什么人西方干什么,才救什么人出了山。"

我撇撇嘴,跟唱道:"天上银河九道弯,头道窄二道宽,三道里边能跑马,四道里边能行船,五道里边江渚子过,六道里边细沙滩,七道里边出才子,八道里边出八仙;九道里边是仙桃树,三棵甜来七棵酸;王母娘看桃桃园里坐,金童玉女送饭餐;赤脚仙挑桃大街上卖,杨二郎吃桃成了神仙;孙猴子他才吰吰桃胡子,大闹天宫十二年;佛祖把他来拿捉,把他压在五行山;多亏了唐僧西天把经取,才搭救悟空出了山。"

田喜子一时占不了上风,心有不甘,在他一愣神的工夫,我又唱了一段《说瞎话》:"大天白更一天的星,树梢子不动刮怪风,河里面撑船逮兔子,高山上捉住个鲤鱼精;东西路画成了南北道,堂屋里挂帘门朝东。"

他对不上了,我又接唱了一段《说四季》:"正二三月桃花红,四五六月火焰生,七八九月寒霜降,十冬腊月水成冰。"

田喜子学了三声狗叫,周边围着的人大笑不止。

连新建的大闸边站着的工程师们也笑弯了腰。

后来田木锨来找仙英姐,仙英姐找到俺杨大。就这样,几下里一说合,这个亲就说成了,俺就嫁到田老台子啦。

是坐着小木船,打着赤脚,顺着小暖河坐船嫁过来的。小暖河是蓄洪区的一条长河,流过好几个公社。那是1958年的秋天,我21岁。俺杨大把家里能换钱的都卖了,给我做了两身新衣服。我穿了一身,在陪嫁的包袱里放了一身,还有一双红洋布新鞋,没舍得穿。因为当时天正下着小雨,布鞋沾了水,就不结实了。等下了小船,进了屋,我才把新鞋穿上。这双鞋我穿了三年多,平常白天干一天活,都是赤着脚下地。晚上拎着鞋,到河边把脚洗干净,才穿上。不然,哪能穿三年哪。

成亲那天,田喜子借人家一条蓝洋布裤子,还是七道缝的裤子。啥叫七道缝? 布面子太窄,裤腿上有七道缝子。被子也是借的,还是花哔叽呢的,搭在坯凳子床上,怪喜庆。他当天就把借人家东西的事,老老实实都跟我说了。

还有一样没想到,嫁过来,要住猪圈,只有一个坯凳子床。娘家是穷八辈,婆家也是穷八辈。就算是苦葫芦滚到蜜粥里,也不甜。

田喜子之前不是唱过小调夸过他的家吗?这一见,咋是这样的呢?他咋唱的,我来学给你听听:"三间大屋门朝南,四根屋梁架两边,大床结实又耐看,不怕风吹和水淹。"原来他唱的小调是最难猜的谜语。他家的房子很奇怪,房子不但窄小,房顶蓬的还不是木头檩,而是葵花秆。屋里的坯凳子床看起来怪结实,除此之外,还有一个泥台子,其他就没啥家具了。

"三间大屋门朝南,四根屋梁架两边,大床结实又耐看,不怕风吹和水淹。"田喜子又把之前唱过的淮河小调再唱一遍,一边跟我解释,"你瞧,这不是三间大屋嘛。"

我气道:"这是大屋?这就是队里的猪圈加个顶嘛。"

"大对小来多对少,高对矮来窄对宽。屋子没错。"田喜子唱道,"四根屋梁架两边,四根屋梁那是真真切切的吧。谁说葵花秆不能当檩啊?大床结实又耐看,不怕风吹和水淹,这坯凳子床肯定结实又耐看啊,风吹不走,雨淋不跑,就算大水一来泡塌了,咱就地和泥脱坯再垒起来,那肯定还是一只结实的大床啊。"

这个田喜子,他把谜底放这儿了。

田喜子是跟着他娘要饭到田老台子定居下来的。娘两个先是搭一个草庵子住。那一回发大水,他娘站在庄台边捞浮财,见有一个小木箱漂过来,就伸着木杈去够,身子一歪,就栽到水里冲走了。不知是冲到淮河里了,还是顺着湖汊子漂到下游哪儿了,总之他娘从此就找不见了。那时候田喜子才十来岁。田老台子人看他可怜,就让他住下来,吃百家饭。他也不知道自己姓啥,就知道小名叫喜子,解放后,他就直接给自己取个大名田喜子。

要饭这个行当,也有好几个样式的:有站门口说"给点吃的吧"直接要饭的,也有唱门头要饭的,就是唱一段夸人的小曲,唱过后被人赏点吃的。田喜子跟着他娘,是唱门头要饭,也难怪田喜子会唱那么多小调。生产队见他一个孤孩子怪可怜,就把队里的猪圈腾给他住。

我的身世可怜,田喜子也是。两个可怜人搭伙过日子,就算是住猪圈,也得把日子朝好里过。俺杨大说,田喜子是个过日子的可靠男人,穷虽穷点,但穷没有根、富没有苗,只要两人齐心,日子就不会过差到哪里去。我信俺杨大的。田喜子虽然比俺家还穷,但他乐观。按他说的:"再苦也要唱着过。"这话说得对,我们两个不管是去地里收麦割豆,还是拉耧耪地,都是唱着干活。干活累了歇歇时,有人叫俺俩唱一出,俺俩就唱一出。我把我会的教给他,他把他会的教给我,我俩一替一句、一问一答,唱得真不孬。后来镇上的文化站选节目,俺老两口还登台唱过《争灯》呢。1991年抗洪抢险时,俺俩加一起100多岁了,照样敢站在庄台台坡上,给前来抢险的部队战士唱淮河小调。我现在还能记住呢,是俺和田喜子从老调调里现编的:

"洪水无情人有情，共产党的军队救人民。冲锋舟，跑得快，送药送水还送菜，庄台百姓有吃有喝有穿也有戴……"

4

这几十年发了多少场大水？内涝加上拔大闸放水蓄洪，真是数不清了。哪一场大水都能说个三天六后晌。一来大水，人就像小鸡子一样，蹲在淮河或厉河的坝埂子上。我就说说1968年的大水。为啥要说说这一年的大水呢？这一年的大雨，直下了七天搭八夜，洪水呼呼呼翻卷着水头到处淌，田老台子被大水淹了，住了十年的猪圈也被大水冲倒了，一家人像小鸡一样，顶着破衣裳，蹲在淮河大堤上淋雨，脸都是白的，是被水泡的。要多苦有多苦，要多难有多难。也是在大水里，我拾到了一头小牛犊。

这就是我为啥要讲1968年的大水了。

那时候，我家最小的小子还不会走路，正吃奶呢。大人没吃没喝的，哪还有奶给他吃？他饿得动弹不了，就睡在杞柳编的大笸箩里。飞机来撂吃的，在空中盘来旋去，想把东西扔到淮堤上，结果还是扔到水里了。有人专门负责打捞，再把捞上来的东西分给大家。按人头分，一个人分二两，我家五口人，总共分了两酒盅子炒米，三个山东大煎饼。

后来雨停了，我天天到水边捞东捞西，看可能捞到可吃的东西。水里漂的啥都有，有时也能碰到被麦秸缠巴一起的南瓜纽子，还有泡得发臭的洋柿子，只要能捞到手，就吃。我不吃咋行,小孩没奶吃,不就饿死了?

那天傍晚,我看到水里又漂来一样东西,黄乎乎的,像个熟透的大南瓜。那会子南瓜还没到熟的时候呢,是啥呀?我马上用长木筢子扒拉,一看,俺的老天爷,是头小牛犊!

"喜子,快来搭把手!"我大声喊。

田喜子跑过来,抢过木筢子,就朝上扒拉。根本扒拉不动。小牛犊太小,已经被大水淹傻了,像个木雕一样,动也不动。它身下的那团草眼看着就要被洪水冲散了,那样的话,小牛犊就没活头了。我急了,想都没想,就跳进大洪水里。惊得喜子大呼:"你不要命啦!"

"我要救这个命!先救了这个命,再说。"我一手抱住小牛犊,另只手解开裤腰带,拴在小牛的腰里,再系到筢子上,喊:"喜子,朝上拉!"喜子朝上面拼命拉,我在下面拼命顶,小牛犊终于被喜子拉上去了。而我的裤子也被洪水裹走了。尽管我会凫水,可是,水头太高了,我连着喝了好几口水,呛得喘不过气,手脚就没了力气,被水头拍打着,朝漩涡里拉,眼看着离淮堤越来越远。

田喜子急得不行,沿着淮堤跟着我漂走的地方朝东撵,一边喊:"朝淮堤这里游啊!不能再往东游了,再游,就被冲走了!"

我跳下的大水窝不是淮河,淮河在淮堤的南边,我跳的这里是淮堤北边的庄台蓄洪区。蓄洪区大水窝比淮河宽多了,没边没沿的,庄台都淹在水里,只能看到一点屋顶子、一些树梢子,水头一个接着一个,一个比一个高,会凫水也不行。

幸亏田喜子借来一根又大又长的竹竿，我也拼了命地朝淮堤边游，一把抱住了大竹竿。田喜子把我拉了上来。

"为了一头小牛犊，差点把命搭上。"我喝了一肚子水，躺在淮堤上朝外吐，田喜子一边给我捶背，一边絮叨。

"别管我，你快去瞧瞧那小牛。"我推着田喜子，"只要是命，都珍贵。命搭救到手了，就别丢。你快去瞧瞧。"

那头小牛犊眼看不行了，闭着眼，不吃不喝。主要是太小，遭大水泡，瘫地上不动了。我得救它！我吐掉喝下去的洪水，好受多了，就把小牛犊抱在怀里焐，一边焐，一边摸着它的头，絮叨个没完："小牛犊，乖又乖，吃口奶，站起来，能犁能耙能打场，拉着大车运公粮……"

一边哼着小调儿，一边喂小牛奶喝。挤在手心里，朝它嘴里抹。小牛嘴巴动了，舌头伸出来，直舔俺的手心。就这样，俺把俺儿子的口粮喂给它喝了。

小牛犊活了下来。

上面救济了面粉，我就打面糊给它喝，夜里一边搂着它，一边搂着小儿子。攒足了奶水，一只奶水给小儿子喝，一只奶水给小牛犊喝。挤出来，捧在手心里，它还真舔得干干净净！

也有人起哄，说这小牛犊活不成，不如吃了它。我像护小孩一样护着小牛犊，宁可自己不吃，也要把面糊糊灌进它嘴里。就这样，熬过了那些糟心的日子，直到水退了下去，才回到庄台子上。

小牛犊能正常走路了，我找到生产队，把牛交给队长，让饲养员养着,跟队里的大牛一起养。队长喜欢得不行,那时候生产队多缺牛啊,这多了一头牛犊,等它长大了,那就多了一头牲口,多中用啊。

大队听说我捡了一头小牛犊给了生产队,要奖励我。问我要啥。我说,给俺两根真正的木头檩吧,俺家的猪圈被大水淹倒了,俺想脱坯垒间泥巴屋,要有木头檩才管啊。

1968年的大水过后,全家终于不再住猪圈,而是住上了有木头梁的土坯房。1969年和1971年两次拔闸泄洪,大洪水两次进到田老台子上,土坯屋也是连着两次被洪水淹倒。淹倒了不怕,俺家的木头檩一直好好的。只要有檩条在,就能脱坯垒房子。

我跟你讲啊,就俺家的这根檩条子,还救过人命呢。

5

我得跟你说说我救俩小孩的事了。

我救的第一个小孩,成了我的小儿子;我救的第二个小孩,成了我的儿媳妇。如今呀,小儿子和儿媳都陪我住在田老台子上,照顾我吃喝。你说,我还有啥不满足的?

不朝远里扯,就单说说我是咋救这俩孩子的吧。

前面我不是跟你说过救那头小牛犊的事了吗?那头小牛犊,长得可好了,还是头母牛,长大后,三年生俩小牛,是队里的大功臣呢。队里的人是怎么夸奖我的,我学给你听听:"这个杨铁玲,把亲生儿子饿得黄病寡瘦的,却把奶水省下来喂给小牛犊喝,救了小牛犊一命,给生产队留下了一头生小牛的好牛,功德无量啊。"

你瞧瞧把我夸的,哪有啥功德啊,我见了命,不管是人是牲畜,都要救。只要是命,都珍贵。

1968年发大水,我救了那头小牛犊。1975年拔闸蓄洪时,我救了俺的小儿子田三声。为啥取名田三声?是我朝他屁股上连拍三巴掌时,对他喊:"我连喊三声,第三声再不答应,我就把你板啦。"结果你猜咋的,我第三声的喊声一落音,他啊嚏一声,打了一个大喷嚏。我说:"好啊,你这也算是答应俺了。"

跟以往发大水相比,1975年的大闸拔得晚了些。是农历七月初九的时候。大豆都长满地了,淮河里的水咋又涨起来了?上游的雨水多,淮河就涨水;淮河一涨水,上游的地方、下游的地方,就有危险。咱庄台这里,本身就是盛水的大水窝,咋办呢?国家一声令下,拔闸,放水,人就得赶紧撤离庄台子。

哗啦一声,大水来了,豆子、玉米、花生、芝麻,庄台下面的庄稼地,一片汪洋。这阵势反正不是第一次见,庄台人跑水反也有经验了,投靠岗上的亲戚家,直接跑到淮河大堤或厉河大坝上搭庵子住,都管。哪个简单就选哪个。拖家带口投奔亲戚家,要吃要喝要住,不方便,不如在堤坝上搭庵子简单。

也没啥可收拾的,背着包袱、提着篮子、扛着粮食口袋、抱着孩子,大人孩娃一起朝堤坝上跑。田老台子是个大庄台,正好在蓄洪区水道最宽的正中间位置,就是说,田老台子离淮河大堤10里路,离厉河大坝也是10里路,大水窝最窄的地方是4里路。最宽的地方有多少里路？正好20里路。

以前跑水反都是朝淮河大堤上跑，这回呢，田喜子说，就到厉河大坝上搭庵子吧。庄台下面路上的水快没到腿弯时，大家都大包袱小行李地开始搬迁了。拔开了大闸，水跑得比人快，人得提前跑。要紧赶慢跑地朝大堤大坝上逃命。也就一天一夜的工夫，洪水就把大水窝灌满了，庄台子被大水淹没到顶了，都变得影影绰绰。

俺一家五口挤在庵子里。最简单的庵子，国家提前在大坝上统一揳好了木头桩子，蓬着淮草苫子，按生产队来分配。田老台子大，有三个生产队，住在淮堤上的有两个生产队，厉河大坝有一个生产队。

住在庵子里，我心里直打鼓，我挂念庄台土坯房上的木头檩。土坯房子一泡水肯定要倒，这次的水大得很，这万一屋子倒了檩被冲跑了咋办？尽管在离开庄台时，每根屋檩下面都用长绳拴着一只石磙，我还是担心水头太大，石磙子拉不住木檩，木檩会被冲走。等水退了再脱坯垒房子时，没有檩可不行。这样一想，我就腾地站起来，冲田喜子喊："我得去看看咱家的檩！"

田喜子性子历来比我糯，但这次他拦得紧，立刻说："你这娘们，不要命啦。儿子们，看好你娘。"

我要多扯几句当时俺家里的情况。我眼面前有三个儿子，最小的儿子1968年生的，1968年拔大闸时小儿子才两个多月，还不知道跟小牛犊争奶喝。一个儿子1965年生的，一个儿子

1962年生的。其实我还有个大儿子，是1959年生的。这事不能提，一提我就止不住淌眼泪。如果活到现在，大儿子也是60多岁的人了。

咋的呢？刚结婚的时候，穷啊，住猪圈，睡坯凳子床，铺秫秸箔。穷得没有铺底，连一床粗布单子都没有，人就睡在光箔上。大儿子出生时，正赶上热天，我下地干活，把他放家里的坯凳子床上。他太小，还不会翻身，饿哭了，就光知道在床上乱蹬乱动。手没事，脚后跟被秫秸磨烂了。就用布片包一下，照样把他放床上，伤口越来越重，是得了破伤风。那时候年轻，没经验，发现时就没救了，发高烧，嘴都不会张，奶也不会喝了……大孩子就这样没了……

不说了不说了，瞧我这没出息的样儿，这都过去多少年了。我说说咋拾到俺小儿子田三声的。

我心里记挂着大水泡时间长了，土坯屋子会倒，大水会把家里的木檩冲跑。心里急，就忍不住说出来了。田喜子比我性子糯，劝我不要急，可是，我管不住自己不着急，就站厉河大坝上卖眼，看哪里有船，可能捎我回趟田老台子。

舟桥部队有船，主要是救援用的。搬迁的人就算紧赶慢跑，还是有没跑掉的，被大水困住的，就爬到树上抱着树，或在柴火垛上趴着，都等着船来救命。我就想搭上这样的救命船，去看看俺家的木头檩。

正卖眼朝远处东瞧西看着，就看到洪水里漂过来一样东西，随着水头的翻滚，一会子沉一会子浮。是个啥呢？像一段木头。

近了才看清楚，俺哩个娘啊，是个断了半截的井架子，井架子上还挂着一只破木桶，木桶里好像有东西在动。

井架子你可能不熟悉。现在的年轻人也不知道是个啥了。俺知道。是菜园的水井上搭的专门用来提水浇园的架子，是个三脚架子，竖着的那根架子专门吊着水桶朝井里提水，横的那根下面坠一块石头，提水时石头朝下坠着，省力得很。

我只看到水桶里有东西在动，就想，会动弹，一定是条命。只要是命，就得救。可是，拿啥救呢？啥法子都没有，我就直接从坝子上跳到洪水里。尽管我有水性，几个大浪一打，我还是连着呛了几口水。管不了那么多，我得抓住水桶，把命给救了。

不停翻滚的水头，把我朝大洪水里送，我离大坝越来越远，我得抓住那只木桶，我得救木桶里的命。

我连续伸了几次手，连着喝了好几口水，终于抓住了木桶。

我哩个娘哎，里面真有个小孩。小孩已经一动不动了。我刚才看到木桶里有东西在动，是小孩身上的衣服灌了水，鼓出来的大水泡在动。

不管小孩是死的活的，我得当活的来救。我举着半截井架，让木桶离开水面，把桶里的水全部倒掉。我让木桶保持口朝上，一只手举着井架上的木桶，一只手拼命朝厉河大坝游，只要到了大坝坝坡，就能想法子上到坝子上。我发现那截井架太碍事，就用牙齿咬断绑着的绳子，把井架扔了，再把木桶提手挂到脖子上，推着木桶，双脚用力朝厉河大坝游。

田喜子被我的举动吓坏了，他紧跑几步，也想跟着我跳到洪水里。这时候，俺三个儿子一拥而上，朝大水窝里直喊娘。这一喊，就喊醒了田喜子。他不能跳下去，现在跳下去的是我一个人，算是一个人的危险，如果他再跳下去，那就不仅是两个人的危险了，那是全家人的危险。

要说田喜子脑瓜子灵，真没假。他当年能唱淮河小调骗我住猪圈，你说他脑子能不灵光？田喜子冲三个儿子喊："儿子，我们一起救你娘。快，扒庵子，解绳子！"

当时俺大儿子13岁，二儿子10岁，小三7岁。他们一起动手，几下子就把庵子拆倒了，把庵子顶上那根捆绑横柱的麻绳子全部解下来，大儿子和二儿子负责解一头的绳子，田喜子和小儿子负责解一头的绳子。只一会儿工夫，两根麻绳子就被田喜子结在一起，变成一条长绳子了。他又拔掉一根搭庵子的木桩，拴在绳子头上，就朝大洪水里扔，一边高喊："杨铁玲，接住！"

田喜子当然不会朝我头上砸，但他扔的地方离我很近。我游了几下，就抓住了那根木桩，也抓住了救命的绳子。田喜子喊："你这个财迷，手里东西不要了，赶紧扔！你拽着绳子上来。"

"你先把小孩捞上去。"我怕绳子不结实，经不住我，万一半道上断了，木桶和小孩滚到洪水里就麻烦了。我就把木桩先解下来，再把木桶的提手拴在绳子上，又把木桩拴上去。田喜子这才知道桶里有小孩，他赶紧先把桶拉上去，顾不得看小孩，连忙再把绳子扔下来。三个儿子和田喜子一起，把我拉到坝子上。

我装着半肚子呛的洪水，直奔木桶旁边。我把小孩从木桶里提出来，浑身上下摸一遍，又在胸口上揉，把他头朝下提住，在他屁股上拍打，嘴里喊着："娃，你醒醒！娃，你醒醒！我连喊三声，你再不答应，我把你板水里……"喊到第三声，拍打到第九下时，小孩啊嚏打了个喷嚏，醒了。

"这是咱家的小儿子，他叫田三声。"我扬起脸，朝田喜子喊。

我捡到田三声的时候，他该有两生多了。给他喂了水，又喂了面糊糊，他神情慢慢清醒了，冲我笑笑，抿着小嘴。小孩长得怪俊哩，我跟田喜子说："咱先领着，等有人来寻孩子了，是谁家的孩子，咱就给谁家。"

一直到洪水退了，庄台上的土坯房子垒起来了，也没人来寻这孩子。我问田三声家是哪里的，他就光抿嘴笑。过了好几个月，还是没问出他家到底在哪里。直到他五六岁了，能走能跑了，能薅草会烧锅了，他还是只会抿嘴笑。

田三声是个哑巴。

那我也认了。俺这个小儿子可孝顺了，他从小就是我的跟屁虫，孝顺又仁义，我喜欢得不得了。田老台子有不少人劝我说："板了吧，小哑巴，养着累，养大了也操心。"

谁劝也不行，说八样的也不行，我咋能板了俺的小儿子。再苦再累，爬着滚着要饭吃，有我一口，就有他一口。我咋样作难也不能板了他。

除了不会说话，小哑巴可懂事了，我说啥他都懂。我说："把猪食倒进猪食槽里。"他连忙端着猪食就朝猪食槽里倒。我说：

"去数数咱家的麻鸭,可都回圈里了。"他立刻跑到鸭圈那里,回来后,就用手比画着,跟我说,16只麻鸭都进圈里了。

俺小儿子干活手也巧,学啥会啥。我心里就有一样放不下,这到底是谁家的孩儿呢?我要找到这个家,告诉他们,这孩是俺家的孩了,不短吃不缺穿的,叫他们放心。想到这一层,我就在庄台蓄洪区来回踅摸。

前面不是说了嘛,我出生的地方叫汪湖湾,养我的地方叫钱湖湾。俺的亲大亲娘把我板了,我发誓再不回汪湖湾找他们,我还带着一辈子对两个妹妹的愧疚,更加不敢回汪湖湾。直到我嫁到田老台子有了几个孩子后,我想通了,这有啥放不下的呢?那个年代,养不活孩子,不如把孩子板了,给别人拾去,还能有个活路。于是我决定回一趟汪湖湾。没想到,亲娘老子都不在了,最小的妹妹招了一个赘婿,日子过得还行。我抱着俺小妹哭了一大场。小妹说,亲娘老子早就知道我在田老台子,还偷偷跑来看过我,远远地看我在地里干活,手脚利朗朗的,他们也放心了,就抹着眼泪走了。小妹还跟我说,三个姐嫁在三个地方,淮河南的村子嫁了两个,庄台子这里嫁了一个。"那两个被板的妹妹呢?"我问小妹。

"她们确实被大水冲走了,也是命大,又被逃水灾的人捡到了,七打听八打听,就打听出来是咱家板的人,就又送回来了。说,要板就板一个大的,还能有活路,一下子板三个闺女,天理不容。大和娘就只好再养着五姐和六姐。没想到,五姐6岁时得了脑膜炎,死了。六姐7岁时,下河踩藕,脚抽筋,淹死了。"

听到这些,我又哭了几场。我想,人这一辈子多么不容易,就从俺家人的经历来看,就非常非常不容易。我一定要活得更好更好,多做善事。遇到我能救的人,就一定救下来。

我去看了嫁到方台子的二姐,又过轮渡去淮河南看了大姐和三姐。顺带把捡到小哑巴的事说了,我让几个姐打听打听,看这是谁家的孩子。不管是有意板的,还是发大水丢失的,我都不给他们了,我会好好养着。我也去钱湖湾叫人打听小哑巴是哪个庄台的。我就是想寻到他的亲大亲娘,告诉他们小哑巴很好很好,不用他们惦记。只是让他们放心,这小孩有着落了,活得好着呢。

我想到这些年我对两个妹妹的惦记、愧疚,我不能再让人过像我这样心里放不下愧疚的日子。

絮叨了这么久,我一直没跟你说钱湖湾俺杨大咋样了。钱湖湾是俺娘家,嫁到田老台子,不影响我走娘家。俺杨大年岁大了,一个人住在钱湖湾我不放心,想把他接到田老台子来住。可是,我住了10年猪圈,从1958年住到1968年,1968年的大水把猪圈冲倒后,才有了两根木头檩,才垒了三间土坯房。有了土坯房,我就想,这下就能把俺杨大接过来住了吧。没想到,俺杨大得了病,咳血,1969年就病逝了。他一天福都没享我的,我对俺杨大,也是一辈子的愧疚呀。钱湖湾永远是俺娘家,老屋还在那儿,被水冲倒不止一次,回回冲倒了,我就回回脱坯垒好。我想,俺杨大在钱湖湾生活了一辈子,要是想钱湖湾了,就会回来看看。那个老屋基,就是他的念想。前几年,新建了保庄圩，钱湖湾有一半以上的人家搬迁到保庄圩了，钱湖湾进行了重新修整，俺家的老宅基地就给村里做了文化广场，建了一条长廊。留在钱湖湾住的老人，每天坐在长廊上说话，可好了。征求我意见时，我说没意见。俺杨大要是在世，也绝对没意见。现在，钱湖湾的老头老妈坐在长廊上说的事、唠的嗑，有一多半都是俺杨大经历过的。

打听不到俺哑巴小儿子的亲大亲娘，我就不再寻找了。这可能是老天爷送给我的又一个儿子，来弥补俺没了的那个大儿子吧。

6

我记忆中，1982年连着拔了两次大闸泄洪，1991年连着拔了两次大闸泄洪，2003年也是连着拔了两次大闸泄洪。我就单说说2003年拔大闸的事吧。为啥？这一年，我给俺小儿子捡了一个媳妇。

2003年，俺小儿子田三声满打满算31岁了。他是个大个子，能挑能抬、能吃能睡，还会开手扶拖拉机，就是不会说话。田老台子人见了他都说："三声啊，你哪怕像你的名字一样，说三声话呢，说一声也管啊。"他只会抿嘴笑。

我已经不担心他不会说话了，都过去小30年了，不说话也不耽误他跟家里人交流。我担心他说不上媳妇。

在庄台这里，就算好胳膊好腿好脑瓜儿的半拉橛子，娶一房媳妇都不容易。为啥？艰苦呗。大水窝这里，住得艰苦、活得艰苦、吃得艰苦，哪庄的闺女愿意朝这里嫁？何况俺家三声还不会说话。

我前面的三个儿子，都娶上媳妇了，却个个不容易。先说老大。二十五六岁了，还打着光棍。红人来俺家说媒，一看家里有四个儿子，最小的儿子还是哑巴，红人头摇得像拨浪鼓。我又托了亲戚给老大说媳妇，女方家的人也相中老大了，就是庄台上的房子太窄小，四个儿子连同两个老人，就那三间土坯房，再娶个媳妇回来，咋住？我和田喜子当场表态，我们两个老的，就在庄台下面搭间茅庵子住。千难万难，总算给老大娶上了媳妇。按事先答应的，娶媳妇前，我和田喜子先把茅庵子搭好，挪到庄台下面。媳妇进门后，过了两个月，就分了家。庄台上的三间土坯房，翻盖成了砖腿房，那两根老檩还派上了用场，继续当大梁。老二和老三住一间东屋，老大和老大媳妇住西边的两间。屋山外面搭了披屋，当厨房。

那时候，农村开始有越来越多的人出门干活，就是大家后来说的打工。老二和老三，都跟着庄台的人，到淮河南边去打工了。给人家盖房子时，老二被当地的一个闺女喜欢上了。俺家老二长得可不孬，细长条儿，仁义，还勤快，条件是得入赘女方家，那家没儿子。老二回来跟我说："娘啊，我才知道啥叫住得宽敞，堂屋是三间砖腿房，东边还有三间厢房，还围着一个大院子，院子大门也是三间房。光院子大门那三间房，都比咱家庄台子上的房子宽敞。"

俺儿说得没错。庄台这里人老几辈，谁住过宽敞房子？就那一个大土台子，尽管年年朝上堆土，又能扩大多少地方呢？家家都要添丁加口，庄台就那么大，都是房挨房、墙抵墙，出门一抬头，鼻子能碰到前面人家屋墙上。

我和田喜子一合计，得了，反正咱家儿子多，那就满足老二住宽敞房子的心愿吧。就同意他入赘了。离得也不远，从渡口那儿坐轮渡过了淮河，再坐一班汽车，百十里路，说到就到了。

老三一直在合肥卖菜，先是在双岗，后来就到了周谷堆。这些年一直在周谷堆。老三人长得光棍，有模有样，能说会道。俺家小四三声的话都叫老三说了。咋恁巧，刚到周谷堆就和钱湖湾的钱三妮好上了。钱三妮也是家里的老三，在周谷堆帮人看杂粮摊子，两人一叙，老乡，三妮的家还是钱湖湾的，和姥娘家一个庄台子，就觉得不外，自然而然走到一起了。是住在合肥呢，还是回到庄台子上？老三矛盾了许久。我说："老三你别纠结，你大哥你小弟都在庄台，我有人照顾。"老三最后决定在合肥定居。卖菜攒了十多年的钱，在北城买了一套带电梯的房。也不卖菜了，就在小区门口当保安，帮着收拾垃圾桶。

好，我来跟你说说2003年帮俺家田三声拾到一个媳妇的事。

这一年拔大闸是农历的六月初四，麦子也收下了，大豆也种上了，淮河的肚子又被大水撑满了。淮河肚子胀得满满腾腾的，不光是淮河上游的雨水下得多，咱庄台这里，也没少下雨。雨水大，淮河满，大闸就得拔了。

农历的六月初四，是阳历的7月3日，太阳正当顶，拔大闸的号令下来了。这次拔闸的号令下得急，听说是上级连着开了几场会，就是讨论拔不拔大闸的事。省里的领导要保护庄台，不到万不得已不拔闸；国家防总指挥部的领导也支持保庄台，只要淮河水位停止不涨了，大闸肯定不拔；要是淮河水位一个劲儿上涨，洪峰一波接一波，只能拔闸。到最后，大闸还是拔开了，听说淮河水位早就涨到超警戒水位了，再不拔开，就不管了，就出险情了，上游下游的城市呀铁路呀，都要受淹了。

撤离的时间太紧，庄台的大人孩娃，牵着羊、驮着粮、抱着鹅、背着娃，一起朝淮堤上搬。田老台子在1991年拔闸发大水后，就加高加固了，成了安全庄台，可以不用搬迁了。这省了多少心！我就想，我家待的庄台就是救难所了，我遇到哪个有难的人，就把他捞到庄台上，管住管吃管喝。

第一次拔闸放水三天搭两夜，庄台四周都是晃人眼的汪汪大水。出过远门的庄台人说，这样子就像大海，大海一眼望不到边。拔闸蓄洪后，庄台下面的大水也是一眼望不到边，每座庄台都像漂在大海上的轮船。

站在庄台边，我左看右看，心里惊慌得很。大水的水头昂得高着呢，水头像长了利爪子，朝庄台上挠呀挠，要是把庄台台坡挠塌了咋办？庄台可是土堆的呀，庄台台坡一塌，庄台的土就嘟噜到大水里了，就可能要塌了呀。还有，吃水有困难。虽说庄台上打了拉丝井，可是，庄台下面的水太大了，拉丝井拉出来的水，也浑浊了。

拉丝井是庄台人家吃水唯一的井。就是在庄台上埋根长铁管，直捅到庄台下面有地下水的地方，庄台本身就高，铁管得有几十米长才行，不然，够不到地下水。铁管有茶杯口那么粗，里面装根铁丝，像拉风箱那样拉着铁丝朝上拔水，水才能出来。不但出水量少，水还有杂质。

吃水困难，吃米面菜更困难，要不咋说庄台是孤岛呢。一切都要等机帆船运过来。蓄洪区100多座庄台子呀，那得多少只船！还有生病的人，要生娃的妇女，都得船来救。

你可看到俺庄台上竖的钟楼？以前不是报时的钟楼，是水塔。有了水塔，就废除掉了拉丝井。现在水塔也不用了，新水厂建好后，自来水管直接安到各家各户，都能吃到更干净的自来水。重修庄台时，水塔没扒掉，改成了一座钟楼。听电视台的记者讲，这钟楼就是庄台文化，得留下来。

俺不懂这个，俺只知道，这座水塔是田老台子所有人的念想。每个庄台上留下来的水塔，也都是每个庄台人的念想。

拔闸放水三天搭两夜，闸门关停后，我心慌意乱地站在庄台边的台坡那儿，等着俺的小儿子田三声回家。他都两天没回来了，跟着机帆船救人去了。虽说三声不会说话，可是，他真的不聋，啥都能听得见。他的听力，是他两三岁的时候，我检验出来的。有一次打雷下雨，轰隆一声，电闪雷鸣，三声立刻捂住了耳朵，扭头看到我也捂住耳朵，他就笑了。事后我跟人说三声不聋，庄台上的人说，他肯定是看到我捂住耳朵，也学我的样儿捂住耳朵的。我不信。都说十聋九哑，俺家的三声，肯定就是那个不聋的。所以这次村里召集庄台上的年轻人参加抢险队，俺家三声就报了名。村长摇着头，不愿让三声去，急得三声手在胸前连着比画。我明白村长的一片好心,我担保说:"俺家三声能听得懂大家说话,放心。再说,庄台上的年轻人都进城打工了,留下来的,还有多少能进抢险队的?俺家三声就管!"

三声就这样去了抢险队,跟着机帆船在大洪水里救人,到附近的庄台运送生病的人,天天跟着船,在岗子和庄台相连接的码头间来回跑。

前面我说了,田老台子俺家有三间屋,盖成砖腿房后,大儿子两间,我和小儿子住一间。大家挤一挤,没啥。我早就不住庄台下面的庵棚了。1991年拔闸泄洪时,我就搬到庄台上挤着住了。

田喜子没了。

我还没说田喜子咋没的。是1991年拔闸时没的。他自告奋勇跟着村干部一起,在洪水来之前去各庄台喊人,喊着喊着,大水就来了。七八个人都走不掉了,就一起趴在麦秸垛上两天两夜,后来被巡逻的船救了回来。回来只歇一天,又接着去巡堤。他没吱声屁股被长虫咬了一口,是趴在麦秸垛上躲大水时被长虫咬的。不是有毒的长虫,他也没在意,怕我担心,也没跟我讲。咋就发炎了,还坚持巡堤,直到发高烧被船运到镇上的医院,再转到县医院,没得救了。感染时间太长,是破伤风,救不过来了。

田喜子老时,也才55岁。我一时无法接受,眼泪流干了。我也不能跟着他去了呀,还有几个儿子呢,还有俺的哑巴三声呢。

我得陪着他们。

伤心的事不多说,我还是说说给三声捡个媳妇的事吧。

三声跟着救援船忙到第三天,才回家一趟,喝碗稀饭,吃俩馍,又跟着船走了。他用手比画着,讲了咋样用船把陈台子的妇女拉到镇医院,生了个大胖小子的事,说得一头劲。然后,嘴一抹,又跟着船走了。我撑着他跟到台坡那儿,看着他顺着台坡蹚水来到船上,嘱咐他:"三声,你要注意安全哪。"他扭头跟我笑,点着自己的胸口,再指指我的胸口,叫我放心。

大闸拔开三天搭两晚上放水泄洪,闸门关掉才几天时间,又第二次拔开了。我算算,第一次拔闸是农历六月初四,第二次拔闸是农历六月十二,中间隔了不到十天,拔了两次闸。真是没想到,淮河上游的雨水下个不停,淮河的肚子不卸饿,咋办?拔闸,再把淮河里的水朝这儿放。咱这大水窝,到底能盛多少水啊。

大水围着庄台打着漩涡,一扑一扑朝庄台上抓,看着真吓人。田三声还在抢险队,他晚上回来时比画着说,庄台下面的水头,比以前更大。

我叫他一定小心。他用胳膊比画着,还张开嘴巴学麻鸭叫。我知道,他在说自己像庄台的麻鸭一样,会凫水,淹不死。

农历六月十五,天大晴,我站庄台边看黄乎乎浑浊浊的大汪洋,头直晕。要是田喜子在,他会唱哪一出小调?我想起了他唱过的淮河小调:"连日暴雨下不停,千里淮河起洪峰;波浪滔天拍长堤,大闸水位往上增。拔开了大闸水头猛,就像蛟龙搅水四下里涌……"

我肯定还会比着赛似的跟着他唱，也一定不会比他唱得孬。心里想着田喜子，就朝更远的水面望。就望见了一个红乎乎的东西漂过来。是啥呢？像被单裹着的啥东西，又像一只大塑料袋。等离我还有丈把远时，我看清了，是个人！趴在倒扣水里的大木盆上的人！

我手里正拿着一把长木杈，就把杈朝水边伸，扒拉那只木盆。在大水窝生活的人，站水边时，不能空着手，总要拿着一样捞人捞物件的东西，随时派上用场。我拿的是木杈。

水浪太大，木盆不听使唤，根本不愿朝庄台边靠。我就沿着庄台边，一边跑一边喊着领航："闺女，你把胸膛子趴木盆底子上，腾出一只手来划水，你朝南边划，对，朝台坡这里划！"

我已经看清楚了，木盆上趴着的是个闺女，红乎乎的东西是她身上穿的衣服。为啥让她朝南边划水？田老台子在蓄洪区的正中央，也是厉河、淮河之间最宽的地方，庄台西北面正对着大闸来水的方向，大水到了庄台西北面时，会分成两股，一股向东，朝庄台东面流走；一股向南，绕过庄台西南方的台坡，再朝东南流。台坡是庄台人上下庄台的地方，坡度由高到低。庄台东边也有台坡，可是，台坡边是口大水塘，台坡也比较陡，有漩涡，不好靠拢。我让她朝南划水，就正好经过西边台坡这里，这里的台坡坡度长，不陡，水面平缓。我下到台坡下面，站水里，能扒拉住木盆。

当我站在齐腰深的水里，用木杈扒拉住木盆时，我喊："肚子朝下使劲摁住木盆底,手抓住木杈朝上使劲,对!好样的!"我这样让她使劲不矛盾,肚子不使劲摁住木盆底,盆跑了,她也跑了;手不使劲抓住木杈,又咋能捞上来她?

我拼上了一身老劲,终于把木盆和木盆上趴的闺女拽了上来,我却滑进水里了。刚才使劲又喊又拽木杈,我闪住腰了。幸好这时候田老台子跑过来好几个人,其中一个人还扛着一只大渔网,朝我落水的地方一撒,就把我捞上来了。如果再晚一点,我真就被洪水卷走了。

我和被捞上来的闺女,坐庄台边吐着肚子里灌的水。我才看清楚,这闺女身上穿的是通红的羽绒袄。大热的天,穿成这样是啥意思?

是俺儿田三声把我背回家的,正好三声坐着冲锋舟回庄台。水生是被田老台子的人抬回俺家的,她就坐在被她趴着的漂了一路的木盆里。这只木盆有不少年头了,却结实得像条船。

对,水生,就是被我用木杈捞上来的那闺女。我问她叫啥名,她说,现在她叫水生。我想,庄台这里叫水生的不少,重名哩。她说,她不管,她现在就叫水生,她是在庄台的大水窝里复活重生了;她不但叫水生,她还叫我是娘。

我说:"叫重生,不是更好。"她说:"娘,重生太直观了,还是叫水生好听。这也预示着,今后咱家的日子,风生水起,顺风顺水。"你听听这话,多有道理,啥叫直观,俺不懂,后面的话俺更是听得云里雾里,但肯定都是有学问的话,没有学问,哪能说得这么有理有据啊。

直到住进我家好几天了，这闺女才跟我说实话："本来想死到大海里，大海离得太远，手里没钱去大海边了，正好碰见这里发大水，就来这里死了。有意穿着羽绒袄，想着羽绒袄有浮力，能多漂一会儿，享受一下漂洋过海的感觉，然后再被大海收走。没想到喝了半肚子水，淹了个半死的时候，让一只破木盆硌住我腰了，就趴在木盆底上，才发现，淹不到水了。活着漂，也不错。就漂到庄台这里了。要不是俺娘你用木杈把我捞上来，说不定我就死了。那就太可惜了，没哪个闺女喊恁是娘了。"

这闺女嘴真能说，也都在理。

我闪了腰，不能动弹，俺小儿子三声就在家照顾我。水生年轻，很快就活蹦乱跳了。水生喜欢跟三声说话，问长问短。三声只能摇头或点头，大部分时间是微笑；着急时，也会用手比画着解释。等退水闸打开，洪水退走后，水生跟我说："娘，要不我给三声当媳妇算了。"

这话说得我一愣一愣的。虽说是我把她从洪水里捞上来的，但她口口声声喊我娘，我是把她当亲闺女一样待的，反正我也没闺女。但我心里可没想过要留住她，更没想过要把她给三声当媳妇。她跟庄台这里的人不一样，她明显是见过世面的城里人，至于为啥跑到庄台的大水窝里寻死，是她的秘密，她不说，咱不问。可是，她要留下来给三声当媳妇，那不合适。弄不好，会害了三声。

"娘，您听我详详细细说给您听。您要是觉得在理，就把我留下来。"在庄台下面的洪水全部退走、受淹的土地露出污七八遭的淤泥时，我的腰也好了，水生拉着我的胳膊，顺着庄台台坡朝下走时说，"娘，您就是从这里把我给捞上来的。您要是不捞我，我真会被冲走淹死了。自从木盆拦腰托住我，我爬到了木盆盆底上时，我就不想死了。可是，不想死也活不成，水太大了。幸亏遇到了您，算我命大。所以，娘，我要把我的事全部说出来。"

水生的事也不复杂。她是生在城里的人，在技校上学时，咋就喜欢上了镇上的男同学，毕业后就跟着来了，一起干生意。是在岗上的集镇，不属于蓄洪区，离庄台这里也不太远，翻过厉河大坝，再过一座大桥，就到了。水生家在城里做生意，不差钱，她爸不同意她来镇上，她妈心疼她，就把家里的钱拿些出来偷偷支持她。做的是烘焙店，在镇上，这样的生意也不知道好不好做，可能挣到钱，咱也不懂。没想到的是，水生的男朋友仗着在自己家门口，不如念书时待她好，更要命的是，她男朋友跟街上一个家里开超市的女孩玩在一起了，说是发小。玩到最后，竟然一起跑到南方的大城市开店去了，把水生一个人扔下了，钱也全部带走了，一分钱都没给水生留。水生想不开，把自己关了好几天，不吃也不喝，她想走到海边跳海去，可是，卡里的钱全部被那个男生转走了，连去海边的路费都没有了。她也不可能再问家里人要钱。正好拔闸泄洪，水生来到厉河大坝上，看到庄台这里也像大海，她就直接从厉河大坝上跳下去了。

"我趴在木盆上后，就不想死了。可是，不想死也活不了啦，水太大了。多亏了俺娘您。您冒死救了我，让我在水里重生，我今后可惜命了。我也想开了，为了一个不值当的人去死，简直蠢到家了。"水生真心实意地看着我说，"娘，只要您老不嫌弃，三声哥不嫌弃，我就给三声当媳妇。"

我说："闺女啊，你可不能冲动啊，过日子可是一辈子的事。三声是个哑巴，也没啥文化，只在庄台的小学里旁听了几天课，不配你啊。"

"娘，三声是多好的人啊。仁义，孝顺，能干，勤快，会做饭，会干庄稼活。"水生快言快语，"最关键的一条是，人善，心干净。心干净的人，那可是十万里挑一才能遇上的啊。您老腰闪住了，他做吃做喝的，还喂您吃喝，多孝顺啊。人好和文化深浅没关系。我就留下来嫁给三声，一起在庄台发家致富。这些天我待在庄台，看着大水慢慢退去，庄稼地被淹得不成样子，豆苗都成了污泥样，大路上也是污泥、垃圾，可是，庄台人并不是我想象的那样哭天抢地，而是家家奔到地里，大声说笑，清除垃圾，补种栽苗，干劲冲天。我觉得，这世上，再找不着比庄台人更好更宽容更上进的人了。我要留下来，做个庄台人。娘，我是认真的。"

"妮儿，你可知，庄台人有多苦？"我不得不提醒她。

"知道。俺娘，您可知庄台人有多可爱吗？哗啦一声，大闸一拔，大水扑通就来，把庄稼地变成汪洋，可听见哪一个庄台人埋怨过？个个像庄台这里的大柳树一样，直直地挺立着，水来我退，水退我进，该修屋修屋，该给地里补种啥就补种啥，都是千难万险打不倒的样儿。我自己出点事就想着跳海去死，想想那真是连庄台人脚后跟上的皴皮都不如。"水生扑闪着大眼睛,一脸真诚,"再说了,这些年庄台也在不停地改变不是吗?比如咱家这里,庄台又宽又牢固,是安全庄台了,来大水也不用搬到堤坝上躲水了,这就是一大进步。今后的庄台会越来越安全,对拔闸泄洪来大水,大家都有一套庄台经验了不是吗?水涨台高,这些年淮河水位最高达到多少,也有规律了不是吗?再再说了,大闸也不是年年都拔,大水也不是年年都来不是吗?"

水生说的好几个"不是吗",真把我说服了。可是,我心里还是有疑虑,这城里的小妮儿,到庄台上生活,干啥合适呢?真跟着大家一起去地里刨土种庄稼?

"种庄稼肯定不是我强项。"就像能看懂我心里的想法一样,水生接着说,"庄稼地有三声打理就行了。我做他不能做的,我就专门经营咱庄台的农副产品,做批发,直接批给镇上的店里。娘,您放心,做经营我是一把好手,俺爸就是卖小商品起家的,我有家传。"

就这样,水生跟俺的小儿子三声成了亲。这相当于,俺在大洪水里给小儿子捡了个媳妇。三声走路都是跳着走,那是高兴啊。三声不会说话,水生爱说话,一屋子都是水生的说笑声,相当于水生把三声的话都说了。

庄台上的人都好奇,悄悄提醒我,这个来历不明的女人,成了三声的媳妇,图的啥?别把家里值钱的东西拐跑了。我笑了。我对水生是一百个放心,水生快言快语,没多少心眼,不会使坏。不然,她也不会被那个男的把钱财都拐走了。这是水生的秘密,我不能对外人说。我只对田老台子的人说："三声他命好,该摊着这个媳妇。放心,家里没啥值得她拐的,她也不会拐走啥。"

水生回到岗上集镇的店里,把店盘给了别人,骑着一辆摩托车回来了,新买的。她还教会三声骑摩托。三声骑摩托,见着人就摁喇叭,后面有人摁喇叭,他也会躲。可见,三声哑是哑,耳朵是能听见的。

水生骑着摩托去镇上,一次能驮两大尼龙丝袋子东西。瓜下来了,驮瓜;花生下来了,驮花生。她要庄台上最好的东西,要大家挑最好的东西给她,她要努力把庄台产品的牌子打出来。

7

现在的大豆、芡实、花生,都是牌子产品了,是俺田老台子的牌子,按水生先前说的,是属于庄台的牌子。水生已经把庄台的牌子打出来了。她再不用骑着摩托车朝镇上运东西了,她就坐在电脑跟前,啪啪啪手指头一敲,不用出屋,就有汽车开到庄台这里,直接来运东西。

对,水生在网上就能卖货了。

她真是能得很,现在都四十好几的人了,还像个小姑娘一样活泼,做直播时,每回都要讲一个故事,讲完故事,再介绍产品。她说,她讲的都是庄台故事。

现如今,俺家大儿子早搬到保庄圩住了,他两口子也要带孙子啦,那是俺的重孙子。田老台子的家里,就住着我、三声两口子和他俩的孩子,也就是俺的两个孙子。两个孙子也出去

393

念大学了,现在就三声和水生在陪着我。田老台子有一大半的人,都规划到保庄圩去住楼房了,庄台地场宽敞多了。俺家起了三层小楼房,还有一个院子,院门口还有一片菜地,真是做梦也想不到的好事。以前是墙碰墙、屋挨屋、檐搭檐,哪有地方垒院子。现在不仅有院子,院子门口还有菜园和花园,庄台正中间还建了文化广场。

我住一楼,每天晒晒太阳,整理整理小菜园,给花浇浇水。都是自来水,一拧水龙头,拿着皮管子就能浇水了,连手提都不用。水生央求我唱淮河小调,她给录了像,说,我唱的也是庄台故事,属于有声故事。

我看了水生录的像,原来,俺唱得还真不孬,牙掉得关不住风了,调子还没唱跑。

2020年农历的五月三十,淮河又涨水了。对,就是阳历的7月20日,又拔大闸了。哇哇叫的洪水,很快就把庄台围起来了。咋就那么巧,俺拉肚子脱水了,用土方子熬水喝,喝啥都不见好,急得水生三声团团转。这时候,救援队开着冲锋舟过来,把俺朝码头送,那里有救护车等着我。住了三天医院,挂了三天吊针,才好清。医生告诉俺,是脱水太严重了,吊针吊的都是营养品,没啥大毛病,叫我放心。医生还说,幸亏送来得早,要是送晚了,脱水也能造成生命危险呢。

坐着冲锋舟回到家,我心里担着忧啊。这一泡水,地里的庄稼肯定颗粒无收了,是不是脱的贫又能返回来,又成贫困户?驻村干部到俺家来看我,说不用担心,国家有赔偿,稻子是稻子的赔偿，芝麻是芝麻的赔偿，甘蔗是甘蔗的赔偿。我就放心了。水还没退呢，国家给我家的赔偿款就到了，比土地的实际收成还多呢。

水还没完全退净时，庄台上的人都说，中央要来个大领导。农历的六月二十九，这个日子俺一辈子不能忘。没想到总书记到俺田老台子来看望大家了。那天田老台子可热闹了，全庄台的人，都出来迎接总书记。我也去了。平常怕摔着，我都拄着拐杖。那天，我把拐杖丢一边，把头发梳得光溜溜，身上穿戴得齐齐整整，我要让总书记看看俺的精神面貌好着呢。离老远，我一边走，一边朝总书记说心里话。我说，总书记，恁那么忙，离得又远，全国人民的心都要恁操哪，恁咋有空到俺庄台来了？恁打个电话来，安排安排，庄台上都有驻村的干部，都能按部就班地办得好呀。

总书记冲大家招手，从庄台东边的台坡上来，走到西边的台坡那儿，看大家住得咋样，门口的菜园种的啥。还站中间的文化广场上，跟大家唠嗑。我心里那个激动啊！我活了80多年，酸的苦的辣的，都吃尽了，俺没想到，最甜的留到最后我尝到了。现在的日子，可好了。我不知咋表达自个的心情，就想唱个淮河小调给总书记听听，俺就站在庄台正中间那儿，唱了起来：

  庄台换新貌，水塔挂时钟，
  以前趴趴屋，如今楼成栋。
  门前有花园，屋后杨柳青，

菜园品种多，茄子赤丁丁。
地里庄稼旺，年年好收成，
芡实铺满塘，麦子饱盈盈，
西瓜滴溜圆，莲藕粉澄澄。
拔闸来大水，生活有保证，
国家会兜底，人民得安宁，
幸福庄台人，日子乐无穷。

陪同的人都静下来听俺唱淮河小调。总书记朝我挥挥手，带头给我鼓掌哩。

恁不用担心，恁制定的政策好着哩。现在党指引着俺庄台人，政府照顾着俺庄台人，俺活得要多好有多好，恁尽管放心吧。

我这一肚子的话，都包含在淮河小调里了。

找水的人

陆小水，1983年生。居住庄台：郜家庄台

2003年大水过后，曾经黄喷喷即将成熟的麦子地，变得一片灰黑。沤烂的麦棵，像经历了千万鞭子的抽打，软弱地倒伏在地里，气息全无。

天气渐渐炎热起来，泡水后的土地再次焕发出生机。新耩的大豆已经冒出了嫩芽，在庄台和庄台之间，一片片翠绿的豆子地紧紧相连。大豆新长的绿芽，就像一只只绿色的小星星，调皮地眨巴着眼睛。

上午，太阳正烈。陆小水站在豆子地边，似乎还没有从拔闸泄洪时的惶恐里醒转过来。郜家庄台的人，扛着农具，三五成群有说有笑地从他身边经过，下地干活。

"陆小水！"郜小凤冲着站在地头发呆的陆小水喊了一声，"走，我们一起去看藕塘。"

两人并没有直接去藕塘,而是走回庄台子,来到小凤家大门口。郜小凤用手一指门口放的腰子盆,陆小水立刻明白了,连忙弯腰扛起来,朝头上一顶,跟着小凤朝藕塘走。

缓过气来的藕塘,冒出了几枝小小的叶片。那是没有死掉的藕,给藕塘留下的念想。

郜小凤并没有把腰子盆放藕塘里,而是让陆小水继续顶着盆往前走。

前面是一口深水塘。深水塘不能栽藕,有野鱼,水特别清。郜小凤示意陆小水把腰子盆放在塘边,说:"凉快会儿吧。"

顶着一只大木盆,走这么多路,陆小水确实有些累和热,正好水塘边有一排大柳树,树荫匝地,凉风阵阵。他把腰子盆扣放在树底下,和郜小凤一人一边,坐在盆底上。

风不但凉快,还有点甜,掠过水面直扑过来。陆小水开始大胆地从侧面欣赏着美丽的郜小凤。在小凤家里,他是不敢这样大胆看她的,水塘边才是他们的二人世界。郜小凤真的很美,她虽不是生长在江南水乡,但庄台不缺水,她的皮肤水盈盈的,眼睛亮汪汪的,她蹙眉的表情像个哲学家,她划着腰子船抢收麦穗时像个女英雄。

好像知道陆小水在看自己,郜小凤的脸渐渐涨红了。她不回头,只对着水塘说:"陆小水,你告诉这口水塘,你当真要定居庄台?你想好了再说,这水塘有两百多岁了,灵性得很,它是吃过人的。你告诉它前,要彻底想清楚了。"

怎么还要谈这个留不留在庄台的话题?他陆小水雄赳赳气

昂昂赶到庄台，就是要做庄台的男人，做她郜小凤的男人！陆小水胸腔里冲出来一股气，大声喊叫道："我不怕告诉水塘，它是两百多岁，那天是多少岁，地是多少岁？我还要告诉天告诉地，我爱郜小凤！我发誓，今生今世，在庄台守她一辈子。她下水，我跟着下水；她摇船，我跟着摇船；她抢麦穗，我跟着抢麦穗。总之，一生一世，永不分离，同甘苦共命运白头偕老。"陆小水大声喊出了属于20岁男子汉的爱情誓言，激动得脖子上青筋直跳。

"好！"郜小凤猛然站起身，定睛看着他，"我来告诉你，做庄台的男人，要具备哪几样本事。没有这几样本事，想成为庄台男人，做梦！扛盆！"

哈，这是要练我胆量吗？陆小水心里念一句，弯腰扛起像小船一样的腰子盆。

"放到塘里！"

按郜小凤指令，他把腰子盆放到水塘的水边。

"自己爬进盆里！"

陆小水怔了三秒钟，三秒钟全部用在揣摩如何朝腰子盆里爬。弄不好，盆会翻，他可能会被扣到水塘里。不怕，郜小凤就在跟前，他有啥好担心的？陆小水甩掉鞋，站在水边，弯腰，张开两臂，双手掯在盆的两边，眼睛一闭，用力把自己翻进了盆里。盆立刻在水里打起转转。一阵天旋地转后，他在盆里坐了起来。

郜小凤已经赤脚站在水里，她双手使劲掯着腰子盆，眯缝起眼睛说:"你还会鹞子翻身哪。"陆小水这才知道,要不是郜小凤掯着腰子盆,他可能就盆翻人落水了。

郜小凤不再言语,推着腰子盆,朝水塘中间走。坐在盆里的陆小水,心里渐渐起了一层怯意。别看水塘不大,但真到水塘中央,他发现,水塘还真不小,对于不会凫水的他而言,心里真怵。幸亏水塘不像他想象的那么深,因为扶着盆沿推着他走的郜小凤,胸口以上都是露在水面上的。塘水只到郜小凤胳肢窝那里,能有多深。

"我们换一换,你在水里推盆,我坐盆里。"郜小凤一本正经地盯着他的眼睛说。

她这是想玩哪一出?陆小水脑子转了转,也不多想,起身就朝水塘里下。郜小凤依旧掯着盆沿,稳住腰子盆不晃悠,让他落水时平平稳稳。但当他的双脚下进水塘里,却怎么也找不到落脚的地方。他一米七五的大个子,郜小凤只有一米五七,她能在水里露出上半身,他怎么就不能呢?陆小水还没整明白啥原因,整个人全部被水拽进了水塘里。就像前不久抢麦穗时被水淹一样,这塘水长出了手,摁他的头,捏他的鼻子,捂他的嘴,拽他的脚。陆小水一时惊慌失措,拼命挣扎,接连喝下三口水。第四口水来不及吞下去,他就被一只有力的手架出水面,仿佛从地狱来到人间。

郜小凤面色平静眼光清亮,示意他抓牢盆沿:"我就喜欢看你这尿样,你是真尿,真尿啊。"

"小、小凤,你到底要干什么?"陆小水强忍住咚咚咚的心跳，吐出没来得及咽下去的塘水。

"你千万不要松手。"小凤叮嘱道。

他的左手还被小凤架着，他用右手抓牢腰子盆沿，一边小声请求："你也不要松手。"

郜小凤一只手架着他，一只手扶着盆沿，水仍然在她胸部以下。直到后来他学会了凫水才明白，郜小凤这叫踩水，高手踩水，不动声色，胸部以上都在水面上。这个假象让陆小水以为塘里的水不深，他才毫不犹豫跳进水里挨淹。

"你可知道，做庄台的男人，要具备哪几样？"见他傻愣着，郜小凤说："我来替你回答，做庄台的男人，要具备三大样，有勇有谋那是必不可少的，临危不惧也是必不可少的，像鱼一样在水塘里凫水在厉河里凫水在淮河里游几个来回，那也是毫不含糊的。今天，你必须完成其中的一样。在庄台，这一样你不会，其他两样，就立不起来。"

陆小水迷惑地看着郜小凤，片刻后，他知道郜小凤要他学什么了，就略带几分委屈地小声说："你怎么不事先告诉我来学凫水呀。"

"现在也不迟。"郜小凤清亮的眼珠像灯一样照着他，"你可有种学？"

"累死都不怕。学！"他浑身再次蓄满了力量。

"我只怕累不死你撑死你。庄台的水多。"郜小凤一本正经地说，"今天，你要学会憋气和换气。手抓住盆沿，头扎进水里，闭眼，憋气，憋不住了，再出水，换气。憋气，换气，换气，憋气，连做一百个,你就对水没有恐慌感了。我来帮你。"

也是事后陆小水才明白,郜小凤说的帮他,其实就是把他一次次摁进水里。她喊着"一、二、三,憋气"!喊"三"时,他的头就被她的手摁进水里了。陆小水牢牢抓住腰子盆沿,紧闭双眼,紧咬牙关,努力憋着不喘气。这样反复做了20次,他心里对被水挤压和憋闷的慌乱感减少了,然后不用郜小凤摁头,他自己就能扎进水里练习了。

憋气、换气学了一整天,按郜小凤的评判,他算过了凫水的皮毛关。

第二天是学狗刨式。陆小水仍然扛着腰子盆,练习点仍然是这口水塘。深水塘是学习凫水的好场地,水面大,没水草缠脚,人也少。对于为什么要扛着腰子盆,陆小水的疑虑很快就被破解了。腰子盆等于是学凫水的支撑点,它漂在水塘中央,累了就是他的抓手,也是郜小凤的抓手。总不能让他的师傅大人郜小凤,一直踩着水站水塘中央教他吧。

狗刨式游泳,是庄台人小孩时期就会的一项游泳技能。简单,没有复杂章法,说白了,就是瞎扑腾,挣扎的成分高于技术成分。这是陆小水的感觉。不用说,难度也远超皮毛的憋气。郜小凤一边跟他说狗刨式要领,一边在水里示范。陆小水先是扶着腰子盆练习双腿打水,直打得满塘水花四溅,拍打了一百次,然后郜小凤让他松手,就在他双手离开腰子盆盆沿时,她猛地一把推开腰子盆,让盆和他之间有了一大段距离。无着无落的陆小水再一次惊慌失措起来,然后像只狗一样,连踢带扒地扑腾着，游向救命之物腰子盆。不过，仅仅第一次是这样，在后来的练习中，他的惊慌失措渐渐消失。这给了他信心。

练习狗刨式第四天，陆小水就能跟着腰子盆在水塘里自由游泳了。郜小凤坐在腰子盆里，像个将军一样指挥着。开始时，她叫他朝东，他不敢朝西；她叫他朝南，他不敢朝北。后来他就逞能了，想游向哪个方向就游向哪个方向，她只得划着腰子盆围着他转。有一次，他正扑腾得起劲时，郜小凤突然止住了腰子盆的划行，静静地看着他。陆小水发现这个情况时，已经在离腰子盆很远的地方了。他心里一惊。作为还处于只会乱扑腾阶段的陆小水，这两人多深的大水塘，一旦他的劲用完了，累了，就麻烦了。他拼命朝腰子盆的方向扑腾，而盆和他之间的距离非但没有缩短，反而渐行渐远。郜小凤脸上带着狡黠的欲擒故纵的微笑，他也由饿狗变作了垂死的狗。直到他拼尽最后一丝力气，眼看着就要被水永久性摁到塘里时，郜小凤这才从盆沿边伸手抓住了他。

陆小水大口大口喘着粗气，累得一句话也说不出。等他呼吸平稳后，郜小凤说："刚才算是给你考个试，力气还可以，惊慌程度也降低了，只有坚持到底不放弃，才能取胜。明天，你得学换气憋气游，你现在是昂头狗，费力气不说，还游得慢。你得成为潜水龙。"

就这样，来庄台找水的旱鸭子陆小水，在这口深水塘里，完成了他学凫水的初级阶段。初次在水里憋气时极度的不安全感，初次在水里睁眼看到水草时的不真实感，还有初次踩水和潜水的梦幻感,深深烙印在他的脑海里,终身难忘!

1

您坐,这里凉快。风从水面来的,水面大,水汽足,凉快得很。您尝尝藕粉,新晒的,刚刚冲好。可香?别处吃不到这么好的藕粉,都是手工做的。我带您去看看操作间可管?这一块都是小孩大姨我大姐在负责做。您顺着我手指的方向看。对,那就是小孩大姨。她在干啥?削粉啊。那一大坨粉,足足有20斤重,是用白棉布兜出来的粉坨,昨晚连夜磨的,兜着吊了一整夜,水控干了。这粉坨要一刀一刀削成粉末,再摊开晒,今天日头好,晒一天,就焦干了。晒干后,再装袋子,晚上就发货,趁新鲜。哪里够销啊。我有三个群,鱼群、粮食群和藕群,藕群专门销莲藕,销藕粉也在藕群里。在群里不用吆喝,每天都自动接龙,你要多少粉,他要多少藕,天天有生意。一天晒的粉,就那么多,很快就抢光了。

我主要卖藕,也卖鱼,还季节性地卖粮食,藕粉是顺带的。小孩大姨说,那些品相不好看的藕,还有装车时掉下的藕节,丢了可惜。她手巧,就磨成藕粉。开始是送亲戚,后来越磨越多,我就在群里说有藕粉卖。没想到响应的人那么多,不夸张地说,供不应求。

您请!我带您去看制粉车间。大姐,你停停手,我说咱家的粉坨一个有20斤,不夸张吧?哈,是22斤啊。俺大姐说的话您听清了吧,一个粉坨22斤。这么大的一个坨坨,要多少藕才能打出来？那要看藕的成色，好藕出粉率就高些，一般情况下，20斤藕才能磨成1斤藕粉。这一个大粉坨，少说也得要440斤藕。您看，这打粉的设施很简单，就是这个，石磨是土石磨，改装了下，电机工作就行，人不用费力啦。是小孩大姨夫的功劳，他外出打工学会了安装电机，这不就派上用场了。

石磨顶上的这个不锈钢漏斗是焊接上去的，漏斗底部安放三只刀片，和破壁机的原理一样。先把洗净切成段的藕放进漏斗里，电钮一开，就磨成碎藕渣，碎藕渣直接掉进石磨洞里，上面的漏斗滴着纯净水，石磨把粉渣磨成了藕泥，藕泥连同水一起，顺着磨槽淌进下面的大陶盆里。俺姐夫给磨粉车间定了位，说，这是复古与现代的有机融合，特别是这盘磨，是货真价实的含硒、锗好几种微量元素的石磨，专门在淮南的八公山碫切来的，有百余年历史了。庄台百余年间不知发了多少场大水，这石磨就趴在庄台的泥窝子里，任大水怎么泡、怎么冲，它就是不离开庄台。老辈人说，只要庄台上的石磨在泥窝里不离家，庄台就有指望，就能继续住人。

对，这盘磨就是俺媳妇的爷爷的爷爷从八公山拉回来的，走了两天两夜的路，硬是用小车子推回来的。就是那种一个轮子的独轮车，淮海战役时这种车子可真派上了用场，支前民工为解放军运军粮军鞋、运送弹药，就是用的这种独轮车，泥里水里雪里都能走。俺媳妇的爷爷的爷爷，把这两扇石磨放在独轮车两边，推着走了两天两夜，风餐露宿，没少吃苦。回到庄台上，找碫磨的师傅碫成一盘大石磨，放在队里的车屋里。一个庄台的人，吃面就靠这盘磨。

刚才俺跟您说，这盘磨是复古与现代的融合，一点没错。复古的物件首先是这盘有年头的老石磨，还有磨粉、澄粉、吊粉、切粉、晒粉，都用的是传统的制粉方法，也是有科学道理的。比如磨粉渣的过程，让藕与空气充分接触，口感就不一样；这盘磨石所含的微量元素，在打粉时就能很好地融入藕粉里。代表现代的，是最上面的这个不锈钢漏斗和最下面的这台电机。

安装了电机，磨粉就快多了。不然，鲜藕堆在这里，特别是天气炎热的时候，如果不马上磨成粉，藕粉就不新鲜了，影响口感了。

小时候我也推过大石磨，不过，不是在庄台这里，是在我的老家。我的口音不太像庄台人，您真是耳听八方眼观六路。对呀，我不是土生土长的庄台人，我是"移栽"过来的大西北的苗儿，硬是支棱棱地长到庄台上了。如今也长结实了，我说话的调调也越来越庄台了。我有多大？我是1983年生人，满打满算41了。您看我是不是太老气了，整天被风吹，被太阳晒，被水汽熏，可不就显老吗？关键是，太操心了。人操心多就显老，对吧。我姓陆，叫陆小水。实不相瞒，我是个找水的人。为了这片水，我来到庄台生活。没想到，这里的水太过劲了。过劲得出格了。

我是20岁时来到庄台生活的。我成为庄台人，到庄台定居，一是我喜欢水，二是爱情的魔棒指挥着我过来的。来到庄台，不但满足了我喜欢水的爱好，也给了我一个温暖的家。

您听我的名字，陆小水，名字里就有水。这是爹妈给取的。叫小水，是希望那片热干地能有点小水滋润滋润，也就够了。后来我想，如果爹妈给我取名大水，是不是就能改变家乡缺水的面貌呢？但有一点是肯定的，我叫小水，却找到了大水！庄台的大水！

我没想到，忽然起平地，庄台四周的庄稼地变成了汪洋大海，还波涛滚滚。我是找水的人，可这水，也太大了呀。大得让我头晕目眩。

您感觉这藕粉味道咋样？我让媳妇用现烧的开水冲的，这水是淮河边大水厂里流过来的水，甜得很。泡茶出香味，烧鱼香喷喷，冲藕粉，那是清香无比，藕粉里再放点庄台产的油菜花蜜，那叫一个可口！

藕粉不够销，我刚才说了。我有三个群，群名分别是：庄台藕、庄台鱼、庄台粮。都是从网上走货。藕粉在庄台藕群里，顺带一吆喝，立马订购一空。您瞧见没？那辆大货车，江西来的，在等着装藕呢。一车能装40吨，工人都在忙着采藕，四口大塘，每口水面100亩，夏天时，那真叫碧叶连天哪，就跟发大水时海浪滔天一个样，但看大水和看莲叶的心情可不是一个样。哎哎，扯远了。今天先采南塘的藕，差不多下午能装车。来采藕的都是附近庄台的人，自从我有了这片藕塘，他们就在这干了。论重量结算工资，一斤多少钱，现采现称，多劳多得。经验丰富的，一天能采藕3000多斤呢。吃藕容易采藕难，采藕不仅靠经验，还得有好体力，真是个累死牛的活。在露天水塘里采藕，主要是用脚踩，把脚伸进淤泥深处，伸到藕根那里，用尽全身力气，使劲踩，才能踩到藕。不像种在大棚里的藕，水浅，伸直胳膊，直接用手采。

有经验的老踩家，从水面荷梗的长势就能断定藕的位置和走向。先用脚在泥水里探出来藕的具体位置，把藕周围的泥巴用脚指头蹬掉，再把相连的藕鞭踩断，然后才弯腰用手把藕抠出来或拔出来。虽然采藕的活累死个牛，但庄台人采藕就兴奋，没藕采才叫紧张呢。没藕采说明大水来了，藕塘被冲垮了，没得藕采了。在庄台这片水窝里，谁能保证年年有藕采？除了老天爷。大水说来就来，大闸一拔，轰隆一声，几十搂粗的黄汤大水柱，排山倒海一般，哇哇直叫朝蓄洪区扑，朝庄台扑。大水一来，啥也没了，把我这个找水的人吓傻了。真的吓傻了，您信吗？您得信这个。

2

我怎么跑到这水窝里来的？啊，我是唱着爱情的歌曲，一头撞进来的。说起来，这也是我人生的理想嘛，我本就是个找水的人，到有水的地方生活是情理之中的事啊。

我得先跟您说说我的家乡大西北。您听了，就明白，我为啥要立志找有水的地方生活了。

我是 1983 年生人。我上面有个哥，下面有个妹，我是家里的老二。我家乡有这样的俚语，叫"头生娃娃宝宝，末生娃娃宝宝，中间夹了个草草"。我就是那个草草，调皮的草草，无拘无束的草草,上高坡下沟底无所不为调皮捣蛋的家伙。因为太皮了,从小就不受待见。尽管家乡面貌也在逐步改善,但缺水是老天的安排,谁也撼动不了。从小,我就讨厌一股风就能掀起黄沙满天,鼻子、眼睛、耳朵被黄尘灌满,洗脸水不给倒,洗了脸再洗脚,半盆水全家人洗脸,半盆洗脸水再全家人洗脚,到最后,那半盆水变成了黏稠的黑中带黄黄中夹黑的污水,再拿去洗尿桶;洗了尿桶后,再倒进屋前的菜地里。洗脸也不是小孩子天天能有的待遇,上小学前,一个星期洗一次脸就不错啦。所以,从小我脸上很少有干净的时候。

我妈常常因为我太调皮而唉声叹气。她叹气时不骂我,而是骂我爷爷。我爷爷一挨骂,就赶着羊出门了。我就尾随爷爷走到黄土高坡上,听爷爷唱《信天游》。我来给您学唱几句:

  青天蓝天蓝格莹莹的天,
  赶上那个骡子一溜溜烟,
  一边驮着高粱一边驮那个盐,
  欢欢喜喜那个回家转。

唱罢,爷爷衔着旱烟袋,对着满眼纵横的黄土圪墚出神,一脸忧伤。我忍不住问:"爷爷,黄土圪墚外面还是黄土圪墚吗?"爷爷说:"娃娃,只有我们这里是这样样的。外面的世界,各样样的都有呢。有长满青草的大草原,开满鲜花的大坡地,果树连片的大果园,哗啦啦日夜唱歌的大河流。"

我抢着说:"我要哗啦啦唱歌的大河流。等我长大了,我要把河流喊到咱这圪墚上来。"

这是我的真心话。我不馋那些鲜花水果,我馋水,我想让一盆盆水泼到我头上身上,我要让水把我变成干净的娃娃。

我爷爷连连叹息:"娃娃啊,那哗啦啦的河流不愿到咱墚上来啊。咱这黄土地坡太陡沟太浅沙太厚,留不住它们哇。"

"爷爷,你放心,等我长大有了本领,我一定把河流引过来,灌溉我们的田地,让黄土地长出青草鲜花果树来。"

我也把远大的理想告诉了我妈,是在我妈骂过我爷爷之后。我妈每回都这样骂爷爷:"老骗头啊,你的水窖在哪里?有本事你变个出来啊。要不是你玩个魔术,我早到江南过好生活了,还会在这里喝黄土!"

我问爷爷玩的啥魔术,爷爷青着脸,闭着嘴,不说话。我又问我妈爷爷玩的啥魔术,我妈同样恼怒着脸不说话。一直到我满7岁上小学了,我妈送我去学校时才说:"娃娃啊,你可不能太皮了,要把书念好,学成本领,离开这黄土圪墚。"

我说:"妈妈,我一定学成本领,大本领,把哗啦啦流淌的大河水喊过来,送给妈妈。"

我妈笑得腰都弯了:"我的娃娃,你这是跟哪个学的吹牛皮啊,莫不是你爷爷教你的?难不成你也能变个有水的魔术来?"

"妈妈,爷爷变的是有水的魔术吗?"

"你爷爷变出来的是一口大水窖,全村最大的水窖。"

我长到十一二岁才搞懂，我妈之所以嫁给我爸，就是因为我爸家有一口大水窖。而那口大水窖，是村里富户陆大川家的。陆大川家的大水窖，给村里不少男人娶回了媳妇。甚至那些被大水窖迷惑了心嫁过来的媳妇，又拿大水窖继续蛊惑其他女子，让女子成为村里的媳妇。

原来爷爷变的魔术是大水窖啊。

原来村里的魔术师不止爷爷一个，还有那么多男男女女！

您别笑哦。我们村陆大川家的大水窖，只相当于咱庄台边的一只小水坑，那也叫大？和咱庄台周边的河流野塘湖洼地一比，那简直是一滴水和一条大江大河相比嘛。

从此，我内心树立了一个大理想：闯天下，去找水！

3

我前面说了，我是个找水的人。而真正实施找水计划是从17岁开始的。乡村的人都往外跑了，我们那块黄土圪梁上大学的人少之又少，村里就陆大川家的儿子考上了医学院，其他的孩子，脱盲后就打工去了，我也不例外。初中地理我学了，我知道哪里水多。我的目标是跨过长江，直抵江南。这是爹妈留下的遗憾。当年我妈准备跟着远房表姐去江南投奔表姐家的远房亲戚，也预示着嫁到江南一去不复返。是我爷爷玩魔术把我姥姥带到陆大川家的大水窖边，说："家里不富裕，也就这口水窖了。"阻止了我妈去江南的远大理想，从而嫁给了我爸。

我们那片地儿有个说法："挖一口井，比活100岁都难。"

可见干旱到什么程度了。地下没有水脉，挖个二三十米还是滴水不见。修建水窖是最实际的选择。修一座又大又结实的水窖，首先得选准能存水的坡面位置，然后还要投入一笔大钱，水泥钢筋自不必说，内层还要涂防水的红胶泥。水窖里的水，是老天赏的。老天不忘记每一个黄土高坡的人，每家都会有个小小的储水窖，每家的吃水都是靠水窖，但和陆大川家的水窖比，都是小巫见大巫，村里哪家都修不起像陆大川家那样的大水窖。

我妈的远房表姐、我的远房表姨嫁到了江南，尽管从未有过联系，但对江南、对鱼米之乡的向往，夯在了我的记忆里。电视上早就看过了大江大河，鲜花遍地，我知道，朝南方去，朝水乡去，那里才是有水的地方。我也知道，我没能力把一条河赶到黄土圪梁，交到我妈的手里，但我至少能实理人生的理想：到有水的地方去生活。

2000年，17岁，我来到了浙南台城的一家工厂，做了机修工。尽管工厂不在水边，但台城四周到处是水。这是一座被水包围着的城市。水乡给我的第一印象是梦境。那明晃晃的河流、水洼，映着蓝天白云，白云在水里化不掉，漂不走；蓝天在水里越浸越蓝，蓝得不折不扣。这是黄土圪梁上没有的颜色，没有的景致。在浙南台城，我兴奋得失眠，面对明晃晃的水面，我想扑进去，喝个饱，洗个透。可我不敢。我是旱鸭子，我晕水。

工休时，我和工厂里的伙伴专找有水的地方玩。但谁也不敢跳进去游泳、玩水。我也才知道，工厂里有那么多和我一样的旱鸭子。虽然旱鸭子们的家乡，不像我的老家那样缺水，黄尘满天，但跳进台城的河水里游玩，没谁敢。有当地的工友说，城里有专门游泳的地方，但得花钱买票游。花钱的事，不是我们穷人的做派，我只想在不要钱的湖里河里游，可是，水面太大，我绝对没胆量下水。原来我以为，见到水就立马扑进去喝个饱洗个透，却不是。看来，小时候的皮，挪到水乡这里，就皮不起来了。

终于，三个月后，我决定去城外，找一个大水塘，或一条不太大的河，跳进去泡泡。我人生的第一次"河洗"必须完成。我要尝试一下被水厚厚地抱着浸着泡着的滋味。我要拼命拍打出水花，把水花抓在手里，感受一下水花是个什么花。

哎，您别笑话我啊。您肯定能想象得到，一个没见过水的傻小子是多么渴望与水相逢啊。终于，我的工友郜志成答应和我一起去城外找水塘小河，让我完成与河流的初次亲密接触。

郜志成比我大几岁，早几年来台城，我跟着他干机修，相当于师带徒。终于，7月初的周日，我们坐着公交车，来到城乡接合部的终点站，再从终点站打了一辆摩的，到了一个风景区。那真是一个好地方，一个大湖泊，湖周围长着好多我叫不出名字的树，还有一片片浓密的草地和花海。郜志成带着我到了一片树林较密的地方，说："你好好看看，这里可适合你下水。"

我看了看清透的水面，腿肚子直转筋。水边竖着一个牌子，上面写着："水深3米，禁止游泳。"我说："这牌子啥意思嘛。"郜志成说："是警示的意思呗。提醒不要下水，否则后果自负。"

我看着警示牌，一时踌躇了。3米，这个数字告诉我，水深超出我的身高1.3米。我不懂水,按咱庄台人的话说,不会水。就算没有景区的巡逻人员,我的腿还是像两根木桩,揳在湖边,一动不动;同时,我的头脑嗡嗡响,直发晕。最后,我蹲下来,双手捂脸,哭出了声。

我怕水!我日思夜想,努力追寻的水,近在咫尺,我却惧怕了!

您想不到吧,就是一个风景区的小湖,湖边的树清清楚楚的,人也清清楚楚的,还有好几个人在不远处的湖边钓鱼,可是,我却不敢下水。我被明晃晃的水面晃晕了。

"你这个尿包,这点水算个啥嘛。"郜志成带着嘲讽,笑得一脸不屑,笑得牙花子能掉地上摔八瓣。

4

啥时候不怕水的,啥时候学会游泳的?我跟您讲,我是在庄台学会游泳的。我老婆郜小凤说,一个怕水的人,不配做庄台男人!

俺老婆,郜小凤,80后。

好,我要细细跟您说,我是如何在庄台安家的。

我前面跟您说了,我是个找水的人。在浙南,我找到了一条条水、一片片水,可是,我没有扑进水里,泡个够,游个够。我居然怕水。带我的师傅郜志成笑话我是尿包,是"无屁能"。

又一个休息日,郜志成还要带我去城外,他说,让我见识见识那些小野沟。"小野沟,我一步就能蹦过去的小沟汊,你要是还不敢下去,那就真是无屌能了,屌到家了。"郜志成嘴角带着讥讽。

那一天,我们直接坐上去郊外的班车,到了一个小镇。南方的集镇也像城市一样繁华,到处都是高楼大厦,更多的是工厂,一片片厂房挤挤挨挨,好像到处响着机器的轰鸣声。在工厂和工厂之间,一条条河流,亮汪汪流动着,纵横交错,河堤都修得很漂亮,栽满了花花草草。我们在一条河边站定,举目四望。郜志成笑了:"乖乖,都是一条大河波浪宽,小野沟小河汊找不到呢。"

"你以为这是庄台啊。只有我们庄台,才有数不清的小野沟小河汊荒水塘老水洼。"同来的郜小凤不屑地撇撇嘴。

是的,这次一起游玩的不只我和郜志成,还有郜小凤。郜小凤是郜志成同爷同奶的堂妹。她是工厂流水线的机工,专门负责给衣服绞边。她和我同年,也是同一时间进的这家制衣厂。这次她要郜志成带她玩,她不是为了看水,是为了看南方的景。郜小凤更喜欢城市的景,喜欢人多、物多的大商场。听说去城外看水,她很好奇:一个大男人,怕水,怕成啥样子?她倒要看看。

找不到郜志成所说的"一步就能蹦过去"的小野沟,我当然不可能去这些又宽又大的河里凫水。看到这些大水面,我又爱又怕。爱,我找到了这么多水;怕,我不会凫水,不能和水来个全方位相会,我是旱鸭子。

"其实,我们庄台人也怕水。"郜志成说,"我们庄台人和你不一样,我们不爱水,只怕水。"

"你们都会凫水,还怕水吗?"我疑惑地看着郜志成,"你们总在说庄台,庄台是个什么意思?"

"是建在高台子上的村庄的意思。"郜小凤快言快语道,"我们居住的村庄都建在高高的台子上,村庄的名字,也都有一个台字。别处的村庄叫村庄,我们的村庄叫庄台。"郜小凤说着,扫了我一眼,这是她第一次直面我的脸。仿佛怕我听不懂啥意思,她又加了一句:"比如我们住的村子,名字就叫郜家庄台。"

"多高的台子?是什么做的台子?"我更加不解了,"黄土做的,还是石头做的?"我想到了我老家的黄土圪塄,黄土圪塄下面的土窑洞。

"就地取材,用泥土堆的台子。我们那里是大水窝,除了泥巴,还是泥巴。台子都是泥巴垒成的。"郜小凤说,"生活在大水窝的人,没前途没奔头,所以,我们都跑出来了。"

郜志成不再说话,拔出一颗烟,抽起来。他快30岁了,成了家,有了娃,也会抽烟。

"师傅,郜小凤说的都是对的?"我问郜志成,"什么是大水窝?"

"等哪天你有机会见识到庄台的大水窝,你就不会问十万个为什么了。"郜志成说。

"大水窝?"我心里疑惑着。放眼四望,这里一条条纵横交错的河流,不就是大水窝吗?难道,世上还有比这更多更大的水窝?

仿佛读透了我心所想，郜小凤说："庄台的水窝，和这里的水窝，是两种不同的水窝。这里的水窝再大再深，都安安稳稳的，有章有法的，而庄台的水窝不是，野蛮得很，不讲道理得很，让人无可奈何得很。"

郜小凤说得多对啊。您看，我不是来到庄台了吗？不是见证到庄台大水窝的蛮横不讲理了吗？

能成为地地道道的庄台人，没别的理由。谁让我喜欢上郜小凤了呢？

喜欢上郜小凤，我才真正找到了水，影响我一生的水。

有一天，郜小凤跟我说："我得回庄台了。本来我不打算回去的，我准备在外面打工一辈子，但现在我改主意了。庄台变了，修了高架桥，还修了几条比城里的路还要宽的水泥大道。高架桥搭在淮河大堤和厉河大坝上，高高架在空中，像彩虹一样漂亮。再来大水，汽车就能直接从高架桥开进蓄洪区的堤坝上了。修建的水泥路宽得像飞机场，听说真能起落飞机呢。如果拔闸来大水，各个庄台的人可以顺着水泥大道撤退，又快又安全。还有啊，庄台也变了，护坡都扣上了钢筋水泥，结实得铜墙铁壁一样。俺娘说，丫头，你是庄台的闺女，就算走到天涯海角，你还是庄台的闺女。我跟俺娘说，放心吧娘，我回庄台，安心做庄台的闺女，做娘的闺女。高兴得俺娘一连三个晚上都没睡好。"

郜小凤家没男孩，只有俩闺女。她的姐姐郜小兰嫁到县城了，她的爹娘肯定不会离开庄台子的，也不愿意离开。郜小凤的使命就非同一般了。

"我一辈子都要守在庄台上。"郜小凤说。她姐出嫁前她是不打算回庄台的,没想到她姐嫁到县城了。"这叫捷足先登。"郜小凤带着半开玩笑的口吻说她大姐,"本来我姐是老大,她也答应一辈子守在庄台,照顾俺大俺娘,我就可以海阔凭鱼跃,天高任鸟飞了。可我姐说,都是爱情惹的祸。爱情这个魔,谁能说得清?"

郜小凤最后的这句话我特服气。因为我也被爱情这个魔牵着赶着指挥着,到大水窝里来了。

"我要跟你一起去庄台!"我脱口而出。

"你可想好了?"郜小凤一连三天都这样跟我说。她在收拾包袱,有三个大蛇皮袋,还有两只特大号的拉杆箱。有一列绿皮火车,专门从这座城市开到庄台边的那座城市,多少年来,这列火车一直被称为农民工专列,春运时一票难求。

2003年的元月,离春节还有半个月的时间,郜小凤把几个大蛇皮袋和两只特大拉杆箱收拾停当后,她最后问我:"你可想好了?"

"早就想好了。"我声音很高,回答得朗声朗气,并伸手把三个大蛇皮袋用扁担挑起来,再把一个小点的蛇皮袋放在拉杆箱上推着。郜小凤拉着另一只拉杆箱跟在后面。台城火车站人山人海,我们早已提前买好了火车票,买的是三张,郜志成,我,郜小凤。郜志成曾单独找我谈过话:"你知道去庄台定居意味着什么吗?当上门女婿。你可想好了,你这是自投水窝。

我可不想你半道上闪了我妹妹。"

"我早想好了。"我答得响朗朗。

"离回庄台还有10天时间。这10天，你反复想想，想结实了，想铁了，想透了。"郜志成用完全不信任的目光看着我说，"我妹妹性格很辣，庄台的女子都这样，性子辣，心眼实，吃得天下的苦，爱死至爱的人。如果从庄台招个上门女婿，肯定比你更……实惠。"说到最后，他眼皮连跳几下。

"我喜欢小凤，喜欢庄台。"我坚定地补充说。面对这个大舅哥，我不能软弱。

"喜欢小凤，我看得出来。咱们做工友三个年头了，这个我信。喜欢庄台，那你就说早了。"

那时我刚满20岁，我的心是真诚的，说出的每一句话也是真诚的。我肯定会像喜欢郜小凤一样喜欢庄台的，因为庄台也是郜小凤的庄台。

可是，我话说满了，也说早了。我怕庄台！

怕，还会喜欢吗？

2003年元月28日，农历腊月二十六，是个双日子，我随同郜小凤来到了庄台。一路上她都在絮叨："你可想好了，你可想好了？"我明白，她把我带回来，是向庄台明示，她带回来个上门女婿。她的压力比我大，这是我后来才懂得的。她等于向庄台的父老乡亲宣布，她交了男朋友，这个男朋友可能会当郜家的上门女婿。

我不能尿。我肯定不能尿！

从颍城火车站下了火车，站前广场已有大巴等在那里了。是当地政府专门接返乡农民工回家过年的专车，这个活动真暖心。这是我没到庄台时先得到的礼物。我心里一暖。坐上大巴，在镇政府大门口下了车，大家驮着大箱子小行李，各自回家。我们包了一辆机动三轮车，直奔庄台。

郜家庄台！我终于就要见到郜小凤心心念念的庄台了！

在我见到郜家庄台前，我先看到了别的庄台。东一个西一个，南一个北一个，都在高高的土台子上。原来，这就是庄台——站在土台子上的村庄。庄台上面是房子，下面是庄稼地，还有一口口水塘，一片片枝条很长的灌木。后来我才知，这灌木叫杞柳。

坐在三轮车上，我兴奋得东张西望。郜志成包的车在后面，郜小凤带的几个大蛇皮袋也在他车上。郜志成是例行回家过年的，只带了一个大蛇皮袋和一只双肩包，过了年，他还会返回台城继续打工，还会再收一个跟我刚进厂时那样的新徒弟。而郜小凤肯定不会再回台城了，她把这几年积攒的东西全部带回来了。

一座座庄台，从我的耳轮边擦过。庄台并不像我想象的像小山那样高，就是一堆堆大土丘，土丘上盖着房子，长着树。庄台和庄台之间的路真不平整。一路上，头都被颠簸晕了。一颠一簸中，抬眼看庄台，觉得，这庄台与我老家的黄土高坡有相似处：都是有坡度的村子。不同处，那一片片亮汪汪的水塘，像镜子一样；还有一望无际的庄稼地，庄稼长得真好，一看就不缺水不缺肥。

这分明是块宝地呀。生活在这片宝地上，看天看地看水看庄稼，多么有诗情画意啊。每天都能唱着过，哪是什么大水窝，郜小凤说得夸张了吧。

5

唉，我承认，我刚到庄台时，确实带着一颗诗心，怀揣一腔诗意。我看见啥都觉新奇。在郜小凤家门口，伸手就能摸到前面人家的后墙，两家之间只有三尺宽，出门不留神，鼻尖就撞到南墙上。我一出门就摸前面人家的墙，觉得好玩。几天时间一过，好玩的新鲜感消失了，觉得，在庄台，伸个懒腰都要看准地方，不然，一不留神，胳膊就碰到邻居家的山墙啦。

那时候的庄台，护坡虽说扣上钢筋水泥了，还没现在结实。小凤跟我讲，庄台每泡一次水，护坡就要加固加高一次，发一次水，就朝上垒一次庄台，水涨台高，台高水涨，庄台必须保持在大水之上。

"泡水，你是说庄台？"我狐疑地看着郜小凤。

"我难道说你吗？"郜小凤飞了我一眼，"从建庄台那天起，庄台泡了多少次水，数不过来了。拔闸的时候是泡大水，不拔闸但有内涝了，是泡小水。别笑，陆小水，这个小水可不是你。你有那么大威风？所以，你想好了，你这是一步跨进水窝里了。"

我仍然觉得郜小凤言过其实了。早春的庄台是多么辽阔，天那么蓝，青小麦已经跃跃欲试准备生叶长个子了；那亮汪汪的一口一口水塘，像一只只天真纯洁的大眼睛，多么喜人！虽然淮河北的天气还是冬天的样子，我已经感觉到春天的气息在庄台周边的田野里四处走动了。

我也随着春天暗藏的气息在走动，却是心里发慌的走动。郜小凤的二老爹娘正在对我进行"研讨"。郜小凤的大姐大姐夫也从县城回来了，一起加入"研讨"我的队列。这个"讨"，有点声讨的意思。陆小水可靠吗？庄台能留得住陆小水吗？陆小水有啥"能屙台"的？

我内心里是一定要留在庄台的，在台城时，这个决定就板上钉钉了，还需要研讨吗？

我先说说2003年我在庄台过的第一个春季吧。

庄台的春天真美！到处是绿油油的麦苗，一片片油菜正含苞待放，一汪汪水塘里有家养的麻鸭在戏水，也有野鸭子在玩水。有人驾着小船在水塘里栽藕，郜小凤大声喊："叔，栽藕哪！"

"是啊，先栽着吧。去年的藕长得好，今年这水塘不能空着。先栽了再说。"栽藕的人就像长在小船里面，那小小的船只，就像他的脚。

"他这只小船好特别啊，怎么这样小？"我好奇地问。

"这哪是船，这是腰子盆，专门用来栽藕逮鱼的。"郜小凤白了我一眼。

"干吗说先栽了再说？栽就栽了嘛。"我又问。

"你懂啥。"郜小凤不屑地撇了撇嘴。

整个春天，郜小凤带着我在庄台周边四处跑，还到了离庄台几十里外的岗上。庄台人把蓄洪区之外的地方,一律叫岗上。在跟着郜小凤到处跑时,我见到了好几十座庄台,这里一个,那里一个,有大有小,有宽有窄。郜小凤告诉我什么是湖心庄台,什么是沿堤庄台。拔大闸时四周都是水,庄台就像长在湖中央的孤岛,叫湖心庄台;建在淮河大堤和厉河大坝上的庄台,叫沿堤庄台。郜小凤一边说,一边用手指给我看。我们就站在厉河大坝上,大坝很宽,上面能并排行两辆大汽车,大坝的边上建了一溜房子,房子挤挤挨挨,顺着大坝排列着,有几十栋。"这个庄台,是沿堤庄台中数三数四的大庄台。"郜小凤带着羡慕说。

在"考察"了蓄洪区一多半庄台,我对庄台有个大概的认识后,郜小凤把我带到离郜家庄台不远的一口水塘那里:"我们也栽藕吧。"这是她家的水塘,荒几年了。"我教你栽藕,这水塘不深,你不用怕。"小凤说。

我们蹬着人力三轮车,去专门销售藕种的种植户那里买来了藕芽。这辆人力三轮车是郜小凤带我"考察"庄台时新购买的,如今不仅是我们的重要交通工具,也是重要的运输工具。来到水塘边,我坐在腰子盆里负责递藕芽,郜小凤则穿着胶皮连体衣服,站在水塘里栽藕。这是我第一次和"水面"打交道,我晕"船"了。和一堆藕芽挤坐在腰子盆里,我动也不敢动,我觉得自己就是一棵藕芽,郜小凤一个不小心,会把我当成藕芽,直接栽进水塘里。

"不用担心,你看着我的手。对,这样抓着藕芽,脚先在水里踩好了,踩实了,然后,用手挖一个坑,把藕芽放进去。

坑多深？眼睛看不到的，完全凭感觉，可用手量一下，把拳头放坑里，坑沿没到手脖了，证明坑就挖好了。我是用数数来挖坑的，一、二、三，手指落在三上，坑就挖好了。再把藕芽放进坑里，用手埋好，得朝下摁，使劲摁，摁结实了才行，不然，水一冲一晃，藕芽就漂上来了。"

郜小凤边说边示范给我看："要退着栽藕，退五步，栽一棵。水里的步子迈不开，五步相当于地上的三步。间距要保持标准，藕才长得大长得好。"

在台城的工厂，郜小凤是温顺的打工妹；在庄台，她是师傅，是栽藕能手。她栽藕，我递藕芽，栽完了一腰子盆的藕芽，水塘还有好多水面空着。郜小凤推着腰子盆，来到水塘边，用身子抵住盆，让我上岸。

我已经紧张得出了一身汗。

"做庄台的爷们，得会跟水打交道。不怕水，会凫水，还能在关键时刻治住水。"郜小凤不动声色说。

我还处在被"考察"期。庄台来了个旱鸭子，是很另类的。我未来的岳父岳母，包括堂兄郜志成，都在对我进行考察。郜志成的考察是通过他老婆进行的。有一次他从台城打我手机说，我留下来当女婿有点悬，因为我还过不了"水"关。

是的，我那时还处于"晕水"状态。进入阳历4月，庄台的油菜花开得焦黄，小麦穗开始顶花。郜小凤又带着我，骑着三轮车，把蓄洪区方圆180多平方公里的地方，看了个遍。乖乖，这一回走得可够远，我也才知道，蓄洪区一共有132座大小不一的庄台，蓄洪区以外的地方，叫岗上，就是平原上平常的村镇。也明白了庄台和庄台之间的差距、大小，也知道了庄台蓄洪区就是被淮河的防洪大堤和厉河大坝围着的地方。淮河大堤和厉河大坝固若金汤，建在大堤和大坝上的庄台，都是安全庄台，这些庄台与淮河大堤厉河大坝唇齿相依。我也明白了淮河大堤和厉河大坝的区别。庄台蓄洪区南边的淮河大堤，是国家一级大堤，是防御淮河洪水的钢铁长城；庄台北边的厉河大坝，是拔闸泄洪时，严防死守被放进庄台蓄洪区的洪水老老实实待在蓄洪区内。说白了，淮河大堤和厉河大坝，都是专门把守庄台蓄洪区大水的。厉河还是拔闸泄洪时的分流河，分流的目的是尽可能分担庄台蓄洪区的蓄水量，确保庄台的安全。

当我站在厉河大坝的庄台边，郜小凤一边指着厉河，一边给我说这些时，我的心跳得怦怦响。

尽管我对淮河大堤、厉河大坝有了认识，那只是"粗浅的认识"。这句话是郜小凤说的。事实证明，她说的是多么对！我只不过看到了大堤、大坝的外形，庄台的外形，还有淮河的外形，厉河的外形，还有蓄洪区里面的小暖河和几条河汊湖汊的外形。它们都是温顺的，只是明晃晃的水面罢了。淮河给我的感觉，也就是比普通河大一些宽一些的河流，厉河更显得风平浪静；庄台呢，就是立在土堆子上的村庄而已，有些新奇的是，每一个庄台都有金鸡独立的架势，有几分调皮。在这样的地方，我是非常乐意生活下来的，要说有一点不满意，那就是，庄台太小，房子和房子太挤，前面的房子和后面的房子抵在一起,就像脸碰着脊梁。因为庄台太小的缘故,生活垃圾就没处放。庄台有一个顺口溜:"出门一线天,道路三尺宽;污水靠蒸发,垃圾靠风刮。"

除了这些小遗憾,其他的,好得很。下了庄台,就是肥沃的土地,种子撒到哪里都能长出庄稼,长出青菜,开出花。庄台,绝对是够义气的庄台,够朋友的庄台。绝对是个好地方!

6

本来要在春天举办婚礼,我也带着郜小凤回老家给父母看过了,可是,郜小凤不同意。她说,再等等吧。我后来才明白,她说的再等等,原来是等一场大水。不,是两场大水。

2003年阳历5月份一到,遍地的青小麦都变黄了,庄台人的神情也变得肃穆起来。这是我从郜小凤父母——我未来的岳父岳母脸上看出来的。他们说话的声音小了,走路的脚步轻了,在看庄台下面庄稼地的时候,眼睛里也满是忧伤。

庄台上的其他人也是这样。我不解,大家为什么都像是换了一个人似的。小凤说:"你以后会懂。"

在我还没弄懂之前,庄台很快又热闹起来,人人脸上带着狂喜般的神情。对,是狂喜,好像凭空捡到大元宝似的狂喜。

因为,麦子熟了。

磨镰声顷刻间在庄台上响成一片。

对于㘗㘗㘗的磨镰声,我也不陌生。我出生的地方,黄土地上也长麦子。当然,和庄台这里的麦子长势不一样。不是一般的不一样，是很不一样。我家乡的麦子地，是营养不良的麦子，连颜色都不一样。庄台的麦子地，麦穗黄喷喷，麦芒夯楞楞，连麦棵都站成树的样子。虽然黄土圪塄的麦子和庄台麦子长得不一样，但磨镰声是一样的，磨镰时的喜悦、渴望、憧憬的心情也是一样的。大地上哪种庄稼磨出的粉最香最好吃最嫩滑，那肯定是麦子了。收麦子时人心里的愿景，是如出一辙的。

我可能要开启第一次在庄台收割麦子了。干这类农活，我活计不孬，使唤镰刀，手脚也利索。那时候已经有小型收割机了，但机子收机子的，人的手脚也不闲着，该挥镰割麦照样挥镰割麦。

坐在庄台边的杨树底下，我像所有的庄台人一样，眯缝着双眼，看向庄台下面的麦子地。

我听到了麦穗炸芒的声音。那柔软的麦芒，在太阳下慢慢支棱起来，坚挺起来。这是麦子成熟的前兆。那有着金子一般光芒的麦子地，那把一座座庄台连接一起的麦子地，呈现的是一片广阔。是的，广阔这个词，是我看向庄台周边麦子地时，脑子里飞速闪出来的。在我的老家，圪塄塬上的麦子地，哪有这等广阔。

庄台就像金色麦浪里威武的城堡，这里一座，那里一座，城堡和城堡之间无声地对望着，共同等待着在某天清晨，机器轰鸣起来，镰刀挥舞起来，一起冲进麦田当中。

可是，收割麦子的号角还没有吹响。

"你细瞧瞧，麦子地里还蒙着一层什么？"郜小凤见我着急的样子，问道。

一阵风掠过麦子地上空,吹向每一座庄台。我闻到了一股青气。

"你闻到青气了吗?"郜小凤仿佛是我肚子里的蛔虫,我一点小心思她都能猜透,"你再看看麦子地,是不是有若隐若现的一道青?等这道青消失了,空气里都是熏人的香气,麦子就完熟了。只有完熟的麦子,才会有这种香气,麦粒才饱满瓷实,才能下镰。现在,就差一点点火候了,最多5天。再晒5天的大太阳,机器就转动起来,镰刀挥动起来,小麦粒就装满咱家粮仓啦。"

郜小凤说话的时候,眼睛一刻也没离开麦子地。她看向麦子地的眼光是迷离的,满心里都是期许。这一刻的郜小凤显得格外迷人,一片细碎的杨树飞絮钉在她粗黑的马尾辫上,我忍不住伸出手,想把那片飞絮给她拿下来。不想她一摆头,错过身子,那飞絮就自个跑掉了。

我和郜小凤虽然形影不离,但我们仅限定于拉手的亲密阶段,其他的,她不允,我也不做。我尊重她。小凤说,庄台的女子有三大特点,一是生活上自立自强,二是在大灾面前坚定不屈,三是生活作风自尊自爱自重。"别人怎么看,那是别人的事;自己怎么做,那是自己的事。"这就是小凤的名言。虽然我住她家,和她出双入对,但"自己怎么做",心里明镜一般。

"我带你去看淮河吧。"郜小凤推出家里的摩托车。

对,摩托车是新添置的,我还不会骑。坐在摩托车后座,有些不好意思。小凤撇嘴笑了笑,拧开开关,摩托车顺着庄台的斜坡,跑到庄台下面的路上,直奔淮河而去。

刚到庄台时,我就看过淮河了。春天里杨树冒芽的时候,我也看过淮河。淮河远不像我脑中构想的那么宽阔,就是一条大河而已,和我在浙南见到的那些河流没太大区别。

郜家庄台离淮河的直线距离不过5里路,沿着田间小道,拐了三个弯,途经两座庄台,很快就来到淮河边了。停下摩托车,我们一起站着看淮河。我们站着的地方既是淮河大堤,也是个庄台,叫童家庄台,很大,有三个郜家庄台那么大。蓄洪区90里路长的淮河大堤上,有20多座庄台,虽然庄台的名字不一样,都被统称为沿堤庄台,也有说堤顶庄台的。而像郜家庄台这样不在厉河大坝也不在淮河大堤上的庄台,则统称为湖心庄台。

我们站在淮河大堤童家庄台那儿朝西南方向望去,带着麦子青气和水汽的淮河水扑面而来。郜小凤蹙着眉头,放眼打量着淮河。我也顺着她的眼睛一起张望。我们面前的淮河,可用风平浪静来形容,河面也不宽,河南岸的树木、村庄隐隐可见。郜小凤抿嘴一笑道:"它闲着呢。"就走向摩托车。我紧跟着她,不解地问:"谁闲着呢?"

"淮河。"她应答着,轰隆一声,发动了摩托。我机不可失地坐在后面,直朝郜家庄台而去。

我未来的岳父正在庄台下面的空地上用石磙造麦场,见我们回来了,问道:"去看河了?"

"嗯,它悠悠哉哉的,闲着呢。"小凤说着,丢下我,驾着摩托,飞快地冲上庄台台坡,我则做出要帮忙的样子。未来的岳父说："不用不用,快回家歇着吧。"

其他人家也在造麦场,有个远房大爷感叹了一声,我都走好远了还能听得到:"是个眼里出活的小子。"

他在夸我。我心里暖了一下。

紧跟着是未来岳父的叹息:"这小子是不错,就怕留不住人家呢。咱这是啥地方啊。"

"咱这地方不咋样,关键是,咱家的小凤,那可是万里挑一的好女子。"

一阵响亮的笑声,直追着我走到庄台顶上。

既然淮河闲着,既然一切工作准备就绪,只差这5天的大太阳,那好等。

然而,晚上,天阴沉起来,风也尖厉起来。庄台的风就是淮河边的风,尖厉起来是有响声的。吃罢晚饭,邰小凤抱一床薄被子送到阁楼上,说:"毯子不行了,晚上可能会降温。"

天气预报说,不但降温,还会有连阴雨。果然,雨开始下起来,而且一整夜没有停息。

我住在邰小凤家的阁楼上。那曾是邰小凤的闺房,她姐邰小兰出嫁后,邰小凤就搬到西边她姐姐那间房子了,阁楼就专放杂物。现在,阁楼成了我的暂居之地。

在阁楼听雨声,更清晰更响亮。那雨打在房顶,像万千只手掌在拍打着瓦片。原来,庄台的雨声和塬上的雨声是如此不同。我心里一咯噔,如果雨连下几天,会不会影响收麦?那么多那么大的麦子地,要多少机器多少镰刀才能收割完啊!

想到这些,我睡不着了。天快亮时,我听到岳父在磨镰刀,整座庄台人都在磨镰刀。那嚯嚯嚯的磨镰声,就像战鼓一样响亮!

不是前几天刚磨过镰刀吗,这怎么又磨上了?

我一骨碌爬起身,从木梯上后退着下来。未来的岳父坐在堂屋门槛上,正在一块青石上磨镰。雨水从门前的"一线天"走道上流过,直朝庄台下面淌去。

"叔,不是前天刚磨过镰吗?"我有些不解。

郜小凤从厨房走出来,冲我使个眼色。那意思我明白,她让我闭嘴。

直到雨水下了两天两夜,直到庄台下面的土地全部被大水漫上,直到全部的麦子地都浸在雨水中,我才明白了磨镰的意义:庄台人把全部的旧镰刀都拿出来磨了,因为,所有留在庄台上的人要一起出动,从水里捞麦子,用镰刀把麦穗割下来!

到口的粮食,就要到口的粮食啊!我心里那个遗憾,差点就要叫出来。要知道,在塬上,要见到这样好的麦子,多难!而这样好的麦子,却都淹在水里了。

可是,庄台人却没像我这样大惊小怪。雨停后,他们顶着一天一地的白云彩,驾着小船或划着腰子盆,扑进麦子地里,挥舞着手里的镰刀,把麦穗一把一把割下来,放在小船里或腰子盆里,再划着水运到庄台的空地上。

这种不动声色,这种冷静得有章有法的举止,要经过多少次水灾才能历练出来啊。这是事情过去之后,我内心深处发出的感慨。

邰小凤划着腰子盆，我未来的岳父划着腰子盆，我未来的岳母划着腰子盆，整个邰家庄台的全部人马，都划着小船或腰子盆，一起扑进自家的麦子地里。其他庄台的人家，包括沿堤庄台的人家，也都纷纷扑进麦子地里，抢收麦穗。

庄台人的命运，在这一刻，是一样的。

浸了水的麦穗，沉得就像注了铅，收割麦穗也异常困难。而且腰子盆体量有限，一次能运多少麦穗呢？我看到被水没了顶的麦子地，看到无边无际水面上忙碌的数不清多少只的小船和腰子盆，头直发晕。我想去帮忙，小凤说："别，你会越帮越忙。"可是，我总得干点什么，我不能就眼睁睁看着小凤忙碌，整个庄台人忙碌而袖手旁观。

大家都放弃了离得远的麦子地，庄台周边地里的麦穗已经多得数不过来。我看到有人挽着裤腿直接走进水里，我不由自主也跟着朝水里走。那一刻，我忘记了水的危险，也忘记了自己是怕水晕水的。我居然，就走进水里了。站在没过腰的水中，我紧紧追着邰小凤的腰子盆，朝麦地走。您知道吗？我居然记不起我第一次下到水里时是什么感觉了，我只顾盯着小凤的背影，生怕一不留神，跟丢了。

邰小凤没想到，我放下了在庄台接收麦穗晾晒麦穗的本职工作，跟着她一起去了麦子地。我手里也拿了一把磨得锋利的镰刀，随时准备收割麦穗。

然后，我就一脚踏空，整个人被水拽到了深渊里。

在我对水肤浅的认知里，以为，水是没有生命的。但当我搂头盖顶被水拉进去后，才发觉，水不但有生命，还是活脱脱的强盛生命，它直接摁住了我的头，捂住了我的嘴，捏住了我的鼻子，让我瞬间没有了自己！

不知过了多久，我被人从混沌的世界里一把拽了出来，我看到了人世间的天，人世间的白云彩，还有人世间的人——我的亲人郜小凤！

郜小凤一手拽住我的左手，一手托住我的下巴，让我的头全部脱离了水面。"抓住！抓紧！坚决不能松手！"郜小凤大声命令我用右手抓住腰子盆沿，她一把把飞快地朝水里扔东西——那是她辛辛苦苦割下来的湿麦穗，等把腰子盆腾空了，再把我扒拉到腰子盆里，朝庄台的方向划动。

我趴在腰子盆里，像一条死狗。郜小凤一路不说话，只管拼命划动腰子盆。我装了一肚子水，撑得不行，张大嘴巴想把水吐出来，却换来一阵干呕。身后紧跟着的未来岳父一边划动腰子盆，一边带着哭腔呼喊："你这个娃啊，你这个娃啊，你要是淹没了，俺哪里赔得起啊。"

7

我这个找水的人，本来以为人生的第一次下水，会有个仪式啥的，没想到，直接被水一把拽进水窝里了。其实水并不深，只因我不熟悉地形，才直接走进了水塘里。水塘和大路早被水盖住了，我哪里分得清，这仗把深的水塘就直接把我拉进去了。

那一季麦子，尽管庄台人拼命抢救，仍然只收了不到百分之一。而收上来的麦穗，因为泡了水，加上阳光不强，没晒透，大部分生了芽。客观来讲，几乎颗粒无收。

"陆小水，你看到的这个，只是一场小水。"郜小凤咬了一口生芽麦子面做的黑馒头，淡定地看向庄台下的麦子地。我也跟着咬了一口手里的黑馒头。味道真怪啊，用哪个词形容最恰当？对，难以下咽。

曾经黄澄澄的麦子，全部沤烂了，庄稼地像个垃圾场。

我想说句玩笑话："我陆小水看到的是小水，那就是说，我看到的只是我了。"但我没有说出口。这不是开玩笑的时候。郜小凤却替我说了："小水看到了小水，哈，这样的小水，一年来个三五次、七八次，正常得很。"

见我有点迷惑，郜小凤说："我一直说你会明白的，你是不是在一点点朝明白里走啊？我再给你提供几点十万个为什么：为什么下两天大雨，水就没过庄稼地了？因为，这里是大水窝，是锅底。高处的雨水都争着朝锅底这里淌，明白吗？"

我眼前立刻出现了铁锅的形状，锅的底端，最洼的地方，水进来容易，出去难。怪不得大水淹没了麦子地之后，水退走的速度是那么慢。尽管排水闸连班加点地朝外排水，尽管淮河是"闲着的"，但要让大水窝里或说锅底里的水出去，不容易。

是的，我明白了，我还明白了为什么栽藕时"先栽了再说"，因为大水淹没了藕塘后，因长时间缺氧，藕叶死光光了。

"如果淮河不闲着，锅底的水，就像不愿意回家的亲戚，要住够了，才会走呢。"小凤接着补充。

小水退后，天气炎热起来，泡水后的土地再次焕发出生机。新耩的大豆已经冒出了嫩芽，庄台与庄台之间，由原来的金黄麦田连接，变成了翠绿大豆苗连接在一起。庄台人仍然有说有笑地扛着农具下地干活。郜小凤说："你又该明白一个事了，我们庄台人，就像这土地一样，自愈能力超强。你能看出来这是被水泡过的地吗？你能想象到我们划着腰子盆去抢麦穗，然而粮囤空空，却还是笑着下地干活耩豆子锄草吗？还有这藕塘，又冒出小叶片了，总有那舍不得死的藕，在等机会活过来。"

我可过了考察期了？我担心得很呢。这场小水让我露了怯，我差点就闷死在水塘里了。我未来的岳父开始给我减分，我的日子过得提心吊胆。我的心就像遍地生芽的大豆苗一样，闹抓抓的，不知怎么样用力，能快点长大。

也是这个时候，郜小凤手把手教会了我庄台男人必备的三大样中其中的一样：凫水。哪三大样？有勇有谋，临危不惧，像鱼一样在水里翱翔。郜小凤的原话是："在庄台，第一样是会凫水，不会这一样，其他两样，就立不起来。"

事实证明，我立起来了。不然，您也看不到眼前这几千亩藕塘了。

事实也证明，当我面对我人生中见到的第一场大水时，我双腿没有打战。尽管那会子我才完成水塘里的初级凫水。

对，是2003年的大水。真正的大水！我平生第一次见到的大水！

郜小凤曾把麦季里的那场水,说成小水。这次我信了,那的确是场小水。或,对庄台来讲,那根本就不算水。年年都会有那样的小水,是庄台人习以为常的小水。

这场大水,完全出乎人的意料。

2003年阳历的6月22日,节气正好是夏至。我刚刚在水塘里学会了初级阶段的凫水,正跃跃欲试着去厉河里操练第二阶段的凫水技能呢,夏天最大的一场雨来了,而且连着下了5天。不用说,小水又来了。绿油油的豆子地,全部被小水淹没了。庄台人站在庄台边朝四野张望,并没有我想象的叹息声,而是坚定的集体和声。"等水退了,再补种黄豆也不迟。""实在不行,还可以点玉米嘛。地不会荒,粮不会绝。""最不偷懒的是地,啥时候撒种,它都能长庄稼。"老人在宽慰老人,年轻人在鼓励年轻人,人人心里有股劲。直到大水退后,郜小凤才跟我说:"和大水周旋,庄台人习惯了,早就有了定力。"我后来也会唱庄台的顺口溜,这顺口溜里面就包含着定力。我唱给您听听:"水来我跑走,水退我回家;我来种豆,我来点瓜;我扛着犁子拉着耙,我赶着牲口牵猪娃,房倒屋塌有啥可怕,人在就能胜天,庄台在就能盖屋瓦瓦;土地在就有活法,摇犁子扶耙,该种啥种啥。"

这个顺口溜,随时挂在庄台人嘴边。现在也挂在我嘴边。

没错,我也是庄台人。我已经是名副其实的庄台人。

连着下了5天雨,庄台人以为水会退。水确实在退了,蓄洪区的排水闸都开着,哗啦啦朝分洪河厉河里排水了,太阳也高高照耀着大地，阳光下的水洼，明艳艳一片。庄台人都在议论水退后是补种大豆呢，还是干脆都种玉米算了。正议论着，突然有人说，水不能排了，排水闸要关闭了，淮河没闲着，忙着盛水呢，盛的是上游的水，上游都下暴雨好些天了。

咯噔一下，议论声息了。郜小凤大声说："我不信，我去看看淮河。"

庄台下面的路被淹了，摩托车是不能骑了，只有涉水走着去。好在，夹在两排大树中间的大路，还能明示那是路。不用说，我是跟着郜小凤一起去淮河边的。庄台下面大路上的水，没到小腿肚那儿了，走路有些费劲，累得呼呼直喘时，才到淮河边。童家庄台的人也都站着看淮河，我没想到，淮河胖了那么多，之前露在外面的草坡早被水没住了，淮河水一下子和童家庄台亲近了，就像走到了童家庄台的脚跟前。

回到郜家庄台时，遇见郜小凤的人张口就问："淮河咋样了？"郜小凤说："淮河在忙着盛水呢，长胖了不少，快成大胖子了。"

第二天，听说大闸的水位已超警戒水位，快涨到接近保证水位了。对，就是那座全国人民都瞩目的淮河泄洪闸，庄台人一律称它为大闸。这大闸非同一般，大闸的水位，就是淮河的水位，当大闸超过保证水位时，就预示着要采取办法削减淮河洪峰，缓解上游抗洪压力了；一旦超警戒水位，就要开启大闸泄洪了。庄台这里不说开闸，说拔闸。"大闸一拔，洪水哗哗；汪洋一片，房倒屋塌"，是庄台人说拔大闸泄洪时情景的。

如果大闸水位再朝上涨，那就意味着，拔闸。

拔不拔闸，不是哪个人说了算，是中央说了算，是国家淮河防汛总指挥部说了算。我后来才知道，2003年7月，国家淮河防汛总指挥部刚刚成立不到一个月。而庄台这里的泄洪大闸，是淮河上唯一的一座由国家防总统一调度的大闸。

邰家庄台立刻陷入一片沉寂。之前邰小凤就跟我说过了，邰家庄台属于安全庄台，高度超过海拔31米了，大水来了泡不了水的。这也是"魔高一尺，道高一丈"模式堆出来的安全庄台。以前哪有这么高，以前来洪水，湖心庄台上的人得朝淮河大堤或厉河大坝上跑。最安全的庄台当数沿堤庄台，都在淮河大堤和厉河大坝上，大堤大坝都是专门用来拦水的，当然又高又厚，坚固第一，有个形容词，我上小学时就认识了，叫"固若金汤"，形容淮河大堤厉河大坝是最贴切不过了，这两条堤坝上的庄台，不用说，也是固若金汤，安全无比。现在，邰家庄台经过了数次的"水涨台高"，也安全了。但要说不担心，也是假话，万一洪水太大太猛又赖着不走，安全庄台泡水时间过长，或者水再朝高里涨，那安全庄台也不安全了。

邰家庄台的人不再议论水退后种什么庄稼了，都七嘴八舌开始议论水涨了多少。总有人能掌握确切消息，大闸一天涨多少厘米，一小时涨多少厘米，说得清清楚楚的。邰家庄台离大闸几十里路呢，一时看不到大闸的情况，看淮河还方便，大家就去看淮河涨水情况。淮河不闲了，盛的水越来越多；淮河喝饱了，要喝撑了，要胀肚子了。

都是些让人恐慌的消息。

然后就有人说,大闸的水位已达29.3米了,已经超过29米的保证水位了。那就意味着,再朝上涨水的话,铁定要拔大闸了!

淮河上游的省份也出现险情了,当地已向中央不断反映,要泄洪!

把洪水泄到哪里?蓄洪区里。蓄洪区是哪里?庄台这里!

一时间,要拔大闸的消息不翼而飞,在每座庄台的上空盘旋。

但具体什么时间拔闸,还没确切消息。庄台人都在观望,已经心神不宁了。在庄台下面居住的人家,是两层楼的,就都挪到二楼上住。粮食、衣物啥的,认为值钱的东西,都朝楼顶上搬。住平房的,就把东西放到水泥屋顶上。没有水泥屋顶的,就把东西搬到庄台上。那时候,住在庄台上的都是年轻人,娶媳妇的条件之一就是庄台上得有房子,做父母的就把房子腾出来,挪到庄台下面住了。随便搭个屋,也不讲究,反正庄台下面的房子是靠不住的,水一来,就变成一堆泥了。

哪一座庄台下面,都有住泥巴房的老人。

又过两天,拔大闸的消息坐实了。拔闸时间定在2003年7月3日凌晨1点钟。一时间,蓄洪区内的100多座庄台,沸腾起来。

拔闸的消息是在7月2日上午9点钟敲定下来的,离拔闸时间仅有16个小时!

镇里的干部、行政村的干部,蹚着水赶到各个庄台,通知该撤离的抓紧撤离,可以投亲靠友的就投亲靠友;身外之物不要带，保命要紧，总之，一律搬到安全的地方。居住在安全庄台的村民不用转移，庄台下面的人、不安全庄台的人，要全部转移到安全的地方。蓄洪区是锅底，是大水窝，平地上的水都齐人腰窝深了，转移起来太困难了。不光有人，还有鸡鸭猪牛羊，一时间猪喊羊叫，人乱哄哄跑。有扛着粮食朝庄台上跑的，也有拉着板车直奔沿堤庄台投亲靠友的。也就那点家当，粮食、单衣棉衣、被子，还有鸡鸭猪羊，都放在板车上；牲口就牵着走，最难运的是猪，太不懂事，哇哇乱叫，以为要杀它呢。小猪装在篓里，大猪就麻烦了，牵着走是不可能的，它一步也不肯走；放在板车上呢，不捆住也不行，它会跳下来跑。车上还要装小孩、老人，还要装粮食衣物，甚至有的人家还装着柴火，哪有空余地方装猪！一时间，庄台下面居住的人和不安全庄台居住的人，都朝淮河边的沿堤庄台、厉河大坝上的安全庄台转移了。

邰家庄台是座老庄台，发一场大水，庄台就朝上加一层土，越堆越高，已达到海拔31米高了，是安全庄台了。但庄台窄小得很哪，家家户户就那一两间屋，有亲戚来投靠了，男人和男人住，女人孩子一起住，一张床能挤五六个人。还是住不下。邰小凤家的老表，拉着板车带着一家人过来投靠，只得在门口搭个帐篷，一家人挤住在帐篷里。

7月3日凌晨1点也就是7月2日下半夜，大闸闸门被拔开了，洪水以地动山摇之势，朝庄台蓄洪区进发。那快速流动的声音，在大地上滚滚而来，像巨兽，像猛虎，在啃舐着大地，啃舐着树木，啃舐着庄台老迈的根基和坡面。邰家庄台下面的老人房，在洪水中瞬间变成了泥巴，被洪水冲得无影无踪。

第一次，我见证到什么是大水！

我没亲眼见过海，但电视上看到过，这庄台的大水，明明就是海洋啊！一座座庄台，就是漂在海洋里的大船，无桨的大船，任由大水冲击的大船。听说，淮河里的水被放到庄台蓄洪区后，淮河的洪峰削减了。泄洪56个小时后，大闸的水位回落到保证水位以下。淮河洪峰减弱了，沿岸的洪水压力变小了。

而庄台蓄洪区呢？还用说，就是汪洋一片哪。庄台人都在熬着，先是米面吃完了，吃水不愁，庄台下面都是水，提着水桶朝下一放，就能提上一桶水。有明矾的，就放明矾澄清了再用；没有的，就直接用。可想而知，水里都是什么，脏不脏啊。有人就拉肚子了。然后，吃的烧的都没有了，庄台上的人个个急得嘴上起燎疱！

雨停了，太阳晃得人睁不开眼睛。郜小风一言不发，赤脚站在庄台边的泥窝子里，朝远处望。我紧随其后，眼睛也跟着她眼睛望着的方向。忍不住，我牵住了她的手。"小凤，别怕。"我安慰她的声音很小。因为，我比她怕。家里没得烧了，这就意味着，渴了要喝生水了。

小凤回头淡淡一笑："怕个啥。也不是第一次见发大水了。倒是你，陆小水，这会子腿肚子吓得转筋了吧。"

腿肚子倒是没转筋，但我头晕，是晕大水的那种晕。滔滔洪水，无边无际，太出乎我意料。那些地，那些树，那些藕塘鱼塘和光塘，都不见了。除了无边无际波浪滔滔的大洪水，只有露在水面的庄台在无力地喘息着。

庄台人在洪水到来时的惨样和困境，我就不多说了。我只说说我作为庄台的一名新人，面对2003年大水时的感受。我没想到，不是海的地方，可以人为地变成海。"海水"里不时漂过来柴火垛、烂木头，还有一头坐在腰子盆里的小猪，哇哇叫着，在庄台边打个转，眨眼工夫又漂向远方了。

漂在水里的东西，庄台人称其为"浮财"。这会儿没谁有心捡浮财，连小猪也不要了。人都没吃没喝了，还有心思喂猪？

有机帆船开过来，运来了方便面，还有桶装水。村干部挨家挨户分，按人头来。还发了药。有不少人在拉肚子了。

出了三天太阳，蓄洪区的水还是一望无际的大海，下游的退水大闸还没有开闸放水的消息。然后，7月8日大雨再次瓢泼而下。大家的心又揪紧了，大水退走的想法荡然无存了。

我的准岳父拄着拐杖站门口，抬头看着天。他老人家因为饮水问题，已经连着拉三天肚子了。刚刚吃过发的止泻药，才有力气走到门口。"这阵势，怕要再次拔闸泄洪了。这讨厌的锅底子，大水窝！"老人朝我瞥一眼，"好好体会大水窝的日子吧。"

大水窝的日子，雪上加霜。大雨下了两天两夜，淮河的上游下游都吃紧了。7月11日凌晨两点多，像我准岳父预料的那样，大闸再次被拔开泄洪！

雪上加霜的庄台蓄洪区，浪滔滔水茫茫，无边无际。邻家庄台有人坐不住了，嘀咕道，可别再涨水了，几十年没遇的大水，都攒到今年来了；再涨的话，庄台子就不保了。

如果郜家庄台不保，哪个庄台都保不了！

人心惶惶。

有大船开过来，也有冲锋舟过来，村干部跟着，挨个庄台做宣传，安抚大家不用怕，洪水不会淹没庄台，放心。

发药，送米面。还有烙好的大饼，说是山东捐的救灾物资。还有安徽蒙城的烧饼。

啃大饼，吃烧饼，喝矿泉水。庄台人一手拿大饼，一手举矿泉水，看着茫茫大海。是的，这会子，眼里都是大海，没有树，没有庄稼，没有大路，没有桥梁。每一座庄台，都是汪洋里的孤岛！

大水来得快，滞留时间长，退得慢。热烘烘的太阳照着，白云朵像马像龙像柴垛，在天上跑。直到8月中旬，退水闸才被拔开，大洪水才陆续离开庄台，退到淮河里。

泡水多日的大地，露出真实的脸。那脸上长着一撮一撮的黑痣。那是沤烂的庄稼！

那一刻，大地突然苍老了。

8

不好意思，一说到人生遇见的第一场洪水，我眼里就有泪。让你见笑了。

退水后，大家扛着农具，走到满目疮痍的庄稼地里。这时节还能种什么？我也扛着农具站地头，我的准岳父是个庄稼把式，郜家庄台的人都喜欢听他分析："我考虑了一晚上，咱这淮北地区，目前只有种萝卜、点玉米。另外，也可种菠菜和荠菜。"郜小凤说："我负责联系菜市场批发。"我接话说："我负责出力帮着运送。"

我的准岳父勾头看了我一眼，眯缝起了眼睛。从他眯起的眼睛缝里，我看出来，我的"考察期"过关了。

农历的八月十六，我和郜小凤举行了婚礼。我正式成为庄台人。

2003年，我永生难忘的年份。这一年，接连有两场大水，大闸连拔两次；这一年，我成了庄台人，娶了一个好女人。

这一年，庄台蓄洪区的庄稼地里，没长一棵大豆，所有的收成是萝卜和玉米，还有菠菜和荠菜。有汽车直接开到地头，专门装菜运到周边城市批发。庄台人开始了日出而作日落而息的生活模式。终于，冬小麦耩到地里后，庄台的土地才还原成货真价实的庄稼地。

第二年春天，我和郜小凤开始种藕。

这里有太多的水面，深水鱼、浅水藕，水浅的塘都种上藕。种藕的手艺，郜小凤手把手教我。小凤是个好女人，坚定，有主见，按庄台夸人的话，有活有性。她性子烈，刚正不阿，但她又柔情似水。我喜欢。她性子里有黄土高坡女人的烈性，又有庄台女人的刚性和柔性。

郜家庄台下面的水面，浅水塘不多，都是堆庄台时挖土形成的深水塘，适合养鱼，这些鱼塘已经有名有姓。小凤带着我，骑着摩托车，专门找水浅的洼地。有一些野水塘和湖洼地，整理整理就能栽藕。当然，这些都是行政村的湖洼地，需要和村里商量，签订租赁合同。租赁费也很便宜，村里象征性收一点。村主任的理由很直接：这湖洼地本来就荒废着，能把年轻人留在家乡，庄台就有生机，村里一定支持。

您看到的这些水面，中间的那两片塘就是最初的野水洼，这周边的是低洼田地改的。我栽藕前后有 21 个年头了，早就轻车熟路，对藕塘的管理，也有一套科学的方法。哪片水塘留藕种，哪片塘里套种芡实和养鱼虾，我都规划得好好的。新栽的藕，最好当年不要采，要留到第二年采，这样的藕，出粉才足，吃起来口感也好。这一片水塘共有多少亩，笼统算一下，有 3000 亩。对，都是我承包的。有行政村的湖洼地，有原先的野水塘，还有附近村里农户的田地，都改种藕了。您再朝东看，无边无际的都是藕塘，没错，是我带动大家种藕的，加起来，共有 22000 亩，20 多家种植户。大部分种藕，也有小部分养虾。啊，现在的租金高多了，每亩七八百块钱呢。只要种得好，管理得好，不愁没钱赚。

我定居庄台 21 年，总共经历过 3 次大水。就是说，淮河泄洪口的大闸，从 2003 年到 2020 年，总共拔了 4 次。刚才跟您讲了，2003 年连着拔了两次大闸。到了 2007 年，相隔 4 年，又是同样的月份，相似的时段，大闸再次被拔开。

2007 年 7 月 10 日中午 12 点 28 分，大闸拔开泄洪。这次是白天拔闸，大闸的 13 孔闸门全部被打开，像这样一次把闸门全部打开的，不多见，可以想象，当时泄洪是多么紧迫。听说，负责开启闸门的人，当场放声大哭。

2007年拔闸泄洪，我没有第一次见到洪水时的那种惊慌失措，也没有看到大海般的惊讶。我只是心疼。因为，我们栽种的200亩藕，叶片正长得旺盛，埋在泥糊里的藕，正攒满劲儿生长。那时候我们的藕塘只有200亩。从开始种藕的50亩，到后来的200亩，正好4年时间。这4年中，前三年我们挣了点钱，不多，除掉地租和本钱，没剩多少。2007年，刚好藕塘边的地要出租，也不贵，我和小凤商量了一下，就租下了。加一起，正好200亩。早听庄台人说过，淮河发洪水的频率差不多4年一次。2003年到2007年，正好相隔4年。但老辈人说，也不一定都是这样，也有相隔七八年发一次大洪水的。我岳父就肯定说2003年拔了两次闸，相当于发了两次大水，肯定会间隔时间长些。可没想到这么巧，2007年的大水，又来了，正好相隔4年。不用说，这次损失是多么大。

我们的藕塘淹没在汪洋大海里。虽说藕是长在水里的物件，但被大水没了顶，而且时间又这么长，肯定不行，就像人淹在水里不能呼吸一样，藕棵藕叶藕茎得不到呼吸，也活不成。

洪水退去后，藕塘一片狼藉，片甲不留。大部分的藕都被洪水冲走了，没冲走的，也都烂在泥糊里。再补种藕已经不可能，季节过了。本来进入八九月份就能采藕卖藕，现在，一无所有了。

讲真话，这是我到庄台后第一次受到重创。2003年的大水，虽然给了我惊吓，但没有切肤之痛。那时候，我对这片土地还没有投入感情，我的感情还放在一个人身上。这回不同了，我眼睁睁看着洒了自己无数汗水的藕塘，成了一片空塘。

虽说国家有相应的赔偿，但和实际收入相比，肯定有出入。就算有赔偿，心疼还是不可避免。劳动果实被洪水冲走，任谁都会心疼。我呆坐在空空的藕塘边大半天，眼睛里也空空的，心里五味杂陈。郜小凤陪我坐了一会儿，站起身说："你这个新庄台人啊，慢慢坐着伤会儿心吧。对庄台人而言，这都是家常便饭了。"说罢，就走开了。

我身边不时走过扛着农具的人，相互见了面大声招呼，议论种什么品种的麦子。议论了一番后，决定选种皖丰牌，这个牌子的麦子不仅抗倒伏，成熟期还短，只有229天。麦子熟得越快，庄台人越喜欢。要和洪水抢时间啊。

大水过后的庄台人，说话的声音、走路的步子、干活的状态，都原模原样。我得有庄台蓄洪区的男人该有的淡定。想到这，我从藕塘边站起身，追着郜小凤，朝地里跑去。

9

小麦种下后，我和郜小凤去岗上打了几个月的工。岗上的水塘绝对没有庄台这边的水塘多，这里是大水窝嘛。您可能猜到我们去岗上干啥活？对，去采藕！采藕论斤算钱，现在采1斤藕我付给工人4毛钱，十几年前采1斤藕是1毛钱。但我们不要工钱，我们订他们的藕种，讲好了，从工钱里扣。来年春天，我们要重新栽藕，"重振藕塘雄风"。最后这句话是郜小凤说的。

在我有沮丧情绪的那些日子，郜小凤脸上看不出沮丧，她还不停劝慰我，要我经受得住庄台的考验，大水窝日子的考验。

去岗上采藕，我们夫妻俩骑一辆摩托车来回。无论多累，回家第一件事是来看这边的藕塘。经了水淹的藕塘，在漫长的冬季里修复了元气，已经光光亮亮，碧波荡漾。那一天，我们在藕塘边发现了一片小叶子，原来是藕的叶子。再朝水塘远处看，又发现了一些小叶子。居然还有活着的藕，在初冬的冷风里，冒出了一粒粒小叶片。

见到藕叶的小凤，激动得哭出了声。她说："小水，你给我听着，来年春上，我们再租100亩地，都栽上藕！"

从2008年到现在，16个年头了，发展到今天，一共有3000亩的水面了。经营这么大的藕塘才过瘾。而且我也做了细致分工，不光栽藕，还养小龙虾，还养鱼。有种养加的模式，当然是以种为主。藕是主打，养鱼虾是为了活跃水面，加工呢，就是藕粉这一块，是为了增加销售群的粉儿。对，现在流行粉儿这样的说法，藕粉是双重含义，可不就是货真价实的粉嘛。

2007年到2020年，13个年头里，对庄台而言，淮河成了温顺的河流，它居然存住气没再涨大水。那座著名的大闸，居然也能沉默寡言13年，真是奇迹啊。庄台蓄洪区也铆足了劲发展了13年。您也看到了，庄台的变化大得很，蓄洪区内修了3座高架桥，一座是穿行在蓄洪区的特高大桥，全程4公里，就算洪水再大，大桥依然正常通车；一座是厉河特大桥，一座是蓄洪区连接市区的特大桥。这几座大桥架起来，再不用担心蓄洪时救灾物资运不到蓄洪区了。也加大加固了淮堤和厉河大坝的高度和宽度，同时把所有庄台都改造成了安全庄台，有些庄台不具备改造条件了，就废除不住人了。自2011年起，我的胆子大起来，开始扩大水面，那些外出打工的人把地租给了我，我就改成水面栽藕。经过这13年稳中求发展，我也算小富心安啦。

然后，2020年7月，大闸再次被拔开，我心里扑腾得比那滔滔洪水都激烈。实不相瞒，我之所以心里扑腾得厉害，是因为我的家产比以前多啊。2007年的大水，冲跑的不过是200亩水面的藕，2020年是多少亩，几千亩啊。不仅有藕，还有鱼虾，还有这一大片房子。您现在坐的这间房，我称它是静心室，是招待人喝茶谈事的地方，也是我办公的地方。这是2020年国庆节后重新盖起来的。那时候，水都退走了，这片地方也露出了真面目。唉，我至今回想起4年前的那场大洪水，眼角还会湿一大片呢。

这片厂房十年前就有了。那时候水面扩大了，也离不开人手，这里离郜家庄台四五里路，住在庄台上肯定不方便了，我和郜小凤一合计，干脆全家都住到这里来吧。开始是搭了三间简易房，后来水面越扩越大，三间简易房远远不够用了，干脆就投资一笔钱，建个像模像样的集办公、仓储和生活于一体的公司。您顺着我的手看，食堂、仓库、车库、工人宿舍、磨粉车间，还有我们全家的住房。全部是彩钢板房，结实又安全。吃住办公都在这里，方便多了。开始住在这里时，夜里老做发大水的梦，会被惊醒。过了几年后，不拔大闸，发大水的噩梦少了，以至于有个假象，觉得这大水窝的日子也和岗上的日子一样。直到2020年7月20日大闸再次被拔开。

是上午8点32分拔开大闸的。这次拔闸和以往不同的是，接到撤离通知时间太短。容我细说给您听：7月20日上午8点32分拔闸，7月19日晚上7点通知凌晨3点必须全部撤离非安全区。这么短的时间，我当时一听顿时手足无措。13年没有蓄洪，庄台下面无形之中多了一些建筑，有养殖场、超市，还有像我这样的小公司。通知下达后，住在洼地的，都手忙脚乱地朝庄台或保庄圩搬迁。我也抓紧联系车辆运送东西。天黑透了，几辆货车开着车灯，把周围照得雪亮。我看着被灯光照亮的藕池，看着这一大片板房，难过得有些发呆。郜小凤风风火火指挥人朝车上装洗衣机电冰箱大衣柜大床，还有衣服被子锅碗瓢盆，我朝她吼了一嗓子："装装装，这藕塘能装走吗？还有冷库里的机器，还有空调，还有这房子！"

郜小凤目光凛然地望着我，一字一顿地说："留得青山在，不怕没柴烧。"可能考虑到我的心情，她语调温柔了些，"小水，庄台的男人，就要有庄台男人的样儿，天不怕地不怕，小水不怕大水不怕。别磨叨，走！"

时间短，又是晚上，许多东西都搬不走，就只能这样了。

从7月20日上午到23日下午，大闸整整拔开76小时，淮河的水位达到安全线以下，才关上闸门。整个庄台蓄洪区全部浸泡在大水里，100多座庄台，除了淮河大堤上的庄台和厉河大坝上的庄台外，有80多座是四面泡水的湖心庄台，每座湖心庄台,都是一座孤岛,80多座孤岛,在洪水中飘摇晃荡。站在郜家庄台边,迎着来水的方向,我望向五里外的地方。那里是我的藕塘!那些正在生长的藕节,像碧玉一样铺满水塘的荷叶,此刻都被洪水一把抓走了!

一连两天失眠,我已经受不了啦。在洪水浸泡到第十天后,我四处打电话,询问哪里有冲锋舟,请借给我一只冲锋舟,我要开着它去看藕塘。我一定要去看藕塘!它们已经浸水10天了,我放心不下它们!

开冲锋舟看藕塘,那当然不可能。不仅我不会开,没资格开,就是会开,也一时找不到。这时候的水上交通工具,太紧张了,都要统一调配。村书记村主任还有镇里领导,都坐着冲锋舟挨个庄台巡查,问大家吃得怎么样,喝得怎么样。我红着眼睛说:"把我带上,我跟你们一起,我要去看藕塘!"村书记用眼神示意我要克制,我知道在防汛的关键时刻,冲锋舟是不能随便搭载他人的,因为有风险,也不合规定。村书记最后安慰大家,也是说给我听:"大家安心待着,家家户户水里都有东西,大家先不要想水里的东西,要确保人的安全。庄台下面的大水窝这时候安全隐患太大。"

我在寻找机会。终于,在那次冲锋舟来给庄台居民送菜送米面的时候,村书记郜超产同意我上冲锋舟帮着送菜。我非常感激他的良苦用心。我和冲锋舟上的官兵一起,在把几座湖心庄台的米面菜送完后,郜书记和他们商量,顺道拐个弯,去一个地方看一眼就回。在朝着洪水冲刺的那一刻,我控制不住眼泪,脸上像浇了雨水,全湿了。

这时候的庄台蓄洪区,完全是一片水世界,无边无沿的,像大海。和大海不同的是,水里有庄台,有露出水面的树。一座座湖心庄台,大的像航空母舰,小的像大游轮。凭目测,冲锋舟已经行驶到我家藕塘的上面了,那根露出水面尺把高的电线杆,就是藕塘办公区大门口的电线杆。"就是这里,就是这里!"我有些激动,更多的是绝望。除了露出水面的这一尺多高电线杆,什么都不存在了,那些房子呢,藕塘呢,都穿了隐身衣了吗?突然,我发现远处有一个红色的物件,像一条红色的鱼在游动,我喊道:"快追上去,那是我家的房顶!"

是的,这片板房的房顶,全部是统一的红色。我的用意很明显,绿荷叶配着红房顶,看着喜庆。一定是泡水时间太长,板房不禁泡,四分五裂了,被冲垮了。我一边让冲锋舟快点追房顶,一边大声恸哭起来。我的藕塘呢,我的厂房呢?机器呢?我的一切都在哪里?一边哭一边喊,而冲锋舟并不是我以为的快速追赶,反而小心翼翼行驶,因为要避开下面隐藏的屋顶、大篷和树头,还有不可知的矮电线杆,加之水浪较大,红色屋顶很快跑远了。开冲锋舟的武警战士追得很认真,到最后,看着房子漂走,还解释了半天,说:"不能瞎追,确保安全要紧。"怎能怪他呢?就算追上了,又能怎样,能把房子拉回来吗?

那天回到庄台后,我好长时间没能缓过神来。我很后悔跟着冲锋舟去看藕塘。如果不去,我脑中还是那些荷叶那些房子,现在,眼前闪现的只有被大水冲走的房顶,多像一场梦!

抱歉，一说到这个场景，我又控制不住了。让您见笑了。这次洪水损失多少？我跟您算算。比对着2019年的收入，藕能卖1600万元，小龙虾能卖400万元，藕粉这一项就忽略不计了，加一起，总得有2000万元的损失。冲垮的房子另算。您不用担心，现在损失都是国家兜底，如果不是国家兜底，我肯定不能坐在这里跟您唠嗑了，我不但破产，还负债呢。政府赔偿1000多万，余下的损失都不叫损失，我努努力就挣回来了。

您瞧眼下，一切挺好。水面我是不再扩大了，不是不想扩，是扩不动了。这一片，都是藕田。在我的带动下，这里成了种藕基地，4万多亩，有20多家在种藕呢。有国家兜底，不担心拔闸泄洪，人人有干劲。受灾了国家赔偿，这个政策多好啊，干啥都带劲，没有后顾之忧。如果没有兜底政策，谁能安心在水窝里种植养殖？就算把勤劳智慧全都用上了，大闸一拔，洪水一冲，一切归零，再多的家业也承受不了！

到蓄洪区生活，做个庄台人，可后悔？还真没后悔过。首先，我这个找水的人，找到了爱情，有温暖的家；其次，在庄台生活20多年，我懂得了什么叫不屈的力量，不服输的斗志。庄台的男人，个个身上都带着这股力量和这种斗志呢。

您给打打分，和土生土长的庄台男人比，我能得多少分？

2024年7月31日第一稿
2024年10月6日修订完毕
2025年1月22日第二稿

致敬庄台

——《庄台庄台》创作手记

庄台是我的故乡阜阳大地上的特殊符号。三十年前,我在家乡的报社做记者,去蒙洼蓄洪区采访。那是我第一次见到庄台——建在大土堆上的村庄。在庄台下面,有位伯伯正奋力用掺了麦秸的湿泥巴垒墙盖屋,他扬起黢黑的脸,朗声笑道:"这是我第十二次垒房子。我一生的梦想,就是能在庄台上面建一座宽敞的大瓦房,拔闸来大水时不怕被冲走。"那时候的庄台较为逼仄,老人住庄台下面泥巴房,儿孙们住庄台上面砖瓦房。在平原地带,家家都有高房大院,而同样是平原地带的庄台蓄洪区,因为庄台面积有限,高房或许有,大院不可能,出门一线天,邻居屋墙碰鼻尖。而庄台下面的泥巴房,内涝时让它变成泥巴,拔闸来大水时瞬间成为泥巴。想拥有一座大房子,是庄台人的夙愿。

带着对庄台的初始印象,许多年后,我再一次踏上庄台,写作一部非虚构。这一次的采访,我看到了庄台蓄洪区今非昔比的变化,这让我萌生专为庄台蓄洪区写一部长篇小说的想法。2022年,《庄台 庄台》得到中国作协重点作品项目扶持,从而鼓励了我写作庄台的决心和信心。从2022年10月起,我数次踏上庄台这片神奇的土地,聆听、搜集和蓄洪有关的庄台故事。那位在大闸纪念馆给青年人讲述庄台故事的淮河老人,让我感动于奉献的伟大;那位在拔闸蓄洪时坐着冲锋舟为运送庄台得急病村民去码头,差点被洪水掀翻掉进漩涡的行政村书记,让我知道什么叫有能耐有担当的"淮河橛子";那位"能跑多远有多远"却又回到庄台的驻村干部,让我懂得故乡赤子深情和肩上职责;那位一边编织杞柳工艺品一边哼唱淮河小调的民间艺人,让我明白传承的意义;那位在洪水到来时喊着"鱼跑哪儿去了"的养殖户,让我感知到舍小家顾大家无私奉献的情怀;那位终于从庄台下面土坯房挪进庄台上面大楼房的伯伯,让我看到幸福不再是梦想,幸福就在眼前。如今的庄台,楼房比肩而立,不仅楼前有花园、菜园,还有休闲广场,庄台像座大花园!

阜南县的作家朋友数次开车带着我,从进水闸行到退水闸,沿着淮河大堤和厉河大坝转了一个大圈圈,让我真实触摸到庄台蓄洪区外观的"长相",并真切聆听到庄台的心跳。老作家张守志前辈,听说我写庄台故事,特意赠送他创作的长篇报告文学《中国王家坝》,并给我讲述庄台的感人故事,为我的写作提供了清晰的故事背景;阜南县文联赠送我他们编辑的纪实作品《"孤岛"旗帜》，丰富了《庄台 庄台》的写作素材。结束两年的采访，当我坐在电脑前，双手落于键盘之上，一幕幕庄台故事呈现出来。

感谢为本书写作提供大力扶持的中国作家协会，安徽省作家协会，中共阜阳市委宣传部，阜阳市文联、作协，中共阜南县委宣传部，阜南县文联、作协。特别致谢老作家张守志前辈和阜南县文联为本书写作提供的支持。

致敬庄台，致敬每一位庄台人，致敬为本书写作提供帮助的老师和朋友。愿《庄台 庄台》成为庄台蓄洪区鲜明的印记，成为淮河老人讲述的又一部新时代中国故事之安徽篇章。

苗秀侠